Karl Simrock

Deutsche Märchen

Karl Simrock

Deutsche Märchen

ISBN/EAN: 9783944349367

Auflage: 1

Erscheinungsjahr: 2013

Erscheinungsort: Bremen, Deutschland

Deutsche Märchen

erzählt

von

Karl Simrock.

Stuttgart.

Verlag der J. G. Cottaschen Buchhandlung.

1864.

Inhaltsverzeichnis.

Anhang.

Neugriechische Märchen von Kalliopi.

1. Die Ordnung der Natur.

Mann und Frau wohnten in einer schlechten Hütte. Der Mann gieng alle Tage zu Feld ackern und die Frau blieb zu Hause und kochte. Da sagte einmal der Mann nach dem Frühstück zu der Frau: „Du hast es doch recht bequem bei dem Bißchen Kochen, während ich mich auf dem Feld schinden und placken muß." — „Wollen wir etwa tauschen?" sagte die Frau, „so will ich zu Felde gehen und du magst da zu Hause bleiben und kochen." — „Des bin ich zufrieden," sagte der Mann. Und also tauschten sie die Rollen: die Frau nahm den Karst auf die Schultern und gieng zu Felde; der Mann blieb mit dem Kochlöffel in der Hand zu Hause. Die erste Frage war aber nun was er kochen sollte? Ei, fiel ihm ein, wer das Kreuz hat, der segnet sich: ich will mein Leibgericht kochen, und das war Reisbrei. Wie er aber Holz und Reisig geholt und Feuer angemacht hatte, hörte er die Kuh brüllen. „Ja brülle du nur," sagte der Mann: „erst muß ich noch Wasser holen gehen, sonst brennt das Feuer für Nichts und wieder

Nichts." Er nahm also den Eimer und gieng nach dem Brunnen Waßer holen: das goß er in den Topf und setzte ihn aufs Feuer. Da brüllte die Kuh zum andern Mal. „Ja brülle nur," sagte er, „du bist noch nicht an der Reihe: erst muß der Reis im Topf sein, damit er aufgehen kann." Er lief also hin, holte den Reis, schüttete ihn in den Topf und rührte ihn mit dem Löffel. Da brüllte die Kuh zum dritten Mal. „Ja," sagte der Mann, „jetzt sollst du auch bedient werden." Er gieng also in den Stall zu der Kuh und sah mit Schrecken, daß kein Futter für sie da war. Blitz, dachte er, wenn ich jetzt erst Futter machen soll, darüber fängt das Waßer an zu kochen und der Reis läuft über und das wär doch Schade für mein Leibgericht. Da nahm er die Kuh und leitete sie vom Berge her auf sein bemoostes Strohdach und ließ sie da weiden. Wie er aber in der Küche ist, das wallende Waßer abgießt und neues auf den Reis schüttet, denkt er: Wenn die Kuh herabfiele, könnte sie Hals und Bein brechen und das wär doch Schade für die Kuh. Er läuft also wieder hinaus auf das Dach, bindet der Kuh einen Strick um den Hals, und wirft das Ende des Stricks durch den Schornstein in die Küche; in der Küche aber bindet er es sich ans Bein und denkt: Nun kann ich hier geruhig Reisbrei kochen. Er goß auch bald das siedende Waßer ab, that dafür Milch in den Brei und setzte ihn wieder aufs Feuer, fleißig mit dem Kochlöffel rührend, damit er nicht anbrenne. Unterdessen weidet die Kuh auf dem schmalen Grat des Daches und setzt

vorsichtig einen Fuß vor den andern wie ein Seiltänzer bis sie
an die First des Hauses kommt. Da reckt sie den Hals nach
ein paar schmalen Kräutern zur Seite, verliert aber das Gleichgewicht und stürzt herab; weil jedoch der Strick zu kurz ist,
hält er sie in der Schwebe, daß sie nicht zu Boden kommt.
Indes war sie schwer genug gewesen, den Mann am andern
Ende des Stricks hinaufzuziehen, daß er im Schornstein zwischen
Himmel und Erde zu hängen kam, gerade über dem Reisbrei.

Darüber kehrt die Frau nach Hause und sieht die Kuh
da hängen und die Zunge aus dem Halse strecken. Zum Glück
hatte sie ihr Käsemesser in der Tasche: das kneift sie auf, faßt
den Strick mit der Rechten, schneidet mit der Linken ab und
läßt die Kuh sacht zu Boden gleiten; dann läuft sie in die
Küche, den Mann auszuschelten; der steckte aber mit dem Kopf
im Reisbreitopf und die Frau muste ihn erst wieder auf die
Füße stellen. Aber auch jetzt war es zum Schelten noch zu
früh, denn Augen und Ohren hiengen ihm voll Brei. Sie
wusch ihm also erst den Kopf und wollte nun ihre Strafpredigt
anheben; aber der Mann hielt ihr den Mund zu und sagte:
„Sei still, du hast mir ja eben schon den Kopf gewaschen.
Künftig bleibst du wieder zu Haus und kochst ich aber gehe
zu Feld und ackere. Man soll die Ordnung der Natur nicht
verkehren."

2. Das Königskind.

Einem Soldaten träumte, er sollte seinen Abschied nehmen, so würde er sein Glück machen. Da geht er zu seinem Hauptmann und begehrt seinen Abschied. Der redet ihm aber zu, noch zu bleiben, verspricht, ihn avancieren zu laßen und macht ihn auch gleich zum Gefreiten. Der Soldat läßt sich bereden; in der Nacht träumt ihm aber wieder, er sollte seinen Abschied begehren, sonst könnte er sein Glück nicht finden. Er geht also wieder zum Hauptmann und bringt auf seinen Abschied. Der Hauptmann sagt aber, er solle doch ja bleiben, er könne es noch bis zum General bringen, und macht ihn auch gleich zum Korporal. Noch einmal läßt er sich beschwatzen; als ihm aber in der Nacht wieder träumt, er müße seinen Abschied nehmen, weil er sonst sein Glück nicht finden könne, geht er zum drittenmal zum Hauptmann und besteht auf seinem Abschied und kriegt ihn auch nun wirklich. Alsbald begiebt er sich auf die Wanderschaft und kommt in eine Hauptstadt, wo Alles mit schwarzen Tüchern behangen ist. Da geht er in ein Wirthshaus und fragt, was die schwarzen Tücher bedeuteten, die von allen Häusern hiengen. Da sagt der Wirth, des Königs Tochter

sei schon vor der Geburt verwünscht gewesen; als sie aber zur
Welt gekommen sei, habe sie gleich zu sprechen angefangen und
dem Könige gesagt, sie müße binnen dreien Tagen sterben:
alsdann solle er sie vor dem Hochaltar begraben laßen und
jede Nacht eine Schildwacht dahin schicken; auch ein gebratenes
Kalb mit einem Fäßchen Wein auf einen Tisch stellen laßen.
Das sei auch geschehen; aber jeden Morgen sei der Schildwacht
das Genick gebrochen gewesen; darum wolle jetzt Niemand mehr
da Schildwacht stehen, obgleich der König habe ausrufen laßen,
wer sein Kind erlöse, solle sie zur Gemahlin haben und nach
seinem Tode das Königreich erben. Der Soldat sagte, so sollte
er dem König melden, ein Korporal erbiete sich, heute Nacht
den Posten zu beziehen. Der Wirth sah ihn mit großen Augen
an und sagte, dann müßte er aber viel Kourage haben. Ja,
die hätte er auch, er sollte nur gleich mit ihm zu dem König
gehen. Da bringt ihn der Wirth zum Könige: der freut sich sehr,
giebt ihm Tschako, Gewehr und Patrontasche und bestimmt ihm
die Zeit, wann er in die Kirche kommen müße. Als nun die
Stunde schlagen sollte, ward ihm doch ein wenig graulich; er
geht also ins Wirthshaus, sich erst Muth zu trinken. Da
warnt ihn der Wirth noch einmal, er käme gewiß ums Leben
so gut als alle Andern vor ihm. Endlich kriegt er solche Angst,
daß er sich kurz entschließt und mit der ganzen Montur durch-
geht. Als er aber vors Thor kommt, hört er hinter sich eine
Stimme rufen: „Johann, Johann, wo willst du denn hin?
Das ist ja der Weg nicht auf den Posten. Wenn du nicht

hingehst, kaunst du dein Glück nicht finden." Holla, denkt er, hängt das so zusammen, so willst du doch lieber hingehen. Er wendet also wieder um und geht bis dicht vor die Kirche: da ruft ihm dieselbe Stimme noch zu, er sollte vor dem Altar nur fleißig auf und abpatrouillieren, drei Viertel vor Zwölf aber sein Gewehr absehen, Patrontasche, Säbel und Tschako darauf hängen und dann auf die Kanzel sihen gehen. Alsdann werde mit dem Schlage Zwölf der Sarg heraufsteigen, der Deckel sich aufthun und das Königskind herauskommen und ihn suchen; wenn er sich aber still halte, finde es ihn nicht. Das that der Korporal, patrouillierte fleißig vor dem Hochaltar auf und ab, sehte um drei Viertel vor Zwölf sein Gewehr ab, hängte Patrontasche, Säbel und Tschako darüber, und gieng auf die Kanzel sihen. Da fuhr mit dem Schlage Zwölf der Sarg empor, der Deckel schlug zurück, das Kind kam heraus, sah sich um und sagte: „Mein Vater hat mir heute die Schild= wacht geschickt, aber weder das gebratene Kalb noch das Fäßchen Wein; auch weiß ich nicht wo die Schildwacht geblieben ist. Schildwacht, melde dich!" Dem Korporal rieselte es kalt den Leib herab, doch hielt er sich still und gab keinen Laut von sich. Nun schwebt das Kind mitten durch die Kirche nach der Orgel und fängt an zu spielen und spielt fast eine Stunde: da schwebt es wieder durch die Kirche zurück, sieht den Soldaten auf der Kanzel und ruft: „Schildwacht! Schildwacht! warum hast du dich nicht gemeldet? Ich habe jetzt nicht mehr Zeit, sonst sollte es dir übel bekommen!" Da legte es sich mit dem

Schlag Ein Uhr wieder in den Sarg und der Sarg schließt sich und fährt hinab. Jetzt war die Luft rein, der Korporal kam von der Kanzel herunter und patrouillierte wieder fleißig vor dem Hochaltar auf und nieder. Am Morgen kommt der König mit vier schwarzen Rappen gefahren und stößt den Schlüßel in die Kirchenthür. Der Korporal ruft: „Wer da?" „Gut Freund!" sagte der König; „bist du noch am Leben? Ei! das freut mich! du kannst mein Kind noch erlösen." Da muste er sich zu dem König in den Wagen setzen und mit ihm nach dem Schloße fahren, wo er ganz köstlich bewirthet ward. Darnach sagte der König, jetzt dürfe er spazieren gehen oder reiten nach seinem Belieben; am Abend müste er aber wieder in die Kirche auf Posten. Als nun die Stunde kam, war es ihm noch nicht recht heimlich, er geht also wieder ins Wirths-haus, sich guten Muth zu trinken. Da sagt der Wirth: ein-mal sei es ihm geglückt; darauf solle er sich aber nicht ver-laßen, sonst werde er zuletzt doch noch daran glauben müßen so gut als die Andern alle. Darüber faßt ihn wieder die Angst, daß er abermals mit Sack und Pack ausreißt, jetzt aber mit Fleiß einen andern Weg nimmt um der Stimme auszu-weichen. Aber kaum ist er vor dem Thore, so hört er sich wieder beim Namen rufen: „Wo willst du hin, Johann? Hier ist ja nicht der Weg auf Posten. Wenn du nicht hingehst, kannst du dein Glück nicht finden. Gieb Acht, ich will dir auch sagen, was du thun must, damit dir kein Leid geschieht. Ver-birg dich, wenn die Glocke aushebt Zwölf zu schlagen, hinter

den heiligen Johannes auf dem Hochaltar; da kann dich das
Kind nicht gewahr werden." Da kehrte der Korporal wieder
um und gieng in die Kirche, wo er fleißig vor dem Hochaltar
auf und ab patrouillierte und es in allen Stücken hielt wie
gestern; nur daß er dießmal auf den Hochaltar hinter den heiligen Johannes sitzen gieng. Mit dem Schlage Zwölf fuhr der
Sarg empor und that sich auf, das Kind kam heraus, sah sich
um und sagte dann: „Mein Vater hat mir heute zwar die
Schildwacht geschickt, aber weder das gebratene Kalb noch das
Fäßchen Wein; ich weiß auch nicht wo die Schildwacht steckt.
Schildwacht, melde dich!" Aber die Schildwacht hielt sich still
und gab keinen Laut von sich. Da schwebte das Kind durch
die Kirche nach der Orgel und fieng an zu spielen. und spielte
fast eine Stunde. Dann schwebte es von der Orgel zurück
nach der Kanzel und blies die Kanzel an, daß sie niederstürzte
und in tausend Stücke auseinander brach. Wie es aber nach
dem Hochaltar kommt, sieht es die Schildwacht hinter dem heiligen Johannes sitzen und ruft: „Schildwacht! Schildwacht!
warum hast du dich nicht gemeldet? Bliebe mir noch ein
Augenblick Zeit, so sollte es dir schlecht gehen. Jetzt muß ich
wieder in meinen Sarg!" Als nun der Deckel zuschlug und
der Sarg hinabfuhr, stieg der Korporal wieder hinter dem heiligen Johannes her vom Hochaltar herunter und patrouillierte
auf und ab bis an den hellen Morgen. Da kam der König
mit sechs schwarzen Rappen gefahren und nahm den Korporal
freundlich in seinen Wagen. Der sagte ihm, das Kind habe

aber nun schon zum zweitenmal den Tisch mit dem gebratenen
Kalb und mit dem Fäßchen Wein vermißt; warum er die nicht
in die Kirche stellen laße? „Ja," sagte der König, „das habe
es auch gleich nach der Geburt schon verordnet; weil es aber
immer nichts davon angerührt habe, sei es zuletzt in Vergeßen-
heit gerathen. Morgen aber sollte es an nichts fehlen, er
möchte sich nur zeitig einstellen." Da gieng der Korporal am
Abend wieder ins Wirthshaus, sich frischen Muth zu trinken,
denn damit war es wieder nicht ganz im Reinen. Der Wirth
machte ihm aber dießmal so bange vor dem Halsumbrehen,
daß er zum drittenmal mit Sack und Pack ausriß und wieder
zu einem dritten Thor hinausrannte; da, meinte er, würde er
wohl der Stimme nicht begegnen. Kaum war er aber im
Freien, so hörte er sie schon rufen: „Heda, Kamerad, willst
du denn durchaus deinem Glück aus dem Wege laufen? Morgen
kannst du schon Hochzeit halten und König werden, wenn du
nur dießmal noch aushältst. Ich will dir auch sagen, was du
zu thun hast. Verbirg dich nur ehe es Zwölf schlägt in dem
Beichtstuhl; bevor aber das Kind von der Orgel kommt, lege
dich in seinen Sarg: so kann dir Nichts zu Leide geschehen.
Da gieng der Korporal getrost in die Kirche, patrouillierte bis
drei Viertel auf Zwölf vor dem Hochaltar auf und ab, hängte
dann Patrontasche, Säbel und Tschako an sein Gewehr und
versteckte sich hinter dem Beichtstuhl. Schlag Zwölf fährt der
Sarg empor und springt auf, das Kind kommt heraus, sieht
sich um und ruft: „Heut hat mir mein Vater nicht bloß die

Schildwacht geschickt, auch den Tisch mit dem gebratenen Kalb und dem Fäßchen Wein; die Schildwacht seh ich aber wieder nicht. Schildwacht, melde dich!" Aber die Schildwacht hielt sich still und gab keinen Laut von sich. Da setzte sich das Kind an den Tisch und aß auf Einem Sitz das ganze gebratene Kalb auf und trank auch das Fäßchen Wein rein aus. Dann schwebte es durch die Kirche nach der Orgel und spielte; aber nur wenige Läufe, so daß der Korporal kaum Zeit hatte, von dem Beichtstuhl nach dem Hochaltar zu gehen, wo er sich in den offenen Sarg legte. Da schwebte das Kind schon wieder zurück durch die Kirche und blies den thönernen heiligen Johannes an, daß er vom Hochaltar fiel und in tausend Stücke zerbrach. Als es aber an den Sarg kommt, sieht es die Schildwacht da liegen und ruft: „Schildwacht, steh auf, das ist mein Platz!" Aber die Schildwacht rührte sich nicht. Eben schlug es Eins, da legte das Kind sich über den Soldaten in den Sarg. Es war aber eiskalt und so schwer wie Blei. Der Deckel schlug zu und der Sarg fuhr hinab und das Kind blieb auf dem Korporal liegen bis es seine natürliche Wärme und Schwere wieder gewann. Denn es fieng an zu wachsen, und je größer es wuchs, je leichter ward es und je mehr verlor sich die Kälte. Endlich war es eine blühende Jungfrau von zwanzig Jahren geworden: da fuhr der Sarg empor, der Deckel schlug zurück und die schöne Jungfrau sprang heraus, bot der Schildwacht die Hand und sprach: „Schildwacht, steh auf, du hast mich erlöst und sollst nun mein Gemahl werden."

Damit zog sie ihn zu sich empor und bot ihm den Mund zum
Kuß. Hatte er da nicht sein Glück gemacht? Inzwischen war
es auch Morgen geworden: da kam der König mit acht schwarzen
Rappen gefahren und wie er seine Tochter erlöst findet, schickt
er den Kutscher mit dem Wagen zurück und befiehlt, acht weiße
Schimmel vorzuspannen. Dann ließ er den Korporal mit der
jungen Königin einsteigen, setzte sich dazu und fuhr nach dem
Schloße. Da ward nun ein großes Gastmal gerüstet und in
der Stadt ausgerufen, die Königstochter sei erlöst, und der sie
erlöst habe, solle sie zum Altar führen und des Königs Nachfolger werden. Da war großer Jubel, die schwarzen Tücher
wurden mit rothen vertauscht und alles Volk drängte sich in
die Kirche, der Trauung beizuwohnen. Darauf ward die Hochzeit mit so großen Freuden begangen, daß wenig daran gefehlt
hätte, wenn ich nur auch dabei gewesen wäre.

3. Der Müller im Himmel.

Es war ein pfiffiger Müller, der lehrte die Säcke tanzen. Wenn sie in seine Mühle kamen, pfiff er ihnen ein Liedchen vor, und wollten sie nicht tanzen dazu, so musten sie zur Strafe Korn laßen. Als er nun gestorben war, ward ihm ein ehrlich Begräbniß zugedacht von zwei Pfarrern auf einmal, denn seine Mühle lag grade auf der Grenze zweier Kirchspiele, und da hätte ihn der eine Pfarrer gern begraben und der andre noch lieber. Um nun den Streit zu schlichten, band man ihn nach dem Rath eines klugen Mannes auf einen Esel: wohin der ihn trüge, da solle er begraben werden. Und sieh, der Esel wuste noch am besten Bescheid, denn er trug ihn grade unter den Galgen und da wurde er auch begraben. Seine Seele aber nahm ein Teufel und führte ihn vor das Höllenthor. Da stand Meister Satanas und fragte: „Wen bringst du denn da geschleppt?“ „Den pfiffigen Müller von Zweibrücken,“ sagte der Teufel. „Holla, Paffamagori,“ rief Satanas, „der mag so nicht einpassieren. Erst muß er ins Himmelreich gucken, damit es ihn desto mehr verdrießt, wenn er die Seligkeit da sieht und kann ihrer nicht theilhaft werden.“ Also führte ihn der

Teufel vor das Himmelsthor: da war Gesang und Spiel und die Engelchen tanzten auf der Mauer. „Siehst du nun," fragte ihn der Teufel, „wie lustig es da zugeht?" „Dummrian," versetzte der Müller, „kann ich denn durch die Wände sehen? Warte doch bis die Thür aufgeht." Da kam eben St. Peter an die Pforte, einen frommen Mann einzulaßen, dem er flügelweit aufthat. Der pfiffige Müller that, als wollte er eben nur hineinguckeen; aber ehe sichs der Teufel versah, war er hinter St. Peters Rücken hineingewischt. Der Teufel schlug gleich Lärm und verlangte seinen Braten: das sei doch keine Kost für solche Leckermäuler. St. Peter, der die Beschwerde gegründet fand, hatte ihn bald ausgewittert und fragte: „Wie bist du hier hereingekommen? Scher dich gleich heraus, hier hast du Nichts zu schaffen." „Fein sachte," spottete Pfiff, „solche Eile hat es noch nicht! Hier ist es zu schön, als daß ich schon wieder hinaus begehrte. Ehe der Hahn dreimal ge= kräht hat, verleugne ich meinen Heiland nicht." Der hat Haar auf den Zähnen, dachte St. Paul, da muß ich dem Alten zu Hilfe kommen. „Jetzt seid so gut, Freund, und trollt Euch Eures Weges. Dort hat der Zimmermann ein Loch gelaßen." „Ei, wen hab ich denn die Ehre?" fragte der Müller höflich. „Ich bin St. Paul, der Apostel." „Wenn ihr St. Paul seid," sagte der Müller, „so haltet Frieden und werft keinen Stein auf mich. Ich bin nicht St. Stephan. Blinder Eifer schadet nur." „Da hast du auch dein Theil," sagte Petrus. Beschämt gieng St. Paul hinweg und klagte den Unfug Gott dem Herrn.

Dieser schickte sogleich St. Christophorus, ihn hinauszuweisen.
Der pfiffige Müller erkannte ihn alsbald an seiner großen Keule
und diesen ungeschlachteten Gliedmaßen und sagte: „Meinst du,
ich fürchte mich vor deinem großen Kolben, du alter Heide?
Du hast damit großen Mord verübt, es klebt viel unschuldiges
Blut daran." So schickte der Herr noch andere Heiligen an
ihn; aber allen rückte er ihre Gebrechen vor, daß sie die Augen
niederschlugen und verstummten. Nun waren sie in großer
Verlegenheit, wie sie ihn hinausschaffen sollten. Endlich beriethen sie sich, die unschuldigen Kinder gegen ihn zu schicken,
die Herodes ermordet hatte, denn denen würde er nichts anhaben können. Aber der pfiffige Müller erdenkt gleich wieder
einen neuen Rank und theilt ihnen Pfefferkuchen aus und
Aepfel mit rothen Backen und hübsche Bilderchen mit bunten
Farben und Goldverzierung; dann schüttelt er ihnen Birnen
und Pflaumen von den Bäumen, und läßt sie die Fische in
den Teichen füttern. Auch machte er ihnen Windmühlen und
Waldteufel und allerlei ander Spielzeug; zuletzt pfeift er ihnen
ein Liedchen und lehrt sie im Kreise hüpfen und tanzen und sie
begreifen es beßer als seine Säcke. Da war an kein Austreiben zu denken. Endlich machte sich die Mutter Gottes selber
auf und kam zu ihm und sprach: „Mann, du mußt hinaus!
hier ist deines Bleibens nicht länger." „Schöne Frau," sagte
der Müller, „wer seid ihr doch? Alle die Tage meines Lebens
habe ich so holdseliges nicht gesehen. Die Sonne am Himmel
muß sich vor euch verbergen." Da sprach unsre liebe Frau:

„Ich bin die Mutter Gottes.“ „O heilige Jungfrau,“ rief der Müller, „von euch geschieht mir Nichts zu Leide, ihr seid aller Gnaden voll, die Mutter der Barmherzigkeit: alle Welt hofft auf eure Fürsprache und euer Sohn kann euch nichts versagen. Ihr seid die Königin des Himmels: in euern Schutz befehl ich mich.“ Da wandte sich die Mutter Gottes wieder um und kam zu ihrem Sohne und sprach: „Ich kann dem Mann Nichts zu Leide thun, er hat mich so beschieden, daß ichs nicht übers Herz bringen kann, ihn hinauszuweisen.“ Da sprach Gottes Sohn: „So werd ich selber zu ihm gehen müßen, wenn wir ihn los werden wollen.“ Da kam er im Geleit der himmlischen Heerschaaren gegangen und sprach zu dem Müller: „Mann, deine Heimat ist hier nicht: deine Ränke und Pfiffe und deine scharfe Zunge helfen dir nicht länger.“ Da sprach der Müller: „Ihr seid klar und schön und kommt mit großem Gefolge gegangen; wer seid ihr denn?“ „Ich bin,“ sprach Gott der Herr, „der Himmel und Erde ge-schaffen und die Menschheit erlöst hat.“ „Ihr seid Gott selber,“ sprach der Müller, „das hör ich wohl. Dann werd ich aber nicht vertrieben, denn ihr selbst habt gesprochen, wie ich oft predigen hörte, wer zu euch komme in eures Vaters Haus, den wolltet ihr wohl empfangen.“ „Ja,“ sprach der Herr, „wenn er auch meines Vaters Willen gethan hat. Hätte mein Vater dich zu mir gesandt, so solltest du ewig mit mir leben. Du hast aber nie etwas Gutes gethan, darum kann deiner Seele nicht Rath werden.“ „Wie ist mir denn?“ sagte der

Müller, „hab ich nicht euch zu Liebe einmal einen alten Sack
gegeben? Wo bleibt der nun?" Da sprach Gott der Herr:
„Geht hin und holt ihm den alten Sack, er mag ihn nur
wieder nehmen. Hier bleiben darf er nicht." Sogleich ward
ihm der alte Sack gebracht. Der Müller bedachte sich nicht
lange, spreitete den Sack zur Erde und setzte sich darauf. „Geh
jetzt hinaus," sprach der Herr, „du hast dein Theil." „Ich
sitze hier auf meinem Eigenthum," sagte der Müller, „ich will
doch sehen, wer mich davon vertreiben will." — Da muſte
unser Herrgott selber seiner Schalkheit lachen und ließ ihn sitzen,
und da sitzt er noch hinter der Thür, wenn er nicht seitdem
einen beßern Posten erwischt hat.

4. Der Mann im Pflug.

Ein junger König von Portugal hatte eine wunderschöne
Gemahlin, des Königs Tochter von England. Ihm stand aber
immer der Sinn nach fernen fremden Ländern und wenn ein
Schiff in seinen Hafen lief, wurden die Pilger und Kaufleute
schon am Ufer von des Königs Amtleuten bewillkommt und
in sein Schloß geführt, damit sie ihm erzählten was sie auf
ihren Reisen Wunderbares gesehen und erlebt hätten. Daran
konnte er sich nicht satt hören: es nahm ihm so die Gedanken
ein, daß er Tag und Nacht nicht ruhen mochte vor Begierde,
auch einmal selbst die Welt zu sehen und ihre Wunder zu erfahren. Er ließ denn auch wirklich ein Schiff ausrüsten und
bat seine Gemahlin, ihm auf ein Jahr Urlaub zu gewähren;
er werde diese Frist gewissenhaft innehalten. Die Königin erschrak und hielt flehentlich an, daß er bei ihr bliebe. Sie könne
nicht ohne ihn leben; auch bedürfe sie seines Schutzes in dem
fremden Lande, wo ihr Niemand hold sei. „Doch wollt' ich
dieser Gefahr nicht achten," fuhr sie fort, „wenn ich nicht für
dich, mein Geliebter, zittern müßte. Die Welt ist voll Untreu
und Gefahren und wenig Gutes ahnt mir von dieser Reise."

Aber der junge König sprach: „Um mich darfst du unbesorgt
sein, ich kenne keine Furcht für mich selber. Aber um dich
ist mir doch bange, nicht als ob ich dich nicht sicher wüßte in
meinem Lande, wo du statt meiner gebietest, sondern weil es
im Sprichwort heißt, daß die Frauen langes Haar und kurzen
Sinn haben. Doch bitte ich dich nur um das Eine, daß du
mir deine Treue dieses kurze Jahr über bewahrst. Kehr ich
dann nicht zurück und sende dir auch keine Botschaft, so bist
du frei und magst über deine Hand und dieses Königreich verfügen wie dir gefällt." Als die Königin hörte, daß er von
seinem Entschluß nicht abzubringen sei, weinte sie bitterlich,
denn sie liebte ihren Gemahl von ganzem Herzen. „Nicht
dieses Jahr allein," rief sie, „alle die Tage meines Lebens
will ich auf dich warten. Weil du aber um meine Treue besorgt bist, so kann ich dich hierüber völlig beruhigen. Nimm
dieses Hemd und leg es an: so lange das weiß und rein bleibt,
so lange ist auch meine Ehre und Treue rein und fleckenlos."
Als er nun zu Schiffe gehen sollte, begleitete sie ihn an
den Strand, nahm einen schmerzlich bewegten Abschied von ihm
und als der Anker gelichtet wurde, blieb sie am Ufer stehen und
blickte ihm so lange nach bis der letzte Schimmer der weißen Se-
gel sich im Duft der Ferne verlor. Da sang sie leise vor sich hin:

> Mein Schatz, mein einzig Gut,
> Das ich nicht missen kann,
> Fahr in des Himmels Hut,
> Du herzgeliebter Mann!

Ade, Vergißmeinnicht,
Das Blümlein halt in Acht;
Ich denke nur an dich:
Ade, zu guter Nacht!

Der junge König von Portugal fuhr nun von Lande zu
Lande, von Küste zu Küste, und besuchte das heilige Grab
und alle die Stätten, von denen er je hatte sagen hören. Als
aber das Jahr zur Neige gieng, gedachte er seines Versprechens
und befahl seinem Steuermann, den Seeweg nach Portugal zu
nehmen. Wie sie aber einen Tag gefahren waren, wurden sie
von drei Kaperschiffen aufgebracht und nach tapferer Gegenwehr
übermannt und gebunden auf den Boden des Schiffes geworfen.
Seine Gefährten schickte man auf den Sclavenmarkt; ihn selber
aber schenkten die Seeräuber dem Sultan von Babylon. Der
wuste von keinem Mitleid mit den Christenhunden, sondern
ließ den König wie ein Thier in den Pflug spannen, und gab
ihm einen Treiber bei, der die Peitsche unbarmherzig über ihn
schwang, daß er das Feld mit seinem Schweiß und Blut düngte.
Länger als ein Jahr hatte er diese Qual ertragen, als eines
Tages der Sultan auf einem Spaziergange durch seinen Garten
an ihm vorüberkam. Da nahm er der Gelegenheit wahr, that
einen Fußfall vor ihm und bot hohes Lösegeld für seine Freiheit: „Gewiß werden meine Unterthanen und mein treues Weib
daheim zu zahlen bereit sein was du forderst, um mich aus
so grausamer Knechtschaft zu erlösen.“ „Schweig, Christenhund,“
rief der Sultan, „wie magst du von grausamer Knechtschaft

sprechen? Man sieht es ja deinem Hembe an, daß du heute noch wenig Schweiß in meinem Dienste vergoßen hast." Aber der Sclave erwiederte: „Dieses Hemb, Sultan, trage ich nun über Jahr und Tag: so lange ich in deinem Dienste das Feld umackere, ist kein anderes Gewand an meinen Leib gekommen und immer bleibt es weiß und rein. Als ich von Hause fuhr, gab es mir meine Gemahlin und sagte, an ihm sollte ich er= kennen, daß sie mir unverbrüchliche Treue bewahre, denn so lange sie ihrer Ehre hüte, so lange werde auch dieses Hemb rein und unbefleckt bleiben." Als dieß der Sultan hörte, wollte er es nicht glauben, aber der Treiber versicherte, der Sclave habe nie ein anderes Hemb getragen und noch sei es so rein als am ersten Tage. Da erstaunte er über das Wunder und schwur bei seinem Barte, er müße die Königin von Por= tugal kennen lernen, um ihre Treue auf die Probe zu stellen. Er ließ sogleich ein Schiff ausrüsten und fuhr nach Lissabon, wo er Mittags ankam und der Königin melden ließ, der König von Babylon wünsche sie zu sprechen. Da ließ sie ihm zurück= sagen, heute könne er sie nicht mehr sehen; aber morgen um die elfte Stunde werde sie ihn empfangen. Sie empfieng ihn aber nicht anders als im Angesichte des ganzen Hofes. Da trat er von Gold und Edelsteinen stralend vor sie hin und bot ihr Herz und Hand und den mächtigsten Thron der Welt. „Verschmäht mich nicht," sprach er, „denn nie wird euch wieder ein solches Glück geboten. Wißt, daß in meinen Reichen die Sonne nicht untergeht und daß ich drei Welttheilen

gebiete. Kein Kaiser in der Christenheit darf sich mir vergleichen."
Da sprach die Königin zu ihm: „Herr, ich bin vermählt;
aber wär ich auch frei, so bin ich Christin und ihr seid Heide."
Der Sultan entgegnete: „Frau, das hindert nicht; Ihr würdet
nicht die einzige Christin unter meinen Gemahlinnen sein.
Wenn es aber euer Glaube mit sich bringt, daß euer Mann
nur euch vermählt sei, so will ich meinen ganzen Harem ent-
laßen und euch allein zur Sultanin haben. Was eure eigne
Vermählung belangt, so ist euer Mann mein Sclave, der,
in den Pflug gespannt, mir das Feld ackert. Es kostet mich
einen Wink, so ist dieß Hinderniß gehoben. Wünscht ihr
jedoch, daß er am Leben bleibe, so will ich ihm die Freiheit
schenken und ein Schiff ausrüsten laßen, das ihn unverletzt
nach Portugal bringe. Aber der Preis dafür sei eure Hand."
Als die Königin dieß von ihrem Manne hörte, wäre sie vor
Schrecken fast in Ohnmacht gefallen. Sie faßte sich aber wieder
und sprach: „Alle meine Schätze biete ich euch zum Lösegeld
meines Mannes; aber meine Hand könnt ihr nicht gewinnen.
Ich weiß auch, daß mein Herr und Gemahl um solchen Preis
Freiheit und Leben nicht erkaufen möchte." Damit ließ sie ihn
stehen und gieng weinend hinaus; und als er sie nochmals
und zwar allein zu sprechen verlangte, ließ sie ihm sagen, er
dürfe ihr nie wieder vor die Augen kommen.

Während er nun zu seinem Schiffe zurückgieng, verhängte
sich die Königin das Antlitz mit einem Schleier und eilte in
den Wald hinaus zu einem frommen Einsiedler, bei dem sie

oft Troſt und Rath gefunden hatte. Der ließ es ihr auch
heute nicht daran fehlen, gab ihr eine Harfe und eines Spiel=
manns Bart und Kleider, mit welchen er ſelbſt einſt die Welt
durchzogen hatte. So verkleidet gieng ſie an das Meer, wo
des Sultans Schiffe lagen, ſetzte ſich auf einen Stein und fieng
an zu ſingen:

> Was fehlet dir, mein Herz,
> Daß du ſo in mir ſchlägeſt?
> Wie kommt es, daß du dich
> So heftig in mir regeſt?
> Warum erhebſt du dich
> Mit ſolcher ſtarken Macht
> Und ſtöreſt mir die Ruh,
> Den ſüßen Schlaf bei Nacht?

Als der Sultan den Spielmann ſingen hörte, ward er
aufmerkſam und gieng hinzu, denn ſolchen Geſang und ſolches
Spiel hatte er in ſeinem Leben noch nicht vernommen. Der
Spielmann that, als ſähe er ihn nicht und fuhr fort zu ſingen:

> Ich weiß die Urſach ſchon:
> Was will ich lange fragen?
> Mich hat ein jäher Sturm
> In tiefes Leid verſchlagen.
> Es fallen über mich
> Die Unglückswellen her,
> Ich ſchwebe voller Angſt
> Auf einem wilden Meer.

„Willst du mit über See, Spielmann?" fragte der Sul=
tan. „Nein," sagte er, „was sollt ich in einem fremden
Lande?" „Du singst ja, als schwebtest du schon auf dem
Meere." „Das sind nur so meine Gedanken," entgegnete der
Spielmann. „Höre," sagte der Sultan, „du kannst dein
Glück machen, wenn du mit mir fährst. Wiße, ich bin der
Sultan von Babylon, der mächtigste König auf Erden." Der
Spielmann weigerte sich; aber der Sultan ließ nicht nach in
ihn zu bringen; er versprach, ihn wieder heimzusenden, sobald
es ihm gefiele; er wolle ihm auch jeden Wunsch erfüllen, was
er nur zum Lohne begehre, und beschwor ihm das bei seinem
Barte. Da ließ sich der Spielmann endlich bereden und gieng
mit ihm zu Schiffe. Unterwegs muste er ihm alle seine Lieder
singen und der Sultan konnte sie nicht oft genug hören. Als
sie nach Babylon kamen, ließ er ihm alle Ehre anthun; auch
muste er bei Tafel an seiner Seite sitzen; dazu überhäufte er
ihn mit Geschenken und das Gleiche thaten die Herrn an seinem
Hofe und alle Fürsten des Landes, die seinen Gesang nicht
genug bewundern konnten. Da gieng eines Tages der Sultan
mit ihm durch seinen Rosengarten spazieren und blieb bei einem
Manne stehen, der in den Pflug gespannt war. „Sieh,"
sprach er zu ihm, „dieß ist der König von Portugal; thut es
dir nicht leid, daß der König deines Landes hier den Pflug
ziehen muß?" „Ich bin nicht von Portugal," sagte der Spiel=
mann, „sondern aus England gebürtig; aber wir Spielleute
haben keine Heimat: wir ziehen von Land zu Lande und

überall heißt man uns willkommen. Doch wär ich gern wieder
jenseits des Meeres: das Verlangen darnach läßt mich nicht
schlafen:

> Es störet mir die Ruh,
> Den süßen Schlaf bei Nacht."

„Gefällt es dir nicht in unserm Lande?" fragte der Sultan.
„Es kann nirgendwo schöner sein," antwortete der Spielmann,
„als in diesem Rosengarten." Da fieng er an zu singen:

> Ich kam vor kurzer Zeit
> In einen schönen Garten,
> Da blühten weit und breit
> Viel Blumen aller Arten.
> Doch eine Rose war,
> Die mir zumeist gefiel:
> Die blühte wunderbar
> Auf ihrem Dornenstiel.

Der Sultan fragte, welche Rose er meine. Da zeigte er
ihm eine und der Sultan brach sie ihm. Da sang der Spielmann:

> Du edle Rose gut,
> Die du in Dornen sitzest,
> Wie bitter bis aufs Blut
> Du mir den Busen ritzest,
> So freut mich doch dein Schein
> Und deiner Farben Pracht,
> Und flüstre voller Pein:
> Ade, zu guter Nacht!

Damit giengen sie aus dem Garten und der Spielmann
sang:

> Jetzt muß ich ganz betrübt
> Aus diesem Garten gehen,
> Und was ich stäts geliebt
> In schweren Banden sehen;
> Doch zögest du mit mir,
> So blick' ich nicht zurück:
> Nur dort, nur dort, nicht hier
> Blüht mir des Lebens Glück.

Seit diesem Tage ward der Spielmann immer stiller und
trauriger; auch seine Lieder klangen täglich harmvoller und
rührender. Dabei zehrte er sichtlich ab und die Blässe seiner
Wangen verrieth, daß er an einer Krankheit leide, die nur
jenseits des Meeres geheilt werden könne. Als er daher vor
den Sultan trat mit der Bitte, er möchte ihn doch heimschicken,
konnte er es nicht abschlagen und sagte: „Lieber Spielmann,
wenn ich nicht sähe, wie weit es mit dir ist, so böte ich dir
alle Schätze meiner Kammer, damit du bei mir bliebest. Da
aber das Heimweh dich nicht länger hier duldet, so zieh in
Frieden; sage mir aber, welchen Lohn du für deine Lieder
begehrst; du weißt, ich habe bei meinem Bart geschworen, dir
keine Bitte zu versagen." Der Spielmann sprach: „Herr, ihr
habt mich hier reich genug beschenkt: ich habe mein Lebenlang
daran zu zehren. Wenn ihr mir aber eine Wohlthat erzeigen
wollt, so schenkt mir einen eurer Christensclaven, damit ich

auf der Heimreise einen treuen Begleiter habe." Da ließ der
König alle seine Sclaven herbeibringen und darunter war auch
jener Mann, der ihm den Pflug zog. Der Spielmann gieng
durch ihre Reihen, sah sich Mann für Mann prüfend an und
wählte endlich den König von Portugal. Daran nahm der
Sultan kein Arg; vielmehr ließ er ihm und seinem Reisegefährten
ein prächtiges Schiff ausrüsten und reich mit Schätzen beladen.
Da beurlaubte sich der Spielmann von dem Sultan und allen
Herren des Hofes und stellte sich, als bestiege er mit dem
Könige von Portugal das Schiff; stahl sich aber heimlich hinweg und pilgerte erst zu Fuß nach dem heiligen Grabe, denn
zu dieser Wallfahrt hatte er sich für das glückliche Gelingen
seines Vorhabens schon im Walde bei dem Einsiedel verlobt.
Wie aber das Sprichwort ein wahres Wort ist, daß Kirchen-
gehen nicht säumt, so gab es ihm Gott zu Lohn, daß er noch
vor dem König von Portugal in Lissabon anlangte. Erst am
andern Tage kam auch dieser in den Hafen gesegelt und ward
von seiner Gemahlin, die schon am Strande stand, mit tausend
Freuden empfangen.

Aber dem König konnte es nicht lange verborgen bleiben,
daß die Königin über Jahr und Tag aus dem Lande gewesen
war; auch fehlte es nicht an falschen Zungen, die sie deshalb
der Untreue bezüchtigten. Der König wollte ihnen jedoch kein
Gehör geben, weil das Hemd, das er in der Gefangenschaft
getragen und auch jetzt nicht vom Leibe ließ, noch so weiß
und rein war wie frischer Schnee. Allein die Anklagen wurden

immer dringender: da riß ihn endlich die Eifersucht hin, ihr
über Tisch die Frage vorzulegen, wo sie über Jahr und Tag
gewesen sei. Da bedeckte die Königin ihr Angesicht mit einem
Tuche, stand auf und gieng weinend aus dem Saale. Schon
hatte der König den Befehl gegeben, sie gefangen zu nehmen,
als der Spielmann hereintrat und zu singen begann:

> Jetzt muß ich ganz betrübt
> Zu meinem Grabe gehen
> Und bald, was ich geliebt,
> In fremden Armen sehen.
> Ist das der Treue Lohn,
> Daß ich dich frei gemacht?
> Doch klingt mein heller Ton:
> Ade, zu guter Nacht!

Der König, der den Spielmann sogleich erkannt hatte,
verstand doch den Sinn seines Liedes nicht. Aber dieser fuhr
fort zu singen:

> O Rose voller Pracht,
> Die du in Dornen sitzest,
> Wie bitter mit Verdacht
> Du mir den Busen ritzest!
> Ich habe dich erlöst
> Aus fernem Türkenland:
> Für Lieb und Treue stößt
> Mich von sich deine Hand.

Hiermit ließ er das Spielmannskleid von seinen Schultern fallen und in königlichem Schmuck stand die Königin von Portugal vor ihm da. Erstaunt und betroffen sprang der König von seinem Size, fiel ihr zu Füßen, küßte den Saum ihres Gewandes und bat ihr unter vielen Thränen sein Unrecht ab. Dann ergriff er selber die Harfe und sang knieend:

Du meiner Seele Bild,
Wie hab ich mich vergangen!
Der Reue Thräne quillt,
Roth färbt mir Schuld die Wangen.
Ich küsse Fuß und Hand,
Den Saum dir am Gewand.
Im Staube lieg ich hier:
Vergieb, Geliebte, mir!

Du hast mich frei gemacht
Von Ketten und von Banden,
Mich in mein Reich gebracht
Aus großer Noth und Schanden.
All, all mein Leben lang
Will ich dir sagen Dank,
Dein treuer Diener sein,
Herzallerliebste mein!

Die Königin hob ihn auf, zog ihn an ihr Herz und küßte ihm die Thränen von den Wangen. Der König erzählte seinen Tischgenoßen und dann auch dem ganzen Volke vom Altan des

Schloßes was die Königin für ihn gewagt hatte und wie er ihr allein sein Reich und seine Freiheit verdanke. Auf ihren Wunsch und um die Freude dieses Tages nicht zu trüben, verzieh er auch allen ihren Anklägern. Da war großer Jubel im ganzen Lande. Die Hauptstadt ward mit Fahnen und rothen Tüchern geschmückt und das neu verbundene Königspaar im Triumph über Markt und Straßen geführt. Nun genoßen sie erst ihres Glücks und gedachten bis in hohes Alter gern der überstandenen Trübsale.

5. Klein Kerlchen.

Es war einmal ein klein Kerlchen, das ward alle Tage älter; wenn es aber ins Wirthshaus kam, ein Glas Bier oder Wein zu trinken, sagte der Wirth zu ihm: „Guten Tag, klein Kerlchen." Das war ihm sehr verdrießlich. Endlich gieng es zum Schuster, sich ein Paar Absätze unter die Stiefel machen zu laßen. Wie es in die Werkstatt kam, sagte der Schuster: „Guten Tag, klein Kerlchen. Womit kann ich denn dienen?" Da sagte klein Kerlchen: „Ihr sollt mir ein Paar Absätze unter die Stiefel schlagen, damit mich die Leute nicht immer klein Kerlchen nennen. Das ist mir sehr verdrießlich." Der Schuster that es, ließ sich baar bezahlen und als klein Kerlchen aus der Werkstatt gieng, sagte er: „Adjes, klein Kerlchen." Das war ihm sehr verdrießlich, daß der Schuster nicht mehr Respect vor seiner eigenen Arbeit hatte. Der Wirth soll aber doch Augen machen, dachte er, und anders sprechen. Er gieng also ins Wirthshaus, ein Glas Bier oder Wein zu trinken, und als er in die Stube trat, sagte der Wirth: „Guten Tag, klein Kerlchen; was ist ihm denn gefällig, ein Glas Bier oder Wein?" Das war ihm sehr verdrießlich, daß die hohen

Absätze nicht beßer gewirkt hatten. Als er aus dem Wirthshaus kam, gieng er geradeswegs zum Hutmacher, sich einen Hut mit hoher Kuppe zu kaufen. Wie er in den Laden trat, sagte der Hutmacher: „Guten Tag, klein Kerlchen! was ist euch denn zu Diensten?" „Ich will mir einen Hut kaufen," sagte klein Kerlchen, „damit mich die Leute nicht immer klein Kerlchen nennen. Das ist mir sehr verdrießlich." Da gab ihm der Hutmacher einen Hut mit hoher Kuppe, empfieng sein Geld und sagte: „Adjes, klein Kerlchen!" Das war ihm sehr verdrießlich, daß der Hutmacher nicht mehr Respect vor seiner eigenen Waare hatte. „Aber im Wirthshaus wird es jetzt anders lauten!" Er gieng also ins Wirthshaus und behielt den Hut auf wie ein Engländer. Da kam der Wirth herein und sagte gleich: „Guten Tag, klein Kerlchen. Was ist ihm denn gefällig, ein Glas Bier oder Wein?" Das war ihm sehr verdrießlich, da er doch Absätze unter den Stiefeln und den Hut mit hoher Kuppe auf dem Kopfe hatte. Daß sie ihn nun doch noch klein Kerlchen nennen konnten, das fand er ganz unbegreiflich. Er fragte auch alle Leute, warum sie ihn denn immer klein Kerlchen nennten; er sei doch nun hübsch ausgewachsen, und habe auch Absätze unter den Stiefeln und einen Hut mit hoher Kuppe auf dem Kopfe. Warum er denn noch immer das kleine Kerlchen heiße? Aber so viel er fragte, Niemand wollte es ihm sagen; das war ihm sehr verdrießlich. Endlich dachte er bei sich selbst, wenn es hier Niemand wiße, so wolle er nach Rom zum Pabst reisen: der müße es doch wißen. Andern Tags schnürte er

richtig seine sieben Sackspfeifen zusammen und nahm den Weg
zwischen die Beine. Da kam er eines Abends an ein Wirths=
haus und suchte Herberge. Wie er eintritt, sagte der Wirth:
„Guten Tag, klein Kerlchen! Wohin geht die Reise?" „Zum
Pabst nach Rom," sagte klein Kerlchen: „der soll mir sagen,
warum ich immer klein Kerlchen heißen muß und habe doch
Absätze unter den Stiefeln und einen Hut mit hoher Kuppe
auf dem Kopf: das ist mir sehr verdrießlich." „Recht!" sagte
der Wirth; „so will ich auch mit euch, den Pabst zu fragen,
warum ich immer der arme Wirth heißen muß." Das
hörte der Hausknecht und sagte: „So will ich auch mit und
den Pabst fragen, warum ich immer der faule Knecht heißen
muß." Da machten sich andern Tags die Drei auf den Weg
und als sie gen Rom kamen, ließen sie sich bei dem Pabste
melden. Da wurden sie in ein Zimmer geführt, worin ein
großer Spiegel hieng. Als nun der Pabst kam und ihr An=
liegen hörte, sagte er zu dem Wirth: „So stellt euch hier
rücklings gegen den Spiegel, seht über die linke Schulter hinein
und sagt mir, was ihr da seht." Da sagte der Wirth: Da
säh er eine Menge Weiber am Kaffeetisch sitzen. Der Pabst
fragte: Ob denn seine Frau nicht auch dabei wäre? Ja, sagte
der Wirth, die säße mitten darunter. „Ja seht, Herr Wirth,"
sagte der Pabst, „eure Frau besucht Kaffeevisiten und hält
auch selber Kaffeevisiten: darum seid und bleibt ihr der arme
Wirth. Nun war die Reihe an dem Knecht: der muste auch
rücklings gegen den Spiegel stehen, über die linke Schulter

hineinsehen und dann sagen, was er sähe. Der Knecht sagte: da liefen die Hunde einem Hasen nach. Der Pabst fragte ihn: Ob denn die Hunde den Hasen nicht einholten? Nein, sagte der Knecht, der Hase wäre so geschwind als die Hunde sein möchten und schwerlich würden sie ihn einholen. „Ja seht," sagte der Papst zu dem Hausknecht, „wenn Ihr auch so geschwind liefet zu thun, was euch der Wirth oder die Gäste hießen, wie der Hase vor den Hunden läuft, so brauchtet ihr nicht der faule Knecht zu heißen. Nun kam zuletzt auch die Reihe an das kleine Kerlchen: der muste sich auch rüdlings gegen den Spiegel stellen und über die linke Schulter hineinschauen. Da fragte ihn der Pabst was er schaue. Klein Kerlchen sagte, da sähe er Nichts als sich selbst. Der Pabst fragte, ob er denn im Spiegel größer scheine als in der Wirklichkeit? „Nein," sagte klein Kerlchen, „nur gerade so groß." „Ja seht," sagte der Pabst, „dann weiß ich euch nichts anders zu zu rathen, als daß ihr euch so lange meßen laßt bis ihr groß werdet. Hernach braucht ihr nicht mehr klein Kerlchen zu heißen.

6. Wer ist der Dümmste?

Eine Frau klagte ihren Nachbarinnen über ihren Mann, daß er so dumm sei und Alles glaube was sie ihm sage. Der Schade ist so groß nicht, sagte die eine Nachbarin; der meine ist auch nicht gar klug; wer weiß wozu das gut ist. Gewiß, sagte die dritte; man muß es sich nur zu Nuße machen. Ach, sagte die erste wieder, wozu kann das nüße sein? Ihr stellt euch nicht vor, wie weit das bei meinem Manne geht. Ich wette, wenn ich ihm sagte, er wäre todt, er glaubte es, und ließe sich lebendig begraben. Es gilt, sagte die andere: wenn ihr das bei euerm Manne zu Wege bringt, so will ich den meinen überreden, daß er im Hembe mit zur Leiche geht. Ei, fiel die dritte ein, so sollte sich meiner einbilden, er wär der Kaplan und müste den Leichenzug führen. Des Handels wurden sie eins und gaben sich die Hände darauf. Andern Morgens, als ihr Mann noch schlief, mischte die Frau Safran und Ruß, bestrich damit ihrem Mann das Angesicht und fieng dann an so laut zu jammern und zu schreien, daß er aufwachte und fragte: Was ist dir denn, daß du so jammerst und heulst?

Ach, rief sie, ich arme geschlagene Frau, soll ich nicht jam=
mern, da du gestorben bist? Ich gestorben? fragte der Mann
verwundert: davon weiß ich ja kein Wort. Freilich, sagte sie,
weil du todt bist, kannst du es nicht wißen. Aber sieh nur
hier in den Spiegel. Ja, sagte der Mann, nun seh ich es
wohl; wie hätt ich das aber glauben sollen? Freilich, sagte
die Frau, gestern Abend giengst du ja ganz munter zu Bette:
wer hätte gedacht, daß dich in der Nacht der Schlag rühren
würde! Aber liege nun still und strecke dich: wo hast du je
gesehen, daß ein Todter so schief gelegen hätte? Den Kopf zu=
rück, die Arme herab und die Beine grad aus. So! nun laß
mich dir die Augen zudrücken. Da hielt der Mann den Athem
an, die Frau drückte ihm die Augen zu und lief lachend aus
der Stube und gleich aus dem Haus zu ihren Nachbarinnen
und sagte: Mit meinem Mann ist es schon richtig, ich hab
ihm eben die Augen zugedrückt und nun liegt er still und
meint, er wär gestorben. Morgen früh um sechse laß ich ihn
begraben; seht nun zu, daß ihr Wort haltet und eure Männer
mit zur Leiche schickt.

Sorgt nicht, sagten die Nachbarinnen, sie sollen kommen.
Am Abend sagte die nächste Nachbarin zu ihrem Mann: Unser
Nachbar Doll ist gestorben; sei morgen früh bei der Hand,
daß du mit zur Leiche gehst. Ja, liebe Frau, sagte der Mann,
aber wecke mich zeitig, daß ich mich nicht verschlafe. Das versprach
sie ihm. Die dritte Nachbarin wartete bis zum Morgen, da
stand sie auf, als ihr Mann noch schlief und schor ihm eine

Platte. Dann weckte sie ihn und rief: Um Gottes willen,
Herr Kaplan, steht doch auf, ihr müßt ja den Nachbar
Doll begraben. Was, sagte der Mann, bin ich denn der
Kaplan? Ja, freilich Herr Kaplan, sagte sie, wißt ihr nicht
mehr, daß ihr Kaplan geworden seid? Ei, sagte der Mann,
da müste mir doch eine Platte geschoren sein. Damit fühlte
er sich auf den Kopf und fand richtig die Platte. Aber nur
bald, Herr Kaplan, rief die Frau, laßt die Leute nicht so lange
warten; sie sind schon alle vor dem Hause versammelt. Hier
liegen die Chorkleider: ich will euch helfen, daß ihr hinein
kommt, denn ihr wißt noch nicht recht Bescheid damit.

Inzwischen hielt auch die dritte, die ihren Mann zu wecken
versprochen hatte, ihr Wort. Mann, rief sie, steh geschwind auf,
der Leichenzug wird sich gleich in Bewegung setzen. Der Mann
erhob sich und wollte nach Rock und Beinkleidern greifen; aber
die Frau hatte sie bei Seite geschafft. Der Rock ist beim
Schneider, sagte sie zu dem Manne, der eben aufgestanden
war; es schadet aber nichts, du kannst bei dieser Schwüle wohl
ohne Rock gehen. Wo sind denn aber die Beinkleider? fragte
der Mann. Die liegen neben dem Bette, sagte die Frau;
aber schäme dich doch, so zerstreut zu sein. Du hast sie ja
eben schon angezogen. Mach nur schnell, daß du nachkommst,
die Leiche ist schon auf dem Kirchhof, lauf, sonst kommst du
wenn Alles vorbei ist. Da glaubte der Mann der Frau, er
hätte die Beinkleider schon an, und lief im Hembe dem Leichenzug nach. Als er auf den Kirchhof kam, ward eben der Segen

über die Leiche gesprochen und es fehlte nichts, als daß der Sargdeckel geschloßen und die Leiche herabgelaßen würde. Da kam just der Nachbar im Hembe gelaufen und die Bauern schlugen ein lautes Gelächter auf über seinem Anzug. Davon erwachte der Todte, richtete sich empor, sah seinen Nachbar im Hembe herankommen und sagte: „Wenn ich jetzt nicht todt wäre, so lachte ich mich zu Tod über den Nachbar Doll.

7. Das fromme Gebet.

Eine alte Frau pflegte alle Tage in die Kirche zu gehen und dem Muttergottesbilde ihre Wünsche vorzutragen. Die waren denn bescheiden genug, denn sie erbat sich weiter nichts als alle Tage

    Ein Schlätchen (Salätchen),

    Ein Brätchen

    Und zwei Pinten Roth.

Das hatte des Küsters Junge bemerkt, und Eines Tages, als sie wiederkam, stellte er sich hinter das Marienbild und belauschte der Alten frommes Gebet. Als sie nun an die Stelle kam, wo es hieß: Ein Schlätchen,

    Ein Brätchen

    Und zwei Pinten Roth

rief er mit heller Stimme dazwischen: Nun, ich sollte meinen, Ein Pintchen thät es auch. Da meinte die alte Frau, das Christus=kind, das die Mutter Gottes auf dem Arme trug, hätte ihr das zugerufen und rief ihm zurück: Papperlapap, dumme Blage, halt dein Maul und laß die Mutter kallen: die weiß beßer, was einer alten Frau gut ist.

8. Acht Pfennige täglich.

Es war einmal ein Kaiser, der gab ein Gesetz, daß der eines harten Todes sterben sollte, der an seinem Festtag arbeite. Darauf berief er einen Zauberer und sagte ihm, welches Gebot er hätte ausgehen laßen; er besorge aber, man werde ihm die Uebertretung zu verheimlichen wißen: darum sollte er ihm ein Mittel ausfindig machen, woran er erkennen könnte, wenn Jemand seinem Gebot zuwider handle. Da schuf der Zauberer durch seine Kunst eine Säule mitten in der Stadt und setzte darauf einen Abgott, der dem Kaiser genau anzeigte, wer das Gesetz gebrochen und an dem verbotenen Tage gearbeitet hätte. Und auf die Anklage dieses Abgotts hatten schon viele das Leben eingebüßt. Nun war aber in der Hauptstadt ein Schmied, der pflegte an dem Festtage des Kaisers wie an jedem gewöhnlichen Tage zu arbeiten und hatte es auch heute wieder gethan. Als er nun Nachts in seinem Bette lag, bedachte er, wie er das Gebot des Kaisers verletzt und wie Mancher durch den Verrath der Säule das Leben verloren habe. Hiemit stand er auf und gieng zu dem Abgott, drohte ihm und sprach: „O Säule, Säule, dein Geschwätz hat schon manchem armen

Sünder das Leben gekostet; aber ich befehle dir jetzt, mich nicht zu verrathen, sonst schlag ich dir dein Haupt ab und zerschmettere es mit meinem Hammer. Darum laß dir rathen und schweige von mir.

Des Morgens in aller Frühe schickte der Kaiser nach seiner Gewohnheit seinen Boten an die Säule und ließ fragen, ob Jemand wider sein Gebot gethan habe. Als aber die Boten kamen und den Auftrag des Kaisers ausrichteten, sprach die Säule: Schauet auf und lest, was an meiner Stirne geschrieben steht. Die Boten blickten auf und sahen an der Stirne geschrieben: „Die Zeit verkehrt sich, die Menschen verschlimmern sich, und wer die Wahrheit sagt, dem wird das Haupt zerschlagen mit einem eisernen Hammer. Darum höre, sieh und schweige, willst du in Frieden leben. Geht hin und sagt euerm Herrn, was ihr gehört und gelesen habt."

Da schieden die Boten von dem Abgott und hinterbrachten dem Kaiser was sie vernommen hatten. Und als der Kaiser dieß hörte, befahl er zwölfen seiner Ritter, sich eilends zu wappnen und zu der Säule zu gehen; wenn dann Jemand komme, der Böses wider sie im Schilde führe, dem sollten sie Hände und Füße binden und ihn gefangen vor ihn führen. Die zwölf Ritter kamen zu der Säule, grüßten sie im Namen des Kaisers und baten sie, denjenigen zu nennen, der das Gebot übertreten und ihr gedroht hätte. Da sprach sie: So nehmt dort den Schmied gefangen: denn der ist es gewesen, der das Gebot des Kaisers nicht in Acht genommen und mir gedroht hat.

Da giengen die zwölf Ritter, ergriffen den Schmied und führten ihn gefangen vor den Kaiser. Da sprach dieser: Sag an, warum hältst du nicht das Gebot, das ich gesetzt habe? Der Schmied antwortete: Ich kann das Gebot nicht halten, denn ich muß alle Tage acht Pfennige verdienen, die ich nicht erschwingen kann, wenn ich nicht arbeite. Da fragte der Kaiser: Wozu bedarfst du denn die acht Pfennige? Der Schmied sprach: Das will ich euch sagen. Das ganze Jahr hindurch muß ich täglich zwei Pfennige erstatten, zwei Pfennige ausleihen, zwei verlieren und zwei verzehren. Das macht acht Pfennige, die ich täglich haben muß. „Wie soll ich das ver- stehen?" fragte der Kaiser, „du mußt dich deutlicher erklären." Da hub der Schmied an und sprach: Herr, zwei Pfennige muß ich meinem Vater erstatten, der mich von Jugend auf erzogen hat, nun aber alt ist und nichts mehr verdienen kann. Auch hab ich einen Sohn, der in die Schule geht: dem muß ich täglich zwei Pfennige leihen, die er mir auch erstattet, wenn ich alt werde. Ferner hab ich ein Weib, welcher ich täglich zwei Pfennige geben muß: die sind verloren, denn wenn ich sterbe, so nimmt sie einen andern Mann und vergißt mein ganz. Endlich bedarf ich selber zweier Pfennige, die ich ver- zehre mit Essen und Trinken. Darum, gnädiger Herr, bedenkt meinen Nothstand und fällt ein gerechtes Urtheil, denn ihr habt wohl gehört, daß ich der acht Pfennige keinen entbehren kann.

Als der Kaiser dieß hörte, wußte er nicht was er thun sollte. Er dachte: Wenn ich ihm geböte, von seiner Sitte zu lassen, so würde ich ihn verdrießen und irre machen: ich will ihm lieber ein strenges Gebot auferlegen und wenn er dawider verstößt, ihn zugleich für Alles bestrafen, was er meinen Befehlen zuwider gethan hat. Geh mit Gott, sprach er zu dem Schmied, und arbeite fleißig fort wie bisher; nur hüte dich wohl, bei Todesstrafe Jemand etwas von unserer Unterredung zu sagen, es sei denn, daß du zuvor hundertmal unser kaiserliches Antlitz gesehen habest. Diesen Befehl ließ der Kaiser von seinem Schreiber aufzeichnen. Der Schmied beurlaubte sich und gieng an seine Arbeit.

Bald darauf berief der Kaiser die Weisen des Landes an seinen Hof, um sie auf die Probe zu stellen, legte ihnen den Fall von den acht Pfennigen vor, von welchen zweie erstattet, zweie ausgeliehen, zwei verloren und zwei verzehrt würden, und fragte sie, wie das zu verstehen sei. Die Weisen wußten nicht gleich Bescheid und baten um eine achttägige Bedenkzeit, welche ihnen auch bewilligt wurde. Da hielten sie Zusammenkünfte und beriethen sich, konnten aber aller ihrer Bemühungen ungeachtet das Räthsel nicht lösen bis sie zuletzt muthmaßten, daß sich die Frage auf den Schmied bezöge, welchen der Kaiser hatte verhaften und vor sich bringen laßen. Sie begaben sich also in seine Wohnung und fragten ihn um die Bedeutung der seltsamen Worte. Aber der Schmied, dem der Kopf auf dem rechten Flecke saß, hütete sich wohl, sein Geheimniß zu verrathen. Als sie ihm aber zuletzt Geld anboten, ward er willfährig und sprach: Besteht ihr darauf, es zu wißen, so geht hin und bringt mir hundert Goldgülden: unter keiner andern Bedingung werdet ihr es erfahren. Die Weisen, denen kein ander Mittel übrig blieb, wollten die Frist nicht verstreichen laßen und brachten ihm die verlangten Goldstücke. Der Schmied nahm sie, bevor er ihnen ein Wort sagte, Stück für Stück in die Hand und beschaute das Gepräge, welches auf der einen Seite den Kopf des Kaisers darstellte, mit aufmerksamem Wohlbehagen. Als das geschehen war, sagte er den Weisen Alles, was er dem Kaiser über die acht Pfennige gesagt hatte. Da giengen sie befriedigt von ihm und erwarteten den Ablauf der acht Tage.

Als diese verstrichen waren, ließ sie der Kaiser vor sich berufen, um die Antwort der Weisen auf die ihnen vorgelegte Frage zu hören und sieh, sie sagten ihm genau dasselbe, was er von dem Schmied gehört hatte. Den Kaiser wunderte es sehr, wie sie das erfahren hätten. Er ließ also den Schmied vor sich rufen und gedachte bei sich selbst: den will ich gut bezahlen. Sie werden ihm mit Versprechungen und Drohungen so lange zugesetzt haben bis er ihnen Alles verrathen hat; durch ihre eigene Weisheit hätten sie es nun und nimmermehr herausgebracht. Da hat er sich aber selber geschadet.

Als nun der Schmied kam, redete ihn der Kaiser an: Meister, ihr habt euch schwer an meinem Gebot vergangen, indem ihr verriethet, was ich befahl geheim zu halten: das

wird euch übel bekommen. Da sprach der Schmied: Gnädiger
Herr, Ihr habt zu verfügen, nicht bloß über mich, über die
ganze Welt, nach euerm Wohlgefallen; ich unterwerfe mich
euch wie einem geliebten Vater und Herrn. Wißt aber, daß
ich nicht glaube, wider euern Befehl gehandelt zu haben, denn
ihr befahlt mir, Niemand was ich euch gesagt zu offenbaren,
ich hätte denn zuvor hundertmal euer kaiserliches Antlitz ge-
schaut. Ich durfte daher dem Ansinnen der Weisen des Landes
kein Gehör geben bevor ich nicht der gestellten Bedingung
Genüge geleistet. Diese suchte ich also zu erfüllen und ließ
mir, ehe ich ein Wort sagte, hundert Goldgülden geben, besah
in ihrer Gegenwart euer darauf ausgeprägtes Antlitz und sagte
ihnen dann erst, was sie zu wißen begehrten. Damit, gnädiger
Herr, meine ich nicht wider euch verstoßen zu haben.

Als dieß der Kaiser hörte, muste er lachen und sprach:
Geh mit Gott, du bist klüger als alle meine Weisen. Der
Herr schenke dir Heil und Segen! Damit beurlaubte sich der
Schmied und lebte fortan in Frieden nach seiner Weise.

9. Die Siebenschläfer.

Es waren einmal drei Siebenschläfer, die schliefen sieben Jahre und weil sie sieben Jahre lang schliefen ohne aufzuwachen, hieß man sie die Siebenschläfer, obgleich ihrer nicht mehr als drei waren. Als nun die sieben Jahre herum giengen, wachte einer von ihnen auf, rieb sich einmal die Augen, gähnte und sagte: Es brüllt ein Ochs. Und wie er das gesagt hatte, streckte er sich wieder hin und schlief mit den beiden andern abermals sieben Jahre. Wie nun auch die sieben Jahre herum waren, da wachte der andere auf, rieb sich die Augen, gähnte und sagte: Es war eine Kuh. Und wie er das gesagt hatte, streckte er sich wieder hin und schlief mit den beiden andern noch einmal sieben Jahre. Wie nun auch diese sieben Jahre herum waren, wachte auch der dritte auf, rieb sich die Augen, gähnte und sagte:

„Was Ochs, was Kuh!
Laßt Einen doch nur schlafen,
Man kommt ja nicht dazu.“

Das waren die Siebenschläfer. Ich weiß nicht ob sie seitdem aufgewacht sind; wenn es aber nicht der Fall ist, so schlafen sie wohl noch.

10. Bruder Stiefelschmer.

Ein Fleischergesell, der sich tief im Walde verirrt hatte, traf da einen Jäger an, der sich auf einem Baumstamm ruhte und sehr schmuck gekleidet war, auch glanzlederne Stiefel trug. Den grüßte er freundlich und weil er auch müde war, setzte er sich zu ihm und fragte:

Wohin, woher,

Bruder Stiefelschmer?

Der Jäger muste des Grußes lachen und sagte: Ich weiß selber nicht woher noch wohin. Ich bin im Walde verirrt und hoffte schon, Ihr würdet den Weg wißen. Es soll hier im Walde nicht richtig sein. Bah! sagte der Fleischer, bange machen gilt nicht. Seht ihr hier meinen Stab? So lang ich den bei mir habe, fürchte ich mich vor tausend Teufeln nicht. Der Jäger sah den Stock an und sagte: Nun, der ist doch so gefährlich noch nicht. Ich habe Hirschfänger und Büchse; aber was verschlägt das, wenn wir den Räubern in die Hände fallen, die hier ihr Wesen treiben sollen? Nur nicht ängstlich! sagte der Fleischer. Wir wollen zusammenhalten; ich weiß hier auch nicht Weg und Steg. Das ist ein schlechter Trost, meinte der Jäger.

Sie giengen zusammen und kamen bald an ein Haus im
Walde. Da freute der Fleischer sich und rief:

Komm, Bruder Stiefelschmer,

Hier gehts lustig her.

Ungern folgte der Jäger, es schien ihm da nicht geheuer.
Der Fleischer war aber schon in der Stube und bestellte ein
Abendbrot und zwei Betten. Bruder Stiefelschmer horchte an
der Thüre und hörte eine alte Frau zu seinem Gefährten sagen:
Ihr seid hier ganz unrecht und solltet euch je eher je lieber
aus dem Staube machen, denn ich habe zwölf Söhne und
wenn sie nach Hause kommen und euch hier finden, seid ihr
Kinder des Todes. Papperlapap! sagte der Fleischer, da müsten
wir auch mit dabei sein. Ich habe keine Bange nicht: bringt
uns nur bald etwas zu acheln, sonst müssen wir Hungers
sterben. Das ist doch der schlimmste Tod, hab ich mir sagen
laßen. Damit gieng er vor die Thüre und suchte nach dem
Jäger; aber der hatte sich unterdes in der Scheuer versteckt.
Endlich fand er ihn zwischen zwei großen Heubündeln: er
muste ihn mit Gewalt hervorziehen. Sei doch gescheidt, sagte
er: willst du hier verhungern? Komm mit ins Haus und verlaß
dich auf meinen Zauberstab. So lang ich den habe, brauchst
du nichts zu fürchten. Das Essen kann jetzt angerichtet sein
und ich will wetten, es wird dir auch munden. Aber wir
sind hier in eine Räuberhöhle gerathen, warf der Jäger ein.
Meinst du denn, versetzte der Fleischer, in einer Räuberhöhle
könnte man von der Luft leben? Komm nur mit herein und

iß für zweie: wer weiß, wenn wir wieder was ergattern: die
Garküchen sind selten hier im Walde. Ich rathe dir, trinke
gleich einen guten Stiefel: hernach, wenn die Räuber kommen
und ich ihnen die Suppe gesalzen habe, darfst du mir nichts
mehr anrühren. Dabei must du aber doch thun als könntest
du nicht satt kriegen. Hörst du wohl, Bruder Stiefelschmer?
Und noch eins, nimm dich zusammen und laß dir die preußi=
schen Aengste nicht merken. Und wenn du siehst, daß ich meinen
Stab dreimal so in der Luft schwenke und ihn dann wie einen
Stimmhammer auf den Tisch stoße, daß die Gläser klirren, so
mach mir gleich Alles mit deinem Hirschfänger nach. Du wirst
sehen, das thut Wunder. Jetzt komm mit, Bruder Stiefel=
schmer.

Da muste Bruder Stiefelschmer, er mochte wollen oder
nicht, mit ihm in die Stube und tüchtig einhauen und mit dem
Glase Bescheid thun. Es währte auch nicht lange, so kamen
die zwölf Räuber, und als der Hauptmann die beiden Gäste
sah, rief er laut: Nun, Gott seis getrommelt und gepfiffen:
das ist ein Wundpflaster. Den ganzen Tag haben wir nichts
gefangen; nun sind uns hier wenigstens ein Paar Vögel ins
Garn geflogen. Aber seid ihr auch fett? Ich meine wohl,
sagte der Fleischer, indem er seine Katze schüttelte, daß die
Goldfritze klangen. Und Bruder Stiefelschmer sieht mir auch
nicht aus, als hätt ihm der Mond in den leeren Beutel ge=
schienen. Ihr könnt uns wohl eine tüchtige Galgenmalzeit
bereiten, denn wir wißen schon was die Glocke geschlagen hat.

Aber wir wollen uns wenigstens erst gehörig anrichten laßen und nicht mit leerem Magen über die Klinge springen. Was uns die Alte hier aufgetischt hat, ist wie ein Tropfen auf einen heißen Stein gefallen, so ausgehungert sind wir hier im Walde.

Ihr sprecht vernünftig, sagte der Hauptmann, und uns soll es auf eine Malzeit nicht ankommen. Versäumt aber das Tischgebet nicht. Wir machen nicht viel Federlesens, wenn wir im Tritt sind. Aber Alte, warum trägst du nicht auf? Siehst du nicht, wie schlapp wir sind? Wir haben hier einen guten Fang gethan: du must tüchtig aufwichsen.

Es ist drinnen gedeckt, sagte die Alte. Ich wuste nicht, daß die Fremden miteßen sollten. Geht nur hinein, der Braten dampft schon, und wenn es euch recht ist, will ich Glühwein aufsetzen.

Recht, alte Katze, sagte der Hauptmann; aber einen guten Kübel voll, denn der König hat uns Schweiß gekostet. Ich weiß nicht ob ich noch einen Tropfen Bluts im Leibe habe. Es hieß, er jage incognito im Walde: da haben wir Alles durchgestöbert, und Die im Eiskeller auch; aber wenn Die nicht glücklicher gewesen, Wir haben keinen Schwalbenschwanz von einem König zu Gesicht gekriegt.

Wer weiß, wozu es gut war, sagte der Räuber Einer. Ich traue dem König die Courage nicht zu, allein im Walde zu jagen; aber wenn uns die ganze Suite begegnet wäre —

Laßt es gut sein, sagte der Hauptmann, und geht mit mir hinein. Nun ich sehe, die Alte hats wohl mit uns gemeint.

Hier ist auch Futter genug für unsere ausgehungerten Galgen-
vögel. Die Alte soll noch zwei Gedecke auflegen. Aber da ist sie
ja schon. Nun setzt euch und thut als ob ihr zu Hause wärt.
Recht so, guter Freund, an meine grüne Seite. Aber warum
nehmt Ihr denn nicht Platz, Bruder Stiefelschmer, wenn mir
Recht ist —

Ja, Bruder Stiefelschmer, ihr setzts ihm an den Füßen
an. Er hat noch nicht recht eingeheizt, darum zittert er so.
Wenn die Bowle kommt, vergeht ihm das.

Nun saßen sie alle vierzehn um den Tisch herum und
ließen sich wohlschmecken was die Alte bescheert hatte. Auch
Bruder Stiefelschmer langte zu, weniger aus Hunger als um
sich nicht mahnen zu laßen. Als sie sich einen guten Kropf
gegeßen hatten, kam die Alte und sagte, der Kübel sei so
schwer, daß zwei befohlen werden müßten, ihn auf den Tisch
zu tragen; sie habe nicht Macht dazu. Der Hauptmann schickte
seinen Nachbar zur Linken und den Fleischer, der ihm zur
Rechten saß. Es waren beide starke Leute; aber die Achsel-
bänder krachten ihnen, als sie die riesige Bowle auf die Tafel
hoben. Der Hauptmann ließ es sich nicht nehmen, die Gläser
selbst zu füllen. Da klopfte der Fleischer seinem Nachbar zur
Rechten auf die Schulter und sagte:

Nun, Bruder Stiefelschmer,

Komm du mal her

und laß uns die Gesundheit der ganzen Compagnie trinken.
So ists recht, rief der Hauptmann, unser Gast mit der Katz

versteht sich auf Lebensart. Es ist ein flotter Bursch, den könnten wir brauchen. Stoßt Alle mit ihm an: die ganze Compagnie soll leben, hoch! Aber Bruder Stiefelschmier muß noch beßer einheizen. Will der Wein nicht schmecken?

Er ist etwas schwach, meinte der Fleischer; aber man muß nur desto mehr trinken; vielleicht hilft das. Darf ich noch E i n e Gesundheit ausbringen? Ei, rief der Hauptmann, den des Gastes Muth freute, warum denn nicht! Noch zweie meinetwegen! Nun, das soll ein Wort sein, noch zweie, sagte der Fleischer. So trinke ich denn die erste auf unsern Hauptmann und der soll leben hoch! und abermals hoch! und zum drittenmal hoch! Hoch! rief die ganze Bande und stieß mit dem Fleischer an, daß die Gläser platzten. Auch Bruder Stiefelschmier säumte nicht mit Allen anzustoßen und das Glas bis auf die Nagel- probe zu leeren. Nun bin ich begierig, dachte er bei sich, wem das dritte Hoch gelten wird.

Der Hauptmann bedankte sich der erwiesenen Ehre, schenkte den Fremden und der ganzen Compagnie die Gläser wieder voll und bat, nun das dritte Hoch folgen zu laßen. Da faßte der Flei- scher sein Glas, hob es auf und sagte: Das dritte Glas leere ich auf die Brudercompagnie im Eiskeller drüben, und damit ihr desto geneigter ihre Gesundheit trinkt, soll ich einen schönen Gruß vermelden und den König hätten sie gefangen. Den König ge- fangen! Das ist bitter, sagte der Hauptmann. Bitter, daß wir ihn nicht selber haben. Aber doch süß, fügte er hinzu, daß er ge- fangen ist und so mag es denn gelten. Die ganze Compagnie im

Eiskeller hoch! und nochmals hoch! und zum drittenmal hoch!
Sie stießen alle an und tranken aus; auch Bruder Stiefel=
schmer ließ sich nicht erst mahnen und that seine Schuldigkeit.

„Ich wollte der Wein wäre auch so bitter bei der Süße:
wie magst du das schlaffe Zeug nur vertragen, Bruder Stiefel=
schmer?" Mir schmeckt die Bowle vortrefflich, entgegnete der
Jäger. „Zu süß, Bruder Stiefelschmer, zu süß! das widersteht
beim dritten Glase, und ich tränke gern noch mehr."

Aber, unterbrach sie der Hauptmann, wie kommt ihr zu dem
Auftrag? Kennt ihr das Zeichen? Ihr seht mir gar nicht aus
als wärt ihr von der Bande. Laßt uns das Zeichen sehen!
Der Fleischer stand auf, schwenkte seinen Stab dreimal über
den Kopf und stieß ihn wie einen Stimmhammer auf den Tisch,
daß die Gläser den Ton gaben. Bruder Stiefelschmer that fast
à tempo mit seinem Hirschfänger das Gleiche. Wer hätte
das gedacht? sagte der Hauptmann verdrießlich. Und der
kleine bange Hase Bruder Stiefelschmer ist auch von der Com=
pagnie? Man irrt sich doch nicht mehr als in den Menschen=
kindern. So will ich nun auch eine Gesundheit ausbringen.
Unsere beiden Gäste sollen leben, hoch! Nur einen Augenblick
Geduld, bat der Fleischer. Die Bowle ist zu süß, des Zeugs kann
man nicht viel trinken. Fragt doch die Alte, ob sie keine grünen
Pomeranzen hat. Pomeranzen! sagte der Hauptmann; die
wachsen auch hier im Walde! Ei! sagte der Fleischer, sie wachsen
auch nicht in meiner Katze und doch trag ich immer welche bei
mir. Seht her! die werft hinein: sie sind ganz frisch und grün.

Riecht einmal wie köstlich! Das giebt eine andere Herzstärkung. Dabei ließ er den Hauptmann die Goldfritze sehen, daß ihm der Mund wäßerte nach dem Fang, der ihm nun entgieng, da sie mit von der Eiskellerbande waren, mit der sie gute Freundschaft hielten. Er schlug es sich aber bald wieder aus dem Sinn: die Gefangenschaft des Königs war ein Trost mehr werth als zwanzig Goldkatzen. So sprach er der Bowle kräftig zu, und vergaß darüber den Toast, den er schon angekündigt hatte. Wirklich mundete sie nun immer beßer je mehr die grünen Pomeranzen zogen. Er schenkte den Nachbarn und schenkte den Nahen und den Fernen fleißig ein und brauchte Keinem zuzureden; nur Bruder Stiefelschmer tadelte das Getränk: es sei zu bitter, die grünen Pomeranzen hätten nicht so lange drin bleiben dürfen. Wir wollen uns nicht darüber zanken, sagte der Fleischer, Bruder Stiefelschmer; aber ich glaube, die Pomeranzen sind nicht Schuld. Du hast vorher schon ein Uebriges gethan und kriegst nun Angst vor St. Ulrich. Da bist du aber schief gewickelt. Man kann jetzt ein Achtel mehr davon vertragen. Bitter dem Mund ist dem Herzen gesund. Dieser Ansicht stimmten die Andern alle bei und sprachen so lange zu bis der eine rechts, der andere links vom Stuhle fiel und der Hauptmann unter dem Tische lag.

Jetzt geschwind in den Stall, Bruder Stiefelschmer: da hab ich ein Paar blanke Rappen gesehen. Damit reiten wir in die Hauptstadt und laßen die Vögel in den Käficht setzen. Die Leimruthen halten sie wohl so lange fest: dafür laß ich

die grünen Pomeranzen sorgen. Die andere Bande im Eis=
keller sitzt auch auf dem Kloben: der König wird seinen Diener
loben. Aber die alte Frau wollen wir erst in den Keller
sperren, damit sie uns nicht einen Strich durch die Rech=
nung macht." Damit gieng es leichter als er gedacht hatte,
denn die Alte hatte sich auch ein Bene gethan und lag nun
und schlief wie ein Ast. Sie merkte es gar nicht als man sie
aus dem Bette hob und im Keller wie einen Anker auf den
Sattel zwischen zwei Fäßer legte. Nun

Bruder Stiefelschmer,

Ist dir das Herz noch schwer?

Pfeifend und trällernd schwangen sich jetzt der Fleischer
und Bruder Stiefelschmer auf die feißten Rappen und ritten
nach der Residenz. Am Thor trat sogleich die Wache ins Ge=
wehr und präsentierte. Auch blieb hier und da Einer stehen
und machte Front. Darum kümmerten sich aber die beiden
nicht, sondern ritten weiter dem Schloßplatz zu. Vor dem
Schloß wirbelten die Trommeln, die ganze Wachmannschaft
sprang hervor, stellte sich in Reih und Glied und der Officier
commandierte: Präsentiert's Gewehr! Bruder Stiefelschmer sah
den Fleischer an, ob er auch überrascht sei; aber davon konnte
er nicht die Spur gewahren. Als sie abstiegen und ins Schloß
giengen, sagte der Fleischer: Einer von uns beiden muß der
König sein. Wollen wir abschaffen? Nun Ich bins, sagte der
Jäger. Aber Wer bist Du, mein Retter? — Ich bin der neu=
ernannte Polizeipräsident und bitte um Gnade, Majestät, wenn

ich Ihr Incognito zu streng beobachtet habe. Nun war der
König der Ueberraschte. Wie bist du aber im Eiskeller zurecht
gekommen? wo du das Zeichen erfahren hast, fragte der König.
Da hab ich mich für den neuen Hauptmann der andern Bande
ausgegeben, der den König mit eigener Hand gefangen hätte.
Darüber haben sie auch grüne Pomeranzen zu kosten gekriegt.
Hab ich meine Sache gut gemacht? — Excellent hast das ge-
macht: ich lege dir hiemit den Titel bei; aber mit dem Gruß
Bruder Stiefelschmer wird mich Excellenz künftig verschonen
und dazu reinen Mund halten. Krönen Sie nun Ihr Werk,
Excellenz, nehmen Sie Mannschaft und ein Paar Leiterwagen
und heben die beiden Nester aus. Es ist Platz genug in der
Hofvoigtei.

11. Gedanken errathen.

Es war einmal ein König, der hatte einen einzigen Sohn, an dem er viel Kummer erlebte, denn er war ein Thunichtgut und Bruder Liederlich und keine Ermahnung wollte bei ihm fruchten. Der Vater ward es endlich müde und sprach zu ihm: Ich kann dein Treiben nicht länger mit ansehen: hier hast du was von dem Erbtheil deiner Mutter noch übrig ist; damit zieh hinaus in die Welt; vielleicht wirst du klüger werden." Der Königssohn war es zufrieden, ließ sich zwei Pferde vor- führen, packte Silber und Gold auf das eine, setzte sich selber auf das andere und ritt hinaus in die Welt. Hatte er bisher schon locker gelebt, so ließ er sich jetzt erst recht den Zügel schießen, da er sich vor seinem Vater nicht mehr zu scheuen brauchte. Die Schätze, die er bei sich führte, schienen ihm unerschöpflich, er verschwendete mit beiden Händen und meinte das sollte ewig so fortgehen. Doch machte er eines Tags die Entdeckung, daß es mit dem Golde zu Ende war und ihm nichts mehr übrig blieb als das Silber. Da kam er an einem Samstag in eine große Stadt, wo er über Nacht blieb. Am andern Morgen stand er früh auf und gieng nach der Kirche.

Als der Gottesdienst vorüber war, sah er vor der Kirchthür
einen nakten Leichnam liegen, den alle Vorübergehenden an-
spieen, stießen und schlugen. Das kam ihm sehr grausam vor,
er gieng hinzu und fragte den ersten Besten, warum der Todte
so mishandelt würde. Da sagte man ihm, der Todte habe
nichts als Schulden hinterlaßen, und werde nun so lange an-
gespieen, gestoßen und geschlagen bis Einer käme, der seine
Schulden bezahlte. Der Königssohn hatte Mitleid mit dem
Todten und erklärte sich bereit, alle seine Schulden zu bezahlen,
wenn man ihm den Leichnam überlaßen wollte. Als die Gläu-
biger das hörten, kamen sie gleich in dem Gasthause zusammen,
schlugen ihre Bücher nach und stellten eine Rechnung auf, die
sich so hoch belief, daß dem Königssohn, wenn er die Schuld
tilgte, eben noch so viel übrig blieb, den Wirth zu befriedigen.
Er zahlte aber Alles bis auf Heller und Pfennig und erhielt
dafür den Leichnam. Den wickelte er in seinen Purpurmantel,
band ihn auf sein lediges Pferd und ritt zum Thor hinaus.
Gegen Mittag kam er in einen großen Wald: da ersah er sich
einen stillen Plaz unter einer hohen Eiche, grub mit seinem
Schwerte ein tiefes Grab, senkte den Todten in seinem Mantel
hinein und deckte das Grab mit den Händen wieder zu. Von
der Eiche hieb er dann zwei Zweige, schälte sie und bildete ein
Kreuz daraus: das steckte er auf den Grabhügel, kniete nieder
und betete für die Seele des Verstorbenen. Alsdann sah er
sich nach einem Mittagsmal um, denn von dem Ritt und der
anstrengenden Arbeit fühlte er sich ganz erschöpft. Da fand

er einen Baum mit wilden Feigen; dabei floß ein Bach mit
klarem Waßer: er aß und trank und meinte, es hätt ihm nie
so wohl geschmeckt. Nun trieb er seine Pferde von der Weide,
sattelte und zäumte sie und ritt seines Weges weiter. Als er
vor den Wald kam, traf er einen Mann, der auf Jemand zu
warten schien. Als der den Königssohn sah, ließ er sich ins
Gespräch mit ihm ein, und als er hörte, er reise in die Welt ohne
Zweck und Ziel, bot er ihm seine Begleitung an. Das war
dem Königssohn recht, er bot dem Fremden sein lediges Pferd
und so ritten sie zusammen. Unterwegs am Fuß eines Berges
trafen sie ein altes Mütterchen, das unter der Last einer Holz-
bürde niedergesunken war. Helft mir auf! flehte sie. Da zog
der Fremde ein Fläschchen hervor und goß der Alten ein Paar
Tropfen auf die Zunge. Sogleich sprang sie selbst wieder auf,
dankte ihnen und gieng wohlgemuth weiter unter ihrer Bürde.
Aus dieser hatte aber der Fremde einige Reiser gezogen: daraus
bildete er drei Ruthen. Da fragte der Königssohn: „Was
willst du damit machen?“ „Wir werden sie brauchen,“ versetzte der Fremde. Sie giengen weiter und kamen in die Mitte
des Berges; da lag ein verwundeter Soldat, der sie kaum noch
um Hülfe ansprechen konnte. Der Fremde zog wieder sein
Fläschchen hervor, ließ den Soldaten trinken und goß einen
Tropfen auf seine Wunde. Da stand er gleich frisch und
munter auf den Füßen; die Wunde aber war vernarbt. Dankbar
bot der Soldat seinem Retter Hab und Gut zu Lohn; aber
dieser verlangte nichts als sein Schwert. Das gab der Soldat

ihm herzlich gern und fügte tausend Dank hinzu. Was willst
du nur damit machen? fragte der Königssohn wieder. „Wir
werden es brauchen, war die Antwort. Nun kamen sie auf
die Höhe des Berges: da lag ein kranker Rabe. Dem ist
nicht mehr zu helfen, sagte der Fremde und hieb ihm den Kopf
ab. Dann trennte er beide Flügel von dem Rumpfe und steckte
sie zu sich. Der Königssohn fragte zum drittenmal: Was willst
du nur damit?“ Wir werden sie brauchen, erwiederte der
Fremde.

Als sie nun den Berg hinab kamen, lag da eine große
Stadt. Da sahen sie das Volk zusammen laufen, denn eben
ließ der König öffentlich ausrufen, wer dreimal die Gedanken
seiner Tochter errathen könne, solle sie zur Gemahlin erhalten
und nach dem Tode des Vaters das Königreich erben. Wer
sich aber melde und nicht alle Aufgaben zu lösen wiße, habe
das Leben verwirkt. Da lachten die Leute und sprachen: den
müste der Hals wohl übel jucken, der das noch ferner versuchen
wolle, nachdem es so vielen mißglückt sei. Damit wiesen sie
auf die Gitterstäbe vor der Burg, wo schon neun und neunzig
Köpfe aufgepflanzt standen. Aber der Fremde sprach zu dem
Königssohn: Höre, du must die Gedanken der Königstochter
zu errathen suchen. Da weigerte sich der Königssohn und sprach:
Soll ich das Hundert voll machen? Aber der Fremde sprach
ihm Muth ein: Verlaß dich auf mich, ich werde dir beistehen.
Also meldete sich der Königssohn und erhielt mit seinem Be=
gleiter Aufnahme in der königlichen Burg. Am andern Morgen

sollte er seine Probe ablegen: davor hatte er solche Angst, daß er Trank und Speise unberührt ließ. Da sprach der Fremde:

Iß und trink wohlgemuth;
Dein Leben steht in hoher Hut.

Da griff der Königssohn zu und genoß Trank und Speise. Dann gieng er nach des Fremden Rath zu Bette; aber die Sorge ließ ihn nicht schlafen. Der Fremde sprach:

Schlaf du bis an den Morgen;
Laß mich dein Gut besorgen.

Da schlief der Königssohn ein.

In der Nacht öffnete die Königstochter das Fenster und flog nach einem nahen Berge: da wohnte ein Zauberer, bei dem sie sich Raths zu erholen pflegte. Der Fremde hörte das Fenster klingen: da band er sich die Rabenflügel an, nahm eine von den drei Ruthen in den Schnabel und flog ihr ungesehen nach. Als die Königstochter an den Berg kam, hatte der sich aufgethan: da flog sie hinein und hinter ihr drein der Rabe. Da war eine große weite Höhle: hinten an der Wand auf einem Pferdegerippe als Thron saß der alte Zauberer, ein kleiner häßlicher Kerl mit dickem Kopf und langem Bart. Neben ihm standen lange Stäbe und auf jedem Stab ein Kohlkopf; das stellte die Bedienung vor. Als die Königstochter hinein kam, verneigten sich die Kohlköpfe dreimal; der alte Zauberer aber stieg von seinem Thron sie zu begrüßen; dann hieß er sie zu seiner Rechten niedersitzen. „Was bringst du Neues, meine Tochter?" „Es ist wieder ein Bewerber

angekommen," sagte sie, „helft mir ein schweres Wort aus-
suchen, das er errathen soll." — „Ja, meine Tochter," sprach
der Zauberer. Gieb ihm das Wort Brot auf: das räth er
sicher nicht." Die Königstochter dankte ihm und beurlaubte
sich; die Kohlköpfe verneigten sich dreimal. Der alte Zauberer
aber gab ihr das Geleit und flog mit ihr bis zu ihrem Schloße;
hinter beiden drein aber der Rabe, der Alles mit angehört
hatte. Draußen aber nahm er seine Ruthe und peitschte wacker
auf beide los. Hu! rief sie, wie es hagelt! Vor dem Schloß
nahm der alte Zauberer Abschied und flog zurück; sie aber flog
durch das Fenster in ihr Gemach und der Fremde gieng zu
dem Königssohn, der in tiefem Schlummer lag.

Am Morgen war im Schloße große Versammlung. Auf
dem Throne neben dem König saß die Königstochter; vor ihr
stand der Königssohn und ihm zur Seite der Fremde. Da
begann die Königstochter und gebot ihrem Freier das Wort
zu nennen, woran sie dächte. Sage „Brot," flüsterte der
Fremde. Brot, stotterte der Königssohn. Die Königstochter
erblaßte und bekannte, er hätte es gerathen. Da klatschte die
ganze Versammlung dem Königssohn Beifall. Aber die Königstochter erhob sich hochroth vor Zorn und rief: Heute ist es dir
gelungen; aber freue dich nicht zu früh; morgen mußt du
sterben!

Am Abend ward der Königssohn noch beßer bewirthet
als gestern; aber der Braten wollte ihm nicht schmecken, der
Wein nicht munden. Die Worte der Königstochter: Morgen

muß du sterben! hallten ihm in den Ohren wieder. Da sprach
der Fremde:

Iß und trink wohlgemuth,

Dein Leben steht in hoher Hut!

Da griff der Königssohn zu und labte sich. Auf des Fremden
Rath legte er sich auch zu Bette; aber der Schlaf mied ihn.
Endlich sprach der Fremde:

Schlaf du bis an den Morgen:

Laß mich dein Heil besorgen.

Da schlief der Königssohn ein.

In der Nacht, als das Fenster wieder klang, legte der
Fremde die Rabenflügel an, nahm aber dießmal zwei Ruthen
mit. So flog er hinter der Königstochter her in den Berg,
wo die Kohlköpfe sich dreimal vor ihr verneigten. Was bringst
du Neues? meine Tochter, fragte der alte Zauberer. Böse
Zeitung, sprach die Königstochter. Der Freier hat meine Gedanken errathen. Oder giebt es hier Verräther? — „Meine
Leute sind treu," sprach der alte Zauberer. „So sagt mir, woran
ich morgen denken soll." Da rieth ihr der Zauberer, an ihr
goldenes Halsgeschmeide zu denken. Dann flog er mit ihr bis
an das Schloß, hinter Beiden drein aber der Rabe, der mit
den Ruthen jämmerlich auf sie losschlug. Hu! rief die Königstochter. Huhu! wie das klatscht! Damit nahm sie Urlaub von
dem Zauberer und flog in die Burg zurück. Der Fremde aber
gieng zu dem Königssohn, der schon in tiefem Schlafe lag.

Am Morgen saß die Königstochter neben dem König auf

dem Thron und blickte zornig auf den Freier, der neben dem
Fremden vor ihr stand. Schicke deinen Begleiter hinweg, sprach
sie höhnisch: du bist so weise, du brauchst keinen Einflüsterer.
Der Fremde zog sich zurück; er hatte aber dem Königssohn
schon Bescheid gesagt. Rathe jetzt, woran ich denke, gebot die
Königstochter. An, dein goldenes Halsgeschmeide, rieth der
Königssohn. Die Königstochter ward bleich und roth und be=
kannte beschämt, er hätte es errathen. Lauter Jubel gieng
durch die Versammlung. Alles jauchzte dem Königssohn Bei=
fall, und erschöpfte sich im Preise seines Scharfsinns. Aber
die Königin rief: „Noch Keinem ist es gelungen, meine Gedanken
zum andernmal zu errathen. Aber wehe dir, wenn du dir
morgen nicht gleich bleibst. Auf Gnade hast du nicht zu hoffen.
Ich will auf Martern sinnen, deine Todesqual zu schärfen.“

Am Abend mundete dem Königssohn nicht Trank noch
Speise, obwohl man ihn noch reichlicher und köstlicher bedienen
ließ. Die Drohung der Königstochter, noch mehr aber die
nahende Entscheidung über ihren Besitz preßte ihm das Herz
zusammen. Aber der Fremde sprach: Du kennst doch jetzt die
Macht meines Beistands. Darum

> Iß und vertraue wohlgemuth
> Dein Glück, dein Leben hoher Hut.

Da nahm der Königssohn Trank und Speise. Auf den Rath
des Fremden versuchte er auch zu schlafen; aber kein Schlum=
mer wollte auf seinen Augenliedern weilen. Endlich sprach
der Fremde:

Schlaf fest bis an den Morgen;
Laß mich dein Heil besorgen.
Da schlief der Königssohn ein.

Um Mitternacht, als er das Fenster klingen hörte, legte der Fremde die Rabenflügel an, nahm aber dießmal alle drei Ruthen mit und umgürtete sich mit dem Schwerte. Der alte Zauberer war sehr erbost, als ihm die Königin klagte, der Freier habe auch dießmal ihre Gedanken errathen. Er stieß die Kohlköpfe von ihren Stangen und schleuderte sie den Berg hinab. Folge mir jetzt, meine Tochter, sprach er zu ihr, und denke an mein Haupt: das wird er ganz gewiß nicht rathen. Da erhob sich die Königstochter und der Alte gab ihr Geleit bis an ihr Schloß. Unterwegs peitschte der Fremde mit den drei Ruthen so unbarmherzig auf sie Beide los, daß die Königs= tochter jammerte. Huhu! rief sie, welch Schloßenwetter! Huhu! wie das peitscht! Als sie an den Berg kam, flog sie durch das Fenster, und der Zauberer wandte sich zurück nach dem Berge; aber der Fremde setzte ihm nach und holte ihn bald ein. Dann faßte er ihn beim Schopfe und hieb ihm mit dem Schwerte das Haupt ab: damit flog er zurück in die Burg und hüllte es in ein Tuch; unterdes lag der Königssohn in tiefem Schlafe.

Am Morgen, als er zur Versammlung gieng, gab er das Tuch dem Königssohn und sagte: Wenn die Königstochter früge, woran sie jetzt dächte, sollte er das Tuch stillschweigend zurück= schlagen und sie und alle Welt schauen laßen, was es verhülle. Da giengen sie in den Saal, wo die Königstochter hochzeitlich

geſchmückt und von Schönheit ſtralend an des Königs Seite ſaß.
Da hub die Königstochter an: Rathe nun, wenn du kannſt,
woran ich denke. Der Königsſohn ſchwieg, entfaltete aber das
Tuch und zeigte ihr und der ganzen Verſammlung des Zauberers
Haupt. Da fuhr ein Grauſen durch den Saal, die Königstochter
ſtieß einen lauten Schrei aus und der Königsſohn ſelbſt ließ
das Tuch mit dem Kopf vor Entſetzen fallen. Der Fremde
allein blieb ruhig, hob das Haupt an dem langen Barte empor
und ſchleuderte es zum Fenſter hinaus in den Burggraben. Als
die Königstochter ſich erholt hatte, ſtieg ſie mit ihrem Vater
vom Throne und dieſer legte ihre Hand in die des Königs-
ſohns. Alles Volk jauchzte ihm Beifall und freute ſich, daß
die Königstochter endlich beſiegt war.

Als der Lärm ſchwieg, zog der Fremde den Königsſohn
bei Seite und ſprach: Nun ſollſt du auch hören, wer ich bin.
Sieh, ich bin der Geiſt des Todten, dem du durch ein ehrliches Begräbniſs zur ewigen Ruhe verholfen haſt. Ich durfte
dich noch ſo lange begleiten bis ich dir deinen Dienſt vergolten
hatte. Nun aber lebe wohl. Mit dieſen Worten verſchwand er.

Der Königsſohn nahm nun die Königstochter zur Gemahlin
und nach dem Tode ſeines Vaters fiel ihm das Reich zu. Als
ſein Vater vernahm, wie es ihm ergangen ſei, freute er ſich
ſeiner Beßerung und ſeines Glücks, und gab ihm ſein Reich
noch dazu.

12. Der verwünschte Esel.

Es war einmal ein junger Taugenichts, der stak aller Teufeleien voll und hatte sein Leben nichts gethan als was Gott und alle Rechtschaffenen verdroß. Zuletzt durfte er sich unter den ehrlichen Leuten nicht mehr sehen laßen und nahm sich vor unter die Spitzbuben zu gehen. Da lief er in den Wald zu einer Räuberbande und sagte, er hätte auch ihre Profession gelernt, sie sollten ihn unter sich aufnehmen. Sie sagten Ja, er müste aber erst sein Probestück machen. Da kam just ein Bauer durch das Holz, der zog einen Esel hinter sich her. Da sagten die Räuber: Geh hin und nimm dem Bauer den Esel weg, daß er nichts davon merkt. Da gieng er sachte hinter dem Bauer her und streifte dem Esel den Halfterzaum vom Kopf, that ihn sich selber um und ließ den Esel ins Holz laufen, wo ihn die Räuber fiengen. Merkte denn der Bauer nichts? Bewahre. Der Bauer schritt immer zu durch das Holz und der Dieb an dem Strange hinter ihm her; als er es aber müde ward, blieb er stehen und sagte: Ach, lieber Herr, schenkt mir die Freiheit! Der Bauer sah sich um und erschrak gewaltig, als er sah, daß er einen Menschen am Zaum hatte. Herr Je, rief er, ich meinte, du wärst ein Esel. Wie kommt es, daß du auf einmal ein Mensch bist? — Ach Herr, als ich ein kleiner Junge war, hab ich kein Gut gethan und hab immer Karten gespielt: da hat mich meine Mutter auf sieben Jahre in einen Esel verwünscht: schenkt mir doch die Freiheit! Da sagte der Bauer: Was soll ich mit dir machen? ich kann dich ja doch nicht mehr für einen Esel brauchen, und ließ ihn gehen. Da kam er zu den andern Spitzbuben und fragte, ob er sein Probestück gut gemacht hätte? Sie sagten Ja; er müste aber morgen auf den Markt, den Esel zu verkaufen. Der Bauer aber gieng nach Haus und sagte zu seiner Frau: Denk an, unser Esel ist unterwegs zu einem Menschen geworden, denn seine Zeit war um. Hab ich dirs nicht immer gesagt, versetzte die Frau, unser Esel wär ein klug Thier, und hätte mehr Verstand als mancher Mensch. Nun must du morgen auf den Markt einen neuen zu gelten. Aber nimm dich in Acht, daß dirs nicht wieder so geht. Am andern Morgen gieng also der Bauer auf den Markt, einen neuen Esel zu kaufen. Wie er dahin kam, standen da viel Esel in einer Reihe und wie er recht zusah, war auch sein alter Esel darunter. Der Bauer fieng an zu schmunzeln und dachte bei sich: Mit dem wird heute wieder Einer betrogen. Da wies er mit Fingern auf ihn und sagte: Wer den kennt, der kauft ihn nicht. Mehr will ich nicht sagen. Damit gab er dem Esel Eins über den Rückstrang und raunte ihm ins Ohr: „Sag, hast du wieder Karten gespielt? Mich sollst du nicht wieder anführen."

13. Text und Gloſſe.

Ein reicher Müller im Baierland ſchickte ſeinen Sohn auf die Hochſchule zu Ingolſtadt, die Rechte zu ſtudieren. Das währte drei Jahre und koſtete dem Müller ein rundes Sümmchen Geld. Dafür dachte er aber, wird mein Sohn auch was Nützes ge= lernt haben. Als er nun wieder nach Hauſe kam, beſchwerte ſich der Alte über das viele Geld, das der Herr Sohn ver= ſtudiert habe. Gleichwohl ſagte er, gäbe ich mich gerne zu= frieden, wenn ich wüſte, daß es wohl angelegt wäre. Zeige mir einmal deine Bücher her. Da trug der Student ein ſchweres Buch herbei, das der Codex hieß. Darin war die Schrift in der Mitte grob, aber rings umher lief kleine feine Schrift. Da fragte der Müller: Was ſoll die doppelte Schrift bedeuten? Der Sohn verſetzte: Die grobe Schrift in der Mitte iſt der Text und die feine Schrift umher iſt die Gloſſe. Der Müller ſagte: Latein verſteh ich nicht, ſag mirs zu deutſch. Da ſagte der Sohn: Der Text iſt das Geſetz, das die Kaiſer gegeben haben, Recht danach zu ſprechen. Hernach haben aber die Gelehrten darüber geſchrieben wie man es verſtehen ſolle

und bei Gerichten damit umgehen, ein Jeder nach seinem Ver-
stande, ein Langes und Breites. Das nennt man die Glosse.
Der Müller schwieg, obwohl es ihm nicht gefiel und sprach:
Diesen Mittag bist du bei deinem Oheim, dem Pfarrer, zu Tisch:
der wird mit dir zu Latein conversieren, daß ich höre, wie du
Geld und Zeit angewandt hast. Während der Sohn nun beim
Pfarrer zu Tische saß und sich auf den Zahn fühlen ließ, nahm
der Müller das Buch, das ad marginem glossiert war, zeichnets
mit der Röthelschnur ab, nahm das Zimmerbeil und hieb die
Glosse rund herum glatt hinweg; den Text aber ließ er stehen.
Als der Sohn wiederkam und das Tentamen bei seinem Oheim,
dem Pfarrer, wohl bestanden hatte, sah er das Buch auf dem
Tisch liegen. Da schrie er Ach und Weh! Vater, warum habt
ihr mir mein bestes Buch verderbt? Da sprach der Müller:
Ich hab es nicht verderbt, sondern erst gut gemacht, den Text
und die Wahrheit stehen laßen, und die Lügen der Gelehrten
hinweggehauen. Ach Vater, sagte der Student, von der Wahrheit kann ich nicht leben: wenn ich nicht auch List und Ränke
kenne, Einreden und Widerreden, eine böse Sache zu schmücken
und die Gegenpartei zu verdrücken, so kommt mir kein Brot
ins Haus. Da gerieth aber der Müller in Zorn und sprach:
Solcher Kunst achten wir Dorfleute wenig und besitzen doch
unser Gericht unter dem Himmel bei den Linden, wo wir nach
der wahren Gerechtigkeit sprechen und in kurzer Zeit ein Urtheil
finden, wozu ihr oft lange Zeit braucht und die Sache hin-
schleppt, um euern Gewinn statt des gemeinen Nutzen zu suchen,

daher es wahrhaftig ist wie das Sprichwort sagt, daß ihr Juristen nicht gute Christen seid. Hast du nur List und Ränke gelernt und weißt mit der Wahrheit nicht umzugehen, so will ich keinen Pfennig mehr auf dich wenden. Beßer du ernährst dich wie ich mit deiner Hände Arbeit und läßt deine Juristerei fahren als daß deine Seele Schaden nehme.

14. Der eiserne Johann.

Einem alten Gedienten träumte, wenn er feinen Abschied nähme, könnte er fein Glück machen. Da gieng er am Morgen zu feinem Hauptmann und bat um feinen Abschied. Es war eben Friede geschloßen und der König brauchte keine Soldaten mehr. Da sagte der Oberst: „Wenn du abgehen willst, fo geh in Gottes Namen, ich kann dich nicht halten," und gab ihm feinen Abschiedsbrief und einen alten Tornister, aber keinen Heller Geld auf die Reife. Da nahm er den Weg zwischen die Beine und als er den ersten Tag müde gelaufen war, kam er am Abend in einen großen Wald. Da dachte er das Schlaf= geld zu fparen und auf einem Baum zu übernachten, wenn er anders kein Unterkommen fände. Als er aber auf den Baum stieg, fah er in der Ferne ein kleines Licht, stieg wieder hinab und gieng darauf zu bis er an ein kleines Häuschen kam. Getrost klopft er an: da macht ihm ein altes Weib auf und bietet ihm freundlich guten Abend und fagt, wenn er wolle, könne er fein Glück machen. Ei, denkt er bei fich, wird dein Traum fo bald wahr? follst du hier schon gleich dein Glück machen! Da bringt ihm das alte Weib Eßen und Trinken, als hätt es schon für ihn bereit gestanden. Wie er sich nun satt gegeßen und getrunken hat, nimmt sie einen Korb und ein langes Seil und sagt, nun sollt er mit ihr gehen und thun was sie ihm sage. Sie giengen also aus dem Häuschen in den Wald bis vor einen alten verfallenen Brunnen. Da sagte sie, er sollte sich in den Korb setzen, sie wollt ihn an dem Seil hinunterlaßen. Sie beschrieb ihm auch Alles, was er unten zu thun hätte. Zuerst käm er in einen Garten, da sollt er hindurch gehen bis er vor das Schloß käme. Vor dem Schloß stünde ein eiserner Mann Schildwacht, vor dem sollt er sich aber gar nicht scheuen, der thät ihm nichts. Er sollte also in das Schloß gehen und grabaus in einen Saal: da würde ein Wachsstock auf dem Tische stehen. Den sollte er nehmen und gleich wieder zu ihr zurückkommen. Der Soldat that Alles, wie sie ihn geheißen hatte, gieng durch den Garten an das Schloß, wo der eiserne Mann Schildwacht stand. An den kehrte er sich aber nicht, sondern gieng durch das Thor in den Saal: da stand der Wachsstock auf dem Tische. Die Thüren der Neben= säle standen auch offen. Er gieng in den ersten: der lag ganz voller Silber. Ei, dachte er, da könnte er sich seinen Tornister voll scharren, das wäre beßer als der Wachsstock. Wie er seinen Tornister voll hat, sieht er auch in den andern Saal: der lag ganz voller Gold. Da geht er zurück, schüttet das Silber wieder aus und füllt sich den Tornister mit Gold. Als er nun in den dritten Saal sieht, liegt der ganz voll Perlen und Edelgestein. Da geht er zurück, schüttet das Gold wieder aus und füllt sich den Tornister mit Perlen und Edelsteinen. Nun denkt er, habe er lebenslang sein Auskommen. Indem er nun durch die drei Nebensäle zurückgeht in den Hauptsaal, sieht er in jedem Nebensaal eine Harfe hängen. Die gefielen ihm sehr wohl; weil sie aber zu groß waren zum Mitnehmen, ließ er sie hängen. Auch fiel ihm jetzt erst ein, die Alte habe ihn doch geheißen, den Wachsstock zu holen: er nahm ihn also vom Tische und kam durch den Garten an den Brunnenschacht, wo der Korb herabhieng. Er setzte sich hinein und schüttelte an dem Seile: da zog ihn die Alte hinauf. Wie er nun bald oben ist, ruft sie ihm zu, ob er auch den Wachsstock hätte. Ja, den hätte er in der Hand. Da zog sie ihn so hoch hinauf, daß sie den Wachsstock annehmen konnte. Wie sie ihn aber hat, läßt sie das Seil los und will ihn hinunterstürzen. Er fieng sich aber mit Händen und Füßen an den Steinen und kletterte mit großer Mühe aus dem Brunnenschacht. Wie er nun droben war, ward er ärgerlich über die Alte, daß sie ihn hatte fallen lassen wollen, lief ihr nach, denn sie hatte sich gleich mit dem Licht davon gemacht, kriegte sie zu faßen, nahm ihr den Wachsstock und prügelte sie butterweich, daß sie kein Glied mehr rühren konnte. Dann nahm er den Wachsstock, steckte ihn in seinen Tornister und gieng ganz fröhlich davon, denn er hatte nun Geld genug und meinte, sein Glück wär schon gemacht. Am Abend kam er in eine große Stadt; es war die Hauptstadt des Landes. Da gieng er in das vornehmste Wirthshaus, dem königlichen Schloß gerade gegenüber, und fragte den Kellner, ob er da logieren könnte. Als der Gastwirth sah, daß er so zerrißen aussah mit dem Tornister auf dem Rücken, kam er herbei und sagte: Hier logieren keine gemeine Soldaten, nur reiche Grafen und Herren. Da tastete er in seinen Tornister und holte eine Hand voll Gold heraus. Da spannte der Wirth gleich andere Saiten auf und fragte ganz höflich, welche Nummer er haben wollte. Der Soldat sagte, das wär ihm gleich, wenn er nur ein recht schönes Zimmer hätte mit der Aussicht nach dem königlichen Schloß. Das beste könnte er haben, sagte der Wirth, das im ganzen Hause wäre. Nun logierte er da einige Zeit und ließ sich schöne Kleider machen und lebte flott wie ein Cavalier und meinte, sein Schatz könnte gar kein Ende nehmen. Es gieng aber doch bald zur Neige. Da saß er eines Abends noch spät auf seinem Zimmer und hatte noch keine Lust schlafen zu gehen, denn die Königstochter lag ihm im Sinne, die er aus seinem Fenster gesehen hatte. Sein Licht war ihm aber ausgebrannt, und weil es schon so spät war, daß Alles schlafen gegangen war, muste er im Dunkeln sitzen. Da fiel ihm ein, er hätte ja den Wachsstock in seinem Tornister: den wollte er anzünden. Wie nun das Licht brennt, steht der eiserne Mann vor ihm, der im Garten vor dem Schloß Schildwacht gestanden hatte, und fragt: Was befehlen Euer Majestät? Wie? sagte er, ich habe euch nichts zu befehlen. Ja, sagte der eiserne Mann, was Euer Majestät befehlen, das muß ich thun. Wenn das ist, sagte er, so holt mir die Harfe, die im Schloß im ersten Nebensaal hängt. Nun dauerte es nur einen Augenblick, so hatte er die Harfe. Da fragte er den eisernen Mann nach seinem Namen; der sagte, er heiße der eiserne Johann, und was er ihm befehlen würde, das könnte er Alles ausrichten, und so lange das Licht brennte, wäre er bei ihm und so wie es aus wäre, wieder vor dem Schloß. Nun dachte er, dann ist es gut, blies das Licht aus und legte sich schlafen. Am andern Morgen nahm er die Harfe, setzte sich an das offene Fenster und fieng an zu spielen und Alles, was er dachte, das spielte die Harfe. Das hörte gegenüber die Königstochter und hätte ihm die Harfe gern abgekauft, denn ihr Klang war wie das reinste Silber. Sie schickte auch gleich hinüber und ließ fragen, was er für die Harfe begehrte. Er gab zur Antwort, zu verkaufen wäre sie nicht; wenn ihn aber die Königstochter besuchen käme, wollte er sie ihr schenken. Die Königstochter mochte nicht selber kommen, schickte aber eins ihrer Kammermädchen, die sollte sich die Harfe von ihm schenken lassen. Er hatte aber mit dem Wirth abgesprochen, wenn die Königstochter selber käme, sollte er ihr mit zwei Lichtern heraufleuchten; der Kammerjungfer nur mit einem. Die Königstochter hatte dem Kammermädchen hundert Thaler versprochen, wenn sie ihr die Harfe brächte. Nun kam sie am Abend zu ihm und blieb bis zum andern Morgen: da gab der Soldat ihr die Harfe mit. Die Königstochter war sehr erfreut und gab dem Kammermädchen sogleich die hundert Thaler. Sie fragte auch, wie es ihr bei dem Junker gefallen hätte? O ganz wohl, sagte sie, sie habe ganz ungestört neben ihm liegen dürfen.

Vor Tische zündete der Soldat seine Kerze wieder an: sogleich
stand der eiserne Johann vor ihm und fragte: Was befehlen
Euer Majestät? Da gebot er ihm, die Harfe aus dem andern
Nebensaal herbeizuholen. Sogleich hatte er sie, setzte sich ans
Fenster und fieng an zu spielen: da lautete diese noch schöner
als die erste, ihr Klang war wie das reinste Gold. Nun hörte
das die Königstochter und schickte wieder hin zu fragen, was
er für die Harfe begehrte. Da ließ er sagen, er verkaufe sie
nicht; wenn aber die Königstochter ihn besuchen käme, wollte
er sie ihr schenken. Die Königstochter mochte aber noch nicht
selber gehn, und schickte wieder eine ihrer Kammermädchen, der
sie tausend Thaler versprach, wenn sie ihr die Harfe brächte.
Am Abend leuchtete ihr der Wirth mit Einem Licht herauf; am
Morgen bekam sie die Harfe und brachte sie der Königstochter,
die ihr gleich tausend Thaler zahlte, und fragte, wie es ihr
bei dem Junker gefallen hätte? O, sagte sie, ganz wohl, sie
habe so ungestört schlafen können wie in ihrem eigenen Bette.

Am Morgen zündete der Soldat den Wachsstock wieder
an: der eiserne Johann erschien sogleich und muste nun die
dritte Harfe holen. Als er die hatte und am Fenster seines
Herzens Gedanken darauf spielte, klang sie noch zehnmal schöner
als die andern, die Töne waren wie Perlen und Diamanten.
Die Königstochter war ganz außer sich vor Entzücken. Sogleich
schickte sie und ließ fragen, was er für die Harfe begehrte. Er
gab zur Antwort, verkaufen wollte er sie nicht, sie solle sie
aber geschenkt haben, wenn sie ihn besuchen käme. Da dachte

die Königstochter, ihre Kammermädchen hätten ungestört geschlafen, mithin könne sie das Geld wohl selbst verdienen. Wie
sie nun am Abend kam, leuchtete ihr der Wirth mit zwei Wachs-
kerzen hinauf, und am andern Morgen, als sie von ihm gieng,
gab er ihr die Harfe zum Geschenk. Sie hatte aber die Nacht
doch nicht ganz ungestört geschlafen und nach einiger Zeit fühlte
sie sich unwohl und klagte es ihrem Vater. Als der König das
hörte, ward er sehr aufgebracht und ließ sogleich den Soldaten
rufen: der ließ ihm aber sagen, wenn der König mit ihm zu
sprechen hätte, möchte er sich gefälligst zu ihm bemühen. Da
hatte er den Tag über Frieden; in der Nacht aber, als er
schlief, stiegen des Königs Trabanten zum Fenster hinein, banden
ihm Hände und Füße und warfen ihn ins Zuchthaus. Da hörte
er vor seiner Kammer eine Schildwacht auf und abgehen: der
versprach er zwei Louisdors, wenn er zu seinem Wirth gienge
und das Stümpfchen Wachslicht holte, das auf seiner Stube
gestanden hätte. Die Wache dachte, das Geld wäre leicht zu
verdienen und brachte ihm das Stümpfchen Licht und Cigarren
und Schwefelhölzchen dazu. Wie er nun allein war, zündete
er das Licht an und sogleich stand der eiserne Johann da und
fragte: Was befehlen eure Majestät? Da sagte er, er sollte das
Zuchthaus und das ganze königliche Schloß zusammenbrechen;
dem König und seiner Tochter aber nichts zu Leide thun. Das
that der eiserne Johann und schlug Alles zusammen, daß kein
Stein auf dem andern blieb. Der Soldat aber gieng ruhig in
sein Wirthshaus und bezog die alte Stube. Als der König sah,

daß er nichts mit ihm ausrichten könnte, ließ er ihm sagen, er sollte kommen, der König wollte ihm seine Tochter und das halbe Königreich geben. Er ließ aber zurücksagen, wenn ihm der König etwas zu sagen hätte, er wohnte noch, wo er gewohnt hätte. Da kam der König und brachte ihm seine Tochter und bot ihm das ganze Königreich, wenn er sogleich mit ihr Hochzeit machte. Das konnte er sich schon gefallen laßen, und machte sogleich Hochzeit. Dann zündete er sein Licht wieder an und befahl dem eisernen Johann, das Schloß mit dem Garten und das ganze versunkene Königreich unter der Erde wieder heraufzubringen, daß es wieder stünde, wo es früher gestanden hätte. Das that der eiserne Johann und kam dann zurück und sagte, das Schloß stünde auf der Erde wieder am alten Fleck: nun bäte er ihn aber, daß er mit ihm gienge vor das Thor des Schloßes. Wie sie dahin kamen, hob der eiserne Johann vor der Schwelle einen schweren Stein aus der Erde: darunter lag ein Schwert. Mit dem Schwert, sagte der eiserne Johann, müße er ihm den Kopf abhauen, so würde er erlöst. Der neue König meinte, das könnte er doch nicht thun, nachdem er ihm so treu gedient hätte. Aber der eiserne Johann sagte, das müße er thun, damit er ein Kind der ewigen Seligkeit würde, ihm aber das ganze Königreich zufiele. Da that er ihm seinen Willen und ward König über beide Länder, und wenn er nicht gestorben ist, so lebt er noch.

15. Wie ein Bauer beten lernte.

Ein reicher Bauer gieng zur Beichte. Der Beichtvater gab
ihm zur Buße, sieben Vaterunser zu beten. Beten könne er
nicht, sagte der Bauer: er habe es oft lernen wollen, aber
nie behalten mögen. Ob er denn auch nicht lesen und schreiben
gelernt habe? Nein, sein Vater hätte ihn nicht zur Schule
gehalten. Wie behaltet ihr es denn, fragte der Beichtvater,
wenn ihr Geld oder Korn ausleiht? Ei, sagte der Bauer,
das vergeße ich nicht. Wollt ihr denn zu eurer Buße haben,
fragte der Beichtvater, den armen Leuten Korn zu leihen mit
dem Beding, daß sie es nach der Ernte zurückgeben? Ja,
sagte der Bauer, das bin ich zufrieden. Tags darauf schickte
ihm der Beichtvater einen armen Mann zu, den er nicht
kannte; der sprach zu ihm: Euer Beichtvater hat mich zu euch
geschickt, ihr sollt mir zwei Sester Korn leihen bis zur Ernte.
Der reiche Bauer fragte: Wie heißt ihr denn? Vater unser.
Und mit dem Zunamen? Der du bist im Himmel. Da gab
ihm der Bauer die zwei Sester Korn. Einige Tage darauf
kam ein anderer, der nannte sich: Geheiliget werde dein Name,
mit dem Zunamen: Zu uns komme dein Reich. Dem lieh er

auch ein Paar Sefter. Bald darnach kam Einer, der hieß:
Dein Wille geschehe, mit dem Zunamen: wie im Himmel also
auch auf Erden. Und so gieng es fort bis zum Amen. Darnach besuchte ihn der Beichtvater und fragte, ob er noch nicht
beten gelernt hätte. Nein, sagte der Bauer, wer hätte michs
lehren sollen? Habt ihr denn auch kein Korn ausgeliehen?
fragte der Beichtvater. Das hab ich wohl, sagte der Bauer.
Wie hießen denn eure Schuldner? Der Erste hieß: Vater
unser der du bist im Himmel; der andere: Geheiliget werde
dein Name, Zu uns komme dein Reich u. s. w. Da sagte der
Beichtvater: Nun nennt mir einmal eure Schuldner hinter-
einander. Da sagte der Bauer das ganze Vaterunser her.
Der Beichtvater fieng an zu lachen. Warum lacht ihr, Herr?
fragte der Bauer. Darum, sagte der Beichtvater, weil ihr beten
könnt und wißt es nicht. Das ist ja das ganze Vaterunser. Als
der reiche Bauer das hörte, war er nicht wenig verwundert,
freute sich aber doch noch mehr, daß er nun beten könne und
schenkte den armen Leuten das geliehene Korn.

16. Wie viel ein Vaterunser werth ist.

Ein Bischof fand einen armen Menschen auf der Straße, dessen erbarmte er sich, räumte ihm eine Wohnung ein in seinem Hof und versprach ihm seine tägliche Nahrung zu geben so lange er lebte; doch sollte der Arme täglich ein Vaterunser für ihn sprechen, damit ihn Gott vor allem Uebel bewahre: das versprach der Arme. Da befahl der Bischof seinem Schaffner, dem Armen fortan täglich seine Nahrung zu reichen. Das geschah und der Arme sprach auch täglich ein Vaterunser für den Bischof, daß ihm kein Uebel wiederfuhr. Das währte bis der Bischof eine Reise nach Rom antreten mußte; da geschah es eines Tags, daß der Schaffner vergaß, dem Armen seine Speise zu reichen. Da ließ der arme Mann das Vaterunser unterbleiben und sprach es nicht für den Bischof. An demselben Tage gerieth der Bischof in so große Noth, daß er fast ertrunken wäre, und kam auch nicht ohne großen Schaden davon. Diesen Tag merkte sich der Bischof wohl. Darnach, als er wieder nach Hause kam, fragte er den armen Mann, ob er auch alle Tage das Vaterunser für ihn gesprochen hätte. Ja, sagte der arme Mann, alle Tage, nur Einen Tag nicht. Da unterließ ich es, weil mir der Schaffner meine Nahrung nicht reichte. Da ward der Bischof zornig und sprach zu dem Schaffner: Ihr habt mir großen Schaden gethan, den sollt ihr mir ersetzen. Der Schaffner sagte: Herr, erzürnt euch nicht wider mich eines Vaterunsers wegen, ich will es euch gerne bezahlen. Sagt nur, was ihr dafür haben wollt. Ich verlange nicht mehr, sagte der Bischof, als was es werth ist: fahrt gen Rom und fragt nach, wie viel ein Vaterunser werth sei. Der Schaffner muste nach Rom fahren und den Pabst fragen, wie viel ein Vaterunser werth sei. Ein Vaterunser, sagte der Pabst, ist einen Pfennig werth. Der Schaffner kam also zurück zu dem Bischof und sprach: Herr, ich bin zu Rom gewesen bei dem Pabst und habe die große Mühe und Kosten aufgewandt für Nichts und wieder Nichts. Der Pabst hat gesagt, ein Vaterunser sei einen Pfennig werth. Ich wollte euch hundert Pfennige gegeben haben, wenn ihr mir die Müh und Kosten erlaßen hättet. Aber der Bischof sprach: Hat denn der Pabst auch gesagt, was für einen Pfennig? Es gibt Gold-, Silber- und Kupferpfennige. Nein, sagte der Schaffner, davon war keine Rede. So müßt ihr noch einmal dahin fahren, sagte der Bischof, und fragen, was es für ein Pfennig sein solle. Der Schaffner muste also wieder nach Rom fahren und den Pabst fragen, was er für einen Pfennig gemeint habe. Der Pabst gab zur Antwort, es müße ein goldener Pfennig sein. Als der Schaffner wieder nach Hause kam, sagte er: Herr, es soll ein goldener Pfennig sein. Ich hätte euch aber gern zehn

Goldpfennige gegeben, wenn ihr mir die doppelte Reise erlaßen
hättet. Der Bischof sagte: Aber sagte der Pabst denn auch,
wie groß der Pfennig sein sollte? Nein, sagte der Schaffner,
davon ist keine Rede gewesen. Da sprach der Bischof: So zieht
zum drittenmal gen Rom und fragt den Pabst, wie groß der
Pfennig sein solle. Mochte er nun wollen oder nicht, er muste
zum drittenmal gen Rom und den Pabst nach der Größe des
Goldpfennigs fragen. Der Pabst sprach: Der Pfennig soll so
groß sein wie die ganze Welt und dabei so dick als der Himmel
hoch ist. Betrübt zog der Schaffner heim zu dem Bischof, fiel
ihm zu Füßen und sprach: Lieber Herr, seid mir gnädig, denn
euer Vaterunser kann ich euch nicht bezahlen, ja die ganze
Welt könnte es nicht, denn der Pfennig müste so groß sein wie
die ganze Welt und dabei so dick als der Himmel hoch ist von
der Erde. Da erbarmte sich der Bischof über ihn und schenkte
ihm wieder seine Gnade.

17. Der gute Kauf.

Ein Mann hatte neben seiner rechtmäßigen Frau noch zwei Freundinnen. Nun wollte er eines Tags in Handelsgeschäften auf einen Jahrmarkt. Da gieng er zu der ersten Freundin und fragte, was er ihr mitbringen sollte. Sie bat ihn, ihr einen guten Zobelpelz zu kaufen. Darauf gieng er zu der andern: die wollte feines Zeug zu einem neuen Kleide mitgebracht haben. Zuletzt fragte er auch seine Frau, was er ihr mitbringen sollte. Da sagte sie: Bringe mir für zwei Weißpfennige Sinn und Verstand mit, damit ich dich deinen Thorheiten abwendig mache. Als er nun auf den Markt kam und seine Geschäfte besorgt waren, kaufte er seinen Freundinnen, was sie begehrt hatten; Sinn und Verstand aber konnte er nicht kaufen, weil sie nicht feil waren. Er zog aber seinen Wirth zu Rath und erzählte ihm, wie er seiner Frau versprochen hätte, für zwei Weiß= pfennige Sinn und Verstand mitzubringen, damit sie ihn seinen Thorheiten abwendig machte. Er erzählte ihm auch, was er sonst noch eingekauft hätte. Sinn und Verstand, versetzte der Wirth, will Ich euch verkaufen: gebt Mir die drei Weißpfennige. Er erhielt sie und sprach: Wenn ihr heimkommt, so nehmt

einen Hahn, schlachtet ihn und bestreicht euch das Gesicht mit
seinem Blut, zieht dann alte schlechte Kleider an und geht zu
dem Hause eurer ersten Freundin und sagt, ihr wärt ver=
wundet und beraubt worden und hättet Hab und Gut ver=
loren. Darauf geht auch zu der andern Freundin und zuletzt
zu eurer Frau und sagt ihnen dasselbe. Und also that er.
Als er in die Wohnung der ersten Freundin kam, fieng er
jämmerlich an zu heulen und sagte, er habe Alles verloren
was er je besessen, und sei schwer verwundet kaum mit dem
Leben davongekommen. Als die falsche Freundin hörte, daß
er ein armer Mann geworden sei, wies sie ihm die Thüre
und sagte: Scher dich hinaus, Elender, und geh zu deiner
Frau: was hab ich mit dir zu schaffen? Darauf gieng er zu
der zweiten Freundin und sprach zu ihr wie er zu der ersten
gesprochen hatte und erhielt von ihr denselben Bescheid. Hier=
auf gieng er zu seiner Frau und sagte ihr dasselbe, was er
seinen Freundinnen gesagt hatte. Da umarmte sie ihn mit=
leidig und sagte: Sei gutes Muths: deine Wunden heile ich
dir und sind Hab und Gut verloren, so wollen wir neues zu=
sammen erwerben. Als der Mann ihre Güte und Treue sah,
gestand er ihr, daß er nur auf den Rath seines Wirthes so zu ihr
gesprochen und nun die Falschheit seiner Freundinnen erkannt
habe. Und fortan wollte er ihr allein anhängen, da Sie allein
ihn wahrhaft liebe. Da schenkte er ihr Alles, was seinen
Freundinnen bestimmt war, und hatte nun Sinn und Verstand
erlangt und für drei Weißpfennige einen guten Kauf gethan.

18. Peter auf dem Markt.

Eine Bauerfrau hielt sich einen Knecht, der hieß Peter.
Eines Tags schickte sie ihn auf den Markt, ihre Butter zu ver=
kaufen; aber die Leute, die erst lange nachfragten, was die
Butter koste, mit denen solle er sich nicht zu viel aufhalten:
die kauften doch keine. Als nun der Peter auf dem Markte
stand und die Butter feil hielt, kamen die Leute und fragten,
was die Butter gelten solle. Da sagte Peter zu ihnen: Geht
nur eures Wegs, ihr kauft doch keine. So behielt er die Butter
alle. Als er nun wieder zu Hause fuhr, kam er an einer
Kirche vorbei und sah ein Heiligenbild in einer Nische stehen.
Da hielt er inne, stand und blickte zu dem Mann da oben
hinauf. Willst du vielleicht meine Butter kaufen? fragte Peter.
Der Heilige schwieg stille und sagte nicht ein Wort. Aha!
dachte Peter, der will deine Butter kaufen: der fragt nicht erst
was sie kosten soll. Also nahm er eine Scheibe Butter nach
der andern und warf sie ihm hinauf. Dann blieb er stehen
und wartete geduldig auf die Bezahlung. Unterdeßen zerschmolz
aber die Butter in der Sonne und floß in langen Strömen
die Thurmwand hinunter. Da meinte Peter, das Uebermaß

der genoßenen Butter bekomme dem heiligen Mann übel: er
könne sie nicht bei sich behalten. Da rief er hinauf: Siehst
du! das hätt ich dir voraussagen wollen, daß du so viel Butter
auf einmal nicht vertragen könntest. Man muß auch die Butter
nicht ohne Brot eßen. Nun dachte er: Dem Mann ist nicht
wohl, er kann jetzt nicht gleich bezahlen. Du willst nur unterdes nach Hause fahren: wenn er sich erholt hat, kann man ja
wieder nachfragen. Als er nun mit dem ledigen Schubkarren
heimkam, freute sich die Bauersfrau, daß die Butter alle verkauft sei, und verlangte das Geld. Da erzählte er ihr, an
der Kirche habe Einer gestanden, dem habe er die Butter verkauft und nächstens werde er das Geld bekommen. Es sei ein
angesehener Mann, die Leute hielten ihn für heilig: bei dem
habe es mit dem Gelde gute Wege.

19. Der dicke Frosch.

Es war eine Königstochter, die gieng spazieren und kam auf eine grüne Wiese und bei der Wiese war ein Teich, daran blühten die schönsten Blumen. Da setzte sich die junge Königstochter und wand einen Kranz; dabei streifte sich der Ring von ihrem Finger und fiel ins Wasser und versank so tief, daß sie ihn nicht herausholen konnte. Das betrübte sie sehr, denn der Ring war von ihrer seligen Mutter. Da sprach sie für sich hin: Wer mir den Ring wieder brächte, dem wollte ich Alles geben, was er von mir verlangte. Gleich streckte ein garstiger dicker Frosch sein Haupt aus dem Wasser und rief:

Ist das wahr, ist das wahr,

Schöne Königin?

Auf dem Boden, seh ich klar,

Liegt das Ringelein:

Wenn du willst mein Schätzchen sein,

Aus dem Teich

Hol ich ihn gleich,

Schöne Königin!

Da dachte die junge Königstochter: Was spricht doch der

dumme Frosch? Wie kann der mein Schätzchen sein? Wenn
er mir aber den Ring wieder bringen will, versprechen kann
ich es immer. Da sprach sie zu ihm:

> Ja, ich will dein Schätzchen sein:
> Hole mir das Ringelein.

Der Frosch sprang ins Wasser, holte den Ring herauf
und legte ihn zu ihren Füßen. Die Königstochter nahm ihn
auf, steckte ihn an den Finger und gieng fröhlich nach Hause.
An den Frosch dachte sie nicht mehr.

Als sie aber Abends mit ihrer Magd auf ihrer Schlaf-
kammer war, klopfte es an die Thüre und rief:

> Mach mir auf, mach mir auf,
> Schöne Königin!

Mach einmal auf, sagte die Königstochter zu ihrer Magd.
Da rief es aber wieder vor der Thüre:

> Nicht die Magd, nicht die Magd,
> Schöne Königin!
> Selber mach mir auf:
> Selbst bist du mir zugesagt.
> Auf der Wiese bei dem Teich,
> Wo du Blumen brachst,
> Weißt du nicht mehr was du sprachst:
> Holt ich dir das Ringelein,
> Wolltest du mein Schätzchen sein.
> Holt es gleich aus dem Teich,
> Schöne Königin!

Da machte die Königstochter auf, und was kommt herein=
gehüpft? Es war richtig der dicke Frosch: der that ganz freund=
lich und rief:

Koch uns Fisch, koch uns Fisch,
Schöne Königin!

Da sagte die Königstochter zu ihrer Magd: Geh und koch
dem dicken Frosch Fische. Aber der Frosch rief:

Nicht die Magd, nicht die Magd,
Schöne Königin,
Selber koch uns Fisch,
Selbst bist du mir zugesagt.
Auf der Wiese bei dem Teich,
Wo du Blumen brachst,
Weißt du nicht mehr was du sprachst?
Holt ich dir das Ringelein,
Wolltest du mein Schätzchen sein.
Holt es gleich aus dem Teich,
Schöne Königin!

Da muste die junge Königstochter ihm die Fische selber
kochen. Als sie damit fertig war, hub der Frosch an und
rief:

Deck den Tisch, deck den Tisch,
Schöne Königin!

Die junge Königstochter sagte zu der Magd, sie sollte
dem dicken Frosch den Tisch decken. Aber der war damit nicht
aufgeschickt und rief wieder:

Nicht die Magd, nicht die Magd,
Schöne Königin,
Selber deck den Tisch:
Selbst bist du mir zugesagt.
Auf der Wiese bei dem Teich,
Wo du Blumen brachst,
Weißt du nicht mehr was du sprachst?
Holt ich dir das Ringelein,
Wolltest du mein Schätzchen sein.
Holt es gleich aus dem Teich,
Schöne Königin!

Da ward die junge Königstochter ganz verdrießlich über den Frosch. Aber sie mußte doch thun was er begehrte, weil sie ihr Wort gegeben hatte. Als nun der Tisch gedeckt war, hüpfte der Frosch auf einen Stuhl und von dem Stuhl auf den Tisch und aß mit der schönen Königstochter von Einem Teller, wie zwei liebhabende Menschen zu thun pflegen. Als sie nun gegessen hatten, fieng der Frosch wieder an:

Mach das Bett, mach das Bett,
Schöne Königin!

Die Königstochter befahl ihrer Magd, das Bett zu machen. Aber der Frosch war damit nicht zufrieden und rief:

Nicht die Magd, nicht die Magd,
Schöne Königin!
Selber mach das Bett:
Selbst bist du mir zugesagt.

Auf der Wiese bei dem Teich,
Wo du Blumen brachst,
Weist du nicht mehr was du sprachst?
Holt ich dir das Ringelein,
Wolltest du mein Schätzchen sein.
Holt es gleich aus dem Teich,
Schöne Königin!

Da wurde die Königstochter ganz roth vor Zorn, daß sie einem Frosch das Bett machen sollte. Das ist doch zu arg, sagte sie: wie kann er das verlangen! Und ich thu es auch nicht und wenn er sich auf den Kopf stellte! Aber der Frosch blies sich gewaltig auf und glotzte sie mit den feurigen Augen an, daß ihr angst und bange ward. Da gieng sie mit Thränen in den Augen hin und machte das Bett zurecht. Als der Frosch das sah, ward er ganz froh und rief:

Komm zu Bett, komm zu Bett,
Schöne Königin!

Pfui! rief die junge Königstochter: bei einem Frosch schlafen! Das thu ich nicht, das kann die Magd für mich thun. Aber der Frosch bestand darauf, daß sie es selber thue und rief:

Nicht die Magd, nicht die Magd,
Schöne Königin,
Selber komm zu Bett:
Selbst bist du mir zugesagt.
Auf der Wiese bei dem Teich,

Wo du Blumen brachst,

Weißt du nicht mehr was du sprachst:

Holt ich dir das Ringelein,

Wolltest du mein Schätzchen sein,

Schöne Königin!

Da fieng die Königstochter hell auf an zu weinen, daß sie sich so verschnappt hatte, sie wolle einem Frosch sein Schätzchen sein. Aber was konnte das helfen? Sie hatte es einmal versprochen und mußt es nun auch halten. Schluchzend warf sie sich endlich ins Bette und klitsch klatsch hüpfte der Frosch ihr nach. Am andern Morgen aber, als sie aufwachte, lag ein schöner Königssohn an ihrer Seite: der erzählte ihr: eine Hexe hätte ihn verwünscht, und weil die Königstochter sich ihm verlobt und ihm auch Wort gehalten hätte, wär er nun erlöst. Da freute sie sich und führte ihn gleich zu ihrem Vater: der gab seinen Segen dazu und ließ eine prächtige Hochzeit halten. Da lebten sie lange Jahre glücklich zusammen und wenn sie nicht gestorben sind, so leben sie noch.

20. Die sieben Thiere.

Bruder und Schwester hatten sich vereinbart, .nicht zu heiraten, sondern miteinander hauszuhalten. Im Winter wohnten sie in der Stadt bei einem reichen Metzger; im Sommer zogen sie auf ihr Landgut. Da gieng Er auf die Jagd und Sie besorgte die Haushaltung. Einmal aber, als sie vom Lande wieder in die Stadt zogen, waren da alle Häuser schwarz ausgeschlagen. Er fragte sogleich, was die allgemeine Trauer bedeute? Da sagte man ihm, der König müße seine letzte Tochter einem Drachen ausliefern, der das Land verwüste; die andern wären ihm schon alle geopfert worden. Wenn aber Er den Drachen erlege, so würde die Königstochter ihm zur Frau gegeben und nach des Königs Tode erbe er das ganze Reich. Nun wuste er wohl, heiraten durfte er nicht; er setzte sich aber doch vor, die Königstochter zu erlösen und den Drachen zu tödten. Er hielt es aber heimlich, daß es Niemand gewahr würde, auch seine Schwester nicht. Als es Nacht wurde, schlich er sich heimlich aus seinem Zimmer, nahm sein schwarzes Hündlein zu sich und sein gutes Schießgewehr und gieng nach dem See, wo die Königstochter dem Drachen ausgeliefert werden

sollte. Wie er dahin kommt, sieht er sie schon ganz weiß gekleidet auf einem Steine knieen und inbrünstig beten. Als er
heran kam, fiel sie in Ohnmacht, weil sie meinte, der Drache
komme geflogen. Er gieng hinzu und besprengte sie mit dem
Waßer des Sees bis sie wieder zu Sinnen kam. Da tröstete
er sie und sagte, er wolle sie von dem Drachen erlösen. Sie
freute sich und sagte, wenn er das vermöchte, so wolle sie auch
nie einen Andern zum Gemahl haben. Ehe es nun Mitternacht wurde, hörte man es durch die Luft saufen. Er dachte
gleich, daß es der Drache wäre, ließ ihn aber herankommen
bis er ihn unterm Schuß hatte: da drückte er los und traf ihn
mitten ins Herz, daß er für todt niederstürzte. Aber die sieben
Köpfe lebten noch: er muste ihnen mit dem Kolben die Schädel
entzweischlagen. Endlich trug er aber doch den Sieg davon:
das Ungethüm lag und rührte kein Glied mehr. Da gieng er
hinzu und schnitt den sieben Köpfen die Zungen aus: die wickelte
er in sein Tuch und steckte es in die Tasche. Die Köpfe befahl er Ihr: sie sollte sie nach dem Schloße mitnehmen und
ihrem Vater zeigen. Sie fragte, ob er denn nicht selbst mit
dahin gehen wolle? Nein, sagte er; er hätte ein Verbündniß
mit seiner Schwester gemacht und dürfte nicht heiraten. Wenn
sich aber seine Schwester veränderte, so wär er frei. Sie sollte
Jahr und Tag auf ihn warten; wenn er dann nicht käme, so
möchte sie einen Andern nehmen. Sie versprach, auf ihn zu
warten bis er käme und schenkte ihm ihr Tuch und den Ring
von ihrem Finger.

Darüber kamen Zwei von des Königs Officieren, die aus
der Ferne zugesehen hatten und sich erst jetzt heran wagten, da der
Drache verendet hatte. Die fragten sie, Wer den Drachen
erschlagen hätte. Sie sagte, das hätte der Jäger, der eben
von ihr gegangen wäre. Wie er heiße, das wiße sie nicht:
sie habe ihn früher nie gesehen, noch auch sein schwarzes Hündlein. Da sagten die Officiere, sie müße ihnen schwören zu sagen,
Sie wären es, die sie von dem Drachen erlöst hätten; sie
würden sie sonst hier auf der Stelle umbringen. Da muste
sie den Eid leisten, damit sie am Leben bliebe. Wie sie nun
an das Schloß ihres Vaters kamen, war da große Freude über
ihre Erlösung. Der König sagte, nun müße er sie, wie er
versprochen habe, Einem von den beiden Officieren zum Gemahl
geben, welcher ihr am Meisten gefiele. Da muste sie versprechen, Einen von ihnen zu heiraten, hielt sich aber Jahr
und Tag darüber Bedenkzeit aus.

Unterdessen kam der Jäger mit seinem Hündchen wieder
nach Hause, ohne daß ihn seine Schwester oder sonst Jemand
vermißt hatte. Als dann das Frühjahr kam, zogen sie wieder
aufs Land. In der Stadt aber hatte seine Schwester eine Bekanntschaft gemacht und wollte ihren Bruder nichts davon wißen
laßen. Ihr Liebhaber drang alle Tage auf die Heirat; sie sagte
aber, das könnte nicht geschehen so lang ihr Bruder lebte. Da
meinte aber der Liebhaber: den wollten sie schon aus dem Wege
räumen. Wenn er heute von der Jagd nach Hause käme,
sollte sie sich krank stellen und wenn er am Morgen an ihr

Bette käme, nach ihrem Befinden zu fragen, sollte sie vorgeben,
sie hätte geträumt, im Wald sei eine Wolfshöhle: wenn sie
von der Milch der Wölfin tränke, würde sie gesund. Wenn
er das hörte, würde er ihr die Milch holen wollen und das
wär sein Unglück. Als er nun nach Hause kam, lag sie zu
Bette: er kam zu ihr und fragte: Wie geht es dir, Schwester?
Sehr schlecht, sagte sie; ich habe auch nichts für dich zu eßen
bereit. Das thut nichts, sagte er; wenn du nur wieder gesund wirst. So gieng er hungrig schlafen; am Morgen aber
kam er wieder an ihr Bette und fragte: Wie geht es dir,
Schwester? Sehr schlecht, sagte sie; ich habe aber einen wunderlichen Traum gehabt. Ei, so erzähle doch. Im Wald sei eine
Wolfshöhle: wenn ich von der Milch der Wölfin tränke, würde
ich gesund. Da nahm er alsbald sein gutes Schießgewehr und
sein schwarzes Hündlein hinter sich und machte sich auf den
Weg. Es war aber eine Tagereise weit. Als er fort war,
kam sogleich der Liebhaber herbei: sie kochten und brieten und
thaten sich gütlich. „Der kommt so bald nicht wieder," meinte
der Liebhaber: „da laß ich die Wölfe sorgen!"

Unterdessen kommt der Jäger vor die Wolfshöhle: da geht
die alte Wölfin ihm entgegen und legt sich vor seine Füße
nieder. Da nimmt er sein Fläschchen, melkt es voll und steckt
es zu sich. Als er aber heimgehen will, folgt ihm die Wölfin
nach und geht geduldig hinter ihm drein mit seinem schwarzen
Hündlein. Darüber kommt auch der Wolf mit dem jungen
Welf an: die laufen ihm auch nach, so daß der Thiere vier

waren, die Wölfin, der Wolf, das Welſchen und ſein ſchwarzes
Hündlein. Wie er nun bald zu Hauſe iſt, guckt ſeine Schweſter
zum Fenſter hinaus, ſieht ihn von fern kommen und ruft:
Da kommt mein Bruder und hat drei Wölfe hinter ſich mit
ſeinem ſchwarzen Hund. Das hat nichts zu ſagen, ruft der
Liebhaber; nur gleich ins Bett! Da verſteckte er ſich in die
Nebenſtube; ſie aber legte ſich zu Bette. Wie er nun zu ihr
kommt, ſagt er: Guten Abend, Schweſter, hier bring ich dir
die Milch. Das iſt gut, Bruder; aber die Thiere hätteſt du
daheim laßen ſollen. Ach, ſagte er, die laufen mir nach wie
mein Hündlein: das macht mir ſolche Freude. — Nun hab ich
aber nichts für dich zu eßen. — Das thut nichts, Schweſter;
wenn du nur wieder gut wirſt. So geht er hungrig ſchlafen;
am Morgen aber kommt er an ihr Bette und fragt wie es ihr
gienge. Etwas beßer, Bruder. So wolle er heute zu Hauſe
bleiben und nach Tiſche mit ihr ſpazieren gehen. Nein, er
müße fort auf die Jagd: ſie hätte nichts mehr für ihn zu eßen.
Wie er nun auf die Jagd geht, kommt der Liebhaber wieder
zum Vorſchein und lebten die Zwei luſtig und guter Dinge
und überlegten wie ſie ihn los würden. Im Wald ſei eine
Löwenhöhle, ſagte der Liebhaber: wenn ſie ihn dahin ſchickte,
ſo werde er wohl nicht wieder kommen: dafür ließe er die
Löwin ſorgen. Als er nun nach Hauſe kam, hatte ſie ſich
wieder zu Bette gelegt und ſagte, ſie wär ſehr krank, hätte
auch nichts für ihn zu eßen. Das thut nichts, Schweſter;
wenn du nur beßer wirſt. So gieng er wieder hungrig

schlafen. Am andern Morgen kam er an ihr Bette und fragte
wie es ihr gienge. Sehr schlecht, Bruder! Ich habe einen
wunderlichen Traum gehabt. Ei, laß hören. Im Wald sei eine
Löwenhöhle; wenn ich von der Milch der Löwin tränke, würd
ich gesund. Ach Schwester, so will ich sehen, daß ich sie
bringe. Er sollte aber doch die Thiere daheim laßen. Ach
Schwester, die sind ja meine einzige Freude: auf Schritt und
Tritt laufen sie mir nach wie mein Hündlein. Als er nun
fort war, kroch ihr Liebhaber aus seinem Versteck hervor; sie
kochten und brieten und lebten wieder lustig und guter Dinge.
Er hatte unterdes sein gutes Schießgewehr und die vier Thiere
hinter sich genommen. Es war aber zwei Tagereisen bis an die
Löwenhöhle. Als er nun dahin kommt, geht die alte Löwin
heraus ihm entgegen und legt sich vor seine Füße nieder. Er
nimmt sein Fläschchen, melkt es voll von der Milch und steckt es
zu sich. Als er aber heim geht, folgt ihm die Löwin und geht
geduldig hinter ihm drein und auch der alte Löwe und das
junge Löwenwelfchen laufen ihm nach, daß er seine Freude
dran hat. Wie er nun bald zu Hause war, guckt seine
Schwester zum Fenster hinaus und sieht ihn kommen und ruft
ihrem Liebhaber zu: Da ist mein Bruder und hat drei Wölfe
bei sich, drei Löwen und seinen schwarzen Hund. Der Liebhaber sagte: Das hat nichts zu sagen, lege dich nur gleich zu
Bette und morgen früh, wenn er zu dir kommt, sag ihm, du
hätteft einen wunderlichen Traum gehabt. Da wär eine Mühle
im Walde und darauf eine Ziege: wenn du von deren Milch

hätteſt, ſo würdeſt du geſund. Auf der Mühle iſt aber eine
Heye, die wird ihm gleich den Hals herum drehen. Damit
gieng der Liebhaber und verſteckte ſich; ſie aber legte ſich zu
Bette. Wie er nun zu ihr kommt, ſagt er: Schweſter, hier
hab ich von der Löwenmilch. Das iſt gut, Bruder, ſagte ſie
und ſtellte ſich ſehr krank. Aber die garſtigen Thiere hätteſt
du daheim laßen ſollen. Ach, ſeufzte er, das iſt ja meine
einzige Freude. Sie laufen alle hinter mir drein wie mein
Hündlein. — Ich habe aber auch nichts für dich zu eßen. — Das
thut nichts, Schweſter; wenn du nur Morgen wieder gut biſt.
Da gieng er hungrig ſchlafen; am Morgen aber kam er an
ihr Bette und fragte wie es ihr gienge. Ganz ſchlecht, Bruder!
die abſcheulichen Thiere haben mich ſo erſchreckt, daß ich nicht
ſchlafen konnte. Doch habe ich einen wunderlichen Traum
gehabt. Ei, laß hören. Im Wald iſt eine Mühle und eine
Ziege darauf; wenn ich von deren Milch hätte, würd ich ge=
ſund und nie wieder krank. Ach, Schweſter, du treibſt deinen
Spott mit mir. Nein, es wär ihr Spott nicht, es wär ihr
Ernſt. So wollte er ſehen, daß er die Milch bekäme. Ja,
aber die Thiere müſte er abſchaffen, davor entſetze ſie ſich.
Ach, ſagte er, die thun ja Niemand was zu Leide. Es wird
mir ſchwer ſie zu laßen. Damit nahm er ſein gutes Schieß=
gewehr und die ſieben Thiere hinter ſich und trat die Reiſe
an. Es war aber drei Tagereiſen hin und zurück. Wie er
nun bald an der Mühle iſt, ruhte er ſich erſt ein Bißchen an
einem Brunnen unter der Linde. Darüber fielen den Thieren

die Augen zu; nur sein schwarzes Hündlein, das Wacker hieß,
wedelte noch mit dem Schwanze bis es zuletzt auch einschlief.
Ei, denkt er, die ruhen sich aus: da willst du hinlaufen und
sehen ob du die Milch haben kannst. Wie er nun an die
Mühle kommt, hatte die Alte ihn schon von ferne gesehen und
rief ihm zu: Kommt nur herein, ich weiß schon was ihr wollt.
Hier ist die Milch. Aber wo euch so viel geschehen ist, mag
euch noch mehr widerfahren. Davor hütet euch! Er dankt
der alten Frau ohne weiter auf ihre Warnung zu achten, gießt
die Milch in sein Fläschchen und geht fort; aber statt auf die
Thiere anzugehen, nimmt er einen andern Weg. Wie er nun
bald zu Hause ist, guckt die Schwester zum Fenster heraus und
ruft ihrem Liebhaber zu: Da kommt mein Bruder; aber die
Thiere hat er nicht mehr bei sich. Da sagt der Liebhaber:
Nun können wir ihn nicht anders los werden, wir müssen ihm
den Hals abschneiden. Er rieth ihr auch wie sie sich anstellen
sollte, damit sie ihm Hände und Füße zusammenbrächte; für
das Uebrige wollte er dann wohl sorgen. Wie er nun ins
Haus kam, hatte sie sich wieder ins Bett gelegt und als er
fragte wie es ihr gienge, sagte sie: Sehr schlecht, Bruder. —
Sieh, hier bring ich dir die Ziegenmilch. Das ist gut, Bruder:
nun werd ich wieder gesund. „Meine Thiere hab ich aber alle
verloren; auch das schwarze Hündlein." Nun, das ist gut,
Bruder. „Ja," sagte er, „wenn du wieder gut wirst, kann
ichs verschmerzen." Ich hab aber nichts für dich zu essen.
„Das thut nichts, Schwester." So gieng er schlafen; am

Morgen aber kam er an ihr Bette und fragte wie es ihr gienge.
Ganz gut, Bruder, sagte sie. Darüber hatte er eine kindische
Freude. Nun, heute werd ich doch wohl zu Hause bleiben.
Ja, sagte sie, bleibe heute hier und ruhe dich aus. Wie es
nun bald Mittag wurde, sagte sie, sie fühle sich beßer und
wolle ein wenig im Garten spazieren gehen. Da will ich dich
begleiten, Schwester! Wie sie nun durch den Garten gehen,
sagt sie zu ihm: Wollen wir einmal spielen wie wir früher
gespielt haben, als wir noch Kinder waren? Ach, sagte er,
die Kinderspiele waren wohl schön; aber andere Zeiten, andere
Sitten! Sie ließ aber nicht nach bis er endlich fragte was
sie denn spielen sollten. Weißt du noch, sagte sie, wie ich dir
Hände und Füße zusammenband? Dann stecktest du die Füße
durch die Arme und ließest dich durch den Garten kugeln.
Nun, wenn es dir Freude macht, sagte er, hier lieg ich schon
im Grase. Wie sie nun am Binden war, band sie so fest,
daß er sich beklagte, es thue ihm weh. Ja, sagte sie, wenn
es nicht fest ist, so hilft es nicht. Nun konnte er aber die
Beine nicht selbst durch die Arme bringen: da half sie ihm,
daß er hindurch kam. So, sagte sie: nun sieh einmal, ob du
dich selber rollen kannst. Nein, Schwester, ich kann mich nicht
bewegen. Da ließ sie ihn liegen und holte ihren Liebhaber:
der kam mit einem großen Meßer gesprungen. Als er das
sah, wußte er wohl was sie im Schilde führten und sagte, er
wollte auch gerne sterben, da er seine Thiere verloren hätte.
Sie sollten ihm nur als einem alten Waidmann gestatten, auf

seinem Pfeifchen noch einmal sein Leibstück zu blasen. Das
sollte ihm unversagt sein, sagte der Liebhaber, löste ihm die
Binde von den Händen und hieß ihn blasen. Machs aber
kurz, Bruder, sagte sie. Da fieng er an zu blasen und wie
die Vögel aus der Luft kamen seine Thiere vor den Garten
gerannt und setzten über die Hecke. Als sie ihn gebunden
liegen sahen, sprang der Löwe dem Liebhaber, der Wolf der
Schwester an die Kehle und rißen sie in tausend Fetzen. Ihm aber
zerbißen sie die Bande und wollten nicht aufhören ihm zu liebkosen.

Nicht lange darauf gieng er mit seinen Thieren nach der
Stadt, als das Jahr eben verlaufen war, das er der Königstochter zum Ziel gesetzt hatte. Er kehrte wieder bei dem Metzger
ein, wo er Winters zu wohnen pflegte. Ueber Tisch fragte er,
was es denn Neues gebe. Nichts, sagte der Metzger, als daß
die Königstochter heute Hochzeit macht. Wer ist denn der
Bräutigam? Einer von des Königs Officieren, die den Drachen
erschlagen haben. Ei, da wird es ja hoch her gehen; wenn
wir nur auch etwas hätten von dem Hochzeitsmal. Ja, sagte
der Metzger, davon werden wir beiden wohl nichts bekommen.
Wer weiß? sagte er; wenn es eine Wette gälte, die der Mühe
werth wäre, wollt ich uns wohl vom besten Wein und Braten
verschaffen. Der Metzger sagte, er wollte die zwanzig besten
Ochsen in seinem Stalle missen, wenn er das zu Wege brächte.
Es gilt, sagte der Jäger: die beste Flasche Wein und das beste
Stück Braten soll für uns vor dem König hinweggenommen
werden. Da rief er dem Wolf, band ihm das Tuch der

Königstochter um den Hals und hieng einen Korb daran mit
einem Brieflein, worin er um die beste Flasche Wein und das
beste Stück Braten von dem Hochzeitstische bat; sie müßten
aber vor dem König für ihn hinweggenommen werden. Wie
nun der Wolf zu ihr kommt, und sie ihr Tuch erkennt, liest
sie das Brieflein, besorgt sogleich Alles was darin stand, legt
es in den Korb und schickt den Boten wieder ab. Als darauf
der Wolf zurückkommt und Wein und Braten bringt, thun sie
sich am Tische gütlich damit. Der Wein war köstlich und stieg
dem Metzger so zu Kopfe, daß er die zwanzig besten Ochsen
verschmerzte. Als der Braten verzehrt war und die Flasche
leer, sagte der Jäger, nun müßte er aber auch von dem Nachtisch haben. Der Metzger sagte, er hätte noch zwanzig feißte
Ochsen im Stall: die wollte er verwetten, daß er weiter nichts
bekäme. Es gilt, sagte der Jäger: wenn der Nachtisch aus-
bleibt, sind die zwanzig besten Ochsen wieder euer. Da nahm
er den Löwen, band ihm das Tuch um den Hals, hieng den
Korb daran und bat in einem Brieflein um einen Teller von
dem Nachtisch; er müße aber vor dem König hinweggenommen
werden. Die Officiere hatten unterdes die Wachen verdoppelt
und Befehl gegeben, daß nichts mehr hindurchgelaßen würde.
Als aber der Löwe kam, stoben die Wächter auseinander und
ließen ihn hindurch zu der Königstochter. Die liest das Briefchen und schreibt ein anderes: er möchte doch so schnell als
möglich selber kommen. Das legt sie in den Korb mit Allem
was er verlangt hatte. Als nun der Löwe zurückkommt, liest

der Jäger das Briefchen und sagt zu dem Metzger, die vierzig
Ochsen hätte er nun gewonnen; er schenke sie ihm aber wieder,
denn jetzt wolle er hingehen und König werden.

Unterdessen hatten die Officiere die Wache verdreifacht und
den Befehl verschärft, Niemand hindurch zu laßen. Als aber
der Jäger kam mit dem Hündlein, den drei Wölfen und drei
Löwen, geht er gerade hindurch und stört sich an nichts. Wie
er in den Saal kam, stand die Königstochter auf, nahm ihn
bei der Hand und rief: Lieber Vater, dieß ist der Mann, der
mich erlöst hat; den Officieren habe ich schwören müßen zu
sagen, Sie hätten es gethan: sie hätten mich sonst umgebracht.
Aber gezwungener Eid ist Gott leid. Der König sagte: Wie
ist das möglich? Man hat mir doch die sieben Drachenköpfe
zum Wahrzeichen gebracht. Da sagte der Jäger: Herr, laßt
die Köpfe herbeibringen und nachsehen ob auch Zungen darin
sind. Das geschah: die Köpfe wurden gebracht; aber Zungen
fanden sich nicht darin. Da nahm er die Zungen aus seinem
Taschentuch hervor und sagte: Seht zu, ob diese paßen. Da
befand es sich so. Da sagte der König: Köpfe ohne Zungen
sind Zeugen ohne Lungen. Er möchte nun den Officieren selber
ihr Urtheil finden. Er möchte sie verhungern laßen oder was ihm
sonst beliebte. Da sagte der Jäger: Verhungern ist ein harter Tod.
Man soll ihnen das Land verbieten: damit seien sie hart genug
bestraft. Dann hat er sich zu Tische gesetzt mit der Königstochter
und hat Hochzeit gemacht und nach des Königs Tod ist er selber
König geworden und wenn er nicht gestorben ist, lebt er noch.

21. Erst ein Loch und dann eine Thüre.

In einem Dorfe ließen die Bauern mit Genehmigung des
Bischofs eine Kirche bauen. Als sie nun fertig stand, konnte
Niemand hinein, und es war so gut als hätten sie gar keine
Kirche gehabt. Da hielten die Bauern Rath, was zu thun sei
und beschloßen endlich, einen von ihnen zum Bischof zu schicken,
damit dieser riethe wie da zu helfen sei. Die Wahl fiel auf
den Schultheiß, der sich auch alsbald auf den Weg machte und
dem Bischof die Sache vortrug, wie die Kirche gebaut sei, aber
Niemand hineinkönne; er werde wohl zu sagen wißen wie da zu
helfen sei. Der Bischof fertigte ihn kurz ab und sagte: „Erst
ein Loch und dann eine Thüre!" Der Schultheiß merkte sich
das und sagt auf dem Heimweg immer vor sich hin: Erst ein
Loch und dann eine Thüre! denn er fürchtete immer, er möchte
es unterwegs vergeßen. Wie er nun so einen Fuß vor den
andern setzte und dabei mit geschloßenen Augen murmelte:
„Erst ein Loch und dann eine Thüre, erst ein Loch und dann
eine Thüre!" kam er an einen Graben und pardauz! lag er
drinnen. Es war ein harter Fall gewesen, er fühlte es in
allen Gliedern, denn er konnte sie kaum mehr rühren. Endlich

erholte er sich doch noch so weit, daß er wieder aufstand, Stock und Hut zusammensuchte und sich aus dem Graben hervor-arbeitete. Wie er sich nun langsam weiter schleppte und endlich das Dorf erreichte, fand er die Gemeinde vor der Kirche ver-sammelt. Nun, Herr Schultheiß, sagten die Bauern, ihr seid beim Bischof gewesen: sagt an, was er uns melden läßt. Ja, sagte der Schultheiß, ich bin beim Bischof gewesen, er hat mir auch Bescheid gegeben mit einem kurzen Spruch, den ich wohl behalten und nicht vergeßen habe bis ich an den Graben kam, wo der Weg hindurch führt, ihr wißt wohl: da bin ich aber gestolpert und über dem Stolpern ist mir der Spruch entfallen. Mir thaten die Glieder zu weh von dem Fall und der langen Wanderschaft, sonst hätt ich nachgesehen: ich mein aber, er müßte noch da liegen. So laßt uns hingehen und suchen, riefen die Bauern; Ihr, Herr Schultheiß, bleibt nur hier unter der Linde sitzen und ruht euch aus; wir wollen ihn schon finden. Da machten die Bauern sich auf den Weg und kamen an den Graben, suchten da lange, fanden aber nichts. Vielleicht ist es in den Boden geschlagen, riefen die Schöffen: ihr müßt hingehen und Schaufeln holen, daß wir nachgraben können. Die Bauern liefen also Schaufeln holen und fiengen dann an zu graben. Inzwischen hatte der Schultheiß sich ausgeruht; weil aber die Bauern nicht zurückkamen, dachte er, du willst doch sehen was sie machen. Wie er nun hinkam, sah er, daß sie ein tiefes Loch gegraben hatten. Darüber fiel ihm ein Theil des Spruchs wieder ein. Da sagte er zu den Bauern:

Hier hab ichs jetzt gefunden: der Bischof hat gesagt, wir sollten
ein Loch machen. Er meinte aber nicht, hier bei dem Graben,
in die Kirche meinte er. Ja, riefen die Bauern, so wirds
sein, ein Loch in die Kirche, wodurch man hinein kann: das
ist ein guter Rath! Der Bischof ist doch ein grundgelehrter
Mann! Also giengen sie hin und machten ein Loch in die
Kirche, und von Stund an konnten sie darin ihren Gottesdienst
halten. Nun gieng aber einmal die Procession aus der Kirche
rings um das Weichbild des Dorfs und als die Procession
zurückkehrte, ward ein Hase aufgescheucht, der lief vor ihr her
und nahm seinen Weg nach der Kirche und fand da das Loch
und rettete sich vor den Bauern, die immer hinter ihm drein
waren, durch das Loch in die Kirche. Nun galt es den Hasen
zu fangen; der sprang aber hin und her, vom Chor ins Schiff
und vom Schiff ins Chor, und weil noch immer neue Bauern
durch das Loch in die Kirche kamen, konnte er da nicht hinaus.
Nun war der Schultheiß ein sehr kluger Mann, denn als jetzt
die Bauern alle in der Kirche waren, fürchtete er, der Hase
möchte ihnen durch das Loch entspringen und dann hätten sie
zu Mittag keinen Braten gehabt. Er befahl also dem ältesten
Schöffen, eine Egge vor das Loch zu stellen. Das geschah und
nun begann die Jagd aufs Neue, der Hase sprang hin und
her, als er aber an die Egge kam, wupp! war er zwischen
den Zähnen durch. Da sagte der Schultheiß: Wenn wir nun
Bretter nähmen und sägten sie durch, und setzten viereckige
Brettchen zwischen die Zähne der Egge, so könnten uns ein

andermal die Hasen nicht mehr entwischen. Also wurde die
Egge zum Schreiner getragen; der setzte viereckigte Brettchen
zwischen die Zähne der Egge und ließ sie dann an die Thüre
schlagen. Der Schultheiß gieng hin, um nachzusehen, ob es
nun gut sei, und war ganz zufrieden. Nun fiel ihm auch ein,
daß der Bischof gesagt hatte: Erst ein Loch und dann eine
Thüre! Und nun war ja ein Loch und eine Thüre. Seitdem
haben die Bauern in ihrer Kirche die beste Jagd und fangen
die Hasen bei lebendigem Leibe.

22. Wer hats gebaut?

Es war einmal ein Kaiser, der ließ ein großes Münster
prächtig erbauen aus seinem Gute und zugleich ein Gebot ausgehen, daß bei Leibe Niemand zu seinem Münster beisteuern
sollte, denn er wollt es allein bauen. Als es nun fertig stand,
befahl er in großen goldenen Buchstaben seinen Namen vor
die Hochpforte zu setzen, und daß Niemand dazu gesteuert hätte
als Er. Das geschah; aber in der Nacht verschwand sein Name
und an der Stelle stand am Morgen der Name einer alten
Frau: die hätte ganz allein das Münster erbauen laßen. Als
der König das hörte, verwunderte er sich sehr und befahl, den
Namen der alten Frau zu tilgen und seinen dafür wieder hin-
zusetzen. Das geschah; aber am andern Morgen war sein Name
wieder verschwunden und stand der Name der alten Frau an
der Stelle. Das geschah dreimal. Da gieng der König in
sich und fragte: Wer die alte Frau wäre, und befahl, daß man
sie vor ihn brächte. Als sie nun vor ihn kam, sprach er:
Liebe Frau, seid so gut und sagt mir, wie das kommt, daß
euer Name immer vor dem Münster steht; ich dachte doch, ich
hätte es allein erbauen laßen. Es muß aber wohl Gottes

Wille so sein. Also sagt mir, habt ihr je zu dem Münster gesteuert? Es soll euch darum nichts zu Leide geschehen. Da sprach die alte Frau: Nehmts nicht ungnädig, Herr Kaiser. Ich bin eine arme alte Frau und muß mein tägliches Brot mit Spinnen erwerben. Ich hätte aber doch gerne zu dem Gotteshause gesteuert, wenn Ihr es nicht verboten hättet. Indes konnte ich es doch nicht über mein Herz bringen gar nichts zu thun. Da kaufte ich ein Paar Pfund Heu und streute es den Pferden, die die Steine herbeizogen. Als der König das hörte, sah er wohl, das Opfer der armen alten Frau sei Gott wohlgefälliger gewesen als all sein Aufwand und nahm sich vor, ihren Namen ruhig stehen zu laßen. Sobald er sich so bedacht hatte, verschwand der Name der alten Frau und stand seiner an der Stelle.

23. Schlauer als der Teufel.

Es war einmal ein redlicher Bauersmann, der lebte mit
seinem Weibe so einträchtig und gottgefällig, daß er allen
Nachbarn ein Muster und eine Freude war. Aber dem Teufel
war es ein Herzeleid; vergebens versuchte er seine Künste, die
Liebe und Treue der beiden glücklichen Eheleute zu Falle zu
bringen. Als er einst mürrisch darüber am Wege saß, fragte
ihn im Vorübergehen ein altes Weib, warum er denn so in-
grimmig aussehe? Da sagte er: Ach, ihr könnt mir doch
nicht helfen. Wer weiß? sagte sie: bei mir ist guter Rath
noch nie theuer gewesen. Da klagte er ihr sein Leid, wie er
die zweie Eheleute nicht auseinander zu bringen wüßte. Als
sie das hörte, schalt ihn das böse Weib, daß er ein so dummer
und unbeholfener Teufel sei. Für einen guten Lohn, sagte sie,
wollte sie es schon zu Stande bringen, daß sein Wunsch sich
erfülle. Da versprach ihr der Teufel ein Paar neue Schuh dafür.
Als sie nun handelseins waren, gieng das böse Weib alsbald
zu der guten Frau hin und sagte ihr mit traurigem Gesicht
und als eine theilnehmende Freundin, ihr Mann übe große

Untreue an ihr, indem er sich heimlich mit andern Weibern
einlaße. Aber das wollte ihr die gute Frau durchaus nicht
glauben, ob ihr jene gleich Leib und Gut für die Wahrheit
ihrer Aussage verpfändete.

Da sprach das böse Weib zu ihr: So folgt wenigstens
meinem Rath und wenn es nichts nützt, so kanns doch nicht
schaden. Heute Nacht, wenn euer Mann bei euch eingeschlafen
ist, schneidet ihm eine Locke aus seinem Bart: dann dürft ihr
darauf zählen, daß er jedes andere Weib haßen und euch allein
getreu bleiben wird. Das versprach ihr die gute Frau zu thun
und dankte der Alten für ihren Rath.

Die böse Hexe eilte nun zu dem Manne, der auf dem
Felde hinter dem Pfluge gieng. Euch wundert vielleicht, hob
sie an, daß ich euch hier aufsuche; aber euch droht große Gefahr von euerm Weibe, und ihr seid mir ein lieber Mann:
darum will ich euch gewarnt haben.

Der Mann wollte ihr mit Schlägen danken, daß sie sein
Weib so verleumde; aber die Alte fuhr fort: Ich hörte sie
ihrem Buhler geloben, euch heute Nacht im Schlafe den Hals
abzuschneiden. Darum hütet euch wohl, nicht in Schlaf zu
fallen, sondern haltet euch wach und macht sie glauben, daß
ihr schlieft; dann mögt ihr sehen ob ich die Wahrheit rede.

Der betrogene Mann, ob er gleich dem bösen Weibe nicht
glauben wollte, that dennoch wie ihm gerathen war und als
die gute Frau meinte, daß er schliefe, kam sie mit einem
blanken Schermeßer und begann ihm den Bart zu schneiden.

Da fuhr der Mann mit wüthendem Ingrimm auf und schlug sein gutes Weib so lange bis sie todt zu Boden stürzte.

In demselben Augenblick trat aber der Teufel zu dem bösen Weibe und reichte ihr über den Bach an einem langen Stecken die versprochenen Schuhe und sprach: „Du kluge Frau, hier hast du deinen Lohn: nimm die Schuhe von dem Stecken, denn ich getraue mich nicht, dir zu nahen und laße dir die Meister-schaft."

24. Des Teufels Schürenbrand.

Ein Bauer hatte einen Sohn, der nicht gut thun wollte. In die Schule ließ er sich nicht schicken und arbeiten mochte er auch nicht. Der Vater klagte dem Pastor sein Leid: da sagte der: Ich brauche gerade einen Knecht und wills mit ihm versuchen: schick ihn zu mir. Wie er nun kam, befahl ihm der Pastor, aufs Feld zu gehen und Mist zu spreiten. Da werd ich mir nicht weh thun, sagte der Knecht. Nun, meinte der Pastor, es soll mich freuen, wenn es dir leicht von der Hand geht. Als er nun aufs Feld kommt, streckte er sich auf den Misthaufen und schlief ein. Gegen zehn Uhr gieng der Pastor hinaus, um zu sehen was er geschafft habe; hatte auch ein Butterbrot für ihn in die Tasche gesteckt. Da fand er ihn auf dem Misthaufen liegen und schnarchen. Du Faullenzer, rief er, so glaube ich wohl, daß du nicht müde wirst. Scher dich nach Hause: solch einen Knecht kann ich nicht brauchen. Ich hab es euch vorausgesagt, Herr Pastor, sagte der Junge, und trollte gemüthlich heim. Da fragte ihn der Vater, warum er nicht bei dem Pastor in der Arbeit sei. Hm, sagte der Junge, weil er mich nicht mehr haben will. Der Vater ward

zornig und sagte: So will ich dir einen andern Dienst suchen
und wärs bei dem Teufel in der Hölle. Komm mit, Tage=
dieb. Warum nicht? sagte der Junge, und gieng ruhig hinter
ihm drein. Wie sie eine Strecke gegangen sind, begegnet ihnen
ein feingekleideter Herr auf einem kohlschwarzen Roß. Wohin=
aus? Landsmann, fragte er den Bauer. O Herr, sagte der,
da hab ich einen Schlingel von Jungen, der keinen Schuß
Pulver werth ist: dem will ich einen Dienst suchen und wärs
bei dem Teufel in der Hölle. Ei Freund, sagte Jener, ihr
müßt nicht so streng sein; es ist ja doch euer Sohn. Ich brauche
gerade selbst einen Knecht: vermiethet mir den Burschen: er ist
groß und stark und gefällt mir wohl. Von Herzen gern, sagt
der Bauer. Was verlangt ihr für Lohn? fragte der Herr. —
O gar keinen, ich bin froh, wenn ich ihn nur los werde. Nein,
sprach der Herr, er soll Lohn bekommen nach seinen Diensten.
Darauf wurden sie handelseins: der Bauer überließ seinen
Sohn dem Fremden und gieng seines Wegs. Kaum hatte er
den Rücken gewandt, so verwandelten sich Reiter und Roß in
einen ungeheuern Drachen, der faßte den Jungen beim Kragen
und fuhr schnurstracks mit ihm zur Hölle. Als sie da unten
waren, nahm der Teufel seine natürliche Gestalt an und fragte
den Burschen, ob er auch wüßte, wo er wäre? Nein, sagte
der Junge, es ist mir auch Ein Teufel, wo ich bin. Du bist
in der Hölle, sagte der Gottseibeiuns. Damit zeigte er ihm
zwei ungeheure Keßel und zwei große Haufen Holz: damit
müße er die Keßel heizen und brav Holz unterlegen, unter den

Einen noch mehr als unter den Andern. Es sind Seelen darin,
die etwas Extras bekommen. Laß dir aber nicht beigehen, die
Keßel aufzudecken, sonst dreh ich dir den Hals um und setze
dich dafür hinein. Im Uebrigen sollst du hier nicht zu klagen
haben. Ich muß jetzt verreisen: mach deine Sachen gut, denn
wenn ich wieder komme, wird es heißen: Wie der Dienst, so
der Lohn! Damit setzt' er sich auf seinen Rappen und ritt hinaus.
Der Junge machte sich nun rüstig an sein Amt und heizte,
daß es eine Art hatte und unter den Einen Keßel legte er
doppelt so viel Holz als unter den Andern. Den Hals mochte
er sich doch nicht umbrehen laßen; auch wär er nicht gern fort-
geschickt worden, denn es war ein herrliches Leben in der Hölle:
alle Tage frische Wurst und Schinken. In dem Einen Keßel
aber wimmerte und stöhnte es gar erbärmlich: da hätte er doch
gerne gewußt, wer das beste Extra bekäme. Auch kam ihm
die kreischende Stimme so bekannt vor. Ehe er aber den Deckel
aufhob, machte er mit Kreide einen Strich rund um den Keßelrand, damit er wüßte, wie tief er den Deckel wieder drauf
senken müße. Wie er ihn nun aufhebt, sieht er seine Großmutter in der Brühe sitzen. Ach Karl, fängt die an zu jammern: wie kannst du doch so unbarmherzig heizen! Denkst du
denn gar nicht mehr daran, wie ich dir einmal heimlich, als
du hungrig schlafen gehen mußtest, zwei Butterbrote ans Bett
brachte? — „Und wie du mir einmal den Hintern besehen hast,"
sagte er, „daß ich acht Tage nicht mehr drauf sitzen konnte.
Dafür sollst du nun schmoren." Da ließ er den Deckel wieder

drauf und heizte desto beßer und nahm noch Holz von dem
Haufen, der für den andern Keßel bestimmt war, und legte
es unter den seiner Großmutter. So gieng ein Jahr vorüber:
da kehrte der Teufel zurück und besah sich Alles: die Holzhaufen
und die Keßel. Weil aber der Strich unter dem Keßelrand
nicht weggewischt war, merkte er Lunte und sagte: Ich wuste
wohl, daß du hineinkucken würdest. Es ist nur dein Glück, daß
du kein Mitleid gehabt und desto beßer geheizt hast, sonst dreht'
ich dir den Hals herum. Ich will dir aber jetzt einen leichtern
Dienst anweisen. Damit führte er ihn in den Stall: da standen
zwei Pferde, ein schwarzes und ein weißes. Dem schwarzen
müße er Heu und Hafer geben; dem weißen aber Disteln und
Dornen. Darauf gieng der Teufel hinaus und ließ sich lange
Zeit nicht mehr sehen. Karl versah nun seinen Dienst treulich:
dem schwarzen Pferde gab er Hafer und Heu, dem Schimmel
Disteln und Dornen; manchmal aber doch, weil ihm das schöne
Thier gar zu leid that, einen Ranft von seinem Brot. Da sah es ihn
eines Tages an und begann zu sprechen und sagte: Gieb mir
Heu und Hafer und dem Rappen Disteln und Dornen: ich will
dir auch sagen, wann es Zeit ist. Als Karl hörte, daß der
Schimmel sprechen konnte, faßte er ein Vertrauen zu ihm und
folgte seinem Rathe. Da geschah es, daß der Schimmel sich
erholte und bald so schön ward, daß Karl meinte, er hätte nie
ein edler Pferd gesehen; der Rappe aber schrumpfte zusammen
und ward noch häßlicher als zuvor. Da kam eines Tags der
Teufel in den Stall und merkte gleich an den Pferden, was mit

ihnen vorgegangen war. Er fluchte und wetterte gewaltig. Wenn
du dich das noch einmal unterstehst, so geht es dir gerade wie
diesen da.

Als der Teufel aber wegging, sagte der Schimmel wieder
zu ihm: Gieb mir Heu und Hafer und dem Rappen Disteln
und Dornen. Das that Karl und der Schimmel fuhr fort:
„Nun will ich dir auch sagen, daß die Zeit gekommen ist."
Der Teufel muste nämlich heute eine Stunde auf dem Pech=
stuhle sitzen, und wenn er gleich einen andern Knecht gehabt
hätte, so wär es um den Burschen geschehen gewesen. Das
wuste der Schimmel und sagte zu Karl: Geh jetzt in das erste
Zimmer rechts, da steht ein Brunnen, darein tauche den Kopf.
Der Bursche gieng, gerieth aber in ein unrechtes Zimmer und
zwar gerade in das, wo der Teufel auf dem Pechstuhle saß.
Als er den Burschen sah, rückte und rüttelte er hin und her,
konnte aber nicht loskommen. Erschrocken fuhr Karl zurück,
erkannte seinen Irrthum und fand jetzt das richtige Zimmer.
Da tauchte er den Kopf in den Brunnen und kam mit goldenen
Haaren zurück in den Stall. Jetzt ist es Zeit, sagte der Schimmel,
sattle mich und reite davon so schnell du magst. Erst aber gehe
noch in des Teufels Schlafzimmer: da steht ein Tisch, davon
nimm Bürste, Spiegel und Wasserflasche. In der Schublade
findest du drei Nüße, die steck zu dir, nimm auch den Mantel=
sack, der unter dem Tische liegt, und komm schnell zurück.
Karl that, wie ihm geheißen war, kam zurück, bestieg den
Schimmel und trabte lustig zum Höllenthor hinaus. Als er

eine Weile geritten war, sagte der Schimmel: Nun sieh einmal
hinter dich. Der Junge that es und bemerkte mit Schrecken,
daß der Teufel auf dem schwarzen Roß nachsetzte und sie fast
schon eingeholt hatte. Da rief er: Lauf, Pferdchen, lauf, sonst
sind wir verloren. Der Schimmel griff aus und sagte zu Karl:
Wirf die Bürste hinter dich! Karl that es: da gab es einen
Wald so dicht, daß keine Katze hindurch konnte: der Teufel
muste zurück, Arbeiter zu holen, die ihm erst eine Straße durch
den Wald hieben. Als diese mühsam gebahnt war, setzte der
Teufel den Flüchtigen nach und trotz dem guten Vorsprung,
den sie gewonnen hatten, hätte er sie fast eingeholt. Sieh
einmal hinter dich, sagte der Schimmel. Karl that es und sah
den Teufel ihm fast auf den Hacken. Pferdchen lauf, rief er,
oder wir sind des Todes. Wirf den Spiegel hinter dich, rieth
der Schimmel. Karl that es und sieh, es gab einen breiten
See: der Teufel konnte nicht hinüber und muste zurück in die
Hölle, Arbeiter zu holen, die ihm eine Brücke legten. Aber
schnell waren die gefällten Stämme berappt, Pfähle eingerammt,
die Balken darüber gelegt und donnernd ritt der Teufel über
die Brücke den Flüchtigen nach. Nicht lange währte es, so
hatte er sie wieder im Gesichte. Sieh einmal hinter dich, rief
der Schimmel. Der Junge sah um, gewahrte den Verfolger
und rief: Tummle dich, Pferdchen, tummle dich! er ist uns
auf den Fersen. Der Schimmel griff aus und rief: Wirf die
Flasche hinter dich. Karl that es: da gab es einen himmelhohen
Glasberg. Dreimal versucht es der Teufel vergebens, hinüber

zu reiten: immer glitt er wieder hinunter. Da ritt er zurück,
stellte seinen Rappen in den Nothstall und ließ ihm scharfe
Hufeisen auflegen. Nun konnte er den Glasberg überreiten.
Wie er aber hinüber war, sah er die Flüchtlinge schon bei
dem Grenzgraben seines Reichs. Wüthend drückte er dem Rappen
die Sporen in die Seiten ein; der hatte aber so lange Distel
und Dornen gefreßen, daß er nicht konnte wie er wollte. Doch
hätte sie der Teufel noch eingeholt: schon streckte er die langen
Klauen gierig nach dem Reiter, als ihn der Schimmel mit
einem mächtigen Satz über den Scheidegraben in Sicherheit
brachte. Grinsend und knirschend muste der Teufel in die
Hölle zurück.

Der Sorge ledig trabte nun Karl gemächlich weiter und
kam bald in ein ander Land. Schon zeigte sich in der Ferne
Schloß und Hauptstadt. Da sprach der Schimmel zu ihm:
Binde mich in dieser hohlen Weide fest und geh ins Schloß,
Dienste zu suchen. Die geringste Stelle, die du offen findest,
laß dir gut genug sein. Hier im Mantelsack findest du eine
Flöte: die mag dir die Weile kürzen. Verbirg aber deine
goldenen Haare wohl und halte dir täglich eine Stunde frei,
mir Futter zu bringen. Karl that, wie ihm geheißen war,
gieng aufs Schloß und fragte, ob sie keinen Burschen brauchten.
Da hieß es, es sei keine Stelle frei als die des Schweine-
hirten. Die nahm er an, hütete am Tage seine Heerde und
kam alle Morgen, seinen Schimmel zu füttern. Abends setzte
er sich vor das Schloß und spielte auf seiner Flöte. Das hörte

die Königstochter gerne: da gieng sie auch manchmal am Tag
hinaus, ihn spielen zu hören. Einmal fand sie ihn schlafend:
da hieng eine goldene Locke aus seiner Mütze hervor. Er erwachte aber, als sie näher kam und verstecke sie schnell. Nach
einiger Zeit starb der Gärtner: da meldete Karl sich um die
Stelle und erhielt sie. Nun sah er die Königstochter täglich,
wenn sie im Schloßgarten spazieren gieng und bei seinen Beeten
verweilte. Ihm gerieth Alles beßer: seine Blumen blühten
höher und schöner, und kein Anderer durfte ihr einen Strauß
pflücken. Eines Tags sagte sein Schimmel zu ihm: Du bist
nun Gärtnerbursch; du mußt aber auch Gärtner werden. Folge
meinem Rathe: sattle und sprenge mich, wenn der König mit
seiner Tochter auf der Jagd ist, durch den Garten über die
Beete. Das that Karl und setzte mit seinem Schimmel lustig
über die Blumen, bis Alles zertreten ward, was der alte Gärtner
in seiner Pflege hatte. Dieser war dem Burschen schon lange
gram: als er aber sah, daß er seine Pflanzungen zerstörte,
ward er zornig und verklagte ihn bei dem König, als er eben
mit seiner Tochter von der Jagd zurückkehrte. Er fand auch
williges Gehör: der König befahl, den Burschen mit Hunden
aus dem Hofe zu hetzen. Aber die Königstochter sagte: Das
ist recht und billig, lieber Vater, wenn er unsern Garten zer-
stört hat; aber laßt uns doch erst hineingehen und sehen, ob es
auch wahr ist: ich kann es nicht glauben. Wie sie aber in den
Garten kamen, zeigte sich keine Spur von Zerstörung mehr: Alles
grünte und blühte schöner als je zuvor, viel seltene Blumen

und Stauden prangten, die man da nie gesehen hatte, und
Alles war frisch begossen bis auf die Beete des Gärtnerburschen,
denen dieser eben auch Wasser zutrug. Da erzürnte der König
über die Verläumbung, gab dem alten Gärtner den Abschied
und dem fleißigen Burschen die erledigte Stelle.

Nun geschah es, daß ein benachbarter Fürst das Reich
mit Krieg überzog und der König an der Spitze seines Heeres
ihm entgegenrückte. Als es zum Treffen kam, ward der König
hart gedrängt. Da sagte der Schimmel zu Karl: Der König
ist in Gefahr, Krone und Leben zu verlieren. Eben liegt er
am Berge auf den Knieen und fleht Gott um Hülfe an. Geh
jetzt schnell zu der Königstochter und bitte sie um Erlaubniß,
die Schlacht mit anzusehen. Dann komm zurück und öffne die
erste Nuß: darin findest du ein rothes Kleid. Das zieh an,
und besteige mich. Du wirst die Schlacht gewinnen, denn hier
in dem Mantelsack ist ein unüberwindliches Schwert. Nach der
Schlacht wird der König dir danken wollen; du aber gieb mir
die Sporen und entschwinde ihm. Karl that, wie ihm befohlen
war, erhielt die Erlaubniß, die Schlacht anzusehen, zog das
rothe Kleid aus der Nuß, legte es an und umgürtete sich mit
dem unüberwindlichen Schwert. So ritt er in die Schlacht,
und erschien dem König, der noch auf den Knieen lag, wie
ein Engel vom Himmel. Er erhielt alsbald die Erlaubniß,
das Heer zu führen und schlug den Feind so hart, daß er für
heute das Schlachtfeld räumte. Als der Sieg gewonnen war,
wollte der König seinem Ritter danken; der gab aber seinem

Schimmel die Sporen und entschwand im Walde, wo er den
Schimmel wieder in der hohlen Weide barg, das rothe Gewand
ablegte und dann als Gärtner der Königstochter die Botschaft
brachte, die Schlacht sei gewonnen. Vor Freude und Liebe wäre
sie ihm fast um den Hals gefallen; er stellte sich aber, als bemerkte er es nicht, und gieng in den Garten an seine Arbeit.

Am andern Morgen erneuerte der Feind die Schlacht und
rächte die gestrigen Verluste an des Königs Heer, das hart
gedrängt zu weichen begann. Schon war der König mit seinen
Getreuen umzingelt, da sprengte Karl, der dießmal ein weißes
Kleid in der Nuß gefunden hatte, ins dichteste Gewühl. Wohin
sein Schwert reichte, da flogen die Köpfe herab wie die Schnee-
flocken. So hieb er den König aus den Feinden, erhob das
Banner weiter, ordnete die Scharen von Neuem und führte
das Heer zum Siege. Nur die einbrechende Nacht hemmte die
völlige Niederlage des Feindes. Der König hatte seinen Getreuen befohlen, ihren Retter dießmal nicht entwischen zu laßen,
damit er Gelegenheit fände, ihm seine Dankbarkeit zu bezeigen.
Als nun die Schlacht gewonnen war, drängten sie sich um ihn
und gedachten ihn einzuschließen; er aber gab seinem Schimmel
die Sporen, setzte über ihre Häupter hinweg und entschwand
im Walde, wo er den Schimmel in der hohlen Weide verbarg,
das weiße Kleid auszog und der Königstochter als Gärtner die
Botschaft brachte, daß die Schlacht gewonnen sei. Dießmal
konnte er sich ihren Liebkosungen nicht ganz entziehen, er erwiederte sie aber nicht, sondern gieng an seine Arbeit.

Zum drittenmal erneuerten am Morgen die Feinde die Schlacht; aber dießmal wurden sie unter Anführung Karls, der im blauen Kleide dem König zu Hülfe kam, völlig geschlagen und ihr Lager mit Sturm genommen. Der König wollte seinen Retter durchaus nicht entkommen laßen und umstellte ihn mit einer so breiten Schar von Gewappneten, daß der Schimmel seinem Reiter zuflüsterte, er vermöge nicht hinüber zu springen. Dennoch gab Karl ihm die Sporen; aber der Satz mißglückte und Karl stürzte, von einer Lanzenspitze am Bein verwundet, zu Boden. Sogleich verband ihm der König die Wunde mit seinem goldgestickten Taschentuche, dankte ihm für seine Rettung und lud ihn auf sein Schloß, wo seine Tochter ihn pflegen und heilen solle. Das nahm er zwar an; wuste sich aber auf dem Heimritt hinwegzustehlen, verbarg seinen Schimmel in der hohlen Weide, zog das blaue Kleid aus und brachte der Königstochter als Gärtner die Botschaft von dem errungenen Siege. Eben wollte sie ihn umarmen, als er von dem Blutverlust erschöpft vor ihren Füßen in Ohnmacht sank. Sie ließ ihn zu Bette tragen und untersuchte seine Wunde, wobei sie das seidene Taschentuch fand, das sie selbst ihrem Vater mit Gold gestickt hatte. Da verband sie ihm die Wunde, die nicht gefährlich war, mit ihrem eigenen Tuche und gieng zu ihrem Vater, zeigte ihm das blutige Taschentuch und sagte, es sei der Gärtner und Niemand anders, der ihn dreimal gerettet und die Schlacht gewonnen habe. Der König wollte ihn sogleich ins Verhör nehmen; als er aber an sein Bette kam, fand er es leer. Karl

war zu seinem Schimmel gegangen, ihm Futter zu bringen.
Da rieth ihm dieser: Zieh das blaue Kleid wieder an, um=
gürte dich mit dem Schwert, sattle mich und reite vor das
Schloß. Hier angekommen, sprach der Schimmel: Jetzt ziehe
dein Schwert aus der Scheide und haue mir den Kopf ab.
Das wollte er nicht thun; aber der Schimmel drohte ihm mit
seinem Zorn, wenn er nicht gehorche. Da entschloß er sich dazu
mit schwerem Herzen. Kaum war es aber geschehen, so stand
statt des Schimmels ein schöner Königssohn vor ihm, der nahm
ihn in den Arm, dankte ihm für seine Erlösung und führte
ihn in das Schloß seines Vaters, denn er war der verlorene
Sohn des Königs. Man feierte nun frohe Feste; der junge
Königssohn heiratete die Tochter des besiegten Fürsten, der
ihm das Land abtrat; Karl aber erhielt die junge Königs=
tochter und nach dem Tode des Königs erbte er das Reich.

25. Warum sich die Hunde beriechen.

Die Hunde wurden auch einmal von dem Freiheitsfieber
angesteckt, schrieben eine Volksversammlung aus und beschloßen,
einen Botschafter nach Rom zu senden, damit ihnen der Pabst
die Freiheit gewähre, alle Freitage und Samstage Fleisch zu
eßen, auch ferner die Fasttage nicht mehr halten zu dürfen,
was sie gar wohl damit zu verdienen meinten, daß sie den
Geistlichen Wildbrät fiengen und Haus und Hof getreulich be-
wachten. Der Pabst gewährte die Bitte und ließ ihnen Brief
und Siegel darüber ausfertigen. Der Botschafter hat alsbald
die kostbare Urkunde mit der bleiernen Bulle unter den Schwanz
gesteckt, diesen eingekniffen und sich eilends auf die Heimfahrt
gemacht. Als er nun heimkam, beriefen die Hunde eine neue
Versammlung, verlasen den Freiheitsbrief und fragten, wo nun
die Urkunde mit den päbstlichen Insiegel verwahrt werden sollte,
damit sie nicht um ihre Freiheit betrogen würden. Weil sie
nun weder Truhe noch Kanzlei hatten, wurde auf den Rath
eines uralten Köters für gut befunden, den Brief ihren alten
Freunden und Bundesgenoßen, den Katzen, zu treuen Händen
zu befehlen. Die Katzen gelobten ihnen das und verbargen den

Freiheitsbrief unter dem Dach eines Thurms, wo er vor Menschenhänden sicher war. Das stund ein Jahr an, da begehrten die Hunde ihren Brief zu sehen; als aber die Katzen ihn holen wollten, hatten ihn unterdessen Ratten und Mäuse gefreßen. Darüber entstand der Krieg zwischen Hunden und Katzen, der noch fortwährt bis diesen Tag; auch die tödtliche Feindschaft der Katzen wider Ratten und Mäuse nahm daher ihren Ursprung und auch die ist noch heute nicht beigelegt.

Da schickten die Hunde zwei neue Botschafter nach Rom, vom Pabst eine zweite Ausfertigung ihrer Freiheit zu verlangen, da ihnen die erste von Ratten und Mäusen gefreßen wäre. Wie die Boten aber nach Welschland kamen, wo es sehr heiß war, tranken sie zur Kühlung des guten Weins zuviel, kriegten Händel miteinander, zerbißen und zerzausten sich das Fell und hiengen sich so lange an den Zähnen, bis sie beide von des Gebirges Joch wohl zwanzig Klafter tief herabstürzten und so ihr Leben jämmerlich aufgaben. Obgleich sie nun nimmermehr nach Deutschland kommen, so warten die Hunde doch noch immer ihrer Boten und wo ein Hund den andern sieht, da beriecht er ihn hinten und vorn und fragt, ob er den Brief nicht bringe oder von der Botschaft zu sagen wiße, und geben sie sich nicht guten Bescheid, so fallen sie übereinander her und zerraufen sich das Fell, als ob sie auch von dem kühlen welschen Wein getrunken hätten.

26. Die zwölf Eier.

Ein reicher holländischer Kaufmann, der zu Cleve in einen Gasthof einritt, bestellte sich zwölf gekochte Eier. Er konnte sie aber, als sie gebracht wurden, nicht verzehren, weil eben ein Eilbote eintraf, der ihn in einer dringenden Angelegenheit heimberief. Er verließ auch sogleich das Haus, sprang wieder zu Pferde und ritt fort ohne die Eier bezahlt zu haben. Zehn Jahre nachher begab es sich aber, daß der Kaufmann wieder in demselben Gasthof einkehrte. Da sagte er zu dem Wirth, er wär heute nicht zum Erstenmal in seinem Hause: vor vielen Jahren hätte er sich einmal zwölf Eier bei ihm kochen laßen: die wär er noch schuldig. Ja, sagte der Wirth, die sind euch angerechnet und werden euch auch theuer genug zu stehen kommen. Nun, sagte der Kaufmann, zwölf Eier zu bezahlen werde ich doch wohl reich genug sein. Das fragt sich sehr, entgegnete der Wirth: es wird sich aber bald ausweisen; denn ich hab euch längst verklagt und da ihr jetzt hier seid, müßt ihr mir morgen zu Gericht stehen. Dessen weigerte sich der Holländer nicht. Als sie nun andern Tags vor den Richter kamen, rechnete der Wirth ihm vor, aus den zwölf Eiern würden zwölf Küchlein gekommen

9

sein, die Küchlein wieder Eier gelegt haben, aus denen wieder Küchlein gekommen sein würden und sofort, was zuletzt eine ungeheure Summe ausmachte, die der Wirth forderte und der Richter ihm auch zubilligte, weil der Kaufmann vor Schrecken die Sprache verloren hatte. Ganz niedergeschlagen gieng der reiche Holländer aus der Gerichtsstube, denn sein ganzes großes Vermögen langte bei Weitem nicht, die ungeheure Schuld zu bezahlen. Wie er nun so traurig einhergieng, begegnete ihm ein alt Männchen und fragte, warum er so traurig wäre; er sähe ja aus wie die theure Zeit. Der reiche Holländer antwortete, wozu er ihm das sagen solle: er könnte ihm ja doch nicht helfen. Wer weiß? sagte das Männchen, er wäre doch ein guter Rath= geber, er sollt ihm seine Noth nur klagen. Da erzählte er ihm die Geschichte von den zwölf Eiern und wie er jetzt ein armer Mann sei. Wenn es weiter nichts sei, sagte das Männchen, so solle er nur gleich hingehen und Berufung einlegen; Er wolle dann vor Gericht die Sache schon für ihn ausmachen. Wenn er das fertig brächte, sagte der Kaufmann, wolle er ihm sechshundert Gulden geben. Das wird sich finden, sagte das kleine Männchen: geht jetzt nur hin und sagt: Ich wär euer Fürsprech. Er gieng also hin vor den Richter, legte Berufung ein gegen das Urtheil und sagte: er hätte einen Fürsprech angenommen, weil er als Fremder des geltenden Rechts unkundig wäre. Da setzte der Richter einen Tag an, wo die Sache aufs Neu zur Verhand= lung kommen und er mit seinem Rechtsbeistand erscheinen sollte. Als nun der Gerichtstag kam, fand er sich zeitig genug ein;

aber das kleine Männchen war noch nicht da. Die Gerichts-
herrn, die schon hinter dem grünen Tische saßen, fragten ihn
einmal über das andere, wo denn sein Fürsprech bleibe. Der
Kaufmann wuste darauf keine Antwort: in großer Verlegenheit
geht er vor die Thüre, um zu schauen, ob das kleine Männchen
nicht bald käme; aber da war weit und breit nichts von ihm
zu sehen. Die Herren wurden ungeduldig und sagten, die an-
beraumte Stunde werde gleich ablaufen, dann müsten sie das
erste Urtheil bestätigen. In großer Angst läuft der Kaufmann
noch einmal vor die Thüre: da steht das Männchen davor: der
Kaufmann freut sich und führt es sogleich vor den Richter. Da
fragen sie ihn, warum er denn so lange ausgeblieben sei? Das
Männchen antwortet: er hätte erst Erbsen kochen müßen. Was
er denn mit den Erbsen habe machen wollen, fragten die Richter.
Die habe er pflanzen wollen, gab das Männchen zur Antwort.
Ei, sagen die Richter, gekochte Erbsen pflanze man nicht, davon
käme ja doch keine Frucht. Und von gekochten Eiern, fiel das
Männchen ein, wären auch keine Küchlein gekommen: darum
seid so gut, ihr Herrn, und sprecht ein ander Urtheil. Dieser
Kaufmann ist dem Wirth zwölf gekochte Eier schuldig und will
sie gern bezahlen. Das leuchtete den Richtern ein. Sie hoben
das erste Urtheil auf und der Kaufmann bezahlte dem Wirth
die zwölf gekochten Eier; dem Männchen hätte er mit Freuden
die sechshundert Gulden bezahlt; aber es war verschwunden.

27. Dreschflegel und Feuerbrand.

Als einmal der Heiland nach seiner Gewohnheit mit dem
heiligen Petrus die Welt durchwanderte, kamen sie bei unter-
gehender Sonne vor ein Haus, wo Petrus stille stand und
Herberge nehmen wollte. Der Herr warnte zwar, hier wohne
ein karger Wirth, bei dem sie es nicht gut haben würden;
aber Petrus betheuerte, er sei todtmüde und könne nicht weiter.
Ein Viertelstündchen von hier, sagte der Herr, wartet unser
ein treffliches Nachtlager und gute Pflege. Pflege hin, Pflege
her, sagte Petrus, ich kann nicht mehr. Und schon stand er
auf der Schwelle des Hauses und der Herr muste ihm wohl
folgen. Finden wir hier Nachtkost und Herberge? fragte Petrus
den Wirth. Von Herzen gern, sagte dieser, wenn ihrs bezahlen könnt. Geld haben wir nicht, sagte Petrus, aber
Gottes Lohn. Damit ist mir nicht gedient, versetzte der Bauer:
wenn ihr kein Geld habt, so seid so gut und geht ein Haus
weiter. Weiter tragen uns die Beine nicht, sagte Petrus; wir
verzichten aber auf die Nachtkost und nehmen mit einer Streu

vorlieb, wenn ihr uns aus Barmherzigkeit behalten wollt. „Aus Barmherzigkeit thu ich nichts," sagte der Bauer; „ihr sollt aber Nachtkost und Herberge hier finden, wenn ihr mir morgen dafür dreschen helft. Wer nicht arbeitet, soll nicht essen." Des Handels wurden sie eins: der Wirth hieß sie eintreten, setzte ihnen einen Haferbrei vor und wies sie dann zu einem Strohlager. Am andern Morgen war er schon in aller Herrgottsfrühe auf den Beinen, weckte die Gäste und da diese nicht gleich aufstanden, gieng er in die Scheuer, warf die Garben, die er gedroschen haben wollte, herab auf die Tenne und als die Gäste sich noch immer nicht einfanden, nahm er den Dreschflegel, sie damit nachdrücklicher zu wecken. Der Herr lag an der Wand, aber Petrus vorne und so trafen ihn die Schläge. Als der Bauer hinaus war, meinte Petrus, aufstehen könne er jetzt noch nicht, er bedürfe noch ein Stünd= chen der Ruhe; aber der Platz da vorn auf dem Stroh sei zu hart; er wolle nun auch einmal an der Wand liegen. Willig tauschte der Herr den Platz mit ihm und Petrus streckte sich wieder zu schlafen. Nach einer Weile kam der Wirth zurück, die säumigen Gäste zum drittenmal zu wecken. Weil aber der Herr nicht zu schlafen schien, dachte er, der da vorne liegt, ist wacker genug, hat auch vorher schon sein bescheiden Theil bekommen: jetzt ist der Schläfer an der Wand da hinten an der Reihe. Da weckte er ihn so eindringlich mit dem Dresch= flegel, daß er von aller Schlaflust geheilt sich erhob, worauf der Herr mit ihm dem Bauer in die Scheuer folgte. Da sprach der Herr: Wo ist nun das Stroh, das wir ausdreschen sollen? Dort liegt es auf dem Haufen, sagte der Bauer. Da sprach der Herr: Das Dreschen ist zu umständlich: ich weiß einen kürzern Weg, das Korn aus den Aehren zu bringen. Er gieng an den Herd, zog ein brennendes Scheit aus der Flamme und hielt es unter den Barn. Der Bauer schrie und wollte ihm wehren, denn das Stroh müße ja Feuer fangen; als er aber sah, daß es nicht brannte und die Körner stromweis aus dem Haufen quollen, ließ er nach, wunderte sich aber gewaltig über den unerhörten Brauch, der sich gleichwohl bewährte, denn er überzeugte sich selbst, daß kein Korn im Stroh geblieben war: so rein hätte er es nicht ausdreschen können. Als nun die Arbeit vollbracht war, die er den Gästen zugedacht hatte, ließ er sie ihres Weges ziehen, gedachte aber alsbald von der Lehre auf eigene Hand Gebrauch zu machen.

Nun setzte der Herr mit dem Apostel den Wanderstab weiter. Unterwegs kamen sie auf eine Anhöhe mit weiter Aussicht und blickten zurück auf die Gegend, von der sie gekommen waren. Da sahen sie die Scheuer des kargen Wirths in lichten Flammen stehen, denn das Feuer hatte ihm die übrigen Garben nicht ausgedroschen, sondern in Brand gesteckt. Da sprach der Herr zu dem Apostel: Womit glaubst du nun wohl, Petrus, daß der Bauer diese Strafe verdient habe? Ei, mit seinem Wecken, meinte Petrus, und den Schlägen, die ich noch in allen Gliedern fühle. Aber der Herr sprach: „Nicht also, Petrus: die Schläge hast du dir durch deine Widerspenstigkeit

selber zugezogen, als du wider meinen Rath und Willen in
das Haus des kargen Wirthes tratest. Dem Bauern aber ward
diese Strafe für seine Ungastlichkeit zu Theil. Er wollte zu
schnell reich werden: dafür wird er nun arm; er meinte sich
nicht verpflichtet das ihm anvertraute Gut zum Besten seiner
Nächsten zu verwenden, darum ward es ihm genommen."

28. Sanct Peter mit der Geige.

Als unser Herr einsmals mit St. Peter über Land gieng, kamen sie an einen Bauplatz, wo ein Haufen Zimmerleute sich in der Schenke gütlich that. Als St. Peter hörte, wie es da so munter zugieng, gelüstete ihn, einzukehren und sagte das dem Herrn. Der aber warnte: Thu das nicht, du bist nicht von dieser Zunft, es könnte dir übel bekommen. Aber Petrus ließ von seinem Begehren nicht ab und gieng zuletzt hinein gegen die Warnung des Herrn. Als er nun in die Stube trat und die Zimmerer ihn vorn und hinten besahen, rief Einer der Gesellen: Juchhe! nun haben wir auch einen Spiel= mann! Und gleich wandte er sich zu Petrus und sprach: Spiel= mann, spiel auf! Er hatte nämlich eine Geige auf seinem Rücken gesehen, die vielleicht nur gemalt war, was der Herr insgeheim so veranstaltet hatte. Aber Petrus sagte, er sei kein Spielmann und komme nur sich an Trank und Speise zu laben wie ein anderer Gast. Der Geselle ließ das aber nicht gelten und sagte: Wozu trägst du denn eine Geige auf dem Rücken, wenn du kein Spielmann bist und nicht aufspielen willst? Sind wir dir keine ehrlichen Leute? Gleich aufgespielt

ober da hinaus, wo der Zimmermann ein Loch gelaßen hat!
Nun riß St. Petern auch die Geduld, daß er led entgegnete:
wenn er eine Geige hätte, so würde er ihm den Fiedelbogen
um den Kopf schlagen. Damit hatte er aber den Giebel schief
aufgesetzt, denn nun packten ihn drei handfeste Gesellen und
schoben ihn unsanft zur Thüre hinaus. Nachdem St. Peter
so seine Lust gebüßt, gieng er seines Weges und kam zu dem
Herrn, der am Saume des Waldes seiner harrte. Petrus erzählte wie es ihm ergangen war, worauf der Herr erwiederte:
Hab ich dir es nicht gesagt, daß du nicht zu dieser Zunft ge-
hörtest. Warum bist du nicht weggeblieben? Da bat ihn
Petrus, er sollte nun doch den Zimmerleuten eine Strafe dafür
auferlegen, daß sie sich an ihm vergriffen hätten. Da sprach
der Herr: Was soll ich ihnen denn thun? Meister, sagte
Petrus, mach ihnen eiserne Knoten ins Holz, daß ihre Sägen
sich die Zähne daran stumpf beißen. Aber der Herr entgegnete: Nein, Petrus, hölzerne sind schon hart genug. Und
seitdem finden sich zu großem Verdruß der Zimmerleute hölzerne Knoten im Holze.

29. Sanct Petrus mit der Geiß.

Als Christus noch mit den Aposteln auf Erden wandelte, hub einst St. Petrus an und sagte: Ach Herr und Meister, wie läßest du es doch auf der Welt zugeben so wunderlich, recht wie in einem Fischteich, wo Eines das Andere verschlingt. Und wenn noch die Guten die Oberhand hätten; aber weit gefehlt, da geht Gewalt vor Recht und der Gottlose übervortheilt den Frommen mit Schalkheit: das siehst du Alles mit an und läßt es dich nicht kümmern, da du es doch verhindern könntest, weil du allmächtig bist. Ich sollte nur ein Jahr Herrgott sein und die Gewalt haben wie du, das Ding wollt ich abstellen. Du denkst also, sagte der Herr, du würdest es beßer machen, wenn du das Regiment hättest? Nein, meinte St. Peter, aber manche Klage wollt ich doch abschaffen, die Frommen schützen und die Bösen plagen und eine Ordnung machen, daß es nicht so kunterbunt durcheinander gienge. Gut, sagte der Herr, so sollst du heut einmal Herrgott sein an meiner Statt. Du magst segnen und fluchen, strafen und belohnen, Regen und schön Wetter machen nach deinem Wohlgefallen. Damit gab ihm der Herr seinen Stab zum Zeichen der Herschaft in die

Hand und St. Peter nahm ihn und fieng an zu regieren. Indem kam ein armes Weib barfuß in zerrißenem Kleid daher, ihre Geiß auf die Weide zu treiben. Geh hin in Gottes Namen, sprach sie zu ihr, ich befehle dich in des Herrn Hut, denn ich kann dich nicht selber hüten, ich muß für das tägliche Brot sorgen, daß ich mit meinen kleinen Kindern zu eßen habe. Damit ließ sie die Geiß laufen und gieng zurück ins Dorf. Da sprach der Herr zu St. Peter: Du hast das Gebet der armen Frau gehört und da du heut Herrgott bist, so wirst du die Geiß wohl in Obacht nehmen, daß sie sich nicht verläuft und abhanden kommt, oder Wölf und Bären sie zerreißen. Da nahm St. Peter die Geiß in seine Hut und trieb sie auf die Weide; aber die Geiß war jung und muthwillig und sprang bergauf, bergab, und schloff durch Stauden und Hecken hin und her, daß St. Peter mit Aechzen und Keuchen seine liebe Noth hatte ihr zu folgen. Dabei schien die Sonne heiß: da mag man denken wie der alte Mann geschwitzt haben wird und wie froh er war, als er der alten Frau die Geiß am Abend wohlbehalten wieder ins Haus geschafft hatte. Da traf ihn der Herr und fragte: „Nun, Petrus, willst du das Regiment noch länger behalten? Ach nein, lieber Herr, sagte St. Peter demüthig, nehmt euern Stab nur wieder, ich begehre des Weltregimentes nicht mehr: ich hab wohl erfahren, daß meine Weisheit nicht ausreicht nur eine Geiß zu regieren. Vergebt mir meinen Fürwitz, ich will euch künftig nicht mehr einreden.

30. Gute Zeit und böse Zeit.

St. Peter der Pförtner des Himmels bat einmal unsern
Herrgott um Urlaub auf die Erde zu fahren und sich mit
seinen Freunden zu letzen, welchen er durch sein Martyrthum
ohne Abschied plötzlich entrißen worden war. Das gewährte
ihm der Herr und gab ihm acht Tage Frist. St. Peter blieb
aber einen ganzen Monat aus. Doch empfieng ihn der Herr
gütig und fragte nur, warum er so lange geblieben sei. Ach,
Herr, sagte Petrus, auf Erden war gute Zeit, der Most süß
und wohlfeil, das Getreide wohl gerathen, Klauen= und Feder=
vieh die Hülle und die Fülle; wir tanzten, sangen und sprangen
und waren so fröhlich, daß ich des Paradieses und des Wie=
derkommens ganz vergaß. Da fragte der Herr: Sag an,
St. Peter, gedachte man denn meiner auch bei der guten Zeit?
Nein, Herr, sagte Petrus, kein Mensch im ganzen Lande gedachte
deiner als ein altes Weib, der Haus und Hof verbrannt war.
Da schrie sie zu dir, daß ihrer Jedermann spottete. Der Herr
ließ es gut sein und St. Peter trat sein Pförtneramt wieder
an. Als der Herbst aber kam, bat er um einen neuen Urlaub
und gedachte dießmal einen ganzen Monat auszubleiben. Er

erhielt auch den Urlaub und fuhr fröhlich hernieder; aber am
dritten Tage war er schon wieder da und sah ganz sauer
drein. Der Herr fragte ihn, warum er dießmal so bald wieder
komme. Ach Herr, sagte St. Peter, auf Erden war böse Zeit,
das Getreid ist nicht gerathen, ein saurer Wein gewachsen,
Hunger und Pestilenz rafft das Volk hin, und dazu ist Krieg,
Mord und Raub im Lande, und weil es so kläglich und lang=
weilig zugeht, hat es mir nicht länger da gefallen. Da fragte
der Herr: Sag an, St. Peter, gedachte man meiner auch bei
der bösen Zeit? Ja, lieber Herr, sagte Petrus, Jung und
Alt schreit früh und spät zu dir und bekennt seine Schuld und
bittet, daß du ihnen gnädig seist und von deinem Zorn ab=
läßest. Darum wende ihnen dein Angesicht wieder zu und laß
ihnen meine Fürbitte zu Statten kommen. Da sprach aber
der Herr: Nun schau an, Petrus, wenn ich ihnen gute Zeit
und fruchtbare Jahre schicke, so vergeßen sie mein und meiner
Wohlthaten. Muß ich ihnen da nicht böse Zeit, Hunger und
Pestilenz schicken, damit sie Buße thun und sich zu mir be=
kehren?

31. Das Schmidtchen von Bielefeld.

Unser Herrgott ist einmal mit dem heiligen Petrus spazieren gegangen: da sind sie auch zu dem Schmidtchen von Bielefeld gekommen. Der hat ihnen alle mögliche Ehre angethan mit Essen und Trinken und hätte sie auch gern über Nacht behalten. Sie sagten aber, sie müsten heute noch weiter reisen; weil er sich aber so gastfrei bewiesen, sollte er dreier Wünsche Gewalt haben. Ach, sagte das Schmidtchen, was soll ich mir wünschen? ich hab Alles genug und was mir etwa noch fehlt, das kann ich mir mit meinem Hammer verdienen. Wenn ich ja etwas wünschen sollte, so wär es, daß mir die gottlosen Buben die Birnen nicht stehlen dürften und wenn einer auf meinen Baum stiege, müste er drauf sitzen bleiben so lang es mir gefiele. Das war ein recht einfältiger Wunsch, Meister, sagte St. Peter. Jetzt hast du nur noch zwei Wünsche: sei nun klüger und vergiß das Beste nicht. Soll ich mir noch mehr wünschen, sagte das Schmidtchen von Bielefeld, so muß ich mich erst einmal besinnen. Ich habe mich bisher noch mit meinem Hammer ernährt und nicht viel ans Wünschen gedacht. Wie er sich nun eine Weile besonnen hatte und nichts finden

konnte, sagte er: So wünsche ich denn, daß ich eine lederne
Tasche hätte, wo Alles drin sein müste, was ich haben wollte.
Da sagte unser Herrgott: „Dieser Wunsch ist dir gewährt und
auch der erste; nun kommt der letzte: darum bedenk deine arme
Seele und begehre nicht wieder so eitle Dinge. Ei du mein
Gott, sagte das Schmidtchen von Bielefeld, nun weiß ich ja
doch platterdings nicht was ich noch weiter wünschen sollte.
Vergiß das Beste nicht, warnte St. Peter noch einmal. Das
Beste ist doch mein Hammer, sagte das Schmidtchen von
Bielefeld: so lang ich den habe, kann es mir an nichts fehlen.
Darum wünschte ich nur, daß ich immer bei meinem Hammer
sein müste oder mein Hammer bei mir. Auch dieser Wunsch
soll dir gewährt sein, sagte der Herr; du hättest aber beßer
gethan, dir die himmlische Seligkeit zu wünschen. Ei, sagt
das Schmidtchen, die himmlische Seligkeit kann mir ja schlechter-
dings nicht fehlen. Wir wollen sehen, sagte St. Peter und
nahm mit dem Herrn Abschied.

Nun lebte das Schmidtchen von Bielefeld lustig und guter
Dinge und meinte es sollte in alle Ewigkeit so fort gehen.
Da pochte aber eines Tags eine knöcherne Hand an seine
Schmiede und als er aufklinkt, steht der Tod vor ihm und
sagt: Deine Uhr ist abgelaufen; mach dich fertig, du must
mit. Ja, sagt das Schmidtchen von Bielefeld, ich bin gleich
bereit, steig nur derweil auf den Baum da und pflück uns
Birnen ab, damit wir unterwegs was zu eßen haben. Da
stieg der Tod auf den Birnbaum und pflückte sich die Taschen

voll; als er aber wieder herunter wollte, faß er feſt. Nun
bin ich bereit, ſagte das Schmidtchen, ſteig herunter, daß wir
die Reiſe antreten. Ich kann nicht, ſagte der Tod. Da ſtellte
ſich das Schmidtchen ganz unſchuldig und ſagte: Nun ſo bleib
meinetwegen ſitzen, wenn du zu viel Birnen gegeßen haſt.
Aber laß jetzt das Naſchen, damit mir noch was auf dem
Baum bleibt. Damit gab er ſich wieder an ſeine Arbeit.
Wollte der Tod nun wieder herunter, ſo muſte er gute Worte
geben und dem Schmidtchen von Bielefeld verſprechen, es nicht
zu holen.

Nun iſt das Schmidtchen von Bielefeld alt und grau geworden und der Tod hat es nicht holen dürfen. Nun kommt
dem Tod aber einmal der Teufel begegnet und ſagt zu ihm:
Tod, du holſt doch ſonſt alle Leute, warum holſt du das
Schmidtchen von Bielefeld nicht? Der iſt mir zu ſchlau, ſagte
der Tod; hol du ihn, wenn du ihn kriegen kannſt. Aber
nimm dich vor ſeinem Birnbaum in Acht: wenn du darauf
kommſt, kannſt du nicht wieder herunter. Da geht der Teufel
zum Schmidtchen von Bielefeld und ſagt: Hör einmal, guter
Freund, du kannſt nicht ewig leben. Der Tod will dich nicht
holen, ſo muß ich es thun. Alſo mach dich fertig. Nu
meinetwegen, ſagt das Schmidtchen; aber ich möchte doch nicht
gerne, daß es hieße, der Teufel habe das Schmidtchen von
Bielefeld geholt. Darum ſei ſo gut und kriech hier in meine
lederne Taſche, ſo ſehen dich die Leute nicht. Ich will ſie
dann umhängen und dich in die Hölle tragen; ſo ſchonſt du

auch deine Stiefel. Närrischer Kerl, sagte der Teufel, du siehst doch wohl, daß ich viel zu groß bin, in deine Tasche zu kriechen. Paperlapap, sagt das Schmidtchen. Meinst du ich wüßte nicht, daß du dich groß und klein machen kannst nach Belieben? Aber ich will dir schon zeigen wie dus machen mußt. Da wünschte das Schmidtchen von Bielefeld den Teufel in seine lederne Tasche und sogleich zog sich der Teufel zusammen und kroch hinein. Das Schmidtchen nicht faul wirft die Tasche auf den Amboß, nimmt seinen Hammer und schlägt gottsacker-mäßig drauf zu, daß der Teufel Mordio schreit und ganz er-bärmlich anhält, er möchte ihn doch wieder herauslaßen. Aber das Schmidtchen sagt: ich hab immer gehört, man soll das Eisen schmieden, wenn es warm ist, und fängt nun erst an, drauf los zu hämmern, daß der Teufel so dünn wird wie ein Blechpfennig. Endlich wird die Tasche ganz mürb und kriegt ein Loch und wie der Teufel das merkt, fährt er heraus und macht sich auf und davon in die Hölle. Das Schmidtchen wußte aber nicht, daß der Teufel sich fortgepfuscht hatte und schlug noch immer drauf zu bis die schöne Tasche in tausend Fetzen auseinander gieng und zu nichts mehr nuz war.

Da nun der Tod das Schmidtchen von Bielefeld nicht holen durfte und der Teufel es sich nicht getraute, ward es endlich alt und abständig und gedachte bei sich: Es thut kein Gut mehr mit mir auf dieser Welt: ich muß sehen wo ich anderwärts ein Unterkommen finde. Da nahm es seinen Hammer und machte sich auf den Weg nach dem Himmel.

Wie es da anklopft, macht St. Peter auf und sagt: Schmidtchen von Bielefeld, du hast gemeint die himmlische Seligkeit
könne dir gar nicht fehlen; da hast du aber die Rechnung ohne
den Wirth gemacht. Sieh nun wo du bleibst: hier ist kein
Platz für dich. Damit schlug er ihm die Thür vor der Nase
zu. Das kam nun dem Schmidtchen von Bielefeld nicht gelegen, besonders weil er wuste, daß er bei dem Teufel auch
nicht zum Besten angeschrieben war; sonst hätte er sich wohl
getröstet. Um aber doch seiner Sache gewiß zu sein, nahm er
den Weg zwischen die Füße und gieng gemächlich den Berg
herab der Hölle zu. Da liegt aber der Teufel schon im Gaup-
loch und sieht das Schmidtchen mit seinem Hammer daher-
kommen. Gleich fährt ihm der Schrecken in die Eingeweide,
daß er aschenbleich wird, denn er meinte, er krümmte sich schon
wieder zwischen Hammer und Amboß. Er erkriegt sich aber
noch und ruft geschwind seine Unterteufel zusammen und heißt
sie die Hölle mit Eisenstangen verrammeln und noch ein großes
Hängeschloß davorlegen. Denn, sagt er, wenn er hereinkommt,
hämmert er uns alle so dünn wie Blech. Als nun das Schmidtchen ankommt, ist die Hölle zu und die Teufel schütten Schwefel
und Pech von der Mauer. Da denkt das Schmidtchen: In
den Himmel soll ich nicht und in die Hölle komme ich nicht:
da müst ich ja ins Ewig darneben. Das kommt davon,
wenn man sich den Teufel nicht zum Freunde hält. Hier ist
nichts anzufangen: ich muß es noch einmal mit St. Peter versuchen. Da kehrt er sich wieder um und schleppt sich zum

andernmal ben steilen Himmelsberg hinauf. Wie er oben ist, kommt eben ein Reiter daher gesprengt und will spornstreichs durch das Himmelsthor. Aber St. Peter gebietet ihm Halt und sagt: Meinst du, du könntest mit Stiefeln und Sporen ins Himmelreich? Du must nach Warteweil. Bald darauf kommt ein Bäuerlein und klopft ganz bescheiden an. Dem öffnete St. Peter gleich die Himmelspforte. Da ersieht sich das Schmidtchen die Gelegenheit und wirft seinen Hammer in den Himmel, und wie der drin ist, wünscht er sich zu ihm und war nun auch im Himmel und St. Peter konnte ihn nicht wieder daraus vertreiben.

31. Der Meister über alle Meister.

Als der Herr Christus noch mit St. Peter auf Erden wandelte, kamen sie einmal zu einem Schmied, der sich so viel auf seine Kunst zu Gute that, daß er sich ein Schild geschmiedet hatte, worauf mit goldenen Buchstaben geschrieben stand: Hier wohnt der Meister über alle Meister. Als nun der Herr Christus vorüber kam und las was auf dem Schilde stand, fieng er an zu lachen und der Apostel lachte mit. Da fragte der Schmied, der vor der Thüre stand: Was lacht ihr? Ueber dein Schild, sagte der Apostel, und weil du dich rühmst, ein Meister über alle Meister zu sein. Das bin ich auch, sagte der Schmied. Da fragte Jesus: Wie viel Zeit brauchst du denn, ein Hufeisen zu machen? Ha, sagte der Schmied, das stecke ich nur dreimal ins Feuer und gleich ist es fertig. Das ist zu viel, sagte Jesus, einmal ist genug. Das wollte der Schmied nicht glauben.

Da kam eben ein Reiter herangeritten, dessen Pferd die Hufeisen verloren hatte, das sollte der Schmied beschlagen. Da sagte der Schmied: Da habt ihr ja Gelegenheit eure Kunst zu zeigen: beschlagt mir einmal dieß Pferd nach eurer Weise.

Das soll geschehen, sagte Jesus, da nahm er dem Pferd das
eine Vorderbein ab, während St. Peter die Bälge zog, und
legte es in die Esse, wozu der Reiter ein kurios Gesicht machte,
warf ein Eisen ins Feuer, zog es glühend wieder heraus und
nagelte es gemächlich auf den Huf. Dann setzte er das Bein
dem Pferde wieder an und machte es mit dem andern Vorderbein und den beiden Hinterbeinen ebenso, indem er eins nach
dem andern abbrach, beschlug und wieder ansetzte. Als das
Pferd seine vier Eisen hatte, lief es noch einmal so schnell
als zuvor und der Reiter gab dem Schmied ein gut Stück
Geld. Herr, sagte der Meister über alle Meister, du bist doch
kein so schlechter Schmied. Meinst du? sagte Jesus. Ich muß
aber erst noch mehr Proben deiner Kunst sehen, setzte der
Schmied hinzu, ehe ich dich für meinen Meister erkenne. Darüber kam ein altes Männlein in die Schmiede, ganz gekrümmt
von der Last der Jahre, und bat um ein Almosen. Den will
ich wieder jung schmieden, wenn es dir recht ist, sagte der
Herr. Mir wär es schon recht, sagte der Schmied, aber der
Alte wird sich wohl bedanken. Es thut nicht weh, sagte der Herr,
ließ Petrus die Bälge ziehen, und als das Feuer auffunkte, groß
und ungeheuer, nahm unser Herr das alte Männlein, schob
es in die Esse, mitten ins weißrothe Feuer, daß es drin glühte
wie ein Rosenstock und Gott lobte mit lauter Stimme. Nur
einmal berührte ihn der Herr mit dem Hammer, nahm dann
die Zange, zog ihn in den Löschtrog, daß das Waßer über
ihm zusammenschlug und zischte, und wie er abgekühlt war

und der Herr ihn wieder heraus nahm, wars ein Jüngling
schön und zart, mit frischen graben Gliedern, wie von zwanzig
Jahren. Herr, sagte der Schmied, es steht zwar über meiner
Thüre, hier wohnt der Meister über alle Meister, aber gleichwohl sag ich, man ist nie zu alt um zu lernen. Diese Stücke
habe ich zwar noch nicht gewust; aber nun ichs gesehen habe,
kann ichs auch. Es ist jetzt Eßenszeit, nehmt mit uns vorlieb, bei Tische sprechen wir weiter von der Kunst. Das jung
geglühte Männlein ist auch unser Gast. Nun hatte der Schmied
eine alte halbblinde, buckliche Schwieger, die setzte sich zu dem
Jüngling und fragte, ob ihn das Feuer auch hart gebrannt
hätte. Er bekannte aber, ihm sei nie beßer gewesen, er habe
in der Gluth gesessen wie in einem kühlen Thau. Das klang
der alten Frau in den Ohren, daß sie Eßen und Trinken vergaß
und an nichts dachte, als wie sie sich auch verjüngen laßen wollte.

Als die Suppe gegeßen war, kam ein zweiter Reiter
geritten, der sein Pferd beschlagen laßen wollte. Das ist bald
gethan, sagte der Schmied, ich habe jetzt eine neue Manier
zu beschlagen gelernt, die ist gut bei den kurzen Tagen. Da
brach er dem Pferd die Beine ab, alle viere auf einmal, denn,
sagte er, ich weiß nicht wozu die Plackerei soll, eins nach dem
andern anzusetzen. Dem Reiter aber, dem um sein Pferd bange
war, sagte er: Nur nicht ängstlich, Mann, ich bezahl euch das
Pferd, wenn es Schaden nimmt. Da warf er die Beine alle
vier in die Esse, legte brav Kohlen zu und hieß den Schmiede-
jungen frisch die Bälge ziehen. Nun wollte er es machen, wie

er es gesehen hatte; es gerieth ihm aber nicht so, die Beine
verbrannten und der Reiter wollte das Pferd bezahlt haben.
Das gefiel dem Meister übel, doch ließ er sichs nicht angehen
und sagte: Gelingt das eine nicht, so gelingt wohl das andere,
holte seine alte Schwieger herbei und fragte sie, ob sie nun
auch verjüngt werden wollte und in Sprüngen dahergehen
wie ein Mädchen von achtzehn Jahren. Sie sprach: Von
ganzem Herzen, weil sie gehört hatte, daß es dem Jüngling
so sanft angekommen war. Da legte sie der Meister in die
Esse, hieß den Jungen die Blasbälge ziehen und rückte die Alte
mit dem Hammer zurecht, daß sie sich hin und wieder krümmte
und ein grausam Mordgeschrei aufschlug. Sitz still, rief der
Schmied, was schreist und hüpfst du? ich will erst weidlich
zublasen, und zog damit an den Bälgen, daß ihr bald alle
Haderlumpen brannten. Da schrie das alte Weib jämmerlich;
aber der Schmied ließ sich nicht aus der Fassung bringen, und
zog sie mit der Zange in den Löschtrog. Da schrie sie erst
überlaut, und als er sie herauszog, fiel sie in Ohnmacht, und
die Verjüngung war missrathen. Ich will ihr helfen, sagte
der Herr Christus, und auch das Pferd wieder heilen, wenn
du gestehen willst, daß du kein Meister über alle Meister bist.
Der Schmied nahm seinen Hammer und schlug stillschweigend
das Schild von der Thüre; der Herr aber schob die Alte wieder
in die Esse, nahm Hammer und Zange und brachte aus dem
Kühltrog ein hübsches junges Mädchen von achtzehn Jahren,
suchte dann des Pferdes Beine aus der Asche, legte den

Hammer auf, beschlug die Hufe und setzte dem Pferd die heilen Beine wieder an. Das sprang auf und wieherte vor Freude, der Reiter gab sich zufrieden, schenkte dem Schmied noch ein gut Stück Geld und ritt seines Wegs. Da war der Schmied guter Dinge, am frohsten war aber das junge Mädchen, die hüpfte und tanzte durch die Schmiede und fiel Einem nach dem Andern um den Hals, zuletzt dem Jüngling, und da blieb sie hängen und ward seine Frau, und sie wurden zu=sammen noch einmal alt und wenn sie nicht gestorben sind, so leben sie noch.

32. Vom Schwaben der das Leberlein gefreßen hatte.

Der Schwabe muß allzeit das Leberlein gefreßen haben, heißt es im Sprichwort. Das schreibt sich von folgender Geschichte her. Als unser lieber Herr und Heiland noch auf Erden wandelte, von einer Stadt zur andern das Evangelium predigte und viele Zeichen that, begegnete ihm auf eine Zeit ein guter einfältiger Schwab und fragte: Mein Leidensgesell, wo willst du hin? Unser Herrgott antwortete: Ich zieh umher und mache die Leute selig. Da sagte der Schwab: Willst du mich mit dir ziehen laßen? Ja, antwortete unser Herrgott, wenn du fromm sein willst und fleißig beten. Das sagte der Schwab ihm zu. Als sie nun miteinander giengen, kamen sie einst zwischen zwei Dörfer und hörten in beiden Geläute. Der Schwab, der gern schwätzte, fragte unsern Herrgott: Mein Leidensgesell, sag an, warum läutet man da? Unser Heiland, dem alle Dinge bewust waren, antwortete: In dem einen Dorfe läutet man zu einer Hochzeit, in dem andern zu einem Leichenbegängniß. Da sagte der Schwab: Gang du zur Leiche, so will ich zur Hochzeit gehen. Unser Herrgott gieng also in das Dorf wo der Todte lag, und machte

ihn wieder lebendig: da schenkte man ihm hundert Gulden.
Der Schwab aber war auf die Hochzeit gegangen, da half er
einschenken, einem Gast um den andern und auch sich selbst,
und als die Hochzeit zu Ende war, schenkte man ihm einen
Kreuzer. Des war der Schwab wohl zufrieden, machte sich
auf den Weg und kam wieder zu unserm Herrgott. Alsbald
als der Schwab ihn von Weitem sah, hob er sein Kreuzerlein
in die Höhe und schrie: Lug, mein Leidensgesell, ich hab Geld,
und pralte so mit seinem Kreuzerlein. Was hast Du denn?
Unser Herrgott lachte sein und sprach: Ach, ich hab vielleicht
mehr als du! that den Sack auf und ließ den Schwaben die
hundert Gulden sehen. Der war aber nicht unbehend, warf
geschwind sein armes Kreuzerlein unter die hundert Gulden
und rief: „Gemein, gemein! Wir wollen Alles mit einander
gemein haben!" Das ließ unser Herrgott gut sein. Als sie
nun weiter giengen, begab es sich, daß sie zu einer Heerde
Schafe kamen. Da sagte unser Herrgott zu dem Schwaben:
Geh zu dem Hirten und heiß ihn uns ein Lämmlein davon
geben. Ja, sagte der Schwab, und that wie ihn der Herr
geheißen, ließ sich ein Lämmlein von dem Hirten geben, zog
es ab und bereitete das Gehänge zu einem Essen. Wie er es
aber sott, schwamm das Leberlein stäts empor, der Schwab
drückts mit dem Löffel herunter, aber es wollte nicht unten
bleiben. Das verdroß den Schwaben, er nahm ein Meßer
und schnitt das Leberlein, weil es gar war, von einander und
aß es. Als nun das Essen auf den Tisch kam, fragte unser

Herrgott, wo denn das Leberlein hingekommen wäre? Der Schwab war gleich mit der Antwort bei der Hand, das Lämmlein habe kein Leberlein gehabt. Ei, sagte unser Herrgott, wie sollte es denn gelebt haben ohne ein Leberlein? Da verschwur sich der Schwab hoch und theuer: Es hat bei Gott und allen Gottes Heiligen keins gehabt. Was wollt unser Herrgott machen? Wollte er haben, daß der Schwab still schwieg, muste er sich wohl zufrieden geben.

Als sie nun weiter miteinander giengen, läutete es abermals in zweien Dörfern. Der Schwab fragte: Lieber, warum läutet man da? Unser Herrgott sagte: In dem einen Dorf läutet man zur Hochzeit, in dem andern zur Leiche. Wohl! sprach der Schwab. Gang du jetzt zur Hochzeit, so will ich zur Leiche. Er vermeinte, so wollte er auch hundert Gulden verdienen. Aber sage mir, Lieber, sagte der Schwab noch, wie hast dus gemacht, daß du den Todten auferweckt hast? Der Herr antwortete: Ich sprach zu ihm: Steh auf im Namen des Vaters, des Sohnes und des heiligen Geistes. Da stand er auf. — Schon gut, schon gut, rief der Schwab, nun weiß ichs wohl zu machen, und zog zu dem Dorfe, wo man ihm den Todten entgegentrug. Als der Schwab das sah, rief er mit heller Stimme: Halt da, halt da! Ich will ihn lebendig machen. Und wenn ich ihn nicht lebendig mache, so hängt mich ohne Urtheil und Recht. Die guten Leute wurden froh, verhießen dem Schwaben hundert Gulden, und setzten die Bahre, worauf der Todte lag, nieder. Der Schwab that

den Sarg auf und fieng an zu sprechen: Steh auf im Namen
des Vaters, des Sohnes und des heiligen Geistes. Der Todte
wollte aber nicht aufstehen. Dem Schwab ward angst, er
sprach seinen Segen zum andern und zum drittenmal; aber
der Todte rührte sich nicht. Da rief er voll Zorn: Ei so bleib
liegen in tausend Teufel Namen! Als die Leute diese gottlose
Rede hörten und sahen, daß sie von dem Gecken betrogen waren,
ließen sie den Sarg stehen, faßten den Schwaben und eilten
mit ihm dem Galgen zu, da warfen sie die Leiter daran und
führten den armen Schwaben hinauf.

Unterdes zog unser Herrgott fein gemeßen seine Straße
heran, da er wohl wußte wie es dem Schwaben ergehen
würde und ihn doch nicht im Stich laßen wollte. Als er
nun dem Gerichte nahe kam, rief er: O guter Gesell, was
hast du doch gethan? In welcher Gestalt erblick ich dich! Der
Schwab ward blitzwild und begann zu schelten, der Herr
hätte ihn den Segen nicht recht gelehrt. Ich habe dich recht
gelehrt, sprach der Herr, du hast es aber doch nicht gekonnt.
Dem sei aber wie ihm wolle. Willst du mir nun sagen, wo
das Leberlein hingekommen ist, so will ich dich erledigen. Ach,
sagte der Schwab, das Lämmlein hat wahrlich kein Leberlein
gehabt. Wes zeihst du mich? „Ei, du willst es nur nicht
sagen!“ sprach der Herr, „wohlan, bekenn es, so will ich den
Todten lebendig machen!“ Der Schwab aber fieng an zu
schreien: Henket mich, henket mich! So komm ich der Marter
ab. Der will mich zwingen mit dem Leberlein und hört doch

wohl, daß das Lämmlein kein Leberlein gehabt hat. Hängt mich nur stracks!

Als unser Herrgott hörte, daß sich der Schwabe eher wollt henken laßen als die Wahrheit gestehen, befahl er, ihn herabzulaßen, und machte nun selbst den Todten lebendig.

Als sie nun miteinander von bannen zogen, sprach unser Herrgott zu dem Schwaben: Komm her, wir wollen das gewonnene Gut mit einander theilen, und dann von einander scheiden, denn wenn ich dich allwegs vom Galgen erledigen sollte, würde mir das zu viel. Er nahm die zweihundert Gulden und theilte sie in drei Theile. Als Solches der Schwab sah, fragte er: Ei Lieber, warum machst du drei Theile, da doch unser nur zween sind. Ja, antwortete unser lieber Herrgott, der eine Theil ist mein, der andere ist dein, und der dritte Theil deßen, der das Leberlein gefreßen hat. Als der Schwab Solches hörte, rief er fröhlich aus: „So hab ichs bei Gott und allen lieben Heiligen doch gefreßen!" Sprachs und strich auch den dritten Theil ein, und nahm also Urlaub von unserm lieben Herrgott.

33. Die fünf Träume.

Kaiser Karl ritt eines Tags auf die Jagd mit großem
Gefolge. Da brachte er einen Hirsch auf und setzte ihm nach
und der Hirsch lief so schnell, daß ihn der Kaiser nicht einholen konnte; zuletzt verlor er ihn ganz aus dem Gesichte. Wie
er sich nun wieder nach seinen Gefährten umschaute, waren
die so weit zurückgeblieben, daß er nichts mehr von ihnen
hörte noch sah. Ermüdet trat er bei sinkender Nacht in ein
einsames Haus im Walde. Da lagen vier Räuber um den
Heerd gestreckt und stellten sich, als hätte der Gast sie aus
tiefem Schlaf gestört und wollten sich nun ihre Träume erzählen.
Da hub der Erste an und sagte: Mir hat geträumt, ich nähme
dem Fremdling, der soeben hier ins Haus trat, den goldenen
Helm vom Haupte und setzte ihn selber auf. Dem Andern
hatte geträumt, er zöge ihm den Harnisch aus; dem Dritten,
er beraubte ihn seiner kostbaren Kleider; und der Vierte, der
den Kaiser, den sie nicht kannten, mit einer goldenen Kette
umhangen sah, woran ein Hifthorn hieng, sagte: Mir hat
geträumt, ich entledige ihn dieser schweren Bürde. Da sagte
der Kaiser, er sähe wohl, sie würden ihm Alles nehmen und

zuletzt auch das Leben nicht laßen. Er sei aber in ihrer Gewalt und könnte sich nicht wehren; doch bäte er sie, ihm zu
gestatten, daß er noch ein Stückchen auf seinem Horne bliese,
bevor sie ihn umbrächten. Die Räuber sagten: das wollten sie
ihm erlauben, denn man solle einem Sterbenden den letzten
Wunsch nicht versagen. Da stieß Kaiser Karl so laut in sein
Horn, daß alle seine Jäger und Dienstmannen von allen Ecken
und Enden zu Fuß und zu Pferd daher gerannt kamen und
sich ihm zu Seiten stellten. Da sich nun Kaiser Karl von einer
guten Leibwache umgeben sah, sagte er zu den Räubern: Nun
ist die Reihe an mir, meinen Traum zu erzählen. Mir hat
geträumt, ihr wurdet alle vier vor diesem Hause aufgeknüpft.

Dieser Traum gieng sogleich in Erfüllung.

34. Gutmann und Gutweib.

Tief in einem Walde wohnte ein Mann allein mit seiner Frau. Nun kam einst ein Festtag: da wollten sie Kuchen backen, hatten aber keine Pfanne. Es waren aber sieben Stunden Wegs bis an das nächste Nachbarhaus, wo sie eine Pfanne leihen konnten. Da giengen sie miteinander hin, liehen die Pfanne und wie sie zu Hause kamen, backten sie den Kuchen und verzehrten ihn friedlich zusammen. Nun sollte aber die Pfanne auch wieder zurückgebracht werden: da waren sie wohl darüber eins, daß es unnöthig sei, daß sie beide giengen, die Pfanne zu tragen, denn die sei nicht so schwer; nur darüber konnten sie sich nicht verständigen, wer sie heim bringen sollte, denn der Mann meinte die Frau und die Frau meinte der Mann. Nach langem Zank wurden sie des lieben Hausfriedens willen zu Rath, wer das erste Wort spräche, der sollte die Pfanne zurücktragen. Da setzte sich der Mann hin und schnitzte Gerten für das Bohnenfeld und pfiff sich eins dazu, und die Frau saß und spann und summte ein Lied vor sich hin. Das gieng einige Tage so fort, da trat ein Jäger, der sich im Walde verirrt hatte, ins Haus und fragte nach dem Wege.

Da sitzt der Mann und schnitzt und flötet dazu, und die Frau spinnt und summt ein Lied; keins aber giebt Antwort. Sind denn die Leute toll! sagt der Jäger und geht nach der Thüre. Bald darauf kommt er aber wieder herein und winkt der Frau, zu ihm heraus zu kommen. Die Frau geht hinaus und der Jäger verspricht ihr ein gut Trinkgeld, wenn sie mit ihm gienge und ihm den Weg zeigte. Die Frau thut das und bekommt dafür ein gut Trinkgeld. Wie sie nun in die Stube zurückkommt, hält sie dem Mann das Geld in der Hand vor die Nase und summt dazu: Hm, hm, hm! Der Mann wird böse und sagt, so viel könnte sie nicht ehrlich verdient haben. Da sagt die Frau: Mann, geh hin und bring die Pfanne wieder.

35. Der Schwarzkünstler.

Es war einmal ein Bauer, der wollte seinen Sohn „auf
geistlich" studieren laßen. Wie er nun so weit erwachsen war,
giebt der Vater ihm Geld und ein Pferd: nun sollte er reiten
und sich eine Schule suchen wo er studieren könnte. Der Sohn
setzt sich auf und reitet in die Stadt vor ein Wirthshaus, wo
er Herberge begehrt. Da weist man ihm drei Stiegen hoch ein
Stübchen an, wo er die Aussicht hat auf lauter Dächer und
Schornsteine. Weil ihm nun die Zeit lang wird, fragt er das
Hausmädchen, das ihm das Eßen bringt, was denn da unten
für ein Lärm wär. Da sagt das Mädchen, da wären viel
vornehme Gäste, die sich lustig machten. Er sollte aber nur
oben bleiben: da unten wär theure Zeche. Er dachte aber, er
hätte ja Geld genug und könnte das wohl mitmachen. Wie er
nun hinunter kommt, wird da gespielt: er setzt sich dazu und
spielt mit und verliert all sein Geld und zuletzt noch Pferd
und Montierungsstücke, daß er splitternackt war: da werfen sie
ihn vor die Thüre. Betrübt geht er durch den Wald: da begegnet ihm ein vornehmer Herr, den spricht er um Arbeit an.
Der Herr fragt ob er auch lesen und schreiben könne? Da

sagt er Nein, weil er sich seiner Blöße schämt. Gut, sagt
der Herr, dann kannst du bei mir eintreten. Da nimmt ihn
der Herr mit auf sein Schloß im Waßer: da hatte er nichts
zu thun als den Staub mit einem seidnen Tuch abzuwischen;
dafür bekam er das erste Jahr funfzig Thaler. Es gefiel ihm
aber gut da, denn sein Herr, der ein Schwarzkünstler war und
des Nachts studierte, war den Tag über immer auswärts und
dann konnte der Bursche sich an die Bücher setzen und studieren.
Als das Jahr um war, sagte sein Herr, er sollte jetzt hundert
Thaler haben, wenn er bei ihm bliebe: er hätte nichts zu thun
als den Ofen zu heizen. Da blieb er noch das andere Jahr,
denn er hatte noch neben dem Ofenheizen Zeit genug zu studieren.
Als das Jahr wieder um war, sagte sein Herr zu ihm, wenn
er noch ein Jahr bleiben wollte, sollte er dreihundert Thaler
haben. Er hätte nichts zu thun, als im Kahn auf die Jagd
zu rudern und Enten zu schießen: die müße er dann braten
und ihm vorsetzen, wenn er nach Hause komme. Das nahm
er an, denn er meinte nun bald ausstudiert zu haben, und
was ihm etwa noch dazu fehlte, das könnt er in den Neben=
stunden wohl noch lernen. Als nun das dritte Jahr bald herum
war, ruderte er eines Tags auf die Entenjagd: da erhob sich
ein Sturm und verschlug ihn jenseits des Waßers an die Stadt.
Da geht er in das Wirthshaus und läßt sich einen Schoppen
Wein geben, als eben wenig Gäste im Saal waren, denn es
war noch früh an der Zeit. Da sieht er eine Zeitung liegen,
greift darnach und blättert darin zum Zeitvertreib, da findet

er in der Zeitung, daß ein Vater seinen Sohn vermisse, der
vor drei Jahren fortgeritten sei, um zu studieren. Aus der
Beschreibung gieng deutlich hervor, daß es kein Anderer sein
konnte als Er selbst. Da bezahlte er seine Zeche, setzte sich
wieder in den Kahn und ruderte, als der Sturm sich inzwischen
gelegt hatte, wieder nach dem Schloße. Als nun der Herr
nach Hause kam und seine Enten verzehrte, bemerkte er, daß
der Bursche ganz still und traurig da saß. Da fragte er:
Was fehlt dir, warum hängst du den Kopf? Ach, sagte er,
ich denke immer nach Hause an meinen alten Vater: das läßt
mich Nachts nicht schlafen: am Ende krieg ich noch das Heimweh. Da zahlte ihm der Herr seine dreihundert Thaler und
fuhr ihn am andern Morgen selbst ans Land. Nun kaufte er
sich in der Stadt ein Pferd und ritt nach Hause. Als er jetzt
zu seinem Vater kam, sagte der: Bist du endlich wieder da?
Nun was hast du studiert? Bist du jetzt bald geistlich? Ich
sehe doch noch nicht, daß dir die Platte geschoren ist. O, sagte
der Sohn, ich habe viel etwas Beßeres studiert als „auf geistlich." So? sagte der Bauersmann: was kannst du denn Beßeres
studiert haben? Das sollt ihr bald gewahr werden, sagte der
Sohn. Meine Kunst bringt mir mehr ein als so ein armer
Landpfarrer zu verzehren hat. Gebt acht, Morgen früh wird
ein schöner großer Hund unter dem Tische liegen. Fürchtet euch
aber nicht vor ihm, er thut euch kein Leid, denn Ich werde
mich in den Hund verwandelt haben. Dann führt den Hund
auf den Markt und schlagt ihn nicht los unter funfzig Thaler;

aber sagt ausdrücklich, ihr verkauftet ihn ohne die Kette. Am andern Morgen, wie der Bauer in die Stube kommt, liegt da ein prächtiger Neufundländer unter dem Tisch, ganz schön behangen, mit schwerer Kette am Halsband. Der Bauer nimmt die Kette in die Hand und führt ihn auf den Markt, wo auch gleich ein vornehmer Herr kommt und fragt, was der Hund koste. Ohne die Kette funfzig Thaler, sagt der Bauer. Das ist viel Geld, sagt der Herr; aber nimm die Kette ab, der Hund ist mein. Hier sind funfzig Thaler. Da nahm der Herr den Hund mit sich nach Hause und weil er so große Freude an ihm hatte, ließ er ihn von seinem Teller essen. Die Frau war aber damit nicht aufgeschickt, daß der Herr den Hund so theuer gekauft hatte und noch viel weniger damit, daß er mit ihr am Tisch essen sollte und sagte, der Hund gehörte in die Hütte: da sollte er ihm Spülwasser und Brotbrocken vorsetzen lassen, das sei Hundekost. Da muste der Herr, der eben nicht Herr im Hause war, nachgeben und den Hund in die Hundehütte verweisen. Als aber am Abend die Magd kam, ihm Spülwasser und Brocken zu bringen, sieht der Hund in den Trog und fängt an zu sprechen und sagt: Melde deinem Herrn, er sollte sich was schämen, einem so schönen Hunde so schlechtes Essen zu schicken. Das Mädchen läuft ganz erschrocken hin zu dem Herrn und sagt, der Hund, den er gekauft habe, könne sprechen und lasse ihm sagen, ob er sich nicht schäme, einem so schönen Hunde so schlechtes Essen zu schicken? Da meint der Herr, das Mädchen sei toll im Kopfe und giebt ihm ein Paar

Schläge mit der Hetzpeitsche; geht aber doch selber hin an die Hütte. Wie der Hund den Herrn kommen sieht, weist er nach dem Trog und sagt, ob er sich nicht schäme, einem so schönen Hunde so schlechtes Essen zu schicken. O, sagt der Herr, kannst du sprechen, so hab ich dich nicht zu theuer bezahlt. Da nimmt er ihn hinein und läßt ihn wieder mit am Tische essen zu großem Aerger der Frau. Da blieb er die Nacht im Hause; am andern Morgen aber, wie die Magd die Stube kehrt, springt er zum offnen Fenster hinaus und läuft heim. Da nimmt er wieder menschliche Gestalt an und geht zu seinem Vater und sagt: Seht ihr nun, jetzt hab ich euch schon funfzig Thaler einge= bracht. Ich hätte lange Zeit Pastor sein können eh ich das Geld verdient hätte. Es soll aber bald noch besser kommen. Morgen früh findet ihr einen Ochsen im Stalle stehen, den bringt auf den Markt und verkauft ihn nicht unter hundert Thalern; die Halfter müßt ihr euch aber ausbedingen! Wie der Bauer nun am Morgen mit dem stattlichen Ochsen zu Markte kommt, will erst kein Käufer anbeißen wegen des hohen Preises. Da kamen am Abend zwei Metzgerburschen, die durch= aus einen fetten Ochsen kaufen wollten, und dem Bauer die hundert Thaler mit Freuden zahlten. Er hatte sich aber die Halfter ausgehalten: die band er ab und gieng mit dem Gelde nach Hause. Am andern Morgen war aber der Ochse aus dem Stalle verschwunden, wo sie ihn im Wirthshaus eingestellt hatten, und der Wirth muste ihn ersetzen, denn er hatte dafür gut ge= sprochen. Die Sache machte Aufsehen, zumal auch von dem

Hund erzählt ward, der sprechen konnte. Das Gerücht kam dem Schwarzkünstler zu Ohren: da fiel ihm ein, das habe sein Knecht gewiß aus seinen Büchern herausstudiert; das soll ihm aber, dachte er, übel bekommen. Wie nun wieder Markttag war, verwandelte sich der Sohn in ein Pferd und der Vater führte es zu Markt und bot es zu dreihundert Thalern feil, vergaß aber, sich den Zaum vorzubehalten. Der Käufer war der Schwarzkünstler: der zahlte die dreihundert Thaler bar und nahm das Pferd beim Zaum, um es fortzuführen. Halt, rief der Bauer, das Pferd ist euer; aber der Zaum ist nicht mit verkauft. So haben wir nicht gewettet, sagt der Schwarzkünstler, der Zaum gehört zum Pferde. Da gehen sie vor den Richter: der entscheidet aber für den Schwarzkünstler, weil der Bauer sich den Zaum nicht vorbehalten habe. Da zieht der Bauer traurig ab und meint seinen Sohn nie wiederzusehen; der Schwarzkünstler aber schwingt sich auf das Pferd, setzt ihm die Sporen ein, daß das rothe Blut herausspritzt und sprengt es im Trab auf dem Straßenpflaster hin und her, daß hier ein Hufeisen und dort ein Hufeisen abflog und alle Leute sagten, es sei unerlaubt, daß er ein so schönes Pferd zu Schanden reite. Es gelang ihm aber nicht, es zu Tode zu reiten wie er gewollt hatte, denn das Pferd hielt mehr aus als als Er. Da fragte er ob nicht ein Hufschmied in der Nähe wohne, der drei Gesellen habe. Sie sagten Ja, so einer wohne nicht fern von da und wiesen ihn dahin. Da ritt er das Pferd vor die Schmiede, und sagte dem Schmied, es müste im Nothstall aufgehangen und

an allen Bieren zugleich beschlagen werden. Es fehlten aber zwei
Eisen, und während die geschmiedet wurden, geht der Schwarz-
künstler in die Schenke nebenan, einen Schoppen Wein zu trinken.
Inzwischen kommt der Lehrjunge und wischt dem Pferde den
Schaum ab, von dem es so weiß geworden war, daß die
Gesellen es zuerst für einen Schimmel gehalten hatten; es war
aber ein Rappe. Da er ihm nun so traut, sagt das Pferd zu
dem Lehrjungen, er sollt ihm doch den Zaum ein wenig über
die Ohren ziehen, daß es sich erholen könnte. Das thut der
Lehrjunge und läßt das Gebiß zur Erde fallen, daß es einen
Schall gab. Das hört der Schwarzkünstler nebenan und kommt
eilends gelaufen. Aber das Pferd hatte sich schon in einen Hasen
verwandelt und lief durch das Feld mit großen Sprüngen. Da
verwandelt sich der Schwarzkünstler in einen Windhund und
setzt ihm nach und der Windhund war schneller als der Hase.
Als der Hase spürt, daß er verliert, verwandelt er sich in eine
weiße Taube und fliegt durch die Luft. Sogleich verwandelt
sich der Schwarzkünstler in einen Sperber und fliegt der Taube
nach, und der Sperber war schneller als die Taube. Nun saß
die junge Königstochter gerade am Fenster und spielte mit ihren
Fingern: da kam die Taube geflogen und der Sperber dicht
hinter ihr drein. Eben will er sie haschen, da verwandelt sich
die Taube in einen goldenen Ring und fällt der Königstochter
an den Finger. Nun mußte der Schwarzkünstler seine Verfolgung
aufgeben. Nach einiger Zeit ward aber der König krank und
kein Arzt konnte ihm helfen: da ließ er ausrufen, wer ihm

seine Gesundheit wieder verschaffte, der sollte den vierten Theil
des Königreichs zur Belohnung haben. Da meldet sich der
Schwarzkünstler, er wolle den König heilen. Er brachte ihm
auch gleich ein Heilmittel: der König nahm es und ward auf
der Stelle gesund. Da sagte der König, wenn er jetzt darauf
bestünde, müste er ihm den vierten Theil seines Königreichs
geben. Der Schwarzkünstler versetzt, er wolle sich abfinden
laßen, wenn er nur den Ring bekäme, den des Königs Tochter
am Finger trüge. Da sagt der König, er wiße nicht, ob das
seiner Tochter recht sei; sie habe vielleicht den Ring von einem
Schatz bekommen und werde ihn dann nicht gerne hergeben
wollen. Er ließ aber seine Tochter rufen und fragte sie, ob
sie den Ring geben wolle; es koste ihm sonst den vierten Theil
seines Königreichs. In demselben Augenblick zog sich der Ring
an dem Finger der Königstochter so stark zusammen, daß sie
den Schmerz empfand. Da gab sie zur Antwort, sie wolle den
Ring gerne hergeben, er sitze ihr aber so fest am Finger, daß
sie ihn nicht abziehen könne. Jedoch wolle sie sehen, ob sie ihn
los bekäme, und den Ring dann bringen. Wie nun die junge
Königin hinaus geht, wird der Ring wieder weit und bewegt
sich ganz schnell um ihren Finger. Sie zieht ihn ab, da fängt
der Ring an zu sprechen und sagt, sie sollte nur wieder in den
Saal gehen und sich erbieten, den Ring zu geben, ihn aber
fallen laßen indem sie ihn hinreichte. Das thut die Königs=
tochter, der Ring fällt zur Erde und verwandelt sich in tausend
Hirsenkörner, die sich im ganzen Saal zerstreuen. Sogleich

verwandelt sich der Schwarzkünstler in einen Hahn: der pickt die Körner geschwind auf; wie er aber meint, er hätte sie alle im Kropf, verwandelt sich das letzte Hirsekorn, das unter den Tisch gefallen war, in einen Fuchs und beißt dem Hahn die Gurgel ab. Nun erhielt der Zauberlehrling die Königstochter zur Frau und nach des Königs Tode erbte er das Königreich.

36. Kätzchen und Mäuschen.

Das Kätzchen und das Mäuschen sind einmal zusammen spazieren gegangen. Da sind sie an einen Bach gekommen und haben nicht hinüber gekonnt: da haben sie ein Strohhälmchen genommen und habens über den Bach gelegt, und das Kätzchen hat zum Mäuschen gesagt: Mäuschen, geh du zuerst hinüber. Aber das Mäuschen hat nicht getraut und gesagt: Kätzchen, geh du zuerst. Da hat sich das Kätzchen auf den Weg gemacht; wie es aber auf das Strohhälmchen gekommen ist, ist das Strohhälmchen entzwei gebrochen und das Kätzchen ist ins Wasser gefallen. Da hat das Mäuschen so arg gelacht, daß ihm sein Pänzchen zersprungen ist. Da sagt das Kätzchen zum Mäuschen: Mäuschen, jetzt geh zum Schuhmacher und laß dir dein klein Pänzchen flicken. Das Mäuschen geht zum Schuhmacher und sagt: Schuhmacher, flick mir doch mein klein Pänzchen. Da sagt der Schuhmacher: Mäuschen, soll ich dir dein klein Pänzchen flicken, so must du mir erst Borsten bringen. Da geht das Mäuschen zu der Sau und sagt: Sau, du mir Borsten gieb, Borsten ich dem Schuhmacher geb, Schuhmacher mir mein klein

Pänzchen flickt. Da sagt die Sau: Soll ich dir Borsten geben,
so mußt du mir erst Kleien geben. Da geht das Mäuschen
zum Becker und sagt: Becker du mir Kleien gieb, Kleien ich
der Sau gebe, Sau mir Borsten giebt, Borsten ich dem Schuh=
macher gebe, Schuhmacher mir mein klein Pänzchen flickt. Da
sagt der Becker: Soll ich dir Kleien geben, mußt du mir Mehl
geben. Da geht das Mäuschen zum Müller und sagt: Müller
du mir Mehl gieb, Mehl ich dem Becker gebe, Becker mir
Kleien giebt, Kleien ich der Sau gebe, Sau mir Borsten gielt,
Borsten ich dem Schuhmacher gebe, Schuhmacher mir mein
klein Pänzchen flickt. Da sagt der Müller: Soll ich dir Mehl
geben, so mußt du mir Korn geben. Da gieng das Mäuschen
zum Feld und sagt: Feld, du mir Korn gieb, Korn ich dem
Müller gebe, Müller mir Mehl giebt, Mehl ich dem Becker
gebe, Becker mir Kleien giebt, Kleien ich der Sau gebe, Sau
mir Borsten giebt, Borsten ich dem Schuhmacher gebe, Schuh=
macher mir mein klein Pänzchen flickt. Da sagt das Feld:
Soll ich dir Korn geben, mußt du mir Mist geben. Da geht
das Mäuschen zu der Kuh und sagt: Kuh mir Mist gieb, Mist
ich dem Feld gebe, Feld mir Korn giebt, Korn ich dem Müller
gebe, Müller mir Mehl giebt, Mehl ich dem Becker gebe, Becker
mir Kleien giebt, Kleien ich der Sau gebe, Sau mir Borsten
giebt, Borsten ich dem Schuhmacher gebe, Schuhmacher mir
mein klein Pänzchen flickt. Da sagt die Kuh: Soll ich dir
Mist geben, mußt du mir Gras geben. Da geht das Mäuschen
zur Wiese und sagt: Wiese, du mir Gras gieb, Gras ich der

Kuh gebe, Kuh mir Mist giebt, Mist ich dem Feld gebe, Feld
mir Korn giebt, Korn ich dem Müller gebe, Müller mir Mehl
giebt, Mehl ich dem Becker gebe, Becker mir Kleien giebt,
Kleien ich der Sau gebe, Sau mir Borsten giebt, Borsten ich
dem Schuhmacher gebe, Schuhmacher mir mein klein Pänzchen
flickt. Da sagt die Wiese: Soll ich dir Gras geben, must du
mir Asche geben. Da gieng das Mäuschen zum Feuer und
sagte: Feuer, du mir Asche gieb, Asche ich der Wiese gebe,
Wiese mir Gras giebt, Gras ich der Kuh gebe, Kuh mir Mist
giebt, Mist ich dem Feld gebe, Feld mir Korn giebt, Korn
ich dem Müller gebe, Müller mir Mehl giebt, Mehl ich dem
Becker gebe, Becker mir Kleien giebt, Kleien ich der Sau gebe,
Sau mir Borsten giebt, Borsten ich dem Schuhmacher gebe,
Schuhmacher mir mein klein Pänzchen flickt. Da sagt das
Feuer: Soll ich dir Asche geben, must du mir Holz geben.
Da geht das Mäuschen zum Busch und sagte: Busch, du mir
Holz gieb, Holz ich dem Feuer gebe, Feuer mir Asche giebt,
Asche ich der Wiese gebe, Wiese mir Gras giebt, Gras ich der
Kuh gebe, Kuh mir Mist giebt, Mist ich dem Feld gebe, Feld
mir Korn giebt, Korn ich dem Müller gebe, Müller mir Mehl
giebt, Mehl ich dem Becker gebe, Becker mir Kleien giebt,
Kleien ich der Sau gebe, Sau mir Borsten giebt, Borsten ich
dem Schuhmacher gebe, Schuhmacher mir mein klein Pänzchen
flickt. Da giebt der Busch ihm Holz, Holz es dem Feuer giebt,
Feuer ihm die Asche giebt, Asche es der Wiese giebt, Wiese
ihm Gras giebt, Gras es der Kuh giebt, Kuh ihm Mist giebt,

Mist es dem Felde giebt, Feld ihm Korn giebt, Korn es dem Müller giebt, Müller ihm Mehl giebt, Mehl es dem Becker giebt, Becker ihm Kleien giebt, Kleien es der Sau giebt, Sau ihm Borsten giebt, Borsten es dem Schuhmacher giebt, Schuhmacher ihm sein klein Bänzchen flickt.

37. Der schlaue Rath.

Ein Ritter, der nach Jerusalem fahren wollte, verkaufte Hab und Gut, um die Kosten der Ueberfahrt zu bestreiten. Er erlöste aber mehr als er zu bedürfen glaubte und wollte die übrige Barschaft nicht mitnehmen, damit sie ihm nicht unterwegs geraubt würde. Er erkundigte sich also nach einem rechtschaffenen Manne, dem er sie anvertrauen könnte. Man wies ihn zu einem reichen Kaufmann: bei dem sei sie so sicher wie unter Schloß und Riegel. Er gieng also mit dem Gelde zu ihm und bat, ihm sein Bißchen Armut zu verwahren bis er wieder käme. Der Kaufmann nahm das Pfand und sprach: Reist in Gottes Namen: das Geld ist in guten Händen. Er trat also seine Reise an und kam nach einigen Jahren zurück und meldete sich bei dem Kaufmann, um sein Geld zu erheben. Da stellte sich der Kaufmann als säh er ihn heute zum erstenmale und hätte nie einen Pfennig von ihm empfangen. Der Ritter hatte weder Zeugen noch Urkunden und muste mit leeren Händen abziehen. Die Nachbarn, welchen er sein Leid klagte, wollten ihm nicht glauben, weil der Kaufmann in gutem Leumund stand, ihn aber Niemand dort kannte. Er unterließ es

aber nicht, von Zeit zu Zeit wieder zu dem Kaufmann hinzu=
gehen, um zu fragen ob er sich noch nicht bedacht habe, ihm
sein Gut auszuhändigen. Darüber ward der Kaufmann zuletzt
ungehalten und verbot ihm, seine Schwelle wieder zu betreten,
er müße sonst die Hunde auf ihn hetzen laßen. Da gieng der
arme Mann traurig hinaus und irrte in großer Betrübniß
durch die Straßen. Das bemerkte ein armes Weib, das vor
seiner Thüre das Holz spaltete und fragte, warum er so traurig
wär. Der Ritter wollte es ihr erst nicht sagen; sie ließ aber
nicht nach bis er ihr Alles erzählte. Da sprach die alte Frau:
Seid gutes Muths und folgt meinem Rath, so weiß ich gewiß,
ihr werdet euer Geld wieder erhalten. Laßt euch vier große
Kisten machen, anstreichen und firnissen und mit Eisen beschlagen.
Die füllt dann mit kleinen Kieselsteinen und schickt damit einen
von euern Gesellen zu mir. Ich will dann mit ihm und den
acht Trägern zu dem Kaufmann gehen und ihm die vier Kisten
übergeben laßen. Darüber kommt ihr auch herein und fordert
euer Geld zurück: ich zweifle nicht, ihr bekommt es. Dem
Ritter gefiel der Rath und that wie sie ihn unterwiesen hatte.
Er ließ die vier Kisten machen, füllte sie mit kleinen Steinen,
und ließ sie von seines Gesellen Trägern vor das Haus der
alten Frau bringen. Die gieng dann mit seinem Gesellen und
den Trägern zu dem Kaufmann und sagte: Herr, dieser Mann
ist mein Gast und hat mich gefragt, Wem er sein Gut anver=
trauen könnte. Da hab ich ihn zu euch gewiesen, weil ich weiß,
daß es da sicher ist. Nehmt es in Verwahrung und wenn Gott

über ihn verfügen sollte, verwendet es zum Heil seiner Seele und zur Steuer der Armen. Damit war der Kaufmann sehr zufrieden und versprach bei seiner Treue es so damit zu halten. Darüber kommt der Ritter herein und wartete bis er zu Worte käme. Der Kaufmann empfieng ihn aber gar freundlich und brachte ihm sein Geld ungefordert, denn er sorgte, wenn er es vor diesen leugnete, die ihm die vier Kisten übergeben laßen wollten, möchten sie scheu werden und ihr Geld wieder forttragen laßen. Als der Ritter sein Geld empfangen hatte, nahm er Urlaub und gieng von dannen; desgleichen that auch sein Geselle mit der alten Frau: die vier Kisten mit den Kieselsteinen blieben in des Kaufmanns Händen. So kam der Ritter durch den schlauen Rath der alten Frau zu seinem Gelde.

38. Der Hofprophet.

An einem gewissen Hofe war ein Prophet angestellt, der muste das Wetter vorhersagen, wofür er ein ansehnliches Gehalt bezog. Er hatte aber das Unglück, daß seine Prophezeihungen nicht eintrafen, was ihm von den andern Hofbeamten viel Spott zuzog. Das ließ er sich gefallen, weil das Gehalt ja doch ausbezahlt wurde, das Wetter mochte ausfallen wie es wollte. Heimlich aber wurmte es ihm doch, nur ließ er sichs nicht merken. Nun aber geschah es, daß auf dem Lande ein Dorf= prophet in großen Ruf kam, weil seine Prophezeihungen immer eintrafen. Da dachte er: Wenn du doch erfahren könntest wie dieser Bauer es anstellt, daß er immer richtig prophezeiht: so brauchtest du doch dein Brot nicht mit Schanden zu essen. Da steckte er eines Tags eine gute Summe Geldes zu sich und machte sich auf den Weg zu dem Dorfpropheten. Dem trug er sein Anliegen vor und ließ sich verlauten, wenn er ihm sagte wie er es anstellte, das Wetter immer so richtig vor= herzusagen, so sollte es sein Schade nicht sein. Aber der Dorfprophet sagte: So geht das nicht, guter Freund: ihr Herrn am Hof seid gewohnt, viel zu versprechen und wenig zu halten.

Butter bei die Fische! oder ich halte reinen Mund. Da muste
der Hofprophet sich entschließen, hundert Goldgulden hinzu=
zahlen. Hm, sagte der Dorfprophet: wenn ihr noch hundert
dazu legtet, so wär es gerade noch einmal so viel. Der Hofpro=
ph:t muste also den Beutel zum andernmal ziehen und die Summe
verdoppeln. Jetzt könnte ich mirs schon überlegen, sagte der
Dorfprophet; aber wer weiß wie es ausfiele. Darum solltet ihr
den Sichern spielen und lieber gleich noch hundert Goldgulden
hervorlangen. Dem Hofpropheten kam es hart an, es war
sein letztes Geld; aber er hatte es sich doch nun einmal ge=
tröstet: so mochte es denn drum sein. Er zählte also auch die
letzten hundert Goldgulden noch hin und sagte: Nun aber heraus
mit der Sprache! Der Dorfprophet strich das Geld gemüthlich
ein, schloß es in seinen Schrank, steckte den Schlüßel in die
Tasche und klopfte sich auf die lederne Büxe, daß es schallte.
Nun merkt auf, sagte er, wie ich es mache, daß ich immer
richtig prophezeihe. Seht, sagte er, ich warte, bis Ihr pro=
phezeiht habt; alsdann prophezeihe ich das Gegentheil: damit
treff ich immer das Richtige. Adjes Herr Hofprophet!

39. Halb zu Fuß und halb geritten.

Ein König hatte schweren Haß auf einen seiner Ritter geworfen und that ihm großen Schaden, um ihn aus seinem Lande zu vertreiben. Da schickten die besten seiner Freunde zu dem König und erbaten ihm Gnade. Der König wollte ihm seine Gunst nicht wieder zuwenden; weil die Fürsprecher aber nicht nachließen, stellte er Bedingungen, die der Ritter wie er glaubte nicht zu erfüllen wiße. Er sollte nämlich seine Gunst wieder erlangen, wenn er zu Hofe käme halb zu Fuß und halb geritten; auch sollte er seinen besten Freund, seinen ärgsten Feind und seinen liebsten Spielmann mitbringen. Als der Ritter von diesen Bedingungen hörte, sann er lange nach, wie er sie zur Zufriedenheit des Königs erfüllen möchte. Einst übernachtete ein Pilgrim bei dem Ritter. Da sprach er zu seinem bösen Weibe: Sollen wir den Pilger tödten? Er führt große Schätze bei sich: wir werden auf einmal reich werden. Dieser Vorschlag gefiel der geldgierigen Frau. Als nun Alles im Hause schlief, gieng der Ritter zu dem Pilgrim, wie die Frau glaubte, ihn zu ermorden. Er weckte ihn aber freundlich, gab ihm Reisezehrung und hieß ihn, sich unbemerkt hinweg-

zuſchleichen. Darauf ſchlachtete er ein Kalb, theilte es in viele
Stücke, legte ſie in einen Sack und gieng zu ſeiner Frau und
ſagte: Ich habe die Gliedmaßen des Pilgrims in dieſen Sack
gelegt; hilf mir nun, daß wir ſie im Stalle vergraben. Auch
zeigte er ihr einen mäßigen Haufen Gold, den er dem Pilgrim
abgenommen habe. Darauf vergruben ſie beide den Sack im
Stalle. Als nun der Tag kam, daß er zu Hof reiten ſollte,
nahm er ſeinen Hund an eine Schnur, ſeinen jungen Sohn
auf den Arm und ſein Weib an die linke Hand und begab
ſich an den Hof. Als ſie in die Nähe des Königsſchloßes
kamen, legte er ſein rechtes Bein auf den Hund und mit dem
linken Bein ſtelzte er ſich weiter. So kam er halb geritten
und halb gegangen in den Saal vor den König. Als ihn
dieſer ſah, verwunderte er ſich mit ſeinen Hofleuten; doch ſprach
er zu ihm: wo iſt aber euer beſter Freund? Da zog der
Ritter ein Meßer hervor und hieb dem Hunde ein Ohr ab.
Der Hund ſchrie gewaltig und nahm die Flucht vor dem Ritter;
aber da pfiff ihm der Ritter und alsbald kam das getreue
Thier zu ſeinem Herrn zurückgelaufen. Da ſprach der Ritter
zu dem König: Seht, das iſt mein getreuſter Freund. Der
König ſprach: Wo iſt aber euer Spielmann? Da zeigte der
Ritter auf das Kind zu ſeinen Füßen und ſprach: Seht Herr,
kein Spielmann mag mich mehr ergetzen als dieſer mein Sohn,
wenn ich ihn vor mir ſpielen ſehe. Gut, ſprach der König:
nun zeigt mir auch euern größten Feind. Da gab der Ritter
ſeiner Frau eine Ohrfeige und ſprach: Wie blickſt du meinen

Herrn den König so unehrerbietig an! Die Frau ward zornig
und rief: Du verfluchter Mörder, was schlägst du mich? Du
hast wohl noch eine schlimmere That in deinem Hause begangen.
Hört selber, Herr, und ihr Ritter alle; er hat einen Pilgrim
in seinem Hause ermordet um das geringe Gut, das er mit
sich führte. Da gab ihr der Ritter eine zweite Maulschelle
und sprach: Du böses Weib, was zeihst du mich eines solchen
Verbrechens? Da gerieth sie in Wuth und schrie: Kommt
denn, ihr Herrn, in unser Haus und überzeugt euch von der
Wahrheit; ich will euch zeigen wo er den Leichnam des Pil-
gers in seinem Hause vergraben hat. Das hörten alle An-
wesenden und giengen in des Ritters Haus, Nachsuchung zu
halten. Das Weib lief voran, öffnete den Stall und zeigte
ihnen die Stelle, wo der Sack mit dem Kalbfell und dem Fleisch
vergraben lag. Und als es die Diener herausgruben und erkannten, daß es kein Menschenfleisch war, da begriffen sie des
Ritters kluge Veranstaltung, priesen seine Weisheit und führten
ihn zu dem König zurück, der ihm zugestand, daß er auch diese
Aufgabe, wie alle übrigen zu seiner Zufriedenheit gelöst habe.
Er solle nun wieder seiner Huld genießen.

40. Die sieben Gesellen.

Es war einmal ein König, der gerieth in Krieg mit
seinem nächsten Nachbarn, einem mächtigen Kaiser, und verlor
die Schlacht und muste zusehen, daß seine Hauptstadt verbrannt
und alle Schätze seiner Kammer entführt wurden. Nach einiger
Zeit erholte er sich etwas und gedachte dem Kaiser den Raub
wieder abzunehmen. Er ließ also ein Gebot ausgehen über all
sein Land, daß jeder Gutsherr einen Reitersmann ins Feld
stellen sollte oder tausend Laubthaler in seine Kammer bezahlen.
Nun war da ein Graf durch den Krieg sehr herunter gekommen,
denn er hatte Raub und Plünderung erfahren müßen. Seine
Söhne waren auch alle gefallen und selbst war er schon zu alt
die Waffen zu führen; die tausend Laubthaler zu zahlen fiel
ihm aber zu schwer, denn er hätte Haus und Hof verkaufen
müßen. Wie er nun so betrübt war und sich nicht zu rathen
wuste, sagte eine seiner Töchter zu ihm: Wißt ihr was,
Vater? gebt Mir Ritterkleider und Waffen und ein gutes Pferd;
so will ich in des Königs Lager reiten und mich für euern
Sohn ausgeben. Das gefiel dem Grafen nicht übel, er schaffte

der Tochter Waffen und Rüstung und gab ihr das beste Pferd.
aus seinem Stalle. Die junge Gräfin ritt hinaus und kam
schon am ersten Tage an einen Teich, bei dem eine alte Frau
ihre Lämmer weidete. Ein Schäflein war ihr aber ins Waßer
gefallen und die alte Frau wußte es nicht wieder herauszu=
ziehen. Wie nun der Ritter daher gezogen kam, rief sie ihn
flehentlich um Beistand an. Aber der that als hörte er es
nicht und ritt ganz stolz vorüber. Da rief ihm die alte Frau
nach: Wenn ihr mir denn nicht helfen wollt, so wünsche ich
euch glückliche Reise, Fräulein! O weh! dachte die junge Gräfin,
wenn mir die Leute gleich ansehen, daß ich ein Fräulein bin,
so reite ich beßer gleich wieder nach Hause, denn wenn ich ins
Lager käme würd ich mit Spott und Schande wieder heim=
geschickt. Da wandte sie ihr Pferd und ritt wieder heim zu
ihrem Vater. Der Graf war sehr betrübt, als sie schon zurück
kam, denn nun muste er doch für die tausend Laubthaler sorgen.
Da trat aber die andere Tochter zu ihm und sprach: Vater,
gebt Mir Waffen und Rüstung und ein gutes Pferd, so will
ich ins Lager reiten und mich für euern Sohn ausgeben.
Mich wird man wohl nicht erkennen. Der Graf schaffte ihr
also Kleider und Waffen, gab ihr das beste Pferd aus seinem
Stalle und entließ sie mit seinem Segen. Wie sie nun eine
Strecke geritten war, kam sie an den Teich, bei dem die alte
Frau ihre Lämmer weidete. Wieder war ihr ein Lamm in
den Teich gefallen, sie wuste es nicht herauszuziehen und bat
den jungen Ritter flehentlich um seinen Beistand. Der aber

träumte schon von seinen Heldenthaten und ritt stolz vorüber. Da rief ihm die alte Frau nach: Glückliche Reise denn, Fräulein. Als die junge Gräfin sah, daß sie auch erkannt würde so gut als ihre Schwester, verzweifelte sie an dem Erfolg, wandte ihr Pferd und ritt heim zu ihrem Vater. Da war denn der Graf sehr betrübt, denn nun sah er wohl, daß er die tausend Laubthaler herbeischaffen müße. Da kam aber die dritte und jüngste Tochter und sprach: Väterchen, versuch es noch einmal mit Mir, vielleicht bin ich glücklicher und dann ist dir geholfen. Der Graf wußte erst nicht was er thun sollte: die jüngste Tochter war ihm die liebste, er mochte sie nicht gerne den Kriegsgefahren aussetzen und war auch so an sie gewöhnt, daß er sie nicht missen mochte. Sie legte sich aber aufs Bitten und hielt so lange an bis er endlich nachgab. Sie mußte sich aber mit einem rostigen Harnisch begnügen und bekam auch das schlechteste Pferd, weil ihre Schwestern die andern lahm geritten hatten. Sie ritt aber getrost fort und kam am Abend gleichfalls zu dem Teich, wo die alte Frau ihre Schafe weidete und um das Lämmchen jammerte, das ihr ins Waßer gefallen war. Da ließ sie sich nicht erst um Hülfe bitten, sondern sprang gleich vom Pferde, zog das Lamm heraus, brachte es der Alten und sprach ihr guten Muth zu: Gebt euch zufrieden, liebe Frau: das Schäfchen ist wohl ein wenig erschrocken, wird sich aber bald erholen, denn es hat keinen Schaden genommen. Ei schönen Dank, Herr Ritter, sprach die alte Frau, da habt ihr mir einen großen Dienst

geleistet. Ein Dienst ist aber des andern werth, und ich will
sehen was ich für euch thun kann. Euer Pferd ist nicht ganz
gut zu Fuß, ihr habt ein besseres verdient. Sie klopfte mit
ihrem Hirtenstab auf die Erde; da that sie sich auf und gleich
kam ein prächtiger Schimmel hervor gesprengt. Nicht so, Ge=
selle, sagte die Alte, du solltest mit Sattel und Zeug gekommen
sein, schöner geschirrt als des Kaisers Zelter. Sie berührte
den Schimmel mit ihrem Stabe und sogleich stand er mit
goldenem Reitzeug geschmückt. Dieß Pferd, sagte die Alte,
hab ich selber abgerichtet; es ist klug und weiß das Vergangene,
Gegenwärtige und Zukünftige. Haltet es wohl, ihr könnt euch
ganz auf seinen Rath verlassen. Ihr seid aber auch selbst
nicht ganz nach euerm Stande gekleidet: so ein schöner, vor=
nehmer Ritter muß besser geschmückt sein. Wieder schlug sie
mit ihrem Stabe auf die Erde und sogleich stand da eine Kiste
mit kostbarem Rüstzeug und anderm Feldgeräth; auf dem
Boden aber lagen ganze Haufen Gold. Da zog ihm die Alte
den rostigen Panzer aus und nahm Ein Stück nach dem Andern
und Eins prächtiger als das Andere aus der Kiste und be=
kleidete damit den Ritter; das Uebrige schnürte sie ihm mit
dem Golde in den Ranzen und hieß ihn wohlgemuth seines
Weges ziehen. Der junge Ritter ritt fort und kam in einen
Wald, wo er kräftige Axtschläge hörte und dabei ein Krachen
als wenn Bäume zusammenbrächen. Als er näher kam, fand
er einen Holzhacker, der mit jedem Schlage eine mächtige Eiche
fällte. Warum zerstörst du den Wald? fragte der Ritter. Ei,

sagte der Holzhacker, meine Frau will Wäsche halten, da braucht sie Reisig. — Wie heißest du denn? fragte der Ritter. — Mein Name ist Knochenstark. Da fieng das kluge Pferd an zu sprechen und rieth dem Ritter, diesen Mann mitzunehmen, er könne ihm unterwegs von Nutzen sein. Willst du mir dienen? fragte der Ritter; ich gebe dir Kost und guten Lohn. Warum nicht? sagte Knochenstark: meine Frau kann sich das Bündel selber heimholen. Da nahm er seine Art auf die Schulter und folgte ihm nach.

Als sie an das Ende des Waldes kamen, saß da ein Mann, der sich einen Strick an die Beine band, der war ganz kurz. Warum thust du das? fragte der Ritter. Damit ich Hasen und Rehe fangen kann, denn wenn ich zu weit ausschreite, überlaufe ich alles Wild und fange gar nichts. Hirsche giebt es hier nicht, die Herrn Officiere haben sie alle zusammengeschoßen. Wie heißt du denn? fragte der Ritter. — Mein Name ist Vogelschnell. Der ist auch zu brauchen, rieth der Schimmel. Willst du in meine Dienste treten? fragte der Ritter. Ihr sollt Wild genug zu eßen bekommen und braucht nicht viel danach zu laufen. Der Vogelschnell war es zufrieden und folgte ihm nach.

Als sie eine Strecke weiter kamen, trafen sie einen Schützen, der mit verbundenen Augen zielte; man sah aber nicht wonach. Was wollt ihr schießen? fragte der Ritter. Der Schütze sagte: Zwanzig Meilen von hier, auf der Spitze des Kirchthurms, sitzt eine Mücke: die will ich herunter schießen. — Warum hast

du dir denn die Augen verbunden? Ei, sagte er, Mauern
und Wälle würden ja zusammenstürzen, so scharf sind meine
Blicke. Wie heißest du denn? — Mein Name ist Scharfschütz.
Der ist brauchbar, nimm ihn auch mit, flüsterte der Schimmel.
Willst du in meine Dienste treten? fragte der Ritter. Du
sollst zu schießen haben, dazu guten Lohn. Der Scharfschütz
war es zufrieden und folgte ihm nach.

Bald darauf kamen sie an einen großen See; vor den
hatte sich ein Mann gelegt und trank mit großen Zügen. Der
Ritter fragte, warum er das thäte. Ei, sagte er, weil ich so
großen Durst habe und weiß ihn nicht zu stillen. Schon zehnmal hab ich diesen Tümpel ausgetrunken; aber ehe er wieder
volllief, meinte ich vor Durst zu vergehen. Wie heißt ihr
denn? fragte der Ritter. — Mein Name ist Saufaus. — Der
ist sehr brauchbar, sagte der Schimmel, nimm ihn mit. Wollt
ihr mir dienen? fragte der Ritter. Ich will euch Wein für
Wasser zu trinken geben. Das wäre mir schon Recht, sagte
der Saufaus und folgte ihm nach.

Nun gieng es den Berg hinauf. Da sahen sie zwei und
siebzig Mühlen stehen, die drehten lustig ihre Flügel; und doch
war kein Wind zu spüren. Als sie aber über den Berg waren,
war der Sturm so stark, daß sie kaum vorwärts konnten.
Endlich kamen sie doch in die Ebene, da fanden sie einen Mann,
der ein Nasloch zuhielt und mit dem andern blies. Was thust
du da, guter Freund? fragte der Ritter. Ei, sagte er, ihr
seht doch wohl die Mühlen da: denen muß ich Wind schaffen,

sonst stehen sie still. Warum hältst du denn das Nasloch zu? fragte der Ritter. Nun, sagte der Bläser, ich will doch nicht den Berg mit samt den Mühlen wegblasen. Da fragte der Ritter: Wie ist denn dein Name? — Blasius Pausbad. — Ein sehr brauchbarer Mann, sagte der Schimmel: nimm ihn auch mit. Willst du mit mir ziehen? fragte der Ritter. Du sollst guten Lohn und wenig zu schaffen haben. Das bin ich zufrieden, sagte der Blasius und folgte ihm nach.

Nicht lange nachher kamen sie an eine Wiese, da sahen sie einen Mann, der hatte ein Ohr an die Erde gelegt als ob er horchte. Was machst du da? fragte der Ritter. Ich höre die Kräuter wachsen, sagte er, und die Flöhe husten, und wenn ich ein Ohr an die Erde lege, weiß ich was meilenweit geschieht. Wie heißt du denn? fragte der Ritter. — Mein Name ist Feinohr. Auch der ist zu brauchen, sagte der Schimmel. Willst du mit mir ziehen? fragte der Ritter; ich gebe dir guten Lohn und wenig zu schaffen. Der Feinohr war es zufrieden und folgte ihm nach.

Ehe sie nun an das Lager kamen, fanden sie einen Mann vor einem Haufen Knochen stehen und an dem letzten nagte er noch. Seid ihr immer so hungrig? fragte der Ritter. Nein, sagte der Mann, nur wenn ich mich nicht satt gegessen habe. Aber hier war nicht viel zum Besten: die meisten Heerden frißt des Königs Kriegsheer. Wie heißt du denn? fragte der Ritter. Sie nennen mich Vielfraß, geben mir aber nichts zu essen. Nimm ihn mit, sagte der Schimmel, er ist zu brauchen. Geh mit mir, sagte der Ritter: ich will dich satt machen. Wenn ihr nur Wort haltet, brummte der Vielfraß und folgte dem Ritter ins Lager.

Als sie da ankamen, nahm der Ritter ein schönes Zelt aus seinem Ranzen und schlug es auf. Er gab auch jedem seiner sieben Gesellen eine stattliche Livree. Als nun der König mit der Königin geritten kam und das prächtige Zelt mit den stolzen Dienern sah, fragte er nach dem Ritter, der sogleich hervortrat und alle Fragen des Königs und der Königin gewandt und munter beantwortete. Der König hatte großes Wohlgefallen an dem Ritter und ernannte ihn auf dem Fleck zu seinem obersten Stallmeister. Noch mehr aber stach der schöne Jüngling der Königin in die Augen; er hingegen sah nicht viel nach der schönen Frau, sein Blick war stäts auf den König geheftet. Am andern Morgen gieng er in der Frühe im Schloßgarten spazieren: da begegnete ihm die Königin, hängte sich in seinen Arm und befahl ihm, sie in sein Gemach zu begleiten. Er brachte sie bis an die Thüre und entschuldigte sich dann, daß er beim Erwachen des Königs zugegen sein müße, um seine Befehle zu hören. Das nahm die Königin übel und warf einen Haß auf ihn. Bei Tische kam die Rede auf einen Drachen, der des Königs Land verwüste. Da sagte die Königin, der junge Ritter habe sie um ihre Fürsprache gebeten, daß ihm erlaubt würde, es mit diesem Drachen aufzunehmen. Der junge Ritter schwieg still, denn er durfte sie nicht Lügen strafen; der König aber, der ihm gewogen war, meinte, dazu

wär er noch zu jung und zart. Die Königin wollte das nicht
gelten laßen und hielt so lange an bis der König seinen Willen
darein gab. Ganz niedergeschlagen gieng der Ritter in den
Stall zu seinem Schimmel; der sprach ihm aber Muth zu: er
sollte es nur getrost wagen und Alles thun was er ihm riethe,
so würde es sich noch zu seinem Ruhm und Vortheil wenden.
Eh er hinwegritt, bat er den König noch um sein Bildniß und
erhielt es. Die Königin, die es verdroß, daß er das ihrige
nicht begehrt hatte, fiel darüber in Krämpfe.

Nun zog der Ritter mit seinen sieben Gesellen nach dem
Walde, wo der Drache hauste. In dem Walde war ein großer
See, zu dem kam der Drache täglich geflogen um zu trinken.
Da befahl der junge Ritter auf des Schimmels Rath seinem
Gesellen Saufaus, diesen See leer zu trinken. Als das geschehen war, muste Knochenstark so viel Fäßer Wein herbeischaffen, daß der See wieder voll ward. Dann muste er noch
einmal in die Stadt, um zwanzig Tonnen Heringe herbeizuholen, die man ans Ufer stellte, da wo der Drache zu
trinken kam. Als nun der Drache geflogen kam, verschlang
er erst die zwanzig Tonnen Heringe: davon bekam er so
großen Durst, daß er den See rein austrank und nicht einen
Tropfen drin ließ. Nun war er aber auch betrunken und
stürzte besinnungslos zu Boden und schnarchte, daß die Aeste von
den Bäumen brachen. Da rief der Ritter seine sieben Gesellen
herbei, ließ den schlafenden Drachen binden und von Knochenstark vor des Königs Zelt tragen, damit er selbst die Freude

hätte, den ungeheuern Drachen zu tödten. Als dieß geschah, erhob das Volk ein lautes Freudengeschrei und der König drückte dem Ritter dankbar die Hand. Die Königin, von diesem Ausgang beschämt, versuchte es noch einmal, den schönen Ritter zu gewinnen und überhäufte ihn mit Höflichkeiten und Schmeichel= worten. Als sie aber merkte, daß sie damit keinen Stein im Brett bei ihm gewann, fiel sie aus der Liebe wieder in den Haß, und gieng zu dem König und sagte, der junge starke Ritter sei erbötig, dem Kaiser die ganze Kriegsbeute allein und ohne Heer wieder abzugewinnen und habe sie inständigst ge= beten, ihm die Erlaubniß dazu auszuwirken. Der König wollte darein nicht willigen, weil er meinte, der junge Ritter renne mit offenen Augen in sein Verderben. Aber die Königin sagte, da er den Drachen bezwungen hätte, so vermöchte er das auch, und wenn es ihm nicht erlaubt würde, thäte er sich sicher ein Leid an. Da gab er endlich nach und erlaubte dem Ritter die Fahrt. Als der Ritter hörte, was von ihm erwartet würde, gieng er verzweifelnd in den Stall bei seinem Pferdchen Trost zu suchen: das wuste aber schon Alles und auch guten Rath dafür.

Da nahm der Ritter Urlaub von dem König, nicht aber von der Königin, welche das sehr übel nahm und dadurch in ihrem Haß noch bestärkt wurde. Er achtete aber nicht darauf, denn an ihrer Gnade war ihm nicht so viel gelegen als an des Königs Huld. Er ritt nun mit seinen Gesellen nach der Hauptstadt des Kaisers, stieg ab vor dem Schloße, stellte sich als Gesandter des Königs vor und forderte den Kaiser auf, seinem Herrn die geraubten Schätze zurückzuschicken und für allen Schaden Ersatz zu leisten. Da lachte ihn der Kaiser aus und sprach: Herr Gesandter, wenn ihr an der Spitze eines Heers von siebenmalhundert tausend Mann gekommen wärt, so ließe sich hievon ein Wort mit euch sprechen. Da ihr aber nur sieben Mann im Gefolge habt, so geb ich des Königs Schätze nicht heraus, wenn ihr mit euern Gesellen nicht morgen früh alles frische Brot aufeßt, das diese Nacht in meiner Hauptstadt gebacken wird. Da bedankte sich der Ritter bei dem Kaiser für eine so leichte Aufgabe und sagte, er werde sich am andern Morgen bei Zeit zum Frühstück einstellen. Als er darauf in die Herberge ritt, ließ er seinen Vielfraß kommen und fragte, ob er sich auch dafür aussehe. Da freute sich der Vielfraß, daß er doch endlich einmal satt zu eßen bekommen sollte. Aber zuvor muste er noch die Fasten halten, denn der Ritter ließ ihm aus Vorsicht kein Abendbrot reichen. Am andern Morgen, als er mit seinem Gefolge auf den Markt kam, lag da das frisch gebackene Brot haushoch aufgeschichtet. Der Ritter erschrak und auch Vielfraß schüttelte den Kopf, aber nur weil er zweifelte, ob er auch satt werden würde nach so langem Fasten. Er machte sich aber sogleich ans Werk und bald war von dem hohen Haufen nichts mehr zu sehen: Vielfraß saß betrübt an der öden Stelle und rief den Leuten zu, wenn sie noch Mehl hätten, möchten sie ihm doch um Gotteswillen noch etwas backen eh er verhungern müste. So war diese Aufgabe

gelöst; wer aber sein Wort nicht hielt, war der Kaiser. Er
sprach, wer so viel gegessen hätte, den müste auch dürsten.
Also nichts für ungut, Herr Ritter, wenn ich euch die Schätze
nicht gebe ehe ihr nicht mit euern Leuten alle Brunnen in der
ganzen Stadt ausgetrunken habt. Es soll geschehen, Herr
Kaiser, nach euerm Befehl, versetzte der Ritter; wir möchten
nur um die Gnade bitten, die Weinfässer gleich mit leeren zu
dürfen, denn Wasser allein ist ein schaler Trank. Der Kaiser
bewilligte das gerne zur großen Freude von Saufaus, denn
er trank auch lieber Wein als Wasser. Er fieng aber doch
mit dem Wasser an, und als er alle Brunnen geleert hatte,
machte er sich über die Keller her, Knochenstark hob die Fässer
in die Höhe und Saufaus, der unter dem Spunde lag, ließ
wacker eingehen, und bald war für Geld kein Tropfen Wein
mehr in der Stadt zu haben. Der Kaiser war sehr verdroßen,
nicht bloß wegen der leeren Fässer, sondern weil er die Schätze
nicht hergeben wollte und doch auch keinen andern Vorwand
mehr wuste. Da half ihm seine Tochter aus der Verlegenheit,
welche die schnellfüßigste Läuferin im ganzen Lande war.
Vater, sprach sie, sagt dem Ritter die Schätze zu, wenn einer
seiner Leute mich im Wettlauf besiegen könne. Dieser Rath
gefiel dem Kaiser, und der Ritter, der an seinen Schnellläufer
dachte, willigte ein, auch diese Probe noch zu bestehen.

Sie zogen also in die Rennbahn, die zwei Meilen lang
war, und die Kaiserstochter schürzte sich zum Wettlauf mit
dem Vogelschnell. Dieser bat erst um einen Trunk, weil aber

alle Brunnen ausgetrunken und auch alle Weinfäßer leer waren, gab man ihm Brantwein, und von dem starken Getränke über= mannt, sank Vogelschnell leblos an einem Baume nieder. Das Zeichen zum Wettlauf ward dreimal gegeben, die Kaiserstochter begann den Lauf, und schon war sie auf eine halbe Meile dem Ziele genaht und noch ließ sich Vogelschnell nicht sehen. Der Ritter war besorgt und befahl seinem Feinohr zu horchen, wo Vogelschnell bliebe. Feinohr legte sich an die Erde und sagte dann: Er liegt unter einem Baum und schnarcht, daß sich die Aeste biegen. Schieß einen Bolzen nach ihm, daß er aufwacht, befahl der Ritter dem Scharfschützen. Dieser legte einen Bolzen auf den Bogen und Vogelschnell von dem Schmerz erweckt, sah um sich und sah die Kaiserstochter fast schon am Ziele. Da stand er auf und fieng an zu laufen und lief so schnell, daß er noch vor ihr das Ziel erreichte. Der Ritter begehrte nun ernstlich die geraubten Schätze. Nehmt sie aus der Kammer, sagte der Kaiser, aber nicht mehr, als einer eurer Gesellen tragen kann. Als das Knochenstark hörte, ließ er zwei und siebzig Schneider kommen, die mußten die Nacht aufsitzen und eine große Tasche von grober Leinwand nähen: darin wollte er die Schätze heimtragen. Als er aber in die Kammer kam, nahm er des Königs Schätze und schob sie in die eine Westen= tasche und die des Kaisers in die andere. Der Schatzmeister er= schrak und lief hin es dem Kaiser anzuzeigen. Der kam alsbald und sagte, so wär es nicht gemeint, seine Schätze müßten in der Kammer bleiben. Aber Knochenstark sagte: Von dem

Bißchen Armut gäb er nichts heraus; er hätte sich da die
große Tasche machen laßen, und nun wär nichts dafür da:
was das für eine Wirthschaft wäre! Da fürchtete der Kaiser,
er möchte ihn selber drein stecken und schwieg. Nun nahm
der Ritter Urlaub und machte sich mit seinen Gesellen auf den
Weg. Als sie eine Meile gegangen waren, legte sich Feinohr
auf den Boden und sagte; er höre Roßgeſtampf, gewiß laße
sie der Kaiser von Reitern verfolgen, um ihnen die Schätze
wieder abzunehmen. Der Ritter erschrak und ermahnte zur Eile.
Sie kamen aber bald an einen breiten Fluß, da lag kein Kahn
bereit, der sie hinüber gebracht hätte. Da fieng Saufaus an
zu trinken und trank alles Waßer auf in dem Fluße, daß sie
trocken hindurch gehen konnten. Als nun der Kaiser mit seinen
Reitern herangesprengt kam, war unterdeß der Fluß wieder
vollgelaufen; sie schwammen aber auf den Pferden über und
waren schon mitten in dem Fluße, da fieng Blasius an zu
blasen, daß die Wellen hoch giengen und Roß und Reiter
ertranken.

Nun stritten sich die Diener des Ritters, wer das Beſte
gethan und den größten Antheil an der Beute verdient hätte.
Wenn ich nicht war, sagte Blasius, so hätte uns der Kaiser
eingeholt und getödtet. Wenn ich nicht war, meinte aber
Saufaus, so wären wir nicht über den Fluß gekommen. Und
wenn ich nicht war, sagte Knochenstark, so hättet ihr nichts zu
saufen und zu blasen gehabt und wir säßen noch in der Haupt-
ſtadt oder hiengen am Galgen. Und so rühmte Jeder seine

Verdienste; aber der Ritter legte sich ins Mittel und sagte, es gehöre ja Alles dem König, der würde sie, wenn sie heim kämen, reichlich belohnen. Also schloßen sie Frieden und setzten ihre Reise nach der Hauptstadt fort.

Als sie ankamen, gieng ihnen der König entgegen und empfieng sie mit großer Freude. Die Königin, als sie sah, daß ihr Anschlag vereitelt sei, wuste nicht ob sie sich freuen oder ärgern sollte; doch siegte endlich ihre Liebe zu dem schönen Ritter, mit dem sie es noch einmal versuchen wollte. In der Nacht schmückte sie sich auf das Reizendste und ließ ihn durch ihre Kammerfrau, die auch bis über die Ohren in den schönen Jüngling verliebt schien, zu sich bescheiden. Der Ritter erschrak, kleidete sich aber doch an und folgte der Kammerfrau in das Schlafgemach der Königin. Diese empfieng ihn zärtlich und bestürmte ihn mit Liebkosungen. Er blieb aber kalt und sprach zuletzt: Frau Königin, wenn ihr wüstet was ich weiß, so würdet ihrs mir nicht verdenken, daß ich eure Liebe nicht erwiedern kann. Die Königin erzürnte und fiel über ihn her, sein Gesicht zu zerkratzen, wandte dann aber ihre Wuth gegen sich selbst, zerriß ihre Kleider und erhob lautes Geschrei, also, daß der König herbeikam und den Ritter bei seiner Gemahlin fand. Da klagte sie ihn dessen an, wessen sie sich selber schuldig wuste und berief sich auf ihr zerrißenes Gewand. Der König gerieth in gerechten Zorn und sprach das Urtheil, daß der Ritter vor allem Volke an einen Pfahl gebunden und qualvoll hingerichtet werden sollte. Dieses Urtheil wäre am Morgen

vollſtreckt worden; als man aber dem Ritter die Kleider vom
Leibe riß, zeigte es ſich, daß es ein Weib ſei. Da die
Königin das ſah und ihre Ränke zu Tage kamen, ſank ſie wie
vom Blitz getroffen zu Boden und erwachte nicht wieder aus
ihrer Ohnmacht. Der König aber nahm die ſchöne Gräfin zur
Gemahlin und ſorgte auch für ihre Geſellen, daß Vielfraß nicht
zu hungern und Saufaus nicht zu dürſten brauchte. Auch das
kluge Pferd wurde nicht vergeßen: die Königin ſelber ſchwang
ihm täglich goldene Gerſte.

41. Die Schöpfung der Westfalen.

Daß die Westfalen unsern Herrn Jesum Christum gekreu=
zigt hätten, dessen werden sie mit Unrecht beschuldigt, denn sie
waren damals kaum erst erschaffen. Mit dieser Schöpfung
gieng es aber so zu:

Als unser Herr mit seinen Jüngern noch auf Erden wan=
delte, da kam er einst in das Land der rothen Erde, das da=
mals noch nicht von Menschen bevölkert war, denn seine der=
zeitigen Einwohner liefen auf allen Vieren und grunzten. Es
ist ein wüstes Land, sagte St. Peter, das muß wahr sein;
aber in dem stinkenden Nebel dieser Haiden könnten doch viel=
leicht Menschen leben: der Mensch ist gar ein zähes Geschöpf:
was läßt er sich nicht alles gefallen! Und Schade wäre es
doch um die Schinken dieser Borstenthiere, wenn sie Niemand
in den Rauch hienge! Der Herr aber meinte, viel Gescheidtes
könne doch aus dem Menschengeschlecht nicht werden, das hier
sein Leben zu fristen bestimmt wäre; besser bliebe es also un=
erschaffen. St. Peter ließ indes zu bitten nicht nach, der Herr
solle es doch nur einmal damit versuchen: „hatt es nicht, so
schadt es nicht,“ meinte er, und es müße auch solche Käuze

geben; der Herr habe doch Ratten und Mäuse und anderes
Ungeziefer erschaffen, warum nicht auch Westfalen? Endlich
ließ sich der Heiland erweichen und sagte: Dir zu Liebe will
ich es denn thun, du wirst aber sehen, was unser Dank sein
wird. Darauf stieß er mit den Füßen nach Etwas, das im
Wege lag und Einem der Ureinwohner des Landes entfallen
war und sprach: Werd ein Westfale! Und alsbald stand da
ein ungeschlachter Gesell, der auch gleich die Arme in die
Seite stemmte und unsern Herrn Jesum anfuhr: Na, wat
stött he mik! Da sagte der Heiland: Siehst du nun, St.
Peter, was unser Dank ist?

42. Die drei Träume.

Es waren einmal drei Gesellen, die fuhren mit einander über Land und kamen in einen tiefen Wald, wo sie Eßenswaaren nicht feil fanden. Nun hatten sie nichts weiter als ein kleines Brot und waren doch gar hungrig. Da sprachen sie zu einander: Wenn wir das kleine Brot in drei Stücke theilen, so bekommt ein Jeder so wenig, daß er seinen Hunger nicht damit stillen kann. Laßt uns also einen Rath erdenken, daß sich wenigstens Einer daran erfättigen mag. Da sprach Einer: So wollen wir uns schlafen legen und Wer den besten Traum hat, der soll das Brot ganz haben. Da sagten sie: der Rath ist gut, und legten sich hin zu schlafen. Als nun zweie der Gesellen eingeschlafen waren, stand der dritte, der den Rath gegeben hatte, auf und aß das Brot ganz, so daß seinen Gesellen nichts übrig blieb. Darauf gieng er hin, weckte die beiden andern und sprach: Steht auf und sage ein Jeder seinen Traum. Da sprach der Erste: Ich habe einen wunderlichen Traum gehabt. Ich sah eine goldene Leiter bis in den Himmel reichen, Engel stiegen daran auf und ab, und einer kam und nahm meine Seele und führte sie in den Himmel. Da sah ich den Vater und den Sohn und den heiligen Geist und so viel Freuden wie sie kein Auge je gesehen, kein Ohr gehört hat.

Und das war mein Traum. Da sprach der Andere: Ich habe
einen schrecklichen Traum gehabt. Ich sah eine Rotte von
Teufeln kommen mit glühenden Eisenzangen, damit zogen sie
meine Seele aus meinem Leibe, führten sie in die Hölle, setzten
sie auf einen Platz, der voll scharfer Schermesser war und
sprachen: So lange Gott im Himmel ist, so lange mußt du
hier bleiben. Und das war mein Traum. Da sprach der
dritte, der den Rath gegeben hatte: Nun hört auch meinen
Traum. Es kam ein Engel und sprach zu mir: Willst du
sehen, wo deine Gesellen sind? Da sprach ich: Ja, denn wir
haben ein Brot mit einander zu theilen, und ich fürchte, sie
haben es mit sich genommen. Nein, sprach der Engel, dem
ist nicht so, das Brot liegt noch dort. Komm aber und folge
mir. Da führte er mich vor des Himmels Thor, und als ich
hinein schaute, sah ich dich in einem goldenen Stuhle sitzen
und auf dem Tisch vor dir stand Essen und Trinken in Hülle
und Fülle. Da sprach der Engel: Sieh, dein Geselle hat hier
ein herrliches Leben in alle Ewigkeit. Nun komm auch und
sieh wie es deinem andern Gesellen ergeht. Da führte er mich
vor das Höllenthor und als ich hineinschaute, sah ich dich auf
lauter scharfen Schermessern sitzen. Da sprach ich zu dir: O
lieber Gesell, mir ist leid, daß ich dich an dieser Stätte finde.
Da sprachst du: So lange Gott im Himmel ist, muß ich hier
bleiben. Darum geh und iß das Brot auf, denn mich und
unsern Gesellen siehst du nie wieder. Und als ich das hörte, wacht
ich auf und gieng und aß das Brot wie du mich geheißen hattest.

43. Vater und Mutter.

Ein Kaiser hatte eine wunderschöne Tochter, die er über Alles liebte; der diente ein Ritter viel und lange. Das bemerkte die Jungfrau wohl und ließ ihn auch inne werden, daß sein Dienst ihr nicht mißfiele. Da gieng er eines Tags zu ihr und sprach: Edle Jungfrau, wollt ihr meine Rede nicht übel deuten, so wage ich es, euch meine Noth zu klagen, die zu schwer ist als daß ich sie lange allein tragen könnte. Die Jungfrau sprach: Redet was ihr wollt, Ritter, ohne alle Sorge. Da sprach er weiter: Ich habe lange mein Leid verborgen und wünsche nun endlich für treue Dienste und bescheidenes Werben Lohn zu empfangen. Ich will in fremde Lande fahren und Leben und Gut daran wagen, daß ich durch Tapferkeit ersetze was ich durch Geburt gegen euch zu gering bin. Nun bitte ich euch flehentlich, versprecht mir, sieben Jahre auf mich zu warten: komme ich vor Verlauf derselben nicht zurück, so betrachtet es als ein Zeichen meines Todes und handelt nach euerm Gefallen. Die Rede war der Königstochter nicht ungenehm; sie erklärte sich bereit, sein Verlangen zu erfüllen und versprach ihm das mit Hand und Mund. Bald darauf rüstete sich der Ritter zur Reise und fuhr seine Straße.

Kurz nach seiner Abfahrt kam ein Königssohn mit großem Ge=
folge gefahren und hielt bei dem Kaiser um die Hand seiner
Tochter an.   Der Kaiser war dem Freier günstig, ließ die
Tochter kommen und fragte sie nach ihrem Willen.   Da sprach
sie: Vater, ich habe ein Gelübde gethan, in sieben Jahren noch
keinen Mann zu nehmen; nach der Zeit geschehe was ihr über
mich beschließt.   Der Kaiser konnte ihr das nicht ausreden
und vertröstete den Königssohn, welcher sich bereit erklärte,
sieben Jahre auf die Kaiserstochter zu warten; und mit diesem
Vorbehalte zog er von dannen.   Als nun die sieben Jahre
schier verflossen waren, da machte sich der Königssohn mit
großem Gefolge und Gepränge wieder auf die Fahrt und zog
nach der Hauptstadt des Kaisers.   Von Ungefähr stieß der
Ritter unterwegs auf den Königssohn, und beide setzten ihren
Weg gemeinschaftlich fort.   Nun geschah es, daß plötzlich ein
gewaltiger Regenguß vom Himmel fiel, daß es wie ein Wolken=
bruch anzusehen war.   Da hatte der Ritter einen guten Mantel
an und einen dichten Hut auf; aber der Königssohn, dessen
Gefolge zurückgeblieben war, hatte weder Mantel noch Hut.
Als der Ritter dieß wahrnahm, sprach er zu dem Königssohn:
Ihr habt nicht weislich gethan, daß ihr euer Haus nicht mit
euch führtet: so wärt ihr nicht naß geworden.   Diese Worte
kamen dem Königssohn wunderlich vor; er bedachte sich und
sprach: Ihr redet wie ein Kind: mein Haus ist doch wohl so
groß, daß ich es nicht mitnehmen konnte.   Und da sie weiter
ritten, kamen sie an eine große Lache; da ritt der Königssohn

gerade hindurch, und als er hinein kam, war sie so tief und
schlammig, daß das Pferd mit ihm versinken wollte und er
viel Mühe hatte, nicht zu ertrinken und wieder herauszukommen.
Als der Ritter das sah, umritt er die Lache auf trockenem
Pfade und sprach zu dem Königssohn: Ihr habt unweislich
gethan, daß ihr eure Brücke nicht mit euch führtet; so wärt
ihr nicht in den Schlamm gerathen. Die Rede kam dem
jungen König wieder wunderlich und unnütz vor; er sprach zu
dem Ritter: Du bist ein Thor und willst mich wohl äffen;
wie konnte ich meine Brücke mitnehmen? Die ist wohl eine
halbe Meile lang und aus Quadern gebaut. Der Ritter ließ
dieß wieder unbeantwortet, worauf sie zusammen weiter ritten.
Sie trafen lange keine Herberge, wo sie etwas hätten genießen
sollen. Da bat der Ritter den Königssohn zu Gast: sie lagerten
sich im Schatten und der Ritter gab dem Königssohn Fleisch
und Brot, welches er im Ranzen bei sich führte; ließ ihn auch
trinken aus seiner Flasche. Und als der Königssohn genug
gegessen und getrunken hatte, sagte der Ritter zu ihm: Ihr
thatet Unrecht, daß ihr Vater und Mutter nicht mit euch führtet.
Da sprach der junge König: Mein Vater ist so alt, daß ich
ihn vor Schwäche nicht mit mir führen konnte; meine Mutter
ist vor vielen Jahren gestorben; also konnte ich die auch nicht
mit mir führen. Bald darauf kamen sie in der Kaiserstadt
an: da nahm der Ritter Urlaub von dem Königssohn, und
als der Königssohn fragte, was er jetzt zu unternehmen ge=
dächte, entgegnete er: Ich habe vor sieben Jahren ein Netz

ausgeſtellt: finde ich das wieder, wie ich es vor ſieben Jahren
gelaßen habe, ſo führe ich es mit mir in meine Heimat und
halte es werth vor allen Dingen: iſt es mir aber zerrißen, ſo
laße ich es dort und achte ſein nicht. Darauf ritt der Königs=
ſohn in die Stadt, und als der Ritter ihn aus den Augen
verloren hatte, ritt er ihm heimlich nach und ſchlich nach dem
Gemach der Jungfrau und führte ſie unbemerkt mit ſich hin=
weg. Inzwiſchen ſaß der Königsſohn mit dem Kaiſer zu Tiſche:
da hob der Königsſohn an und erzählte, er habe einen wunder=
lichen Gefährten gehabt, der habe gar ſeltſame Reden geführt:
da es geregnet, er ſei nicht klug geweſen, daß er ſein Haus
nicht mitgebracht, ſo wär er nicht naß geworden; worauf er
erwiedert, ſein Haus wäre zu groß, um es über Land zu
führen. Da fragte der Kaiſer, wie der Ritter bekleidet geweſen?
Er hatte einen Mantel um, ſprach der Königsſohn, und einen
Hut auf dem Kopf. Da ſprach der Kaiſer: So hatte er Recht,
denn er meinte, warum ihr nicht auch Mantel und Hut trüget.
Der Königsſohn fuhr fort zu erzählen, wie der Ritter geſprochen
— er hätte ſeine Brücke mitführen ſollen, ſo hätte er nicht
nöthig gehabt, durch die Lache zu waten. Das erklärte ihm
abermals der Kaiſer. Er meinte, warum ihr euern Diener
nicht vorausgeſchickt hättet, ſo wärt ihr nicht ſo tief hinein=
gerathen, ſondern zeitig wieder umgekehrt. Hierauf erzählte
der Königsſohn dem Kaiſer, wie der Ritter geſprochen, nach=
dem ſie zuſammen gegeßen und getrunken: er handle unweislich,
daß er Vater und Mutter nicht bei ſich führe wohin er reite.

Das will sagen, erklärte der Kaiser, ihr solltet nicht ausreiten
ohne Brot und Wein mit euch zu führen wie der Ritter that.
Der Kaiser lobte den Ritter höchlich wegen seiner Klugheit und
fragte den Königssohn wo er ihn gelaßen hätte. Der Königs=
sohn erzählte ihm, wie er dicht vor der Stadt Urlaub von ihm
genommen hätte mit der Aeußerung, er hätte vor sieben Jahren
ein Netz ausgelegt: wenn er das wieder fände wie er es ge=
laßen hätte, so wollte er es mit sich heimführen. Als der
Kaiser das hörte, rief er mit lauter Stimme: Weh mir! das
Netz ist meine liebe Tochter: ich fürchte gar sehr, ich habe sie
schon verloren, der Ritter hat sie mir entführt! Sogleich be=
fahl er den Dienern nachzusehen ob sie in ihrem Zimmer wäre
oder nicht. Sie gehorchten, fanden aber die Gemächer leer,
kamen und sagten dem Kaiser, sie könnten seine Tochter nicht
finden. Da befahl der Kaiser, ihr nachzusetzen: das geschah
auch; aber sie ward nicht gefunden noch ereilt, denn sie war
schon längst mit dem Ritter von dannen. Als die Boten zurück=
kamen und das dem Kaiser hinterbrachten, sprach er zu dem
Königssohn: Fürwahr, dieser Ritter hat euch und mich be=
trogen; jetzt mögt ihr euch nur um eine andere Braut umsehen.
Da nahm der Königssohn Urlaub von dem Kaiser und schied
traurig von dannen und der Ritter behielt die Kaiserstochter
mit gutem Frieden.

44. Schmadderaderaderalz.

Es war einmal eine feine Magd, die hatte immer blanke Schuhe, denn weil sie etwas eitel war und ihre kleinen Füßchen ins Licht stellen wollte, schonte sie die Eierwichse nicht. Die Hausfrau, die erschrecklich geizig war, hatte es ihr schon oft verwiesen; aber das Drückchen störte sich an nix und schmierte die Schuh mit Eierwichs. Als die Frau nun sah, daß ihr Predigen nicht helfen wollte, nahm sie die Eierwichs fort und verschloß sie in einen Schrank, zu dem sie allein den Schlüßel führte. Aber das Drückchen hatte nach wie vor blanke Schuhe, denn seit die Eierwichse versperrt war, pflegte sie die Schuhe mit Schmalz zu schmieren. Da schlich eines Tags die Katze hinterm Ofen hervor, strich mit dem krummen Rücken ein Paarmal an dem Stuhlstempel hin und fieng freundlich an zu schnurren und zu spinnen. Das Drückchen ließ sich nicht stören und kratzte und schmierte fleißig an seinen Schuhen. Als die Katze das sah, hob sie die Pfoten allmählich auf den Stuhl, guckte in das Schmalztöpfchen, hob dann den Kopf empor, sah das Drückchen verwundert an und sagte spinnend:

„Schmierst du die Schuh mit Schmadderaberaberalz?"

Als das Drückchen die Katze sprechen hörte, ward es böse und nahm das Küchenmesser, womit es die Schuhe gekratzt hatte, vom Tisch und schlug die Katze auf die Pfoten, daß sie blutend und jämmerlich miauend zum Fenster hinaussprang. Am andern Morgen ließ sich die Katze nicht mehr sehen; aber auch die Hausfrau kam nicht zum Vorschein, denn sie lag im Bette und hatte den Wundarzt rufen laßen. Und als das Drückchen vor sie trat um zu fragen was sie heute kochen sollte, sah sie den Wundarzt beschäftigt der Frau beide Hände zu verbinden. Da merkte das Drückchen wohl was die Glocke geschlagen hatte. Die Frau war nämlich eine Hexe und hatte sie in Gestalt der Katze belauscht.

---

45. Die drei Bitten.

Es war ein Kaiser, der gab das Gesetz, wenn Einer aus fremden Landen an seinen Hof kam, da ward ihm alsbald ein Bratfisch vorgesetzt und alle Umstehenden paßten wohl auf, ob er den Fisch auf der Einen Seite bis auf die Gräte äße und ihn dann umkehrte; und Wer das that, der wurde sogleich gefangen genommen und am dritten Tage ohne Gnade hingerichtet. Aber die drei Tage daß er gefangen lag, hatte er jeden Tag eine Bitte an den Kaiser frei; nur durfte sie nicht sein Leben betreffen. In solcher Weise hatten schon Viele das Leben eingebüßt. Nun kam eines Tages ein Graf an den Hof des Kaisers, der brachte seinen Sohn mit sich und ward von aller Welt aufs Beste empfangen und sogleich wurde ihm nach dem Gesetz des Kaisers ein Bratfisch vorgelegt: davon aßen beide, Vater und Sohn, und als sie die eine Seite des Fisches gegeßen hatten, kehrte ihn der Graf herum auf die andere. Als die Diener das sahen, hinterbrachten sie es dem Kaiser, welcher sogleich Befehl gab, ihn gefangen zu nehmen. Als das geschehen war, gieng es dem Sohn so nahe zu Herzen, daß er begehrte, man sollte ihn statt des Vaters tödten. Das bewilligte ihm der Kaiser, ließ den Sohn gefangen nehmen und den Vater frei. Da sprach der Jüngling zu seinen

Wächtern. Ihr wißt, ich habe nach dem Gesetz drei Bitten vor
meinem Tode frei. Darum begehre ich, geht zu dem Kaiser
und bittet in meinem Namen, daß er mir seine Tochter schicke
nebst einem Priester, der uns ehelich einsegne. Die Boten
giengen und sagten es dem Kaiser. Dieser muste es gestatten,
denn er konnte nicht wider sein eigenes Gesetz: er gab ihm
also seine Tochter, mit welcher der Jüngling das Beilager hielt.
Am andern Tage begehrte er zu seiner zweiten Bitte, daß ihm
der Kaiser all sein Hab und Gut wieder gebe; und da ihm
das bewilligt wurde, vertheilte er es ganz unter das Hofgesinde des Kaisers, also daß ihm Alle hold und günstig
wurden. Als er nun des dritten Tages sterben sollte, schickte
der Kaiser zu ihm, daß er seine dritte Bitte thun möchte,
denn er müste sofort ohne Gnade sterben. Da sprach der
Jüngling: Wenn ich denn sterben soll, so begehre ich, daß
der Kaiser einem Jeden, der meinen Vater den Fisch umkehren
sah, die Augen ausbrechen laße. Als das dem Kaiser hinterbracht
wurde, ließ er Umfrage halten, Wer es gesehen habe? Da leug-
neten sie Alle und wollte es Keiner gesehen haben. Das hörte des
Kaisers Tochter und sprach: Wenn es Niemand gesehen hat, daß
sein Vater den Fisch umgekehrt hat, so muß der Jüngling billig
freigesprochen werden. Dem stimmte das Hofgesinde bei. Da erkannte der Kaiser des Jünglings Klugheit an der Gunst seiner Tochter und alles Hofgesindes und setzte ihn zum Erben über all sein
Reich und Land. Und nach des Schwähers Tode ward er zum Kaiser erwählt und hatte das Reich gewaltiglich inne bis an sein Ende.

46. Das Gegengeschenk.

Ein großer Herr hatte sich einmal im Walde verirrt und kam bei der Nacht an die Hütte eines armen Köhlers. Der war aber selbst über Land und die Frau kannte den gnädigen Herren nicht. Doch nahm sie ihn wohl auf, sagte ihm aber gleich voraus, daß es um die Bewirthung scheu aussehe, denn sie hätte nichts als Erdäpfel und selber kein Bette: er müste also auf dem Heuschober schlafen. Weil aber der Herr hungrig und müde war, schmeckten ihm die Erdäpfel wie Eierdotter und auf seinem Daunenbette hatte er noch selten beßer geschlafen als hier auf dem Heu. Das rühmte er auch am Morgen, als er seinen Heimweg antrat und der Frau zum Abschied ein Goldstück reichte. Weil aber der Herr sagte, das sollte sie zum Andenken haben, hielt sie es für eine Denkmünze und bedauerte nur, daß sie kein Loch daran sah, denn so konnte sie es nicht am Halse tragen. Als nun der Köhler nach Hause kam, erzählte ihm die Frau von dem vornehmen Gast, der ihr die Denkmünze geschenkt hätte. Da merkte er gleich an der Beschreibung und kostbaren Gabe, daß es der Fürst des Landes gewesen war und freute sich, daß ihm seine

Erdäpfel wie Eierbotter geschmeckt hätten. Es ist aber auch wahr, sagte er, beßere Erdäpfel müßen auf der Welt nicht wachsen als hier in dem sandigen Waldboden. Aber es ist doch zu viel, was der Herr dir gegeben hat für eine Nacht auf dem Heu und eine Schüßel Erdäpfel: ich will ihm noch ein Körbchen voll bringen, weil sie ihm so gut geschmeckt haben. Sogleich machte er sich auf mit einem Simmerischen Malter und kam nach dem Schloße und begehrte Einlaß. Die Schild= wachen und die betreßten Lakeien wollten ihn abweisen; er kehrte sich aber nicht daran und sagte, sie sollten ihn nur melden, er begehre ja nichts, und wer bringe, sei überall willkommen. So kam er in den Audienzsaal und sagte: Gnädiger Herr, ihr habt neulich bei meiner Frau geherbergt und das harte Heulager und eine Schüßel Erdäpfel mit einem Ducaten bezahlt. Das war zu viel, wenn ihr gleich ein großer Herr seid. Darum bringe ich euch noch ein Körbchen nach von den Erdäpfeln, die euch wie Eierbotter geschmeckt haben: laßt sie euch wohl bekommen, und wenn ihr wieder bei uns ein= kehrt, stehen euch noch mehr zu Dienſten. Da gefiel dem Fürsten die Einfalt des Mannes, und weil er gerade bei guter Laune war, schenkte er dem Köhler einen Hof mit dreißig Morgen Land.

Der arme Köhler hatte aber noch einen reichen Bruder, der neidisch und habſüchtig war. Als der von dem Glücke hörte, das dem Köhler widerfahren war, dachte er: das könnte dir auch blühen. Ich hab ein Pferd, das dem Fürsten

gefällt; es war ihm aber doch zu viel, als ich sechzig Ducaten
dafür begehren ließ. Jetzt geh ich hin und schenk es ihm:
hat er dem Hans einen Hof mit dreißig Morgen Land für
ein Körbchen Erdäpfel geschenkt, so wird mir wohl noch etwas
Beßeres zu Theil werden. Da nahm er sein Pferd aus dem
Stall und führte es vor das fürstliche Schloß, ließ den Knecht
damit halten und schlug sich geradewegs durch die Lakaien und
Trabanten in das Audienzzimmer. Fürstliche Gnaden, sagte
er, ich höre, daß euch mein Pferd in die Augen gestochen hat:
für Geld hab ich es nicht laßen wollen, aber habt die Gnade
und nehmt es zum Geschenk von mir an. Es steht draußen
vor dem Schloß und ist ein so stattliches Thier wie ihr keins
in euerm Marstall habt. Der Fürst merkte gleich, wo der
Has hüpfte und dachte bei sich: Wart, Gaudieb, dich will ich
bezahlen. Ich nehme euer Geschenk an, sagte er, wenn ich
gleich nicht weiß, was ich euch dagegen geben soll. Aber
wartet, da ist ein Körbchen Erdäpfel, die wie Eierdotter
schmecken. Sie kosten mich einen Hof mit dreißig Morgen
Land: damit ist euer Pferd reichlich bezahlt, ich konnte es ja
für sechzig Ducaten haben. Damit reichte er dem Halfen das
Körbchen mit Erdäpfeln und entließ ihn in Gnaden. Sein
Pferd aber ward in den fürstlichen Marstall geführt.

47. Der kranke König.

Es war einmal ein König sehr krank und kein Arzt wußte
ihm zu helfen. Da träumte ihm von einem Garten, darin
stünde ein Apfelbaum mit goldenen Früchten: wenn er davon
hätte und äße, so würde er gesund. Das erzählte er seinen
Söhnen. Da sagte der Aelteste, so will ich ausreisen und
sehen, daß ich die Aepfel bringe. Das gestattete ihm der kranke
König, denn er hoffte gesund zu werden. Wie er nun eine
Weile geritten ist, kommt er durch einen Wald, da begegnet
ihm ein alt Männchen und fragt: Wo willst du hin, mein
Sohn? Du alter Grauschimmel, sagt der Königssohn, was
kümmert es dich, wo ich hin will? Da sagt das alte Männchen: So reite nur hin und sieh wie es dir ergehen wird.
Der Königssohn ritt weiter und kam Abends in eine große
Stadt, da kehrte er in einem Gasthof ein, wo es lustig hergieng, denn da war Speis und Trank und Alles im Ueberfluß
und Gesang und Tanz. Bald ward er auch mit guten Gesellen
bekannt und setzte sich mit ihnen zum Würfelspiel. Anfangs
gewann er, dann schlug das Glück um, er verlor den Gewinnst
und seine Barschaft dazu, zuletzt auch sein Pferd, und konnte

am Morgen die Zeche nicht bezahlen. Da ließ ihn der Wirth in den Schuldthurm werfen.

Der alte kranke König hatte lange vergebens auf seine Rückkehr gehofft. Endlich sprach er zu seinen Söhnen: Geht hinab in den Keller und seht, ob der Wein im ersten Faße klar ist. Sie giengen und kamen zurück mit der Botschaft, der Wein im ersten Faß sei trüb und lang geworden. Da sprach der kranke König: So ist euerm Bruder ein Unfall widerfahren. Er kann mir die Aepfel nicht bringen: ich muß zu der Gesundheit auch meinen Sohn missen.

Da sprach der andere Sohn: Vater, so will ich ausreisen und sehen, ob ich die Aepfel bringe und meinen Bruder erlöse. Das gestattete der kranke König. Wie nun der Königssohn eine Weile geritten ist, kommt er in den Wald, da begegnet ihm das alte Männchen und fragt: Wo willst du hin, mein Sohn? Du alter Ziegenbart, sagt der Königssohn, was kümmert es dich, wo ich hin will? So reite nur hin und sieh, wie es dir ergehen wird. Der Königssohn ritt weiter und kam am Abend in die große Stadt: da kehrte er in dem Gasthof ein, wo es so lustig hergieng und Alles im Ueberfluß war. Da verspielte er alle seine Barschaft, dazu auch sein Pferd und konnte am Morgen die Zeche nicht bezahlen. Da ließ ihn der Wirth in den Schuldthurm werfen, wo sein Bruder schon saß.

Als sie nun beide nicht zurückkamen, schickte der kranke König den jüngsten Sohn in den Keller, nach den zwei ersten Fäßern zu sehen, ob der Wein trüb oder klar sei. Er kam zurück und meldete, der Wein in beiden Fäßern sei trüb und schlammig. Da sagte der alte König: So ist ihnen beiden ein Unfall widerfahren, sie bringen die Aepfel nicht und ich muß zu der Gesundheit auch meine Söhne missen. Vater, sagte der Jüngste, so laßt mich ausreiten, ob ich die Aepfel bringe und meine Brüder erlöse. Das wollte der kranke König erst nicht gestatten, weil er noch zu jung und unerfahren sei; zuletzt gab er aber seinen Bitten nach und ließ ihn reiten.

Da fuhr der jüngste Königssohn aus und kam in den Wald, wo ihm das alte Männchen begegnete und sagte: Wo willst du hin, mein Sohn? Ach, sagte er, mein Vater ist sehr krank: da hat ihm von einem Garten geträumt, darin stehe ein Apfelbaum, wenn er von dessen Aepfeln äße, so würde er gesund. Meine ältern Brüder sind schon darnach ausgeritten, aber nicht wieder gekommen. Da sprach das alte Männchen: Da wüßt ich wohl zu helfen, du must aber thun, was ich dir sage. Da sagte der jüngste Königssohn, er wolle gern Alles thun, wenn nur sein Vater wieder gesund würde. So höre, sprach das alte Männchen: du kommst jetzt zuerst in eine große Stadt: da kehre nicht ein, wenn sie dir auch winken, sondern reite voran bis du an ein groß Wasser kommst. Da wirst du nichts sehen kein Haus und kein Schiff; wenn du aber: hol über! rufst, so kommt ein Schiffmann gefahren, der dich hinüber bringt. Laß aber dein Pferd hüben nur laufen, du wirst es später schon wieder bekommen. Bezahl auch den Schiffmann nicht, wenn er gleich Fährlohn verlangt und dich

unters Waßer stößt, das Geld zu erpressen. Du wirst doch
endlich hinüber kommen und dann in den Garten gelangen, wo
der Baum steht mit drei goldenen Aepfeln. Die pflück alle
drei und laß dich in demselben Nachen zurückfahren. Kommst
du dann wieder auf diese Seite des Waßers, so wird da ein
großes Schloß stehen, das du früher nicht gesehen hast. Kommst
du in das Schloß, so findest du alle Gemächer leer; nur in
dem Saale schläft eine Königstochter: die darfst du küssen;
aber verweile nicht länger bei ihr als eine Viertelstunde. Hüte
dich auch hernach, daß du kein Galgenfleisch kauffst. Das versprach der Königssohn Alles zu thun, und ritt durch die Stadt
und an dem Gasthof vorbei, obgleich ihm viel schöne Frauen
winkten, und kam an das Waßer. Da ließ er sein Pferd
laufen und bezahlte den Schiffmann nicht und kam in den
Garten: da brach er die goldenen Aepfel und als er wieder
über das Waßer kam, fand er hüben ein prächtiges Königsschloß, das früher nicht da gestanden hatte. Er schritt durch die
leeren Gemächer und kam in den Saal: da schlief die Königstochter, die küßte er und verweilte nicht zu lange bei ihr, wie
schwer es ihm auch ward sich von ihr zu trennen; nur den
Ring zog er ihr vom Finger, steckte einen ihrer Pantoffeln in
den Busen und schnitt ein Stück aus ihrem Hemde, worauf
ihr Name stand. Er schrieb auch einen Brief, warf ihn unter
ihr Bette, worin sein Name und der seines Vaters geschrieben
war, und daß er drei Wahrzeichen mitgenommen hätte. Wie
er nun vor das Schloß kam, stand da sein Pferd gesattelt

und gezäumt und wieherte ihm froh entgegen. Er saß auf, ritt fort und wie er eine kleine Strecke geritten war, hörte er einen heftigen Knall, kehrte sich aber nicht daran, sondern ritt fort bis er in die Stadt kam, wo Alles schwarz behangen war. Da kehrte er im Gasthof ein und fragte den Wirth, warum Alles trauere. Da sagte der Wirth, zwei Königssöhne säßen wegen Schulden gefangen und morgen sollten sie gerichtet werden. Er dachte gleich, das wären seine Brüder und fragte den Wirth, ob denn keine Gnade für sie sei? Da sagte der Wirth, wenn Einer käme, der ihre Schulden bezahlte, so wären sie frei. Der Königssohn sagte, vielleicht würde er ihre Schulden bezahlen, wenn er sie gesehen hätte. Da führte ihn der Wirth in ihr Gefängniß: die Brüder erkannten ihn gleich und sagten, sie sollten morgen wegen Schulden gerichtet werden; da werde Er wohl der dritte sein. Nein, sagte er, er komme sie zu befreien. Darauf bezahlte er ihre Schulden, löste ihre Pferde ein und ritt mit ihnen nach der Heimat. Unterwegs erzählte er den Beiden, er bringe seinem Vater die Aepfel. Da fürchteten die Brüder, wenn Er die Aepfel brächte, würden sie ihr Erbtheil verlieren, und suchten unterwegs andere Aepfel zu bekommen, die seinen glichen: die vertauschten sie dann mit jenen. Wie er nun zu seinem Vater kam, gab er ihm die Aepfel, verschwieg aber, daß er seine Brüder aus dem Schuldthurm losgekauft hätte. Der Vater freute sich, seine Söhne wiederzusehen, aß auch alsbald von den Aepfeln, ward aber sogleich noch viel kränker. Da sagten

die Brüder, das wären auch die rechten Aepfel nicht gewesen:
er solle nun von den ihren kosten, die würden ihn gewiß ge=
sund machen. Wie er nun von diesen Aepfeln aß, ward ihm
gleich beßer, und als er den dritten genoßen hatte, war alle
Krankheit hinweggenommen. Da ward er seinem jüngsten
Sohne gram und neidig und übergab ihn seinen beiden Brü=
dern, sie könnten es mit ihm halten wie sie wollten. Da
sagten sie eines Tages zu ihm, ob er mit ihnen auf die Jagd
wollte. Ja, sagte er, er gehe mit ihnen. Sie nahmen den
Weg nach dem Meere: am Ufer lag ein Weidling ohne Ruder
und Steuer. Da sagten die Brüder zu ihm, ob sie sich da
hineinsetzen wollten und auf dem Waßer fahren. Da gab er
zur Antwort, er wüßte wohl was sie mit ihm vorhätten: er
wolle sich in den Weidling setzen, sie sollten ihn nur abstoßen.
Er setzte sich hinein: da stießen sie ihn weit hinaus und waren
froh, daß er ihnen aus den Augen kam. Nun trieb er lange
auf dem Waßer hin und her bis er jenseits an eine große
Seestadt kam. Da ward der Weidling ans Land gespült und
der Königssohn stieg aus, so matt vor Hunger und Durst, daß
er kaum mehr gehen konnte. Mühsam schleppte er sich bis vor
eines großen Kaufmanns Haus: da setzte er sich unter einen
Lindenbaum. Zufällig geht der Kaufmann vorüber und sieht
ihn da sitzen, zitternd vor Frost und Hunger. Da erbarmt
ihn der Fremde, weil er so schön gekleidet war, nöthigt ihn
in sein Haus und fragt, ob er krank wäre. Nein, er wär
nicht krank, aber matt vor Hunger und Durst und ganz

durchkältet: drei Tag und Nächte wär er auf dem Meer umher-
getrieben. Da brachte ihn der Kaufmann an den warmen
Kamin und stärkte ihn mit Trank und Speise. Hernach fragte
er ihn nach seinem Stande: er gab sich für einen armen Rei-
senden aus; der Kaufmann sah aber wohl, daß er nicht hinter
der Hecke her sei und behielt ihn bei sich, gebrauchte ihn in
seinem Geschäft und vertraute ihm täglich mehr bis er endlich
Alles so gut und beßer verstand als der Kaufmann selbst. Da
konnte er ihn nicht mehr missen und bot ihm die Hand seiner
einzigen Tochter, damit er seiner Dienste gewiß sei. Er sagte
aber nicht zu, weil er die Königstochter nicht vergeßen mochte.

Nun meinten die beiden Königssöhne, ihr jüngster Bruder
wäre nicht mehr in der Welt und das Königreich müste ihnen
allein anheim fallen. Als aber drei Jahr vergangen waren,
hatte die Königstochter schon einen Knaben, der zu laufen anfieng und mit. dem Ball zu spielen. Da geschah es, daß ihm
der Ball unter ihr Bette lief: der Knabe weinte nach seinem
Spielzeug und die Mutter, ihn zu stillen, sucht unter dem
Bette nach und findet den Brief. Den las sie und sah daraus,
wer ihr Erlöser und Gemahl sei, und wollte ihn nicht länger
missen. Da bot sie ein mächtiges Heer auf, überzog das be-
nachbarte Königreich mit Krieg, belagerte die Hauptstadt und
entbot dem König, wenn er ihr den Sohn nicht ausliefere,
werde sie sein ganzes Königreich vernichten. Von der Zugbrücke
aber bis an ihr Lager ließ sie den Weg mit köstlichen Seiden-
teppichen bespreiten, und sagte ihrem obersten Feldherrn, wenn

der Königssohn nicht über die Teppiche geritten käme, so wär
es der rechte nicht: den möchte er auf dem Heimwege nur
niederschießen. Wie nun der älteste Königssohn aus der Hauptstadt gesandt ward und über die Zugbrücke ritt, wollte er der
köstlichen Seidenzeuge schonen und ritt vorsichtig neben den
Teppichen her. Wie er nun in das Lager kam, fragte ihn
die Königstochter, ob Er es wäre, der ihr Königreich erlöst
hätte? Ja, sagte der Königssohn, der wär er. Ob er denn
auch die drei Wahrzeichen hätte? Davon wüste er nichts. So
wär er der rechte nicht, sagte die Königstochter, er sollte nur
wieder heim reiten. Darauf entbot sie dem König, wenn er
ihr binnen drei Tagen ihren Erlöser und Gemahl nicht schicke,
ließe sie die Stadt in Brand schießen. Am andern Tage ritt
der zweite Königssohn über die Zugbrücke; als er aber die
köstlichen Seidenteppiche sah, wollte er sie schonen und ritt
vorsichtig neben den Teppichen her. Als er nun an das Lager
kam, fragte ihn die Königstochter, ob Er es wäre, der ihr
Königreich erlöst hätte? Ja, der wär er. Ob er denn auch
die drei Wahrzeichen hätte? Ja, davon wüste er nichts. So
wär er auch der rechte nicht und sollte nur wieder heimreiten.
Darauf entbot sie dem König, wenn er binnen drei Tagen
ihren Gemahl und Erlöser nicht herbeischaffte, ließe sie die
Stadt zusammenschießen, daß kein Stein auf dem andern bliebe.
Da gerieth der alte König in große Noth und Verzweiflung,
schickte eine Gesandtschaft und bat flehentlich um einige Wochen
Ausstand. Zugleich ließ er Schreiben in alle Welt ausgehen,

wenn sein Sohn noch lebe, so möchte er eiligst nach Hause kommen und seinen Vater aus großer Gefahr erretten. In dem Kaufmannshause jenseits Meeres liefen alle Briefe zuerst durch die Hand des Königssohns: so las er selbst seines Vaters Bedrängniß und bat den Kaufmann sogleich um Urlaub. Der ließ ihm das beste Kaufmannsschiff ausrüsten: darauf fuhr er zu seines Vaters Hauptstadt: da gieng er selbst in den Stall und sattelte sein Pferd und ritt über die Zugbrücke und spornstreichs über die Teppiche hin, daß die Fetzen an den Hufeisen hängen blieben. Wie er nun in das Lager kommt, vor die Königstochter, fragt sie ihn, ob Er ihr Königreich erlöst hätte? Ja, sagte der Königssohn. Ob er denn auch die drei Wahrzeichen hätte? Da zog er den Ring hervor und steckte ihn der Königstochter an den Finger. Dann nahm er den Pantoffel aus dem Busen, legte ihn ihr an den Fuß und er saß wie angegossen. Zuletzt überreichte er das ausgeschnittene Stück Leinwand: da las sie ihren Namen und sagte, sie habe ihn selber hineingestickt, und stand auf und umarmte ihren Gemahl und Erlöser, und führte ihm den Knaben zu und er hob ihn auf den Arm und küßte ihn, und der Knabe küßte ihn wieder und rief: du bist mein Vater. Das sah der alte König von fern und erwartete die Botschaft nicht, sondern gieng eilends seinem Sohn entgegen und bat ihm ab, daß er ihn verkannt und verstoßen hätte und küßte die Königstochter und führte sie an der Hand über die Teppiche in seine Hauptstadt, wo das Hochzeitmal prächtig zugerüstet wurde. Da geschah ein Knall und es war all.

48. Stück.

Der alte Hans lag in den letzten Zügen: da ward der Prediger gerufen, setzte sich an sein Bett und sprach ihm Trost zu. Ach, sagte der alte Hans, ich verliere nicht viel am Leben, ich bin allezeit ein geplagter Mann gewesen. Wo sonst Niemand zugreifen wollte, da schickten sie den Hans hin, und wenn die Andern den Karren verfahren hatten, da muste der Hans ihn wieder herausziehen. Nun, sagte der Prediger, so freut euch jetzt, denn alle eure Mühseligkeit soll nun bald ein Ende haben. Selig sind die Mühseligen und Beladenen, denn ihrer ist das Himmelreich. Ach, sagte der alte Hans, ich weiß schon, da wird es auch nicht beßer sein. Da wird es auch wieder heißen: Hans, laß doch die Sonne heraus! Hans, steck geschwind den Mond an! Hans, donner einmal! Hans, geh hin und leg die Engel schlafen!

225

49. Die Gaben der Thiere.

Ein König hatte einen einzigen Sohn, der wäre so gern auf Reisen gegangen um die Welt zu sehen; aber der Vater wollte es nicht zugeben, und noch weniger die Stiefmutter. Endlich brachte er es doch mit Bitten dahin, daß ihn der König auf Reisen schickte obgleich die Königin Alles aufbot es zu verhindern. Wie nun sein Pferd gesattelt war, setzte er sich auf und nahm von den Eltern, die ihn an die Pforte des Schloßes begleitet hatten, noch einmal Abschied. Da trat die Stiefmutter vor ihn und reichte ihm ein Glas Wein: das sollte er trinken um sich für die Reise zu stärken. Er nahm es an und that als ob er tränke; heimlich aber schüttete er es hinter sich aus, denn er traute der Stiefmutter wenig Gutes zu. Ein Paar Tropfen davon waren aber dem Pferde auf den Schwanz gefallen und als er eine Viertelmeile in den Wald geritten war, stürzte das Pferd unter ihm zusammen und blieb für todt da liegen. Da muste er seine Reise zu Fuß fortsetzen, verirrte sich aber im Walde und kam nach kurzer Zeit wieder an das Pferd. Da sah er Thiere bei dem Pferde, die wollten sich darein theilen und konnten unter sich nicht

Simrod, Märchen. 15

darüber einig werden. Es war ein Löwe, ein Hund, ein Vogel, eine Biene und eine Ameise. Er aber warnte sie und sagte: Eßt nicht von dem Thiere, es ist vergiftet. Das wollten sie nicht glauben und baten ihn, die Theilung nur vorzunehmen. Da sprach er: Wenn ihr nicht des Todes sein wollt, so enthaltet ihr euch des Thieres. Besteht ihr aber darauf, daß ich die Theilung vornehmen soll, so gebe ich dem Löwen das dicke Fleisch, dem Hunde die Knochen, dem Vogel den Kopf, der Biene das Blut und der Ameise das Eingeweide. Wenn ihr damit zufrieden seid, so will ich die Theilung hiernach vornehmen: ich will aber keine Schuld daran haben, wenn ihr es mit dem Leben entgeltet. Die Thiere lobten den Theilungsplan, ließen sich aber nicht warnen: also zog er sein Schwert heraus und nahm die Theilung vor, bat sie aber noch einmal eh er seines Weges zog, nichts davon zu berühren. Da sprach der Löwe: Die Biene, die aus allen Blumen Süßigkeiten saugt und das Gift darinne läßt, soll zuerst kosten und uns Bescheid sagen ob wir der Beute trauen dürfen. Die Biene schlürfte behutsam, flog aber sogleich auf und rief: Rührt es nicht an, es ist das stärkste Gift: ich büße mit dem Tode Gehorsam und Vorwitz. Hiermit sank sie entseelt zu Boden. Da sahen die andern vier Thiere, daß er Grund gehabt hatte, sie zu warnen und folgten jetzt seinem Rathe. Doch sprachen sie untereinander: Wir sollten ihm doch etwas schenken, daß er so gut getheilt und uns so getreulich gewarnt hat. Da befahl der Löwe dem Hunde, der am besten laufen konnte, ihn zurück zu rufen. Als

er nun wieder kam, sagte der Löwe, sie müßten ihm dankbar
sein für seine Warnung, denn wenn sie über das Fleisch her=
gefallen wären, so hätten sie es alle wie die arme Biene ent=
golten. Darum wollten sie ihm ein Jeder etwas schenken, was
ihm auf der Reise zu Gute käme. Er wollte erst nichts an=
nehmen, weil er mit Allem versehen sei was er brauchte;
aber die Thiere sagten, was sie ihm zu geben hätten sei weder
Geld noch Gut, und doch beßer als beides. Sie verliehen ihm
nämlich die Gabe, ihre Gestalt anzunehmen, so oft es ihm
beliebte. so daß er nur zu wünschen brauchte: wär ich ein
Löwe, wär ich ein Vogel u. s. w., so wäre er es. So solle
er sich dann auch nach Belieben wieder in seine menschliche
Gestalt zurückwünschen können. Das gefiel ihm wohl, er be=
dankte sich für die Gabe und setzte seine Reise guter Dinge
fort. Wie er nun weiter in den Wald kam, sieht er eine
Räuberbande daher ziehen, die bei seinem Anblick sogleich mit
geschwungenen Schwertern auf ihn los stürzte. Da dachte er:
wäre ich jetzt ein Vogel, und sogleich war er in einen Vogel
verwandelt und flog den Räubern über die Köpfe weg. Eine
Weile standen sie verwundert, wo der Mensch doch geblieben
sei; aber bald zogen sie weiter, eine andere Beute zu suchen:
da sang ihnen der Vogel ein schallendes Spottlied nach. Das
gefiel ihm nun so gut, ein Vogel zu sein, daß er diese Gestalt
behielt und weiter flog bis er an ein großes Schloß kam.
Da setzte er sich vor dem Schloß auf einen Lindenbaum und
pfiff so schön, daß die Königstochter ans Fenster kam und ihm

zuhörte. Da pfiff er noch viel schöner, denn die Königstochter
gefiel ihm gar zu gut, er konnte nicht aufhören sie anzusehen
und sie kein Ende finden, ihm zuzuhören. Zuletzt saß er und
wiegte sich auf dem äußersten Zweig, der sich nach ihrem Fenster
hin dehnte. Die Königstochter streckte den Arm aus, nach ihm
zu greifen; aber ihr Arm reichte nicht so weit, und doch gelang
es ihr, denn der Vogel hüpfte ihr auf den Finger und schlug
da mit hellem Tone sein schönstes Lied, daß ihn die Königs=
tochter sogleich zum Munde führte und küßte. Wie er sie nun
schnäbelte, mußte er sich mit Gewalt zusammen nehmen, um
den Wunsch: hätte ich meine menschliche Gestalt wieder! zu
unterdrücken. Die Königstochter ließ alsbald einen goldenen
Käficht bringen und setzte ihn da hinein, und nun hüpfte er
von Stengel zu Stengel und sang so schön, daß die Königs=
tochter ihre einzige Freude daran hatte. Als es nun Abend
ward und die Königstochter zu Bette gieng und schon Alles im
Hause schlief, dachte er: Wär ich jetzt eine Ameise, und sogleich
war er auch eine Ameise und kroch aus dem Korb heraus über
die Diele der Königstochter ins Bett und wünschte sich da
wieder zurück in seine menschliche Gestalt. Aber bei dem ersten
Kusse, den er ihr auf den Mund drückte, sprang sie aus dem
Bette und fieng so laut an um Hülfe zu schreien, daß der
ganze Hofstaat vor ihrem Zimmer zusammen lief und der alte
König selbst hineintrat und fragte, warum sie so lärmte. In=
zwischen hatte sich aber der Königssohn wieder in eine Ameise
verwandelt und saß jetzt schon wieder als Vogel ruhig im

Bauer und hatte den Kopf unter den Flügel gesteckt als ob
er schliefe. Die Königstochter konnte sich daher wegen ihres
Lärmens nicht rechtfertigen; der König schalt sie tüchtig aus,
daß sie das ganze Schloß aus dem Schlafe störe ihrer Träume
wegen. Als sie nun Alle fort waren, dachte er: Wär ich
nun wieder eine Ameise! Da war er es auch gleich und kroch zu
ihr zurück. Da nahm er seine menschliche Gestalt wieder an
und flüsterte ihr zu: er wäre das Vögelchen, sie sollte keinen
Lärm machen und ihn nur die Nacht bei ihr dulden: er wär
ein Königssohn und morgen werde er zu ihrem Vater gehen
um sie zu werben. Da ließ die Königstochter es gut sein;
am andern Morgen aber nahm sie ihn bei der Hand und führte
ihn zu ihrem Vater, wo er seine Werbung anbrachte und auch
gleich mit ihr verlobt ward. Als sie nun gefrühstückt hatten,
giengen sie zusammen spazieren und kamen auf einen Berg,
wo sie eine weite Aussicht hatten über das ganze Land, das
der König, ihr Vater, beherrschte. Kaum hatte er einen Blick
darauf gethan und sah nach ihr zurück, so war sie verschwunden.
Er begriff nicht wo sie geblieben sei; sie war aber verwünscht
worden und in die Erde gesunken. Er meinte, der Wind hätte
sie entführt und verwandelte sich in einen Jagdhund, ihr nach=
zuspüren; aber nirgend fand er ihre Witterung bis er wieder
dahin zurückkam, wo sie verschwunden war. Da suchte er nach,
ob er nicht irgend eine Spalte fände und fand endlich eine ganz
kleine. Da dachte er: Wär ich jetzt eine Ameise! Da war er
es auch gleich und kroch durch die Spalte um zu sehen wo ihn

das hinführen würde. Bald kam er in einen breiten Gang,
der gar nicht enden wollte und immer tiefer hinab führte. Da
nahm er aus Ungeduld wieder die Gestalt des Hundes an und
lief so lange bis er ins Freie kam, vor einen großen See:
da flog er als Vogel hinüber; und der See floß ab durch ein
großes Gitterthor, hinter welchem er viele menschliche Gestalten,
Herren und Frauen auf und ab gehen sah. Er kroch als
Ameise auf das Gitter und sah bald auch seine Geliebte und
hörte sie reden und fragen ob denn keine Hoffnung sei, aus
dieser Gefangenschaft erlöst zu werden. Nein, hieß es, da sei
keine Hoffnung, denn der sie erlösen sollte, müste erst ein
Schwein überwinden, das alle Tage einem Bauern ein Schaf
holen käme; aus des Schweins Bauch käme dann ein Hase
gelaufen, den müße er einholen und zerreißen; aus dem Hasen
flöge dann eine Taube, die müße er in der Luft einholen und
würgen; aus der Taube fiele dann ein Ei und das Ei müße
er auf dem Berge entzwei werfen, dann würden sie alle miteinander erlöst werden. Als er das gehört hatte, daß es so
zu machen wäre, kroch er von dem Gitter weg, flog als Vogel
wieder über den See, lief als Hund durch den dunkeln Gang,
kroch als Ameise aus der Spalte und nahm seine menschliche
Gestalt wieder an. Nun erkundigte er sich nach dem Bauern,
dem das Schaf von dem wilden Schwein geholt würde, und
als er den erfahren hatte, gieng er zu ihm und fragte, ob
er keinen Schäfer brauchte? er hätte gehört, ihm würde alle
Tage ein Schaf geholt: wenn Er aber hütete, sollte ihm keins

mehr genommen werden. Ja, sagte der Bauer, solch einen Schäfer hätte er gerade nothwendig, aber bis jetzt noch keinen gefunden. Er ward nun gleich als Schäfer angenommen und trieb am andern Morgen seine Heerde auf die Trift. Der Bauer dachte: Du willst ihm doch nachgehen und sehen wie er hütet: also schlich er ihm nach und verbarg sich im Gesträuch. Um Mittag kam das Schwein schäumend daher gelaufen und verlangte das Schaf. Da verwandelte er sich in einen Löwen und sagte, du kriegst keins. Da getraute sich das Schwein nicht an den Löwen, aber der Löwe auch nicht an das Schwein. Wenn ich nur zwei trockene Brotkrusten hätte, sagte das Schwein, so wollte ich es ihm wohl weisen. Und wenn ich nur zwei gebratene Hühner hätte, sagte der Löwe, so wollte ich es ihm wohl zeigen. So standen sie sich lange gegenüber bis das Schwein abzog. Als er nun Abends nach Hause trieb, zählte der Bauer die Schafe nach und sah, daß ihm keines fehlte. Am andern Morgen treibt der Schäfer wieder mit den Schafen aus, da läßt der Bauer schnell zwei Hühner braten, steckt sie in die Tasche und geht ihm nach auf die Trift, wo er sich hinter einem Strauch versteckte. Um Mittag kommt das Schwein wieder schäumend heran gerennt und verlangt das Schaf. Aber er hatte sich in den Löwen verwandelt und rief ihm zu: Du kriegst keins. Da sagte das Schwein: Wenn ich nur zwei Krusten trocken Brot hätte, so wollte ich es dir wohl weisen. Der Löwe entgegnete: Wenn ich nur zwei gebratene Hühner hätte, so wollte ich es dir wohl zeigen. Da wirft

ihm der Bauer die gebratenen Hühner sogleich hin. Der Löwe
verschlingt die Hühner und fällt sogleich den Eber an und reißt
ihn in Stücke. Da springt ihm ein Hase aus dem Bauch und
läuft dem Walde zu. Wärst du jetzt ein Jagdhund, denkt er
da, daß du den Hasen einholtest! Da war er auch gleich ein
Jagdhund, holte den Hasen ein und zerriß ihn. Sogleich flog
eine Taube heraus. Wärst du jetzt ein Falke, dachte er, daß
du die Taube fiengest! Da war er auch gleich ein Falke und
fieng die Taube und würgte sie. Da fiel ein Ei heraus, das
fieng er im Fluge; nahm dann wieder Menschengestalt an,
steckte das Ei zu sich und trieb am Abend die Heerde nach
Hause. Als der Bauer die Heerde zählte, hatte er die Schafe
alle beisammen. Aber der Schäfer sagte zu ihm: Er sollte
nun einen Schäfer anschaffen, welchen er wollte; seines Dienstes
bedürfte er jetzt nicht mehr. Darauf gieng er nach dem Berg
und warf das Ei auf dem Berge entzwei. Da that es einen
mächtigen Knall und der Berg schloß sich auf, und Städte
und Dörfer kamen zum Vorschein, die da versunken waren, und
Herren und Frauen, darunter auch seine Geliebte. Die nahm
er nun gleich an den Arm und führte sie zu ihrem Vater und
hielt eine prächtige Hochzeit und nach des Vaters Tod ward
er König, und wenn sie nicht gestorben sind, so leben sie
noch und der das zuletzt erzählt hat, der lebt auch noch, aber
nur so lange Gott will.

50. Die Beßerung.

Zwei Studenten, die bei einer alten Frau in Kost und Logis waren, hatten es nicht allzu gut bei ihr, denn sie war geizig und kochte ihnen nichts als Waßersuppen, worüber die Studenten sich gegen einander beschwerten. Wart, sagte der Eine: ich will ihr den Geizteufel schon austreiben. Nun pflegte das alte Weib den Stoßseufzer im Munde zu führen:

Ach, wer doch nur im Himmel wär!

Das hatte der Student bemerkt, und klomm aufs Dach und guckte durch den Schornstein hinab in die Küche, wo die Alte mit Kochen beschäftigt war. Wie sie nun wieder für sich hin seufzte:

Ach, wer doch nur im Himmel wär!

rief er mit lauter Stimme herab:

In den Himmel kommst du nimmermehr!

Die alte Frau meinte, es wär ein Engel oder der liebe Gott selbst und rief mit kläglicher Stimme zurück:

Warum denn nicht, du lieber Gott?

worauf der Student entgegnete:

Weil du kein Fleisch thust in den Pott.

Da schlug die alte Frau in sich und gelobte Beßerung mit den Worten:

      So will ichs beßer machen gleich;

steckte auch gleich ein großes Stück Fleisch in den Topf, der auf dem Feuer stand. Da erschollen ihr von Oben die tröstenden Worte:

      Dann kommst du auch ins Himmelreich.

51. Der Handschuh.

Ein reicher Graf hatte nur zwei Kinder, eine Tochter und einen Sohn. Als er nun zu sterben kam, ließ er sie Beide vor sein Bett rufen und bat sie, nicht von einander zu laßen. Das versprachen sie ihm und knieten nieder, seinen Segen zu empfangen. Nach des Vaters Tode gedachte der junge Graf, sein Wort zu halten und sich nicht von seiner Schwester zu trennen. Nach einiger Zeit machte er aber in der Stadt mit Officieren Bekanntschaft, deren Umgang ihm sehr gefiel. Indeffen glaubte er bald zu bemerken, daß sie ihn geringschätzten, weil er nicht wie sie dem König diente. Das kränkte ihn sehr, denn er hatte nicht aus Feigheit Kriegsdienste zu nehmen ver= mieden, sondern weil er sich von seiner Schwester nicht trennen wollte. Als er dieser nun seinen Kummer klagte, redete sie ihm selber zu, an den Hof des Königs zu gehen und ihm seine Dienste anzubieten: der König brauche auch andere Diener als Soldaten, und sie wäre schon beruhigt, wenn sie nur wüßte, wo er wäre. Demnach entschloß er sich kurz und fuhr in die Hauptstadt, sich dem Könige vorzustellen. Dieser nahm ihn sehr wohl auf, denn er hatte große Stücke auf seinen Vater

gehalten, und da ihm auch der Sohn gefiel, gab er ihm einen
bedeutenden Posten am Hofe. Nun war aber ein Minister am
Hofe, der ihn haßte, weil er des Königs Gunst nicht mit ihm
theilen wollte. Er merkte das bald, ließ es sich aber nicht
angehen, sondern diente treu in der Hoffnung, der König werde
es zu erkennen wißen. Nun geschah es, daß der Feind des
jungen Grafen in des Königs Geschäften eine Reise machen
sollte. Da sagte er vor seiner Abreise zu dem Grafen, er
werde auch nach seiner Heimat kommen und hoffe da seine
Schwester kennen zu lernen; es könne ihm wohl nicht schwer
werden sie zu verführen. Das gelinge ihm nimmermehr, ver=
setzte der junge Graf. „Was gilts?" rief jener: „wenn ihr
eurer Sache so sicher seid, so könnt ihr auch etwas daran
wagen." „Mein Leben und meine Grafschaft will ich ver=
wetten, daß ihr sie nicht fußbreit vom Pfade der Ehre ab=
bringt; dafür kenne ich meine Schwester. Aber ihr müßt mir
gleichfalls Gut und Ehre zu Pfande setzen." „Topp," sagte
sein Widersacher, „wir wollen es schriftlich machen und wer
verliert, soll auf dem Scheiterhaufen verbrannt werden." Da
gieng der junge Graf mit ihm vor Gericht und ließ die Wette
niederschreiben und obrigkeitlich bestätigen. Dabei ward aus=
gehalten, daß es dem Grafen verboten sein sollte, seine Schwester
warnen zu laßen. Hierauf reiste der Minister ab, und kam auch
in die Stadt, in deren Nähe die junge Gräfin wohnte. Die Er=
kundigungen, die er hier einzog, lauteten aber nicht zu seinen
Gunsten. Die junge Gräfin lebte sehr zurückgezogen und nahm

von keinem Fremden Besuch an. Vergebens ließ er sich bei
ihr als Freund ihres Bruders anmelden, in dessen Auftrag
er sie zu sprechen wünsche. Sie wollte es nicht glauben,
weil er keinen Brief von ihm brächte. Er versuchte es noch
mit ihren Dienstboten Verbindungen anzuknüpfen; aber sie waren
auf ihrer Hut: er konnte bei so treuen Leuten nichts ausrichten.
Schon ward ihm himmelangst, die Furcht, Leben und Gut
verwirkt zu haben, heizten ihm übel ein. Tag und Nacht
trieb er sich vor dem Schloße der Gräfin umher und konnte
doch keine Gelegenheit erspähen, ihr beizukommen. Endlich sah
er eines Tages einen ältlichen Herrn aus dem Schloße kommen
und den Weg nach der Stadt nehmen: dem gieng er nach,
um zu sehen, wo er bliebe. Da sah er ihn plötzlich in einem
Goldschmiedsladen verschwinden. Um ganz sicher zu sein, blieb
er in einiger Entfernung stehen bis er wieder herauskäme,
was auch bald geschah. Nun gieng er selbst, aber nicht sogleich
hinein, sondern wartete bis zum andern Morgen. Da kaufte
er erst einige Kleinigkeiten von einem Lehrling und ließ sich
dann mit dem Meister selbst ins Gespräch ein. Er bemerkte
bald, daß er an einem kostbaren Ring arbeite. Diesen bewun-
derte er sehr und fragte nach dem Preise. Der Goldschmied
sagte, der Ring sei ihm nicht feil: er gehöre einem reichen
Fräulein, die ihn um keinen Preis in der Welt laßen würde,
weil sie ihn von ihrem Bruder zum Geschenk erhalten hätte.
„Ein Stein hatte sich aus der Faßung gelöst; ich habe ihn
aber schon wieder eingesetzt." „Recht Schade," sagte der

Minifter, „daß der Ring nicht zu haben ift: er gefällt mir
beßer als Alles was ich in euerm Laden gefehen habe."
„Es find doch wohl fchönere darin," fagte der Meifter, „denn
ich meine es feitdem in der Kunft weiter gebracht zu haben.
Vor zwei Jahren, als diefer Ring bei mir gekauft wurde,
war ich faft noch ein Anfänger." „Es ift freilich Gefchmacks=
fache," fagte der Minifter: „mir gefällt nun diefer einmal am
beften. Da es aber eure eigene Arbeit ift, wie ihr fagt, fo
wäre es euch wohl nicht fchwer, mir einen ganz ähnlichen zu
machen." „Gewiß," fagte der Meifter, „wenn es euch auf
die Aehnlichkeit nicht fo genau ankommt; denn ich darf diefen
nicht länger behalten: die junge Gräfin will ihn noch heute
zurück haben." „So genau als möglich," fagte der Minifter,
„müfte er diefem gleichen, wenn er mir gefallen follte; aber
das Unmögliche fordre ich nicht. Macht ihn fo ähnlich als ihr
nur immer könnt." „Ich will mein Beftes thun," fagte der
Meifter; „ich brauche aber drei Tage Zeit und unter fünf=
hundert Gulden kann ich ihn nicht liefern. Der junge Graf
hatte fie auch für diefen bezahlt wie ihr aus meinem Buch
erfehen könnt." „Die fünfhundert Gulden follt ihr haben,"
fagte der Minifter; „nach drei Tagen bringe ich das Geld:
forgt nur, daß der Ring dann fertig fei." Damit gieng er
aus dem Laden. Die drei Tage wandte er nun an, fich zu
erkundigen, welche unter den ftädtifchen Hebammen die ältefte
und vornehmfte fei. Zu diefer gieng er hin und gab vor,
feine Tochter habe ein Muttermal unter dem Kinn, das fie

sehr entstellte: ob sie nicht wüste, wie das zu vertreiben sei.
Da sagte sie, darüber müße er die Aerzte fragen: sie hätte
davon keine Erfahrung. Die Aerzte, versetzte er, hätte er schon
zu Rathe gezogen; sie wüsten aber nicht Bescheid. Darauf
schenkte er ihr ein Goldstück und that als wollte er fortgehen.
Nun ward die Alte zutraulich und ließ ihrer Redseligkeit freien
Lauf. Sie fragte auch, welche Gestalt das Muttermal seiner
Tochter hätte. Ob es wie eine Kirsche, eine Erdbeere oder
eine Haselnuß aussähe? „Nein," sagte der Minister, „eine
bestimmte Gestalt hat es nicht." „So zweifle ich," sagte die
Alte, „ob es ein rechtes Muttermal ist. Die rühren immer
von unbefriedigten Gelüsten her und haben daher stäts die Gestalt der vermißten Frucht. Daher sollten die Männer sich
hüten, ihren Frauen irgend einen Wunsch zu versagen. Freilich
gilt das nicht bloß von Eßwaaren, auch von andern Dingen.
So habe die Gräfin so und so einmal im hohen Sommer nach
Veilchen verlangt. Der Graf habe gleich Alles aufgeboten,
aber sie doch nicht früh genug herbeischaffen können. Davon
habe denn ihre Tochter ein Veilchen mit auf die Welt gebracht.
Zum Glück entstelle es sie nicht, denn sie trage es zwischen
den Brüsten. „Trüge sie es auf der Wange oder auch nur
unter dem Kinn wie eure Tochter, so wäre das schon unan-
genehm." Sie führte noch andere Beispiele an, wo es die
Männer sehr bereut hätten, sich nicht gefälliger erwiesen zu
haben. Der Minister ließ sie ausreden, nahm aber dann
Urlaub von der geschwäzigen Alten und holte am dritten Tage

bei dem Goldschmied den Ring ab, der ihm sehr gut ausge-
fallen schien, so daß er die bedungene Summe mit vielen
Freuden bezahlte. Als er nun in die Hauptstadt kam, ließ
er seinen Gegner vor Gericht fordern, behauptete, die Wette
gewonnen zu haben und legte den Ring zum Beweise vor.
Der junge Graf erschrak, denn der Ring schien ihm jenem
ganz gleich, den er seiner Schwester vor seiner Abreise zu
seinem Andenken geschenkt hatte. Gleichwohl behauptete er,
der Ring sei entweder untergeschoben oder seiner Schwester entwendet. Die Richter schüttelten aber schon die Köpfe und
meinten, er hätte klüger gethan, den Ring zu verleugnen.
Da rückte der Minister noch mit dem Muttermal heraus, das
er in Gestalt eines Veilchens auf der Brust der jungen Gräfin
gesehen haben wollte. Der Graf ward roth vor Zorn und
Scham, gestand aber ein, daß seine Schwester ein Muttermal
auf der Brust trage; das beweise jedoch Nichts, denn das könne
er sonst wo in Erfahrung gebracht haben. Die Richter sagten
aber, das sei allerdings möglich; da aber auch der Ring vor-
liege und Eins das Andere bestätige, so könnten sie an der
Aussage des Ministers nicht zweifeln und müßten den Ausspruch
thun, daß der Graf die Wette verloren habe. Zwar berief
sich der junge Graf noch auf den König; allein diesem hatte
der Minister auf seiner letzten Reise wichtige Dienste geleistet;
darum mochte er, so gewogen er dem jungen Grafen war,
das Urtheil nicht abändern. Er bestätigte also, obwohl mit
schwerem Herzen, den Ausspruch der Richter. Als dieß dem

jungen Grafen eröffnet wurde, erklärte er, sich in sein Schicksal
fügen zu wollen, obgleich er auf die Unschuld seiner Schwester
vertraue. Er hielt nur um die Gnade an, noch einmal um
sein väterliches Schloß fahren zu dürfen. Als ihm das bewilligt wurde, setzte er sich hin und schrieb seiner Schwester
einen Brief, des Inhalts, daß er sterben müße, weil er nach
dem Ausspruch des Gerichts die Wette verloren habe, daß es
dem Minister nicht gelingen werde sie zu verführen. Jener
habe die und die Beweise vorgebracht und demnach das Gericht
zu seinen Gunsten entschieden. Als er nun im Wagen um das
Schloß fuhr, erkannte ihn seine Schwester, die im Fenster lag,
schon aus der Ferne und freute sich sehr, daß er sie zu besuchen
käme. Als er aber an dem Schloß vorbeifuhr, wuste sie nicht was
sie denken sollte; doch zweifelte sie keinen Augenblick, daß er es gewesen wäre, denn es war ihr nicht entgangen, daß er einen Brief
hervorgezogen und über die Mauer ihres Gartens geworfen hatte.
Den ließ sie sogleich durch einen Diener heraufholen und ersah
daraus zu ihrer großen Bestürzung die schändliche Verleumbung
und die große Gefahr, in der ihr Bruder schwebte. Es galt nun
einen Rath zu ersinnen, wie sie sein Leben und zugleich ihre
Ehre retten möchte. Endlich glaubte sie, ihn gefunden zu
haben. Sie ließ alle Goldschmiede und Gürtler aus der Stadt
berufen und trug ihnen auf, ihr einen kostbaren Handschuh
mit Perlen und Edelsteinen reich besetzt noch in derselben Nacht
zu fertigen. Sie sei bereit, jeden Preis dafür zu zahlen, wenn
sie ihn nur am andern Morgen zeitig erhielte. Die Gold-

schmiede, von welchen wir den Einen schon kennen, ließen sich
einen so guten und raschen Verdienst nicht entgehen. Sie
theilten sich in die Arbeit, blieben die Nacht über am Werk
und am Morgen in aller Frühe brachten sie ihr schon den
Handschuh, ein Wunder der Schönheit und Kostbarkeit. Sie
zahlte den Preis ohne zu markten, ließ vor ihren Staatswagen
sechs Pferde spannen und befahl dem Kutscher und zweien ihrer
vertrauten Diener, ihre reichsten Livreen anzulegen. Unterwegs
trieb sie den Kutscher zur Eile, wenn auch die Pferde darauf
giengen; nur sollte er sorgen, daß sie nicht stürzten bis sie
die Hauptstadt erreicht hätten. Gleichwohl hätte sie sich fast
verspätet, denn bei ihrer Ankunft sah sie gleich, daß der Zug
der Wagen, welcher den jungen Grafen zum Scheiterhaufen begleiten sollte, sich schon in Bewegung setzte. Sie erkundigte
sich, wohin der Zug führe, und befahl dann ihrem Kutscher,
sich mit ihrem Wagen an einer Querstraße aufzustellen, an
welcher der Zug vorüberkommen müße. Die Vordersten sollte
er dann alle vorbeifahren laßen bis er sähe, daß der königlich
liche Wagen käme: dem sollte er auf ihre Gefahr quer in den
Weg fahren und dann stille halten. Als nun der Zug kam,
fuhr der Minister, der sie verführt haben wollte, als Zugführer
im ersten Wagen voran; hinter ihm kamen viele hohe Herr-
schaften zu Wagen und zu Pferde; dann folgte der König und
zuletzt ihr Bruder gleichfalls im Wagen, aber unter schwerer
Bedeckung. Die Vordersten ließ also der Kutscher vorbei fahren;
als aber der königliche Wagen kam, fuhr er diesem gerade in

den Weg und hielt stille, so daß auch der König halten mußte. Da schickt er sogleich seinen Kutscher an den Wagen der Fremden und läßt fragen, wie sie sich unterstehen könne, dem König in den Weg zu fahren. Die Gräfin läßt antworten, der Zugführer, der so eben vorbeigefahren sei, hätte ihr das Gegenstück zu dem Handschuh gestohlen, den sie hier dem König schicke und seine Gerechtigkeit anflehe. Der König erstaunte, als er den kostbaren Handschuh sah, denn Schöneres hatte er nie gesehen. Da schickte er Befehl, der ganze Zug solle halten und der Zugführer sogleich herbeikommen, sich zu verantworten. Als er nun kam, zeigte ihm der König den Handschuh und sagte, das Fräulein dort im Wagen beschuldige ihn, ihr das Gegenstück dazu gestohlen zu haben. Da geht der Minister an ihren Wagen, betrachtet das Fräulein und kommt zurück und sagt, dieß Fräulein kenne er gar nicht und habe sie nie in seinem Leben gesehen: das wolle er beschwören. Die Gräfin bog sich aus dem Wagen und sprach zu dem König: „Wenn er mich nie gesehen hat und gar nicht kennt, wie kann er mich denn verführt haben? Ich bin die Schwester des Grafen, der hingerichtet werden soll.“ Als das der König hörte, sagte er: „Wenn das ist, so hat er sich selbst sein Urtheil gesprochen.“ Sogleich befahl ihm der König auszusteigen und sich in den Wagen zu setzen, worin der Bruder der Gräfin säße; dieser aber solle nun den Zug führen und den Verleumder auf dem Scheiterhaufen verbrennen laßen. Und so geschah es, und das von Rechts wegen.

52. Der Metzgerburſche.

Ein Metzgerburſche, der auf den Viehhandel gieng, führte
einige Tauſend Gulden bei ſich, die Ochſen bar zu bezahlen.
Ihn begleitete aber auch ein großer Bullenbeißer, der drei
Männern nicht aus dem Wege gieng, und in ſeinem Wander-
ſtab ſteckte ein Hirſchfänger; damit glaubte er ſich auch Dreien
gewachſen. Nun muſte er eines Abends durch einen tiefen
Wald. Vor dem Walde lag ein Wirthshaus; da ſtärkte er
ſich erſt durch einen Schluck Branntwein. Weil er nun ſchon
öfter in dem Hauſe geweſen war, erkannte ihn der Wirth ſo-
gleich und fragte, wohin er noch ſo ſpät Abends gedächte. Da
nannte er die Stadt, die hinter dem Walde lag. Das ſei doch
ſehr gefährlich, meinte der Wirth, daß er noch ſo ſpät durch
den Wald wolle, denn da tauge es nicht. Er wiße wohl,
verſetzte der Metzgerburſche, daß es da nicht ganz richtig ſei,
aber das ſcheue er nicht. Vor ſechs Mann wäre ihm nicht
bange, denn ſein Hund zwinge drei und drei andere nehme
er auf ſich. Dabei ſaß hinter dem Tiſch ein großer wohlge-
kleideter Herr, der hörte dem Geſpräche aufmerkſam zu.

Als er ſein Glas geleert hatte, brach der Metzgerburſche

auf und trat seine Wanderung an. Wie er ein Stück Wegs gegangen ist, sitzt da ein Bettler wie ein Mönch gekleidet und hält seine Mütze hin. Er wirft ein Almosen hinein und geht vorüber. Kaum funfzig Schritt weiter sitzt ein zweiter, dem ersten ganz gleich, und so alle funfzig Schritt einer. Als er aber tiefer in den Wald kommt, ruft hinter ihm eine kräftige Stimme: „Heda, Landsmann, nehmt mich mit!" Als der Fremde herankommt, ist es ein großer ansehnlicher Herr im Mantel. Der fragt, ob er auch durch den Wald nach dem nächsten Orte wolle? so könnten sie Gesellschaft machen. In dem Walde tauge es nicht viel, sie wollten sich zusammen= halten. Das sei ihm recht, sagte der Metzgerbursche; er fürchte sich aber nicht sehr, und wenn auch ihrer Sechse kämen. Sein Hund nehme es mit Dreien auf und in seinem Stock stecke ein Hirschfänger, mit dem brauche er sich vor drei Andern nicht zu fürchten. Da sagte der Fremde: Laßt doch den Stock ein= mal sehen. Da giebt er ihm den Stock in die Hand. Der Herr zieht den Hirschfänger heraus und wägt ihn in der Hand; als aber eben der Hund auf ihn zuläuft, da schlägt er dem Hund den Schädel entzwei und sagt zu dem Metzgerburschen, jetzt solle er sein Geld nur gutwillig herausgeben, wenn ihm sein Leben lieb wäre. Der Metzgerbursche stand wehrlos vor ihm, sein Hund war todt und seine Waffe in des Feindes Hand. Was sollte er thun? Er schnallte seine lederne Katze ab und händigte sie dem Räuber aus. „Ein andermal pralt nicht mehr ehe ihr durch den Wald geht," sagte der Räuber.

„Ihr könnt noch Gott danken, daß ihr mit heiler Haut davon kommt." „Es soll mir eine Lehre sein," versetzte der Metzger= bursche. „Was aber die heile Haut betrifft, so bin ich darum grade nicht froh. Hätte ich eine tüchtige Schmarre davon getragen, so sähe man doch, daß ich überfallen bin. Darum möchte ich euch bitten, mir wenigstens einen Finger abzuhauen, damit mich der Meister nicht für einen Betrüger hält, wenn ich mit leerer Katze und doch ohne Vieh heimkehre." „Das kann ge= schehen," sagte der Räuber: „gebt her, ich mache saubere Ar= beit." Der Metzgerbursche hielt ihm aber nun den Finger so hoch an den Baum, daß der Räuber empor sehen muste. Indem er nun zuhauen will, faßt ihn der Metzgerbursche mit der Linken beim Genick und reißt ihn zu Boden; mit der Rechten zieht er ein Meßer hervor und durchschneidet ihm die Gurgel. Da nimmt er seine Geldkatze und den Hirschfänger wieder an sich und macht sich eilends davon, denn es war ihm bange vor den Andern, die nachkommen könnten. Wie er nun wacker zuschreitet und der Wald ein Ende nimmt, sieht er auf einem freien Platz eine Menge dunkler Gestalten, die er für des Räubers ganze Bande hält. Es waren aber Jäger, die eine Treibjagd ab= gehalten hatten. In der Meinung, daß es Räuber wären, fällt er vor ihnen auf die Kniee und bittet flehentlich, ihm das Leben zu schenken. Da sagen sie, er sollte nur ruhig sein, ihm geschähe Nichts zu Leide; sie seien auch keine Spitz= buben. Was ihm denn widerfahren wäre, daß er solche Angst hätte? Da erzählte er wie es ihm ergangen wäre. „Ei," sagen

sie, „den Vögeln müßen wir das Nest ausheben. Zeigt uns
doch den Platz im Walde, wo sich das begeben hat. Wir
finden gewiß Waffen bei den Spitzbuben. Es ist beßer, wir
haben sie als solche Schandgesellen." Wie sie nun dahin
kommen, liegt er noch da, unter dem Mantel mit allerlei
Meßern und Schießgewehren bewaffnet; auch steckte eine Flöte
in seiner Tasche. Da sagen sie zu dem Metzgerburschen, sie
wollten sich hier im Gebüsch verbergen; er aber sollte des
Spitzbuben Mantel umhängen und dreimal in die Flöte blasen.
Seine Spießgesellen würden dann herbeikommen, denn sicherlich
wären die Vögel auch in der Nähe. Das that der Metzgerbursche und wie er flötete, kamen die Spitzbuben von allen
Seiten herbeigelaufen wie die Hasen, wohl an die zwanzig
Kerle. Sie wurden aber aus dem Gebüsche übel begrüßt und
zusammengeschoßen, daß ein gut Theil gleich auf dem Platze
blieb. Die Uebrigen nahmen sie gefangen und brachten sie in
den nächsten Ort. Seitdem war der Wald sicher und der
Metzgerbursche brauchte keinen Hirschfänger mehr, wenn er hindurch wollte. Einen andern Hund wird er sich aber ange-
schafft haben.

53. Bauer und Edelmann.

Ein Bauer kam angetrunken nach Hause und erzählte der Frau, er hätte auch den Gutsherrn angetroffen. — Was sagte er denn? — Er fragte wo ich her käme, und wie ich sagte vom Markt, fragte er, ob er auch groß gewesen wär. Da sagte ich, ich hätt ihn nicht gemeßen. Ich meine, sagte er, ob viel Käufer und Verkäufer da gewesen wären. Ich hab sie nicht gezählt, versetzte ich. Wo geht denn nun der Weg hin? fragte er. Der Weg geht nicht, sagte ich, er liegt. Das wird uns eingetränkt werden, rief die Frau besorgt. Sagte der Herr denn weiter nichts? — Ja, er sagte noch, was ich denn auf dem Markt gethan hätte? worauf ich sagte, was Er alle Tage thäte, mich betrunken.

Das ist ja noch kreuzschlimmer! wehklagte die Frau. Ich armes Weib! Du kommst in den untersten Thurm: wie soll ich dann meine Kinderchen ernähren? Dein böses Maul bringt uns an den Bettelstab. Wenn morgen nichts darauf kommt, will ichs loben. Darum ließ sich aber der Bauer kein graues Haar wachsen, sondern gieng zu Bette und schlief den Rausch aus. Nach einiger Zeit legte sich auch die Frau; aber sie fand die Ruhe nicht, während der Mann lag und schnarchte.

Am Morgen in aller Frühe klopfte es schon an der Thüre. Die gute Frau fiel vor Schrecken fast aus dem Bette. Der Bauer wollte sich aber nicht aufrichten um nachzusehen, wer draußen wäre. So muste die Frau selber aufmachen, und sieh, es war der Büttel, der den Bauern Schlag eilf Uhr aufs Schloß beschied. Hab ich mirs nicht eingebildet, jammerte die Frau, daß wir verspielt und verloren sind. Hat gute Wege! brummte der Mann, legte sich auf ein ander Ohr und schlief ruhig weiter. Gegen eilf Uhr muste sie ihn mit Gewalt aus dem Bette treiben, daß er die angesagte Stunde nicht versäumte. Inzwischen war sie auf ein Mittel bedacht gewesen, wie sie den Zorn des Gutsherrn beschwichtigen möchte. Ich hab ein junges Häschen aufgezogen, sagte sie zu dem Mann, das ist fromm und zahm. Nimm es unter den Rock und bring es dem Herrn zum Geschenk. Vielleicht erbarmt er sich und läßt Gnade für Recht ergehen.

Der Bauer ließ es sich unter den Kittel stecken und gieng, den Schlaf aus den Augen reibend, nach dem Schloße. Der Herr, dem er schon zu lange geblieben war, lag im Fenster und sah ihn ankommen. He! bist du endlich da, rief er ihm zu, du loser Spötter! Zu dienen, Ew. Gnaden, versetzte der Bauer. Als er aber in den Schloßhof getreten war, ließ der Gutsherr alle Hunde auf das Bäuerlein hetzen. Indem sie eben auf ihn einsprangen, ließ er wie vor Schrecken den Hasen fallen, der gleich vor den Hunden Reißaus nahm. Als die Hunde den Hasen laufen sahen, jagten sie hinter ihm drein und krümmten dem Bauer nicht ein Haar. Der Kerl kann mehr als Brot essen, dachte der Edelmann.

Der Bauer trat nun in die Stube, wo der Tisch gedeckt stand und der Gutsherr sich eben niedergelaßen hatte. Der Bauer bedachte sich nicht lange und setzte sich neben ihn. Als nun die Suppe gebracht ward, gab man ihm keinen Löffel. Ein Schelm, der seine Suppe nicht ißt, sagte der Edelmann. Da nahm der Bauer eine Brotkruste, steckte sie an die Gabel und löffelte damit die Suppe aus. Ein Schelm, der seinen Löffel nicht ißt, sagte er dann, indem er seine Brotkruste ver= speiste. Darauf ward ein großes Stück Wildbrät aufgetragen, das am Einen Ende schon in Scheiben zerlegt war; dieser Theil stand aber dem Herren zugekehrt. Da habt ihr eine schöne Schüßel, sagte der Bauer und kehrte die Schnitten nach seiner Seite. „Ja," sagte der Edelmann; „sie kostet aber auch viel Geld," und kehrte die Scheiben wieder zu sich. Wenn sie viel Geld kostet, so ist sies auch ehrlich werth, sagte der Bauer, indem er die Schüßel noch einmal drehte. Da gab der Herr nach und der Bauer ließ es sich wohl schmecken.

Zum Schluß kam ein Gericht Fische, ein großer und ein kleiner. Der große ward dem Gutsherrn, der kleine dem Bauern vorgesetzt. Da nahm der Bauer seinen Fisch an die Gabel und hielt ihn ans Ohr. Was machst du da, Bauer? fragte der Edelmann. — Ich habe den Fisch etwas gefragt, und er

hat mir geantwortet. — Was haft du ihn gefragt? — Mein
Vater ist im Rhein ertrunken, sagte der Bauer; da hab ich
den Fisch gefragt, ob er mir nichts von ihm zu melden wüste.
— Und was sagte der Fisch? — Er sagte, er wär noch viel
zu jung, jener große dort würde beßer Bescheid wißen. Da
vergönnte ihm der Herr, den großen Fisch zu fragen. Der
Bauer spießte ihn an die Gabel und hielt ihn ans Ohr; alsbald aber führte er ihn zum Munde und biß ihm den Kopf
herunter. Bauer, wer hat dir das erlaubt? fragte der Herr.
Gnädiger Herr, war die Antwort, der Fisch gestand mir, er
habe meinen Vater gegeßen, dafür muß ich ihn wieder eßen.
Hiemit ließ er sich den großen Fisch wohl schmecken; der Herr
hatte das Nachsehen. Dafür sollte der Bauer nun seine Strafe
bekommen.

Nach Tische fragte der Herr: Bauer, kennst du auch
Wein? — Nein, Herr. — Nun, so must du ihn kennen lernen.
Er rief zwei Knechte beiseit, flüsterte ihnen etwas ins Ohr
und schickte sie mit dem Bauer in den Keller. Da lagen die
Fäßer neben einander. Sie fiengen bei dem geringsten an,
den Wein zu kosten. Der Bauer muste den Krahnen aufdrehen;
der eine Knecht hielt das Glas; der andere öffnete den Spund.
Der Bauer sprach dem Wein beherzt zu; doch entgieng ihm
nicht, als sie sich dem letzten und besten Faße näherten, daß
hinter demselben zwei Peitschen lehnten, die er offenbar auch
kosten sollte. Solcher Trank behagte ihm nicht. Kaum hatte
er also an diesem Faße den Krahnen in der Hand, als er ihn

auch gleich mit allen Kräften herauszog, indem er sich betrunken stellte. Der Wein schoß heraus; die bestürzten Knechte sprangen hinzu und hielten die Daumen gegen das Krahnenloch; konnten aber doch dem Verlust nicht ganz wehren. Inzwischen griff der Bauer mit beiden Fäusten nach den Peitschen und schlug nach Kräften auf die jammernden Knechte ein. Gleichzeitig stampfte und trampelte der Herr oben auf den Boden, die Knechte zu ermuntern, daß sie den Bauern, den er für den Gepeitschten hielt, nur nicht schonen sollten. Der Bauer bezog die Ermunterung auf sich und schlug zu bis die Beiden am Boden lagen und der edle Wein über den Boden floß. Dann sah er sich im Vorkeller um, schob ein Paar Schinken und eine Seite Speck unter den Kittel, half sich die Treppe hinauf und schlich schwer gekrümmt über den Schloßhof. Nun hast du es doch einmal gekriegt, rief ihm der Herr vom Fenster zu. — Ja, Herr, versetzte der überladene Bauer, ich hab es so schwer gekriegt, wenn ich und meine Frau das Brot dazu hätten, könnten wir ein halb Jahr davon zehren. Also schritt er zum Schloßthor hinaus.

54. Die Himmelfahrt.

Zwei Räuber, die einen guten Fang gethan hatten, maßen im Beinhaus hinter der Kirche das Geld mit Scheffeln. Dabei überraschte sie der Küster und fragte, wie sie zu all dem Gelde kämen. Da er nicht gerade für einen Hexenmeister galt, so sagte ihm einer der Spitzbuben, gute Leute hätten ihm das Geld für ihre Himmelfahrt gegeben: es sei zur Erbauung einer Kirche bestimmt. Wollt ihr eures dazu thun, so sollt ihr auch lebendig in den Himmel kommen. Lebendig? fragte der Küster; brauche ich nicht erst zu sterben? Ganz und gar nicht, sagte der Räuber, wir schaffen euch mit Stiefeln und Sporen hinein. Da hätte ich wohl Lust, meinte er; aber der Herr Pfarrer müßte auch mit dabei sein. Dem einen Räuber schien das bedenklich; aber der andere sagte: Wenn der Herr Pfarrer sein Geld mit dazu giebt, so kann er auch lebendig in den Himmel eingehen. Der Küster wollte gleich zu dem Herrn Pfarrer laufen; aber er kehrte noch einmal zurück und fragte: Wann kann es denn geschehen und wo bringen wir euch das Geld hin? — Noch diese Nacht, war die Antwort; das Geld bringt in die Kirche. So will ich euch die Schlüßel holen gehen, erbot sich der Küster. Wozu das? sagte der Räuber, die Thür thut sich uns von selber auf. Wenn ihr diese Nacht die Kirche erleuchtet seht, das soll euch ein Zeichen sein, daß es an der Zeit ist. Wenn ihr nicht gleich kommt, so kann euch auch ein Zeichen mit der Glocke gegeben werden. Aber der Glockenthurm ist abgeschlossen, warf der Küster ein. Sorgt nicht, versetzte der Räuber, alle Pforten öffnen sich den Frommen, daß sie ein= gehen. Das sind Engel Gottes, dachte der Küster und lief zu dem Pfarrer. Die Schlüßel hättest du doch annehmen sollen, meinte der eine Räuber. Ei, sagte der andere, wozu hätten wir denn die Dietriche? wären nur erst die Krebse zur Stelle, Kirche und Glockenthurm wollen wir schon aufbringen. Was für Krebse? fragte der andere. Verlier die Zeit nicht mit un= nützen Fragen, versetzte jener; du bist ein Fischer und must sie herbeischaffen. Wozu sie gut sind, wirst du schon sehen. Ich gehe unterdes und kaufe die Wachsdochte. Das Geld wollen wir hier unter dem Todtengebein verscharren. Da holt es Niemand.

Der Küster hatte inzwischen dem Herrn Pfarrer von den Engeln Gottes erzählt, die sie beide lebendig in den Himmel schaffen wollten, wenn sie ihr Geld für die Stiftung einer Kirche hergäben. Der Herr Pfarrer meinte, den Himmel wolle er schon so verdienen. Daß ihm das Sterben erlaßen würde, sei freilich für einen Gewinn zu achten; aber wenn seine Köchin nicht mit bei der Himmelfahrt sei, so könne er sich nicht dazu entschließen. Die Jungfer Köchin, sagt der Küster, wird gewiß

gerne dabei fein wollen, und wenn fie ihr Erfpartes dazu legt,
fo getraue ich mir die Engel Gottes zu erbitten, daß fie ihr
auch zu einer lebendigen Himmelfahrt verhelfen. Die Jungfer
Köchin ward hereingerufen und befragt: Es fiel ihr zwar fchwer,
von ihren erfparten Pfennigen zu fcheiden; aber der Herr Pfarrer
fagte, im Himmel gebe es wieder neues Geld. So gab fie end=
lich, obwohl ungern, ihren Willen drein. Mit Ungeduld er=
warteten nun die drei frommen Leute das gegebene Zeichen;
aber die Kirche wollte nicht hell werden. Endlich meinte doch
der Küfter, daß ein fchwacher Schimmer durch die Fenfterfcheiben
bräche. Die Jungfer Köchin leugnete noch; allmählich ward es
aber heller und zuletzt fo hell, daß felbft der Widerfpruchsgeift
der Jungfer Köchin zugeftehen mufte, daß die Kirche erleuchtet
fei. Jetzt war bei dem Küfter kein Halten mehr; das Zeichen
mit der Glocke wollte er nicht abgewartet haben: die Bauern
möchten fonft Unrath merken und mitfahren wollen. Eilends
nahmen fie die Geldfäcke unter den Arm und liefen der Kirche
zu. Das Thor war offen und wie der Küfter bemerkte, auch
der Glockenthurm. In der Kirche fahen fie ein bewegtes Meer
kleiner Lichterchen: ein feltfamer, fchöner Anblick. Die Räuber
hatten den Krebfen brennende Wachsdochte auf die Scheeren
geklebt und nun krochen fie hin und her und erhellten die Kirche.
Das feien die Seelen der Verftorbenen, hieß es, die auch noch
erlöft würden, wenn die Kirche erbaut fei. Da legten fie ihr
Geld dem einen Engel in die Hände und verlangten die Himmel=
fahrt anzutreten. So fchlüpft hier hinein, fagte der Engel und

hielt einen Sack auf. Der Herr Pfarrer war etwas wohl be-
leibt und gieng schwer hinein; als er aber einmal drinn war,
erweiterte sich der Sack und gab auch noch dem magern Küster
und der kurzen Jungfer Köchin Raum. Es war gleichwohl
schwere Last, und als der Weg angetreten ward und den Berg
hinaufführte, konnten die Engel den Sack nicht schleppen ohne
daß es Kopfstöße setzte. Autsch, autsch! schrie die Jungfer
Köchin. Aber die Engel ermahnten zur Geduld. Habt ihr
nicht gehört, daß der Weg zum Himmel steil und steinig ist?
Weiterhin waren Pfützen nicht zu vermeiden; die Hindurchge-
schleppten klagten darüber; aber die Engel sprachen: Jetzt sind
wir schon in den Wolken. Inzwischen war es Morgen geworden. Der Hirt trieb eben die brüllenden Rinder zum Thor
hinaus. Da hört ihr schon die himmlischen Heerscharen singen,
sagten die Räuber, warfen den Sack in die Dornen und brachten
ihr Geld in Sicherheit.

55. Die kluge Grete.

Es war einmal eine kluge Magd, die dachte immer gar
fleißig nach über die Dinge, die da kommen könnten. Einsmals wurde sie hinunter geschickt in den Keller, den Gästen
Wein zu zapfen. Wie sie nun da unten vor dem Faß saß und
zapfte, giengen ihr wieder allerhand kluge Gedanken durch den
Kopf, was daraus werden sollte, wenn dieß und das geschähe.
Und wie sie das so recht bedachte, schlug sie die Hände über
dem Kopf zusammen und vertiefte sich ganz in den Gedanken
an das unermeßliche Unglück. Inzwischen saßen die Gäste da
oben und hatten nichts zu trinken. Als der Wirth merkte, daß
sie unruhig wurden, sprach er selbst: Wo die Gret auch bleibt
mit dem Wein! Lauf doch einmal herunter, Hans, und sieh zu,
warum sie den Gästen den Wein nicht herauf bringt. Da gieng
der Hans hinunter und als er in den Keller kam, sprach er
zu der Gret: Wo bleibst du doch so lange und bringst den
Gästen den Wein nicht herauf? Ach, Hans, sprach die Gret,
du denkst gar nicht was mir für erschreckliche Dinge durch den
Kopf gehen. Stell dir nur vor:

Hier sitz ich und denke
Und zapfe Getränke

Und denke wies wär, wenns käm,

Daß der Hans die Gret nähm,

Und die Gret kräg (kriegte) ein Kind,

Und das Kind, das fiel',

Und fiel in dem Zimmermann sein Beil:

Was das für ein groß Unglück wär!

Das ist aber auch wahr, Gret, sagte der Hans, das wär ja ein erschreckliches Unglück! Hiemit setzte sich der Hans zu der Gret und half ihr zapfen und über das große Unglück nach= denken, das geschähe, wenn es so käme wie sie dachte. Unter= deß hatten die Gäste da oben noch nichts zu trinken und wurden ganz ungeduldig. Der Wirth merkte es und sprach zu der Frau: So geh doch einmal selbst hinunter und sieh, wo die Zwei mit dem Wein bleiben. Da gieng die Frau selbst hinunter in den Keller und wie sie die Zwei vor dem Faß sitzen sah und nachdenken, sprach sie: Ums Himmelswillen! was treibt ihr Zwei hier beisammen, daß ihr den Gästen den Wein nicht herauf bringt? Ach, Frau, sagte Hans, ihr glaubt nicht, was die Gret wieder einen klugen Gedanken gehabt hat und was für erschreckliche Dinge geschehen könnten. Hört nur selbst:

Wir sitzen und denken

Und zapfen zu tränken

Und denken wies wär, wenns käm,

Daß der Hans die Gret nähm,

Und die Gret kräg ein Kind,

Und das Kind, das fiel',

Und fiel in dem Zimmermann sein Beil:
Was das für ein groß Unglück wär!

Das ist freilich wahr, sagte die Frau, das wär auch ein ganz erschreckliches Unglück. Und hiemit setzte sich die Frau zu der Gret und dem Hans und half ihnen zapfen und nachdenken, was es für ein groß Unglück wär, wenn es so käm wie sie dachten. In der Zwischenzeit hatten aber die Gäste da oben noch immer nichts zu trinken und fiengen an zu wettern und zu fluchen. Als der Wirth das hörte, sprach er: Wartet, ich will selbst einmal hinunter gehen und zusehen, wo sie mit dem Wein bleiben. Da gieng der Wirth selber hinunter und wie er in den Keller kam und die Drei beisammen sitzen sah und nachdenken, brach er los: Zum Henker! was steckt ihr hier die Köpfe zusammen und bringt den Gästen den Wein nicht hinauf? Ach, Mann, sagte die Frau, wenn du wüßtest, was die Gret einen klugen Einfall gehabt hat von den erschrecklichen Dingen, die da geschehen könnten. Denk nur einmal an:

Wir sitzen und denken
Und zapfen zu tränken
Und denken wies wär, wenns käm,
Daß der Hans die Gret nähm,
Und die Gret träg ein Kind,
Und das Kind, das fiel',
Und fiel in dem Zimmermann sein Beil:
Was das für ein groß Unglück wär!

Poz Schlapperment! sagte der Wirth, das muß ich gestehen,

das wär mein Seel ein ganz entsetzliches Unglück. Und hiemit
setzte der Wirth sich auch mit hin zu der Frau und half ihnen
nachdenken über das große Unglück, das es wär, wenn es so
käm wie sie dachten. Aber mit alle dem hätten die Gäste
da oben verdursten können. Das wollten sie nicht und fiengen
an gewaltig zu lärmen und zu toben. Endlich sagten sie: Wir
müßen, hol uns der Guckuck! selbst einmal hinab in den Keller
gehen und sehen, warum sie uns den Wein nicht herauf bringen.
Da giengen sie hinunter und wie sie in den Keller kamen und die
Vier in einer Reihe sitzen sahen und nachdenken über das große
Unglück, schrieen sie: Alle Teufel! was hockt ihr hier unten bei-
sammen und laßt eure Gäste da oben verdursten! Ach, ihr Herrn,
sagte der Wirth, es ist gut, daß ihr kommt, ihr könnt uns behülf-
lich sein. Denkt an, die Gret hat gar einen klugen Einfall gehabt,
welch erschreckliche Dinge geschehen könnten. Und nun sitzen wir hier
und denken
Und zapfen zu tränken
Und denken, wies wär, wenns käm,
Daß der Hans die Gret nähm,
Und die Gret träg ein Kind,
Und das Kind, das fiel',
Und fiel in dem Zimmermann sein Beil:
Was das für ein groß Unglück wär!
Aber die Gäste sagten: Wir können euch nicht weiter behülflich
sein, denn das Faß ist ausgelaufen und der Wein schwimmt
durch den Keller.

56. Das Heiligthum.

Zwei Gevattersleute betrieben dasselbe kaufmännische Geschäft, aber mit sehr ungleichem Erfolge, denn der eine nahm
zu an Glücksgütern, der andere gieng zurück. Das war nun
sehr einfach, denn der eine war unverdrossen thätig, während
der andere nur seinem Vergnügen nachgieng und seine Leute
schalten und walten ließ. Gleichwohl meinte er nicht, daß es
mit natürlichen Dingen zugehen könnte. Da sprach er eines Tags
zu seinem Gevatter: Sagt mir doch nur, wie ihr es anfangt,
daß ihr in euerm Handel reich werdet, während es mit mir
den Krebsgang geht. Wir haben doch ein Geschäft und führen
einerlei Waare; ihr aber gewinnt dabei und ich verliere. Ich
bin doch auch kein Spieler noch Zecher. Ich habe schon gedacht,
ihr müßt ein Heinzelmännchen oder einen Hausgeist haben, der
euch Glück und Segen bringt, daß euch Alles geräth und ein-
schlägt. Oder wißt ihr eine geheime Kunst oder habt ein köstliches Reliquienstück, denn sonst weiß ich mir es nicht zu deuten.
Der Gevatter wollte ihn nicht beschämen und sprach: Ein Heinzelmännchen hab ich nicht, versteh auch keine geheime Kunst; aber

ein köstliches Reliquienstück hat mir allerdings mein Vater hinter=
laßen, das vom heiligen Grabe kommt. Das hänge ich um den
Hals und trage es täglich durch das ganze Haus, in den Keller
und auf den Boden und davon kommt mir der Segen. Ach,
bester Gevatter, sprach Jener, thut mir doch die Liebe und
leiht mir euer köstliches Heiligthum, nur auf kurze Zeit, viel=
leicht daß es sich dann bald mit meinen Umständen beßert, denn
es steht wirklich bedenklich darum. Der Gevattersmann sprach:
Kommt morgen zu mir, so sollt ihr es haben. Da gieng er heim
und zog eine wurmstichige Seidenschnur durch eine Haselnuß und
gab es dem Gevatter, als er am Morgen zu ihm kam, es als
ein Heiligthum am Halse zu tragen. Der dankte ihm und that
nach seiner Anweisung, trug das Heiligthum täglich durch das
ganze Haus, in Küche und Keller, Stall und Scheuer, auf
Heu= und Kornböden und in alle Vorrathskammern. Da sah
er denn die heillose Verwahrlosung überall, und wie im Keller
mit Wein, Bier und Oel, in Küche und Speisekammer mit
Brot, Fleisch und Gemüse, im Stall mit dem Vieh, in den
Gewölben mit den Waaren, auf dem Boden mit Frucht und
Samen nachläßig und verschwenderisch umgegangen ward, und
als er in seine Schreibstube kam, und seine Bücher aufschlug,
fand er, daß die Briefe nicht eingetragen, die Rechnungen nicht
ausgeschrieben, die bezahlten Posten nicht gelöscht, die unbe=
zahlten nicht beigetrieben wurden. Da fiel es ihm wie Schuppen
von den Augen: er begriff jetzt, warum er zurück wirthschaftete
und verstand seines Gevatters Meinung mit dem Heiligthume,

daß er im ganzen Hause umhertragen sollte und nahm sich vor, ein anderer Mensch zu werden und täglich selbst auf sein Geschäft zu merken. Das hat er auch gehalten und ist ein reicher Mann geworden. Das Heiligthum aber brachte er dem Gevatter wieder und sagte ihm doppelten Dank, einmal für den guten Rath und dann für die schonende Art, wie er ihm den Rath beigebracht hatte.

57. Der kluge Mann ohne Glück.

Ein Hausierer, der mit Hülfe eines Esels einen kleinen
Handel mit Seidenwaaren betrieb, die er in Süddeutschland
einkaufte und in Westfalen wieder absetzte, pflegte die eine Hälfte
des Sacks, womit er sein Thier belud, mit Steinen als Gegen=
fracht zu füllen, während die andere die Waaren enthielt. Nahm
er die Verpackung in der Heimat vor, wo er volle Muße hatte,
so war das Gleichgewicht leicht gefunden; hatte er aber unter=
wegs etwas verkauft und mußte nun einen Theil der Steine
ausschütten, damit sein Esel auf beiden Seiten gleich schwer
trüge, so kostete ihm das oft viel Kopfbrechens, sonderlich, wenn
sich auf der Straße ein Kreiß von Neugierigen um ihn sam=
melte, die ihm mit An= und Abrathen das Concept verdarben.
Wie er einst in solcher Verwirrung sich durch einen herzhaften
Fluch erleichterte, trat ein Mann zu ihm und sagte: Guter
Freund, laßt mich einmal machen. Ich will es so einrichten,
daß euer Esel nur halb so viel Last hat und doch auf beiden
Seiten gleich schwer trägt. Der Hausierer sah den Wundermann
mit großen Augen an und ließ ihn gewähren. Da schüttete
dieser die Steine auf die Straße, zählte dann die Waarenpäckchen

ab und vertheilte sie gleichmäßig in die beiden Hälften des Sacks und der Esel trug richtig auf beiden Seiten gleich schwer und doch nur halb so viel als zuvor. Da sagte der Händler seinem Wohlthäter im Namen seines erleichterten Esels großen Dank für seine sinnreiche Erfindung, und zwar mit aufrichtigem Herzen, denn er überschlug im Stillen, daß nun sein grauer Gefährte dop= pelt so viel Waaren tragen könne als bisher, mithin sein Gewinn sich verdoppeln müße. Diese Hoffnung scheint sich ihm auch erfüllt zu haben; denn als der Seidenhändler ein ander Mal wieder in dieselbe Stadt kam, gedachte er seinem Rathgeber in Anerkennung seines nun bewährt gefundenen Rathes einen Besuch abzustatten. Leider wuste er aber seine Wohnung nicht; da be= gegnete er ihm zum Glück auf der Straße. Als er nun sein dankbares Herz vor ihm ausgeschüttet hatte, ließ er sich ins Gespräch mit ihm ein und fragte dabei nach seinem Gewerbe. Viel, meinte er, müßt ihr nicht zu schaffen haben, da ihr stäts auf der Straße zu finden seid; und doch seht ihr nicht darnach aus als ob ihr von euern Zinsen lebtet. Da gestand dieser, er habe allerdings nicht gar viel in die Suppe zu brocken; ein Gewerbe aber betreibe er nicht. Das wundert mich, sagte der Hausierer kopfschüttelnd; ich sollte denken, einem so gescheidten Manne könne es gar nicht fehlen, bei jedem Gewerbe reich zu werden. Da irrt ihr sehr, versetzte der Pflastertreter, ich hab es auf alle Weise versucht, und mit keiner hat es mir gelingen wollen. Ich hab einmal kein Glück! Mit diesen Worten ließ er den Hausierer stehen und bog in eine andere Straße ein.

Ich hab kein Glück! Diese Worte tönten dem Hausierer noch in den Ohren nach, als er schon vor dem Städtchen war. Hast du kein Glück, dachte er, so kannst du auch nicht zum Glücke rathen und ich war ein Narr, daß ich mich von dir belehren ließ. Ich hätte erst nachfragen sollen, ob du dir auch selber zu rathen wüßtest. Hiemit ließ er seinen Esel stille stehen, räumte den Sack aus, packte die noch unverkauften Waaren alle wieder nach seiner alten Weise in die eine Seite des Sacks und sah sich nach Steinen um, womit er die andere beschweren und das Gleichgewicht wieder herstellen wollte. Zum Glück war die Gegend gebirgig und der nächste Felsen so verwittert, daß er leicht einige zerbröckelte Steine davon riß und so den nöthigen Ballast gewann. Damit zog er weiter von Ort zu Ort und betrieb sein Geschäft und verkaufte hier ein Päckchen und dort ein anderes und versäumte nicht, seinen ohnedieß jetzt wieder unter schwerer Last seufzenden Esel auf der einen Seite um so viel zu erleichtern als er auf der andern abgesetzt hatte. Wie er aber das letzte Päckchen an den Mann gebracht hatte, hob er den Sack ab und ließ den Rest der Gegenfracht lustig auf die Erde kollern. Das geschah auf öffentlicher Straße, wo es ihm an Zuschauern nicht fehlte. Darunter war aber Einer, der sich die Sache näher betrachtete. Er hob einen der Steine auf, schlug ein Stück mit dem Schlegel davon, prüfte den Bruch mit der Brille auf der Nase und fragte mit wachsendem Erstaunen: Wie kommt ihr an diese Steine, guter Freund? Ich will euch fünf Thaler geben, wenn ihr mir nachweist, wo sie gebrochen werden. Ich gebe zehne, rief ein Anderer, der auch Hammer und Schlegel auf der Mütze trug. Zwanzig! rief der erste wieder und so boten diese Beiden sich auf bis zu fünfhundert Thalern. Als kein weiteres Aufgebot erfolgte, schlug der Hausierer munter ein und freute sich, den Rathschlägen des klugen Mannes ohne Glück nicht länger nachgelebt zu haben.

58. Die drei Schwestern und das seltsame Brautpaar.

Eine Frau hatte drei Töchter, die sie längst gern an den
Mann gebracht hätte; aber kein Freier wollte anbeißen, weil
sie einen Fehler an sich hatten, der darin bestand, daß sie nicht
rein sprechen konnten. Endlich meldete sich aber doch ein junger
Mann bei der Mutter und sagte, er hätte wohl Lust eine von
ihren drei Töchtern zu heiraten: nächstens würde er kommen
zu sehen, welche ihm am Besten gefiele. Da sagte die Mutter
zu ihren Töchtern: Hört ihr wohl, wenn der Freier kommt,
so müßt ihr ganz stille sein wie die Mäuse und euch um nichts
bekümmern als um euer Spinnrad. Ja, liebe Mutter, sagten
die Töchter, das wollen wir thun, darauf kannst du dich ver=
laßen. Als nun der junge Mann seinen Besuch abstattete, da
saßen die drei Schwestern und spannen und sprachen kein Wort.
Die Mutter aber unterhielt sich mit dem Freier und strich ihre
Töchter heraus, wie fleißig sie wären und sagte, mehr als
ihre Töchter könnte kein Mädchen im ganzen Dorfe spinnen.
Aber während sie so ihre Töchter rühmte, verlor die eine den
Drat (Faden) und rief: De Dat be bicht (der Drat der bricht).
Da sagte die andere gleich: Töt an (Knöt oder knüpf an),

worauf die dritte unwillig hinzufügte: Mode fab wi folle nich pele, pecken alle be (Mutter sagte, wir sollen nicht sprechen, und sprechen alle Drei). Da fah der Freier, wo das Laken geschoren war, nahm einen kurzen Abschied und wenn die Schwestern nicht ausgesponnen haben, so spinnen sie noch.

Wenn es bei dem mündlichen Vortrag vorstehender Geschichte schon darauf ankommt, daß der Erzähler die mangelhafte Aus= sprache der Schwestern gut nachzuahmen wiße, so ist bei der nachstehenden nahverwandten noch viel mehr an der Kunst und dem mimischen Geschick des Erzählers gelegen:

Zwei adlige Eheleute thaten sich kaum so viel auf ihre Ahnen als auf ihre Gesichtsbildung zu Gute und Beide mit gleichem Recht, denn dem Eheherrn war der Mund nach der rechten Seite gewendet, der Frau Gemahlin aber nach der linken. Sie hatten nur einen einzigen Sohn, der, wenn er auch die Vorzüge der Eltern nicht geerbt hatte, sich doch wieder einer eigenthümlichen Schönheit erfreute, denn ihm war die Ober= lippe über die Unterlippe gewachsen. Als dieser zu männlichen Jahren kam, wünschten die Eltern, daß er das Geschlecht fort= führe; auch war er selber nicht abgeneigt, eine standesgemäße Lebensgefährtin zu wählen, nur müße sie hübsch „in der Art" bleiben: an dieser Bedingung hielten sie alle Dreie fest. Nun war es freilich nicht so leicht, hier eine passende Wahl zu treffen; doch gelang es endlich dem Scharfblick eines wohlmeinenden Hausfreundes, ein Fräulein auszumitteln, die allen Ansprüchen zu genügen schien, sonderlich da ihr die Unterlippe über die

Oberlippe gewachsen war, woburch sie bie Reize jener zu er=
gänzen und bas Kleeblatt erst zu einem seltenen zu machen
versprach. Die jungen Leute, bie für einander geschaffen schienen,
waren sich gewogen. Die Eltern willigten beiberseits ein und der
Verlobung folgte die Hochzeit auf dem Fuße und warb mit großer
Pracht begangen. Als es nun am Abend in die Kammer gieng
und die Braut sich schon verschämt in die Decken hüllte, wollte
der Bräutigam bas Licht ausblasen, konnte aber bamit nicht zu
Stande kommen, benn wie viel er auch blies, so blies er boch
immer zu tief und traf die Flamme nicht. Endlich bemerkte es
die Braut, und gebachte ihm zu helfen, sprang aus bem Bette
und sprach: So must du blasen! Aber auch sie traf die Flamme
nicht, sie blies und blies und blies immer zu hoch, und der
Bräutigam blies mit und blies zu tief und so bliesen sie Beide
brunter hin und brüber hinaus und das Licht brannte lustig
weiter. Zum Glücke hatte die Brautmutter, braußen an der
Thüre gelauscht und der Verlegenheit des Brautpaars abzu=
helfen, öffnete sie mit dem Nachschlüßel, trat herein und sagte:
Ihr blast zu tief und blast zu hoch, so müst ihr blasen! Weil
ihr aber ber Mund nach der linken Seite stand, blies sie immer
an der Flamme vorbei, und ba ihr Blasen nicht half, blies
auch der Bräutigam wieder mit und blies von oben brunter
hin, und bie Braut blies auch wieder und blies von unten
brüber hinaus und also bliesen sie alle Drei und bas Licht
brannte lustig fort und kümmerte sich nicht um ihr Blasen.
Inzwischen vermißte der Brautvater unten bei den Gästen die

Brautmutter, schlich ihr nach vor die Kammer, lauschte an der
Thüre und hörte das Blasen, trat herein und sagte: Ihr blast
alle nicht recht: so müst ihr blasen! Weil ihm aber der Mund
nach der rechten Seite stand, blies auch Er immer vorbei, und
da sein Blasen nicht half, blies auch die Brautmutter wieder
mit und blies Er rechts und Sie blies links und der Bräutigam
blies von oben drunter hin und die Braut von unten drüber
hinaus und so bliesen sie alle. Vier und das Licht brannte lustig
weiter und kümmerte sich um all ihr Blasen nicht. Inzwischen
vermißten die Gäste Brautmutter und Brautvater und schickten
den Hausfreund hinaus, zu sehen, wo die Wirthe blieben. Der
suchte sie überall im Hause und kam an die Kammerthür, horchte
und hörte das Blasen von Oben nach Unten, von Unten nach
Oben, von der Rechten zur Linken, von der Linken zur Rechten.
Da trat er leise hinein und sagte: Das macht ihr Alle nicht
recht, so müst ihrs machen! Und hiemit spitzte er Daumen und
Zeigefinger, griff in die Flamme und löschte sie aus, ohne zu
blasen. — Und wenn Nachbar Andres das erzählte, der es
vortrefflich nachzumachen wuste, wie sie alle Viere bliesen, spitzte
er, um zu zeigen, wie der Hausfreund das Licht auslöschte,
gleichfalls Daumen und Zeigefinger und putzte das einzige Licht
in der Stube aus, daß wir Alle im Dunkeln saßen und meinten,
wir wären auch mit in der Hochzeitkammer.

59. Hier hilft kein Maulspitzen, es muß gepfiffen sein.

Den Ursprung dieses Sprichworts zu erläutern, erzählt man folgende Geschichte: Zwei Räuber setzten sich unter den Galgen und warteten auf den dritten, der mit ihren Sachen nachkommen sollte. Da sagte der eine zum andern: Unser Gesell ist ein rechter Dummbart, er läuft noch einmal an und dann kann es uns auch schlecht gehen: wir müßen sehen, daß wir ihn los werden. Der andere sagte: Das wollen wir bald fertig kriegen: laß mich nur machen. Als der dritte nun nach= kam und sich über ihren Warteplatz entsetzte, sagte der zweite: Bist du denn bange vor dem Galgen? Freilich, sagte er, ich mag nicht daran hangen. Ach, meinte der andere, ich glaube, das ist ein leichter Tod; laß uns das einmal versuchen. Ich will dir den Strick um den Hals legen und dich hinaufziehen, und wenn du das nicht länger aushalten kannst, so brauchst du nur zu pfeifen, so laß ich dich wieder herab: darauf kannst du dich verlaßen. Der dritte war gutmüthig genug, sich das gefallen zu laßen. Als er nun hieng und den würgenden Strick nicht länger aushalten konnte, spitzte er den Mund, wollte pfeifen und konnte es nicht. Da sagten die andern aber: Hier hilft kein Maulspitzen, es muß gepfiffen sein! und ließen ihn hangen.

60. Der Eierkuchen.

Ein rechtschaffener Mann hatte eine gottlose Frau, die zum Glück nicht klug genug war, ihn zu verderben wie sie gern gewollt hätte. Eines Tags klagte sie ihrer Nachbarin wie leid und lästig ihr der Mann wär und wie sie gern Alles thäte ihn los zu werden, sie wüste aber nicht Mittel und Wege. Die Nachbarin, die es gut mit dem Manne meinte, gab ihr zur Antwort: Dazu weiß ich euch keinen Rath; mich dünkt aber, ihr hättet schon viel gewonnen, wenn ihr es nur dazu brächtet, daß er blind würde: wie leicht könntet ihr ihm dann einmal unversehens einen Stoß geben, daß er ins Waßer fiele und euch kein Vorwurf träfe. Das ist wohl wahr, sagte die Frau; aber wie sollte ich das machen, daß er blind würde? Dazu weiß ich Mittel, sagte die Nachbarin; backt ihm nur täglich einen Eierkuchen, so werden seine Augen allmählich abnehmen und zuletzt gar nichts mehr sehen. „Hätte ich das gewuſt," sagte die Frau, „Eierkuchen ißt mein Mann für sein Leben gern, er hat aber sein Leibgericht noch nicht oft bei mir gesehen; jetzt soll er es alle Tage haben." Dieß Gespräch erzählte die Nachbarin ihrem Nachbarsmann, der ihr sehr dafür

dankte, daß sie ihm zu seinem Leibgericht verhalf, denn nun
backte ihm die Frau alle Tage Eierkuchen und er ließ sie sich
wohlschmecken. Nach einiger Zeit fieng er an zu klagen, daß
ihm so dunkel vor den Augen würde: er fürchte, zuletzt gar
blind zu werden. Aber die Frau tröstete ihn: Das bildest du
dir nur ein, lieber Mann, setze dir doch so was nicht in den
Kopf. Weil sich aber nun die Kraft der Eierkuchen zu bewähren
schien, backte sie ihm jetzt zwei für einen und dem Mann ward
es nun täglich dunkler und dunkler vor den Augen, bis er
zuletzt erklärte, er sähe nun gar nichts mehr und wär stock=
blind. Die Frau wollte es ihm immer noch ausreden; er
blieb aber dabei und sagte: Das ist doch ein elendes Leben.
Blinder Mann, ein armer Mann, heißt es im Sprichwort,
und Sprichwort wahr Wort. Kein Hund möchte länger so
leben. Wenn du mich noch ein Bißchen lieb hast, so hab
Mitleid und hilf mir aus diesem Elend. Jeder Tod soll mir
eine Wohlthat sein. Ja, wie soll ich das machen? sagte die
Frau, und freute sich heimlich, daß sie bald am Ziel ihrer
Wünsche stände. Das ist gar leicht zu machen, sagte der
Mann; du brauchst mich ja nur an des Müllers Teich zu
führen und mir dann einen Stoß zu geben, so bin ich erlöst
aus diesem Jammerthal. Hab doch ein Einsehen! Ach Mann,
sagte die Frau, wie könnt ich das über mein Herz bringen,
dich ertrinken zu sehen! Liebe Frau, sagte der Mann, du
thust mir ja den größten Liebesdienst. Wenn du es nicht über
dein Herz bringen kannst, mich ertrinken zu sehen, so will ich

mich hinter eine Strohmatte stellen, daß du mich nicht siehst.
Du giebst dann der Strohmatte den Stoß und die Strohmatte
stößt mich hinunter, nicht du. So bin ich erlöst und du hast
dir keinen Vorwurf zu machen. Wenn es denn nicht anders
sein kann, sagte die Frau, und du es durchaus so haben willst,
so will ich dir in Gottes Namen helfen, daß du davon kommst.
Sie giengen also nach dem Teiche, der Mann stellte sich hinter
die Matte, die Frau nahm einen Anlauf und rannte aus
Leibeskräften dawider. Der Mann aber, der recht gut sah,
war schnell bei Seite gesprungen, die Bürde wich der Gewalt
des Stoßes und die Frau stürzte mit ihr kopfüber ins Wasser.
Ach Hülfe, Hülfe, lieber Mann, rief sie und jammerte, ich
ertrinke! Hilf mir doch heraus. Ja, liebe Frau, herzlich
gerne, sagte der Mann; aber wo bist du? ich kann dich nicht
sehen; du weißt ja, die Eierkuchen haben mich ganz blind
gemacht.

61. Die Widerspenstige.

Der gute Markart hatte die üble Adelheid zur Frau; die
that ihm alles gebrannte Leid und gab ihm nicht satt zu eßen.
Als sie ihn einst wieder fasten ließ, fiel ihm ein, daß er noch
ein Paar Pfennige in der Tasche hätte, damit wollte er sich
im Dorf einen Weck kaufen. Sie merkte aber was er vor
hatte und schlug ihn so lange bis er das Geld herausgab.
Da dachte er, was soll ich anfangen, daß ich sie auf meinen
Weg bringe? Eben liefen Leute vorbei, die auf den Jahrmarkt wollten, der im nächsten Orte gehalten wurde. Da
sprach er zu ihr: Da rennt auch wieder Mancher auf den
Markt, der beßer daheim bliebe. Du kannst Gott danken, daß
du keinen Mann hast, der allen Messen und Märkten nachzieht
wie diese da, die Hab und Gut verkaufen. Was? rief die
üble Adelheid, willst du noch groß thun? Jetzt must du auch
auf den Markt. Ach nein, liebe Adelheid, laß uns daheim
bleiben, daheim ists fein. Nichts da, rief sie, wir gehen auf
den Markt. So laß uns wenigstens das Geld zu Hause laßen,
damit wir es unsern Kindern nicht verthun. Nun hör Einer,
rief sie, das Geld nehm ich mit und verzehr es: die Kinder

können sich auch plagen. Er muste also mit auf den Markt.
Da begegnete ihnen ein Mann in einem neuen blauen Rock,
der gefiel dem guten Markart. Sieh doch, liebe Adelheid,
sprach er zu ihr, was das für eine Narrentracht ist. Die
Kinder auf der Straße werden ihm nachlaufen, wenn er nach
Hause kommt. Was hast du gegen den Rock, alberner Tropf?
du sollst auch so einen tragen. Ach nein, liebe Adelheid, mach
mich nicht zu Spott. Es ist ja über meinen Stand, so theures
Zeug zu tragen. Muß es sein, so lauf mir nur einen ganz
schlechten. Den allerbesten must du haben, sag ich dir, der
auf dem ganzen Markt zu finden ist. Damit gieng sie in den
Laden und ließ ihm sieben Ellen vom feinsten blauen Tuch
anmeßen. Nun laß uns aber auch nach Hause gehen, sonst
geht noch mehr darauf. Wo denkst du hin? Jetzt bleiben wir
gerade hier. Ach, liebe Adelheid, so laß uns doch nicht zu viel
an unser Eßen und Trinken legen. Ich nehme gern mit Schwarzbrot vorlieb, und will auch keinen Wein trinken, Waßer thuts
auch; die Zeiten sind gar zu schlecht. Zeiten hin, Zeiten her,
rief die üble Adelheid, du sollst Weißbrot eßen und den besten
Wein trinken. Damit führte sie ihn ins Wirthshaus und ließ
wacker anrichten. Hier gefällt es mir wohl, sagte der gute
Markart, hier möcht ich bleiben bis morgen früh. Als sie das
hörte, stand sie auf, zahlte die Zeche und trat den Heimweg
an. Der Weg führte am Waßer vorbei. Geh doch nicht so
nah am Ufer, rief der gute Markart, du könntest hineinfallen
und ertrinken. Nun geh ich gerade hier am Rande, rief sie,

weil du dein loses Maul nicht halten kannst. Sie gieng aber
so nah am Abhang, daß der Rand unter ihr wich: da fiel sie
ins Waßer und ertrank. Der gute Markart hätte sie gerne
wieder herausgezogen, aber schon war sie vom Waßer ver-
schlungen. Siehst du, du hast mir nicht folgen wollen; nun
ist es dein Schade. Wüste ich nun, wo ich dich suchen sollte,
so zög ich dich gerne wieder heraus. Ich will aber mein Bestes
thun, und nach dir suchen wo ich denke, daß du zu finden
bist. Damit gieng er aufwärts längs dem Waßer her und
fischte nach ihr mit einem langen Rechen, den er auf einer
Wiese fand. Da begegnet ihm Einer und fragte: Wonach
fischt ihr hier, guter Freund? Nach meiner Frau, sagte der gute
Markart, die ist mir so eben ins Waßer gefallen. „Hier an
der Stelle?“ Nein, sagte der gute Markart, weiter unten.
Ei, Freund, sagte der Mann, so müst ihr nicht hier oben
suchen, der Strom wird sie herabgeführt haben. Da kennt ihr
meine Frau schlecht, sagte der gute Markart, dazu war sie zu
widerspenstig, daß sie mit dem Strom schwimmen wollte. Sie
ist all ihr Lebtag gern gegen den Strom geschwommen. Ach,
sagte der Fremde, war sie so Eine, so mag euch euer Suchen
wohl frommen. Wenn ihr sie aber nicht bald findet, so laßt
es lieber ganz sein. So Eine findet ihr immer wieder. Da
folgte der gute Markart seiner Lehre und ließ sein Suchen
bleiben, hat auch bald wieder eine gefunden: wenn die nicht
beßer war, so war sie doch schwerlich schlimmer.

62. Kleefam.

In einer kleinen Stadt starb ein Mann, der seinen beiden Söhnen nichts hinterließ als Haus und Garten: darein mußten sie sich theilen. Der ältere half sich bald: er freite eine kinder= lose Wittwe, die ihm so viel mitbrachte, daß er seinen Theil des Hauses ausbauen und Gastwirthschaft treiben konnte. Der jüngere hatte nur ein armes Mädchen geheirated, die ihm Kind auf Kinder gebar; die aßen ihm die Haare vom Kopfe bis er zuletzt so arm ward, daß er sein Brot im Gemeindewald mit Holzhacken verdienen mußte. Der reiche Bruder, der kinderlos blieb und noch alle Tage reicher ward, gab aber dem armen nichts; auch hätte es seine Frau nicht gelitten, die ihrer Schwä= gerin spinnefeind war und sie ein Bettelweib über das andere schalt, wenn sie sich nur bei ihr blicken ließ.

Nun fuhr einmal der Holzhacker mit zwei Eseln in den Wald, Laub und Reiser zur Feuerung zu holen. Sein Mittagsbrot hatte er in die Tasche gesteckt, weil er den ganzen Tag arbeiten mußte. Als er nun zu Mittag da saß und sein trockenes Schwarzbrot verzehrte, hörte er ein Geräusch, als wenn ein ganzer Haufen gewappneter Männer daher käme. Vor Angst kletterte er auf einen Eichbaum und sah, daß es Räuber waren, die schwere Säcke daher schleppten. Gerade unter seinem Baum machten sie Halt und einer der Räuber, den er für den Hauptmann hielt, trat vor den Berg und rief: Kleesam, thu dich auf! Da that der Berg sich auf und die Räuber trugen ihre Säcke hinein; als sie aber drinne waren, rief der Hauptmann: Kleesam thu dich zu, und der Berg schloß sich. Nun merkte der Holzhauer sich den Platz wohl, blieb aber ruhig auf seinem Eichbaum sitzen. Nach einiger Zeit that sich der Berg auf, die Räuber kamen heraus und der Hauptmann rief: Kleesam, thu dich zu; da schloß sich der Berg. Darauf ziehen die Räuber ihres Weges fort in den Wald. Als der Holzhacker sieht, daß reine Bahn ist, denkt er, du willst doch sehen, ob sich der Berg auch aufthut, wenn du so rufst. Damit klettert er von dem Baum, trat vor den Berg und rief: Kleesam, thu dich auf! Richtig, der Berg thut sich auf: er geht hinein, eine Treppe hinunter und gelangt in ein großes Gewölbe, da liegen ganze Haufen Gold. Gleich lief er zurück und holte die Leintücher, die er um Holz und Reiser zu schlagen pflegte, wenn er nach Hause fuhr. Die füllte er im Gewölbe so schwer mit Gold als er dachte, daß seine Esel tragen könnten. Mühsam schleppte er dann den Schatz die Treppe hinauf und rief: Kleesam, thu dich zu! worauf der Berg sich schloß. Da belud er seine Esel und trieb sie fröhlich nach Hause. Wie er nun heimkommt, geht er erst ins Haus und schickt die kleinen Kinder in den Garten; nur seine älteste Tochter Marianne, die ein

kluges Mädchen war, durfte bei der Mutter bleiben. Darauf
lud er die Esel ab, trug die Schätze in das Zimmer und erzählte den beiden wie er daran gekommen sei. Nun hatten die
eine große Freude, daß sie auf einmal reich waren und nicht
mehr im Wald die schwere Arbeit zu thun brauchten. Die
Frau hätte aber doch gerne gewußt wie viel sie besäßen. Da
schickte sie ihre Tochter Marianne zu den reichen Leuten, ihren
Schwägern, ein Scheffelmaß zu borgen: damit sollte das Gold
gemeßen werden. Die Schwägerin wunderte sich, was sie wohl
meßen wollten: sie hätten ja nicht das liebe Brot im Hause.
Aber Marianne versetzte: Ihr habt doch wohl selbst gesehen,
daß mein Vater so eben mit zwei Eseln nach Hause getrieben
kam. Im nächsten Ort ist Markt, wie ihr wißt: da hat er
Linsen eingekauft für den Winter; was übrig bleibt wollen wir
im Frühjahr im Garten säen. Das Geld haben wir uns lange
zusammen gespart. Da lieh die Schwägerin ihr den Scheffel,
schmierte aber aus Vorwitz Talg hinein; vielleicht bleibe etwas
hangen, woran sie sehen könnte was sie gemeßen hätten.
Nach einiger Zeit schickte sie eine Magd hin, den Scheffel zurück-
zufordern, denn die Neugier ließ ihr keine Ruhe; auch war ihr
bange, sie bekäm ihr Gemäß nicht wieder. Als der Scheffel
wieder gebracht wird, war richtig etwas am Boden hangen
geblieben, aber Linsen nicht; es war ein blankes Goldstück.
Sogleich läuft sie zu ihrem Manne und sagt: Was meinst du wohl,
was sie gemeßen hätten? Gold haben sie gemeßen. Sieh nur
selbst! Wie kommen sie daran? Das geht nicht mit rechten Dingen

zu. Der Gastwirth schüttelt den Kopf und sagt: Das ist mir
selbst zu rund. Ich muß es aber wißen und das noch heute.
Da geht er gleich hinüber zu seinem Bruder, zeigt ihm das
Goldstück und sagt, nun müße er ihm bekennen, wie er daran
käme, sonst zeige er es den Gerichten an, denn er dulde in
seinem Hause keinen Unterschleif. Der Holzhacker wollte erst
Ausflüchte machen; aber der Gastwirth setzte ihm so zu, daß
er ihm endlich Alles erzählen muste. Er zeigte ihm auch den
Berg und lehrte ihn die Worte, die er sprechen müste, damit
der Berg auf= und zugienge. Da fuhr der Reiche gleich des
andern Tages mit zwölf Pferden vor den Berg und sagte:
Kleesam, thu dich auf! und der Berg that sich auf. Da gieng
er mit vierundzwanzig großen Säcken hinunter, füllte sie alle
mit Goldstücken und schleppte einen nach dem andern die Treppe
herauf bis an die Thüre. An der Thüre sagte er: Thüre thu
dich auf! die Thüre blieb aber zu. Er hatte das rechte Wort
vergeßen und konnte sich nicht mehr darauf besinnen; vergebens
nannte er Alles daher was ihm einfiel: die Thüre wollte nicht
aufgehen. Da kamen zufällig die Räuber daher und sahen die
zwölf Pferde vor dem Berge stehen. Da sagen sie zu ein=
ander: Was soll denn das bedeuten? gewiß ist unsere Schatz=
kammer verrathen. Sogleich gehen sie an den Berg und hören
inwendig Jemand rufen. Da befiehlt der Hauptmann, den
Ausgang zu besetzen und was herauskomme nieder zu machen.
Wie er nun ruft: Kleesam thu dich auf! stürzt der Gastwirth
hervor, und gleich wird ihm der Kopf abgeschlagen. Die

Räuber trugen dann die Säcke wieder hinab in das Gewölbe, ließen den Berg sich schließen und verscharrten den Leichnam unter dem Eichbaum in hohem Laub. Die Pferde ließen sie laufen und giengen ihres Weges in den Wald.

Als nun am Abend der Gastwirth nicht nach Hause kommt, geht die Frau in der Nacht zu ihrem Schwager und klagt ihm ihr Leid: ihr Mann wäre schon seit dem Morgen fort und noch immer nicht zurück; die Pferde wären aber ledig in den Stall gelaufen. Er sollte doch einmal im Walde nach= sehen, ob sich keine Spur von ihm fände. Da ahnt ihm gleich nichts Gutes und verspricht, wenn er bei Tagesanbruch nicht daheim wäre, im Wald nach ihm zu suchen. Als er nun am Morgen nicht gekommen war, nimmt er seinen Esel mit Einem großen Sack und treibt in den Wald vor den Berg. Da ruft er: Kleesam, thu dich auf! worauf der Berg aufgeht. Da lauft er die Stiege hinab ins Gewölbe und findet Niemand, sieht aber die vierundzwanzig Säcke seines Bruders gefüllt da stehen. Er läuft wieder herauf, läßt den Berg sich schließen und sucht nach und findet ihn endlich enthauptet unter dem Laube. Da steckt er den Rumpf mit dem Haupte in den Sack, ladt ihn auf den Esel, legt noch Reisig darauf und treibt heim. Wie er nach Hause kommt, giebt er der Frau Auskunft, tröstet sie so gut er kann und verspricht, wenn die Schätze im Berge nicht verrathen würden, Alles redlich mit ihr zu theilen. Er werde ihr auch beistehen, daß sie die Gastwirthschaft fort= führen könnte. Zunächst käme es jetzt darauf an, ihren Mann begraben zu laßen ohne daß es Auffehen gäbe und weder die Gerichte von der Schatzhöhle hörten, noch die Räuber erführen, daß sie von ihr wüften und sie schon beraubt hätten. Das begriff die Gastwirthin, willigte in Alles und ließ ihm auch freie Hand, wie er es anstellen wollte, daß ihr Mann begraben würde ohne daß man in der Stadt erführe wie er gestorben wäre. Sie könnte selber nichts thun als ihn heute für krank ausgeben und morgen feinen Tod bekannt machen: in der Nacht müßte er aber Rath schaffen, daß sie morgen die Leiche besich= tigen laßen könnte ohne daß sein gewaltsamer Tod heraus= käme. Nun fragte der Holzhacker seine Tochter Marianne um Rath: da sagte sie, vor der Stadt wüßte sie einen armen Schuhflicker wohnen, durch den wollte sie dem Oheim den Kopf wieder auffetzen laßen und es schon so einrichten, daß er nichts verrathen könnte. Da wartete sie die Nacht ab und schlich sich als Mann verkleidet hinaus zu dem Schuhflicker und sagte, er könnte ein schön Stück Geld verdienen, wenn er nur eine Viertelstunde arbeitete; er müßte sich aber die Augen verbinden laßen: so sollte er bis an das Haus und hernach wieder zurück geführt werden. Der Schuhflicker könnte das Geld wohl brauchen und willigte nach einigem Bedenken ein. Da verband sie ihm die Augen und führte ihn in das Haus zu der Leiche. Da nahm sie ihm das Tuch ab und sagte, nun hätte er weiter nichts zu thun als diesem Manne den Kopf wieder aufzunähen. Der Schuhflicker macht sich gleich an die Arbeit und in weniger als einer Viertelstunde saß der Kopf wieder fest auf dem Rumpfe.

Da kriegte er einen doppelten Friedrichsdor und ward von dem
Mädchen mit verbundenen Augen wieder heimgeführt.

Kurze Zeit darauf kamen die Räuber wieder an den Berg
und fanden, daß der Leichnam, den sie verscharrt hatten, ver=
schwunden war. Da sagte der Hauptmann zu den Räubern,
jetzt könnten sie sehen, daß ihre Schatzhöhle verrathen wäre.
Sie müßten nun herausbringen, wer den Leichnam hätte fort=
schaffen und bestatten laßen: derselbe wüßte auch von der Höhle.
Denn wenn ein Anderer ihn gefunden hätte, so würde es schon
längst Lärm gegeben haben. Wer das nun ausmitteln wollte,
der sollte sich melden. Da erbot sich einer der Räuber, der
sich für sehr schlau hielt, auf Kundschaft zu gehen. Der ver=
kleidete sich als ein fahrender Schüler und trieb sich lange in
der Stadt und der ganzen Gegend umher, bekam aber nirgend
Wind. Da kommt er eines Tags an der Bude des Schuhflickers
vorbei und tritt hinein, weil an seinem Fußgeschirr etwas zu
beßern war. Wie er nun fragt: Was giebt es Neues, Meister?
sagt der Schuhflicker: Neues nichts, als daß ich vor etlichen
Tagen einem Mann den Kopf aufgesetzt habe. Da freut sich
der Räuber und denkt: Holla, nun komm ich endlich auf die
Spur. Wie er aber fragt, ob er ihm denn sagen könnte, wo
das geschehen wäre, sagt der Schuhflicker: nein, denn man
hätte ihn mit verbundenen Augen dahin und wieder zurück=
geführt. Da fragt der Räuber, ob er sich denn getraute, den
Weg wieder zu finden, wenn man ihm die Augen verbände.
Er wollte ihm einen doppelten Friedrichsdor geben, wenn er

ihm das Haus zeigen könnte. Der Schuster sagte, er wollte
es versuchen und glaubte wohl, daß es geriethe, denn er hätte
die Schritte gezählt und wär auch immer grad ausgegangen.
Als es nun Nacht wurde, verband er ihm die Augen und
gieng mit ihm nach der Stadt. Der Schuhflicker zählte die
Schritte und wie er ausgezählt hatte, blieb er stehen und hatte
auch das richtige Haus getroffen. Da zog der Räuber ein Stück
Kreide heraus und macht damit einen Kranz um den Knopf
an der Hausthüre. Darauf führte er den Schuster mit verbun=
denen Augen wieder zurück, gab ihm den doppelten Friedrichsdor
und gieng zu seinem Hauptmann und sagte, er könnte ihm
nun morgen das Haus zeigen. Am Morgen war aber Marianne
früh ausgegangen, Milch zu kaufen. Wie sie zurückkommt, sieht
sie um den Knopf an der Thüre einen Kranz gemalt. Da
denkt sie, das hat was zu bedeuten, nimmt ein Stück Kreide
und malt an allen Hausthüren die Reihe herauf und herunter
um jeden Knopf einen Kranz. Als nun der Räuber mit dem
Hauptmann kommt, ihm das Haus zu zeigen, kann er es nicht
finden, weil an allen Hausthüren der Kranz um den Knopf
gemalt ist. Da wird der Hauptmann zornig und läßt den
Räuber erschießen, weil er sich hatte überlisten laßen. Da
meldete sich ein anderer, der kommt auch zu dem Schuhflicker
und fragt was es Neues gäbe. Da sagt der Schuhflicker,
weiter nichts als daß er neulich Einem den Kopf wieder auf=
genäht hätte. Da fragt er, ob er ihm denn das Haus zeigen
könnte. Das könnte er nicht, sagte der Schuhflicker, denn er

wär mit verbundenen Augen dahin und wieder zurück geführt
worden. Wenn man ihm denn die Augen wieder verbände,
ob er sich dann das Haus zu finden getraute? Er sollte einen
doppelten Friedrichsdor haben, wenn er es ihm zeigte. Das
könnte gerathen, sagte der Schuhflicker, denn er hätte die Schritte
gezählt und wär auch immer grad ausgegangen. Als es nun
Nacht wurde, verband er ihm die Augen und gieng mit ihm
nach der Stadt. Der Schuhflicker zählte die Schritte und als
er ausgezählt hatte, blieb er stehen und hatte auch wieder das
richtige Haus getroffen. Da zog der Räuber ein Stück Kreide
heraus und malte einen Strich an das Haus. Dann führte
er den Schuster mit verbundenen Augen wieder zurück an sein
Haus, gab ihm den doppelten Friedrichsdor und berichtete dann
seinen Hauptmann, er könnte ihm nun morgen das Haus
zeigen. Am Morgen war aber Marianne wieder früh ausge=
gangen Milch zu holen; da sieht sie, wie sie zurückkommt, den
Strich ans Haus gemalt. Da malt sie an alle Häuser die
Reihe herauf und herunter einen Strich, und als der Räuber
dem Hauptmann das Haus zeigen will, kann er es nicht finden,
weil der Strich an alle Häuser gemacht war. Da wird der
Hauptmann zornig und läßt auch diesen Räuber erschießen.
Darauf geht er selber zu dem Schuhflicker und fragt was es
Neues gäbe. Der Schuhflicker sagt, nichts als daß er neulich
Einem den Kopf aufgenäht hätte. Ob er ihm denn nicht sagen
könnte, wo das gewesen wäre? Nein, sagt der Schuhflicker,
denn er wär mit verbundenen Augen dahin und zurück geführt

worden. Er hätte aber die Schritte gezählt und wär auch immer grabaus gegangen. Wenn er ihm nun einen doppelten Friedrichsdor gäbe, wollte er sich die Augen wieder verbinden laßen und dann das Haus wohl finden. Der Hauptmann sagte ihm den doppelten Friedrichsdor zu, fragte aber noch, wer ihn denn bestellt hätte, ein Mann oder eine Frau? Da sagt der Schuhflicker, der Kleidung nach wär es ein Mann gewesen; aber nach der Stimme ein Mädchen. Nun wartet er bis es dunkel ward, da verband er ihm die Augen und gieng mit ihm nach der Stadt. Der Schuhflicker zählte die Schritte und als er ausgezählt hatte, blieb er stehen und hatte auch zum drittenmal das richtige Haus gefunden. Der Hauptmann war aber klüger gewesen und hatte alle Häuser gezählt von der letzten Ecke bis da, wo der Schuhflicker Halt gemacht hatte, und also wuste er nun sichern Bescheid. Darauf führte er den Schuhflicker mit verbundenen Augen wieder an sein Haus, gab ihm den doppelten Friedrichsdor und gieng dann zu seinen Kameraden. So viel Leute er nun noch hatte, so viel Fäßer kaufte er, und noch eins mehr, das ließ er mit Oel füllen; in die andern aber steckte er je einen seiner Räuber, gab aber auch diese für Oelfäßer aus und sich selbst für einen Oelhändler. So kommt er an das Haus, das er sich gemerkt hatte, eines Abends mit den Fäßern gefahren und fragt, ob er für die Nacht da Herberge fände mit seinen Karren und Pferden. Da hieß es Ja, wenn Raum genug im Hofe wäre für so viel Karren, so könnte er da Herberge finden. Da fuhr er auf

den Hof und stellte seine Karren mit den Fäßern alle in Eine
Reihe; die Pferde spannte er ab und zog sie in den Stall, wo
sie wohl verpflegt wurden. In der Nacht, wenn Alles schliefe,
so war es verabredet, sollte er dann nur an die Fäßer klopfen,
so würden die Räuber sogleich den Fäßern den Boden ausstoßen
und ihm beistehen, Alles im Hause niederzumetzeln: hierauf
wollten sie ihre Pferde aus dem Stalle nehmen und auf und
davon reiten: ihre Schatzhöhle wäre dann nicht mehr verrathen.

Als nun schon Alles im Hause schlief, denn auch der
Oelhändler hatte sich zu Bette gelegt, war die fleißige Marianne
noch häuslich beschäftigt, und sah es gern, daß der alte Hausknecht ihres Oheims sich am Feuer dehnte, denn er war gefällig und gieng ihr zuweilen auch wohl zur Hand. Darüber
fieng ihr die Lampe an sehr dunkel zu brennen: sie sah hinein
und fand, daß ihr an Oel gebrach. Der Oelkrug war aber
auch erschöpft; es muste ein anderer aus dem Keller geholt
werden. Da klopfte sie dem alten Johann auf die Schulter
und bat ihn, eine Kanne Oel aus des Oheims Keller zu holen.
Ich weiß, daß noch eine da liegt, sagte sie; damit ist aber
auch Matthäus am letzten. Muß ich für des Oheims Wirthschaft die Arbeit besorgen, so kann er auch das Oel dazu hergeben. Der alte Johann raffte sich aus seinem Halbschlummer
auf und taumelte die Treppe herunter; beim Heraufgehen aber
stolperte er und zerbrach den Krug. Das ist eine schöne Be-
scherung, sagte das Mädchen: wo kriegen wir nun Oel auf
die Lampe? die Läden sind längst alle geschlossen. Sollen wir

hier im Dunkeln sitzen und haben all die Oelfäßer im Hofe
liegen? Gescheidte Leute müßen keine Narren sein. Man soll
dem Ochsen, der da drischt, das Maul nicht verbinden. Der
Herr Oelhändler gäb uns gern ein Paar Tropfen Oel, wenn
er nicht schliefe; er würde aber verdrießlich, wenn ich ihn
darum weckte. Laß uns einmal sehen, ob nicht eins der Fäßer
rinnt; sonst müßen wir einen Bohrer nehmen. Da gieng sie
in den Hof und klopfte an das erste Faß: das klang aber
hohl und zugleich hörte sie darin fragen: Ist es schon Zeit?
Ei, denkt sie, ist es so gemeint? Da giebt sie leise Antwort:
Nein, noch nicht. Sie geht und klopft auch an die andern
Fäßer: die klangen alle hohl, und aus allen hörte sie fragen,
ob es schon Zeit wäre. Nein, sagte sie leise, noch nicht. Nur
das letzte Faß klang nicht hohl, denn das war voll Oel. Da
sagte sie zu dem Hausknecht: Jetzt steh mir bei, Johann, denn
sonst sind wir alle des Todes. Alle Fäßer stecken voll Räuber
und Mörder: wir wollen ihnen aber das Bad mit ihrem eigenen
Oel gesegnen. Stich schnell das Oelfaß an; so will ich den
großen Keßel an den Haken hängen und ein tüchtig Feuer
darunter machen: wenn du dann das Oel in den Keßel schüttest,
soll es bald glühend sein. Da bohrte der alte Hausknecht ein
Loch in das Oelfaß, steckte einen Zapfen hinein und trug im
Eimer so lange Oel in den großen Keßel bis er ganz voll war.
Es währte auch nicht lange so fieng das Oel an zu sieden und
zu schäumen. Als es nun ganz glühend war, schöpfte er Eimer
um Eimer voll und goß das siedende Oel Faß um Faß durch

die Spundlöcher den Räubern auf den Leib, daß sie alle des Todes waren. Als das abgethan war, löschte sie gleich ihre Lampe aus und scharrte Asche über die Kohlen, damit der Räuberhauptmann meinen sollte, sie wäre schlafen gegangen. Sie stellte sich aber mit dem Hausknecht heimlich auf Wache, um zu sehen, was er anfangen würde, wenn er dächte, daß Alles in Ruhe wäre. Es währte auch nicht lange, so machte er das Fenster auf und stieg in den Hof. Da klopfte er an ein Faß, erhielt aber keine Antwort. Bestürzt gieng er weiter, und klopfte an alle Fäßer; als er aber an keinem Antwort erhielt, sah er wohl, daß sein Spiel verloren wär und ihm nichts Eiligeres zu thun bliebe als sich auf und davon zu machen. Dazu ersah er sich denn auch sofort Gelegenheit, indem er aus dem Hof durch die Tenne in den Garten lief und hier über die Hecken springend das Weite suchte. Marianne hatte es wohl gesehen: sie hielt es aber noch nicht für gerathen, sich schlafen zu legen; sie weckte erst ihren Vater, erzählte ihm was geschehen sei und rieth ihm, mit Hülfe des treuen Hausknechts den Fäßern die Böden einzuschlagen und die todten Räuber im Garten zu verscharren. Der Vater lobte ihre Klugheit und folgte auch sogleich ihrem Rath. Hernach werden auch die Fäßer und Karren bei Seite geschoben, so daß am Morgen jede Spur der Räuber getilgt war.

Als der Räuberhauptmann alle seine Kameraden verloren hatte, sah er wohl, daß er die Sache anders angreifen müste. Da gieng er hin und kaufte das Haus, das dem Wirthshaus

gegenüber gerade feil war; da legte er einen schönen Laden
an, der viele Käufer herbeizog. Nun hätte er gerne gewußt, wer es wohl wäre, der seine Anschläge so schlau zu
vereiteln gewußt hätte. Da nahm er eines Abends ein Stück
Kreide und malte wieder einen Kranz um des Nachbars Thürknopf; am andern Morgen aber stellte er sich zeitig auf die
Lauer um zu sehen, was nun geschähe. Am andern Morgen
gieng Marianne wie gewöhnlich in aller Frühe Milch holen
und bemerkte, als sie zurückkam, daß wieder ein Kranz um
den Thürknopf gemalt war. Da trug sie die Milch ins Haus
und kam bald darauf mit einem Stück Kreide in der Hand
zurück. Sie besann sich aber noch und gieng wieder ins Haus,
ohne ihr erstes Vorhaben auszuführen. Da dachte der Räuberhauptmann: du bist klug! hast dich aber doch verrathen. Von
Stund an setzte er sich vor um Mariannen zu werben. Er
besuchte auch ihre Eltern und ließ deutlich merken, daß er sein
Absehen auf die Tochter gerichtet hätte. Dem Vater wäre der
Eidam schon recht gewesen, die Tochter wollte ihm aber nie
Rede stehen was sie von dem Freier hielte. Da stellte einmal
der Vater ein großes Gastmal an und lud auch den neuen
Nachbar dazu ein. Marianne, welche die Küche besorgte, that
absichtlich kein Salz in die Speisen. Bei Tische gab sie Acht
auf den Nachbar und bemerkte, daß er alle Speisen ungesalzen
verzehrte. Daran erkannte sie, daß er keine Liebe zu ihr trüge.
Nach dem Essen ließ der Vater Musikanten kommen und da
mußte Marianne den ersten Walzer mit dem Nachbarn tanzen.

Dabei fühlte sie deutlich, daß er Waffen bei sich trüge. Da geht sie nach dem Tanz stillschweigend in die Küche und steckt ein scharfes Meßer zu sich. Als die Musik wieder anhebt, muß sie auch den zweiten Walzer mit ihm tanzen. Aber mitten im Tanz stößt sie ihm das Meßer ins Herz, daß er todt zu Boden stürzt. Alles wundert sich und stellt sie zur Rede; da sagt sie ganz ruhig: ich bin ihm nur zuvorgekommen, denn er hat Mir nach dem Leben gestanden. Untersucht ihn nur, so wird es sich finden. Wie sie nun nachsahen, finden sie Dolche und geladene Pistolen bei ihm, in seiner Wohnung aber Papiere, woraus sich ergab, daß es der Räuberhauptmann war, der so lange die Gegend unsicher gemacht hatte.

63. Die drei Brüder.

Es war einmal eine Herschaft, die hatte Alles genug, nur keine Kinder: darüber waren sie sehr traurig. Da fuhren sie einst auf ihrem See und fiengen einen Fisch, den sollten sie, wie darauf geschrieben stand, in vier Stücke zerschneiden: den Kopf dem Hunde vorwerfen, ein Stück dem Pferd geben, das andere mit einander verzehren und den Schwanz in die Erde graben. Das geschah: da bekam der Hund drei Junge, das Pferd drei Füllen, die Frau drei Söhne und wo der Schwanz begraben war, lagen drei Schwerter. Als die Kinder heranwuchsen, gaben die Eltern jedem der drei Söhne ein Pferd, einen Hund und ein Schwert. Da wollten sie auch nicht länger daheim bleiben, nahmen Urlaub von den Eltern und zogen fort in die Welt. Eine Weile ritten sie zusammen bis sie an einen großen Baum kamen, bei dem schieden sich ihre Wege. Da hieb jeder mit seinem Schwert in den Baum und sagten, an den Hieben wollten sie erkennen, wenn sie wieder dahin kämen, wie es einem Jeden in der Welt ergienge. Also nahmen sie Abschied von einander und ritt der eine links, der andere rechts und der dritte grabaus.

Nun kommt der eine, der links geritten war, erst durch einen großen Wald, dann in eine schöne Allee, und am Ende der Allee sieht er ein schönes Schlößchen stehen. Wie er an das Schlößchen kommt, brennt da ein großes Feuer. Er geht darauf zu mit seinem Pferd und Hund: da kommt ein altes Weib daher und sagt: Schuch, was ist es kalt! Wenn dirs kalt ist, sagt er, so komm und wärme dich. Nein, sagt sie, ich fürchte mich vor deinem Hund. Gieb mir ein wenig Haar aus seinem Schwanz, so weiß ich, daß er mich nicht beißt. Indem er ihr nun die Haare geben will, verwünscht sie ihn, daß er mit Pferd und Hund in Salzsteine verwandelt steht.

Bald darauf kommt der andere Bruder an den Baum und sieht an den drei Hieben, daß es dem Einen seiner Brüder nicht gut ergienge, denn der eine Schnitt war ganz roth. Da ritt er ihm nach und kommt bei der Nacht in den Wald. Da hätte er gerne Herberge gehabt, fand aber nirgends ein Haus stehen. Endlich sieht er ein Licht, aber fern ab vom Wege: da ritt er auf das Licht zu und wie er näher kommt, steht da ein großes Schloß. Er pocht an, da macht ihm ein ganz schönes Mädchen auf: die fragt er, ob er da übernachten könnte. Ja, sagt das Mädchen, übernachten könnte er da wohl, sie wollte es ihm aber nicht rathen, denn er würde in der Nacht gewiß umgebracht. Ei, sagt er, davor wär ihm nicht bange; wenn er nur die Nacht unter Dach und Fach wäre. Da läßt ihn das Mädchen ein. Wer denn hier auf dem Schloß wohne? fragt er. Da sagt das Mädchen: Fünfhundert Spitzbuben wohnten

darauf. Bis eilf Uhr blieben sie gewöhnlich aus, dann aber
kämen zweihundert heim und fragten, ob Jemand da einge=
kehrt wäre. Hernach zögen diese wieder fort mit ihrem Haupt=
mann; um zwei Uhr kämen aber die andern dreihundert. Die
Spitzbuben hätten auch sie ihren Eltern geraubt; sie wagte es
aber nicht, ihnen zu entlaufen, denn sie wüste wohl, die Spitz=
buben würden sie gleich wieder einholen und dann müste sie es
mit dem Leben entgelten. Da sprach er dem Mädchen Muth zu:
er wollte sie schon von den Räubern erlösen. Sie sollte ihm
nur das größte und schönste Zimmer im ganzen Schloß an=
weisen, und seinem Pferde gleich einen Scheffel Hafer geben
und seinem Hunde Fleisch und Brot so viel er freßen möchte.
Nach dem Eßen wolle er sich dann ein wenig schlafen legen;
um halber eilf aber sollte sie ihn wecken. Da machte ihm das
Mädchen ein Bette in den großen steinernen Schloßsaal, und
trug ihm ein gutes Nachteßen auf; seinem Pferde aber hatte
sie einen Scheffel Haber gegeben und seinem Hunde Fleisch und
Brot so viel er freßen mochte. Darauf wartete sie bis es halb
eilf schlug: da kam sie und weckte ihn. Schnell sprang er auf
und kleidete sich an; gieng dann in Stall und holte Pferd und
Hund zu sich in den Saal. Mit dem Schlage eilf Uhr kamen
auch wirklich die zweihundert Spitzbuben und fragten das Mädchen,
ob Jemand eingekehrt wäre. Ja, sagt das Mädchen, ein Herr
mit Pferd und Hund. Wo er denn wäre? In dem großen
steinernen Schloßsaal. Da gieng der Hauptmann gleich mit
sechs Mann hinein, und wie er sah, daß der Fremde mit Pferd

und Hund in dem besten Zimmer war, ward er sehr wild und
sagte, sein Saal wär kein Pferdestall und auch kein Hundestall:
er müste jetzt gleich sterben. Da fragte der Ritter, ob das sein
Volk denn alle wäre, die sechs Mann, die er bei sich hätte?
Nein, sagte der Hauptmann, er hätte zweihundert Mann. Nun,
sagte der Ritter, die möchte er doch gern alle beisammen sehen
eh er stürbe. „Die Freude könnt er haben," sagte der Hauptmann, und holte seine Leute alle herein. Als sie nun drinnen
sind, sagte der Ritter, nun sollten sie doch Thüren und Fenster
alle fest zuschließen, damit sie nicht gestört würden. Als das
auch geschehen war, fragt der Ritter sein Pferd, ob es ihm
getreu wär? Da winkt das Pferd mit dem Kopfe Ja. Und
du, mein Hund, fragt er, bist du mir auch getreu? Da winkt
der Hund auch Ja. Gut, sagt der Ritter, so helft mir denn
Alles zu zerschlagen und zu zerschmeißen. Damit zieht er sein
Schwert und schlägt dem Hauptmann den Kopf ab. Da fieng
das Pferd an Alles zu zerschlagen und zu zerschmeißen und
wo das Pferd nicht dran konnte, das holte der Hund herbei
und warf es ihm unter die Hufe und ehe eine Viertelstunde
vergieng, hatten sie alle Zweihundert ums Leben gebracht und
auch die Leichen schon wieder bei Seite geschafft. Darauf muste
das Mädchen dann Waßer holen, um den Saal zu reinigen
und Alles wieder sauber mit Sand bestreuen, daß man nicht
sah, was geschehen war. Pferd und Hund stellte er dann
wieder in den Stall und befahl dem Mädchen, dem Pferd
wieder einen Scheffel Hafer zu geben und dem Hund Fleisch

und Brot so viel er freßen möchte. Er selbst wollte sich wieder
ein wenig schlafen legen; um halber Zwei möchte sie ihn aber
wieder wecken. Das Mädchen gab dem Pferd einen Scheffel
Hafer, dem Hund Fleisch und Brot so viel er freßen mochte
und wartete dann, bis es halber Zwei war: da kam sie und
weckte ihn. Sogleich sprang er auf und kleidete sich an; gieng
dann nach dem Stall und holte Pferd und Hund zu sich in
seinen Saal. Schlag zwei Uhr kommt nun der andere Haupt=
mann mit den dreihundert Spitzbuben und fragt das Mädchen,
ob Jemand da eingekehrt wäre. Ja, sagt das Mädchen, ein
Herr mit Pferd und Hund. Wo er denn wäre? In dem großen
steinernen Schloßsaal. Da geht der Hauptmann gleich allein in
den Saal und als er sieht, daß er Pferd und Hund bei sich
hat, wird er zornig und fragt, was er da machte. Darnach
hätte er nicht zu fragen, giebt ihm der Ritter zur Antwort.
Da werde ich gleich zwölf Mann herbeiholen, sagt der Haupt=
mann, die werden dich Vogel schon anders pfeifen lehren. Da
geht er hinaus und kommt gleich wieder zurück mit zwölf Spitz=
buben, die waren alle ganz roth von Blut und hatten große
Meßer in den Händen. Da lacht der Ritter ihn aus und fragt,
ob das sein Volk denn alle wäre, die lumpigen zwölf Mann.
Nein, sagt der Hauptmann, sie wären zu Dreihundert. Nun
denn, sagt er, so möchte er sie doch alle Dreihundert beisammen
sehen eh er stürbe. Das Vergnügen könnte er haben, sagt der
Hauptmann. Damit geht er hinaus und holt seine dreihundert
Mann herein. Da fragt er den Hauptmann, ob sie das nun

alle wären? Ja, sagt der Hauptmann. Gut, sagt er, so sollten
sie nur Thüren und Fenster fest zuschließen, damit sie nicht
gestört würden bei der Arbeit. Als das geschehen ist, fragt er
sein Pferd, ob es ihm auch getreu wäre? Ja, nickt das Pferd
mit dem Kopf. Und du, mein Hund, bist du mir auch getreu?
Da nickt der Hund auch Ja. Wohlan denn, sagt er, so helft
mir Alles zu zerschlagen und zu zerschmeißen, daß Keiner mit
dem Leben davon kommt. Damit zog er zuerst sein Schwert
und schlug dem Hauptmann den Kopf ab. Da fieng das Pferd
an, Alles zu zerschlagen und zu zerschmeißen und wo das Pferd
nicht dran konnte, das schleppte der Hund herbei und warf es
ihm unter die Hufe und eh eine Viertelstunde vergieng, waren
alle Dreihundert ums Leben gebracht und auch die Leichen alle
schon wieder bei Seite geschafft. Dann muste das Mädchen
Wasser herbei holen und den Saal scheuern und dann Alles
wieder sauber mit Sand bestreuen, daß man nicht sah, was
geschehen war. Dann fragte er das Mädchen, ob nun Keiner
mehr da wäre. Nein, sagte das Mädchen, kein Einziger, der
ganze Wald ist rein. Das Schloß war aber voll Gold und
Silber: das zeigte ihm das Mädchen Alles. Das ist nun Alles
uns Beiden, sagt er zu ihr, denn weil du mir so treu gewesen
bist, sollst du meine Frau werden. Das gefiel dem Mädchen
wohl. Da blieb er bei ihr bis gegen den Morgen: da erwachte
er und sah im Walde ein großes Feuer brennen. Das Mädchen
schlief noch und er wollte es nicht wecken, hätte aber doch gern
gewust was das große Feuer bedeute. Da nahm er Pferd

und Hund aus dem Stall und ritt darauf zu. Wie er nun
durch den Wald reitet, kommt er in eine schöne Allee und am
Ende der Allee sieht er ein schönes Schlößchen stehen und vor
dem Schlößchen brennt das große Feuer. Er geht darauf zu
mit seinem Pferd und Hund: da kommt ein altes Weib daher
und sagt: Schuch, was ist es kalt! Wenn dir kalt ist, sagt er,
so komm doch und wärme dich. Nein, sagt sie, ich fürchte
mich vor deinem Hund. Gieb mir ein wenig Haar aus seinem
Schwanz, so weiß ich, daß er mich nicht beißt. Indem er ihr
aber die Haare geben will, verwünscht sie ihn, daß er wie sein
Bruder mit Pferd und Hund in Salzstein verwandelt steht.

Nach einigen Jahren kommt auch der dritte Bruder wieder
an den Baum und sieht, daß die Schnitte seiner beiden Brüder
ganz blutroth sind. Da reist er ihnen nach und kommt in den
Wald und als es dunkel wird, sieht er von Fern ein Licht
schimmern. Er reitet darauf zu und kommt an das Schloß:
da klopft er an. Die junge Frau macht ihm auf und wie sie
ihn sieht mit Pferd und Hund, meint sie, es wär ihr Geliebter
und fällt ihm um den Hals. Sie hatte auch schon ein Kind,
das kam gelaufen und rief: Guten Tag, lieber Vater! Da
sagt er: Gewiß ist meiner Brüder Einer hier gewesen. Da
erzählt ihm die junge Frau, wie die Räuber sie gefangen hätten
und wie ein Ritter gekommen wäre mit Pferd und Hund, die
hätten gerade so ausgesehen wie er mit seinen Thieren. Sein
Bruder hätte den Räubern den Garaus gemacht und dann zu
ihr gesagt, nun sollte sie seine Frau sein. Am andern Morgen

wär er aber wieder verschwunden gewesen und nun hätte sie
ihn schon einige Jahre vergebens erwartet. Ja, sagt er, das
ist ohne Zweifel einer meiner Brüder gewesen: wir drei Brüder
sehen einander sehr ähnlich. Sei aber gutes Muths; diese Nacht
will ich hier zubringen, morgen früh aber sehen wie ich ihn
erlöse. Da blieb er die Nacht in dem Schloß; am Morgen
aber ritt er hinweg und kam in den Wald und in die schöne
Allee, und am Ende der Allee sah er ein schönes Schlößchen
stehen. Wie er vor das Schlößchen kommt, brennt da ein
großes Feuer. Er geht darauf zu mit seinem Pferd und Hund.
Da kommt ein altes Weib daher und sagt: Schuch, was ist
es kalt! Da sagt er: Wenn dir kalt ist, so komm doch her und
wärme dich. Nein, sagt sie, ich fürchte mich vor deinem Hund;
gib mir ein wenig Haar aus seinem Schwanz, so weiß ich,
daß er mich nicht beißt. Aha! sagt er, sieht das so aus! Du
hast hier auch meine Brüder verwünscht. Damit faßt er sie
beim Kragen und prügelt sie jämmerlich durch und sagt, wenn
sie seine Brüder nicht gleich wieder lebendig machte, schmeiße
er sie in das Feuer. Da konnte die Alte nicht anders, sie
muste seine Brüder wieder lebendig machen mit ihren Pferden
und Hunden. Da sagt er zu seinen Brüdern, nun sollten sie
bei der Alten bleiben und sorgen, daß sie nicht entwischte; er
hätte hernach noch ein Hühnchen mit ihr zu pflücken. Darauf
gieng er in das Schlößchen, da war Ein Zimmer schöner als
das andere; zuletzt kam er in den Saal, da war es am schönsten
und an der Wand stand ein prächtiges Bette mit seidenem

Vorhang. Er zog den Vorhang hinweg, da lag eine wunderschöne
Königstochter in tiefem Schlaf. Die Königstochter war so schön,
daß er sich nicht enthalten konnte, sie zu küssen. Da hört er es
hinter sich rascheln: er blickt sich um und sieht mitten im Saal
ein großes Feuer brennen. Gleich springt er vom Bette, zieht
sein Schwert, und stürzt sich mit gezogener Klinge mitten durch
die heiße Flamme. Da sieht er hinten in der Ecke ein ganz
frembes Gesicht, das grinzt ihn an. Er fürchtet sich aber nicht,
sondern geht darauf los und haut dem Gespenst den Kopf ab.
Da gab es ein fürchterliches Krachen, als ob die Welt zu=
sammenbräche; davon erwachte die Königstochter: da stand sie
auf, gieng ihm entgegen und begrüßte ihn als ihren Erlöser
und Bräutigam. Sogleich sprangen auch viel tausend kleine
Erdgeister hervor, neigten sich vor ihm und sagten, er müßte
nun auch noch alle Bäume im Wald und der großen Allee
mit seinem Schwerte berühren, und dann dem alten Weibe
den Kopf abhauen: damit würden auch sie und das ganze
Königreich erlöst, denn von der alten Hexe wären sie und das
ganze Land verwünscht worden. Da gieng er hin, berührte
die Bäume alle einen nach dem andern und gieng dann zu
seinen Brüdern und hieb der alten Hexe den Kopf ab. Da
kam sogleich Alles wieder in den alten Stand, das ganze König=
reich, das so lang versunken gewesen war, stieg aus der Tiefe
mit allen Häusern und Pallästen und dem königlichen Schloß;
die Generale und Officiere mit allem Kriegsvolk standen davor
in Parade und das Volk aus der Stadt drängte sich um ihn

her und rief ihn mit großem Jubel zum König aus. Darauf ward eine prächtige Hochzeit gerüstet, bei der die beiden Brüder vermählt werden sollten: der eine mit der Königstochter, der andere mit der jungen Frau auf dem Räuberschloß. Der dritte Bruder ward ausgeschickt, Vater und Mutter auch dazu herbei= zuholen: als sie aber ankamen, hatte er auch noch dazu seine Braut mitgebracht und so konnten sie eine dreifache Hochzeit begehen, die vierzehn Tage währte. Als sie nun vorüber war, begleitete er mit seiner jungen Frau die alten Eltern in ihre Heimat und nach ihrem Tode erbte er das väterliche Gut. So hatten sie alle Drei genug.

64. Der dankbare Todte.

Heinrich, ein reicher Hamburger Kaufmannssohn, reiste in Geschäften in fremde Länder. Wie er nun in ein heidnisches Land kommt, sieht er auf einem Sklavenmarkt ein schönes Mädchen feil bieten, jedoch zu so hohem Preise, daß sich keine Käufer finden. Das Mädchen gefiel ihm wohl sehr gut, aber so viel Geld meinte er nicht anlegen zu dürfen. Da redete das Mädchen ihm zu, er möchte sie doch erlösen, sie würde so grausam behandelt; bei ihm habe sie es gewiß beßer: sie ver= spreche auch, ihm immer treu zu dienen. Er entschließt sich nun, ein Gebot zu thun, das wird aber nicht angenommen; da giebt er endlich was der Sklavenhändler gefordert hat. Wie er nun mit ihr ans Meer kommt, wo er sich einschiffen will, sieht er einen Todten da liegen, der von zwei Männern mißhandelt wird. Er fragt, warum sie den Mann schlügen? und erhält zur Antwort, der Todte hätte nichts als Schulden hinterlaßen und kriegte nun so lange Schläge bis Jemand käme, der seine Schulden bezahlte. Da sagt er, sie sollten ihn in Ruhe laßen: er wolle die Schuld bezahlen. Das thut er denn und läßt den Todten auch noch ehrlich begraben. Darauf

schifft er sich mit ihr nach Hamburg ein, wo er sein elter-
liches Haus bezieht und das Mädchen ihm die Haushaltung
besorgen soll. Er faßt aber bald so große Liebe zu ihr, daß
er sie durchaus heiraten will. Das Mädchen will darein wohl
willigen, bedingt sich aber noch ein Jahr Frist. Diese Zeit
benützt sie nun, heimlich auf ihrem Zimmer zu arbeiten. Als
das Jahr vorüber ist, bestürmt sie Heinrich wieder mit seinen
Heiratsanträgen. Da sagt sie zu ihm, er müße erst noch eine
Reise machen; wenn er davon zurückkehre, so wolle sie ihn
gerne heiraten. Hier habe sie zwei Koffer gepackt und in jeden
einen Brief gelegt. Wenn er an die andere Seite des Meeres
komme, sagte sie, werde er einen vornehmen Schiffmann finden:
dem solle er nur die beiden Koffer geben: das Weitere werde
sich dann von selber ergeben. Heinrich wuste nicht, was er in
den Koffern hatte, auch nicht, was in den Briefen stand. Als
er aber an die andere Seite des Meeres kam und den vornehmen Schiffmann fand, gab er ihm die beiden Koffer mit
den Briefen. Dieser öffnete den einen sogleich, las den Brief
und packte dann den ganzen Koffer aus, der voller Fahnen
und Flaggen war. Damit verzierte der Schiffmann das Schiff,
nahm den Heinrich an Bord und fuhr dann nach der Königs-
stadt, wo er mit Kanonenschüßen und großem Jubel empfangen
ward. Da stieg er mit dem Kaufmannssohn ans Land und
gab dem König den andern Koffer. Dieser öffnete ihn, fand
den Brief und ersah daraus, daß seine Tochter, die ein Schiffmann entführt hatte, der dann Seeräubern in die Hände

gefallen war, von Heinrich auf dem Sklavenmarkt erkauft worden und jetzt seine Braut sei. Die Flaggen und Fahnen, die das Schiff mit der Freudenbotschaft verziert habe, seien alle von ihr selber gestickt. Da freut sich der König sehr und empfängt Heinrich sehr freundlich; bittet ihn aber, sogleich wieder heim= zufahren und seine Tochter zu holen: dann sollte er bei ihm bleiben und König werden. Da besteigt Heinrich ein Schiff; das gehörte aber wieder demselben Schiffmann, der die Königs= tochter entführt hatte. Als dieser hört, wie sich die Sache ver= hält, stößt er Heinrich unversehens vom Verdeck ins Wasser, und fährt dann nach Hamburg, die Königstochter heimzuholen. Sie erkennt ihn nicht und da er vorgiebt, von dem König ihrem Vater geschickt zu sein, der sie mit ihrem Bräutigam vermählen wolle, so läßt sie sich bereden und schifft sich mit ihm ein. Unterwegs aber entdeckt er ihr, ihr Heinrich sei auf der See ertrunken: wenn sie nun zu ihrem Vater zurück wolle, so müße sie versprechen, ihn zu heiraten. Heinrich war aber nicht wirklich ertrunken, sondern ein Geist hatte ihn gerettet, der Geist des Todten, den er freigekauft und ehrlich hatte be= graben laßen. Da ward er von dem Geiste in die Königstadt getragen, wo er dem Königsschloß gegenüber in dem ersten Gasthofe so lange wohnte bis endlich seine Braut mit dem Schiffmann ankam. Da schlich er sich, wie ihm der Geist ge= rathen hatte, in den Garten hinter dem Schloße und versteckte sich im Gebüsch. Der König war sehr erfreut, seine Tochter wieder zu sehen und empfieng sie mit großen Freuden. Leider

war sie aber sehr traurig; und als der König die Ursache hörte,
durfte er sie nicht darum schelten. In der nächsten Nacht konnte
die Königstochter nicht schlafen; erst gegen den Morgen schlummert
sie ein: da träumt ihr, ihr Heinrich wär in ihres Vaters Garten.
Vor Freuden wacht sie auf und läuft gleich in den Garten: da
findet sie ihren Geliebten, der ihr erzählt, wie der Schiffmann
an ihm gehandelt hat. Nun hält sie sich ihres Gelübdes ent=
bunden und entdeckt Alles ihrem Vater, der den Schiffmann
sogleich verhaften und hinrichten läßt. Die Tochter vermählte
er sogleich mit Heinrich, ihrem Erlöser, und nach dem Tode
seines Schwähers fiel ihm auch das Königreich zu.

65. Der gläserne Berg.

Ein reicher Mann hatte einen einzigen Sohn Namens Wilhelm. Als der heranwuchs, hörte er so viel von den Wundern der Fremde erzählen, daß er seinem Vater immer anlag, er möchte ihn doch auf Reisen schicken. Der Vater hätte lieber gesehen, wenn er zu Hause geblieben wäre; er hielt aber so lange an bis er ihn endlich ziehen ließ. Als er nun eine Weile umhergezogen war, kam er eines Tags an ein großes stilles Wasser: da war nirgend ein Schiff zu sehen und doch wäre er gern hinüber gewesen. Wie er so dasteht und wartet, hört er es plötzlich durch die Luft rauschen und sieht über sein Haupt drei große Vögel fliegen. Er verfolgt sie mit den Blicken und sieht, wie sie sich an einer nahen Bucht nieder= laßen. Indem sie die Erde berühren, legen sie ihre Flügel ab, und stürzen in drei schöne Mädchen verwandelt, ins Wasser. Da geht Wilhelm leise hinzu, nimmt eins von den Flughemden (Rabenalen) und eilt damit hinweg. Als nun die Mädchen gebadet hatten und wieder fortfliegen wollten, findet die eine ihr „Rabenal" nicht. In großer Bestürzung steigt sie das Ufer hinan, sieht den jungen Mann, der es ihr geraubt hat noch in der Nähe und läuft ihm weinend nach. Wie sie nun zu ihm kommt, bittet sie ihn flehentlich, es ihr zurückzugeben.

Er konnte aber ihrer Bitte nicht willfahren, denn je mehr er sie sah und ihre Stimme hörte, je lieber ward sie ihm. Da sagt er, das Flughemd gebe er ihr nicht wieder, denn er könne nicht ohne sie leben, so gut gefalle sie ihm. Sie solle mit ihm kommen, so wolle er sie zu seiner Frau nehmen. Da willigt sie endlich ein und fährt mit ihm zu seinen Eltern, wo sie wohl aufgenommen und bald mit Wilhelm vermählt wird. Nun lebten sie eine Weile glücklich mit einander; einst aber muste er auf vierzehn Tage verreisen: da gab er seiner Mutter den Schlüßel der Kiste, worin er das Rabenal verborgen hatte und bat sie, ihn wohl vor ihr zu hüten. Als nun die vierzehn Tage zu Ende giengen, sagt die junge Frau zu seiner Mutter, sie wolle ihrem Mann eine Strecke entgegen gehen; es sei aber so heiß und sie habe kein Tuch, sich vor der Sonne zu schützen. Da vertraut ihr die Mutter den Schlüßel der Kiste. Sie öffnet sie, das Tuch herauszunehmen und findet unverhofft das „Rabenal". Sogleich legte sie es an und fort war sie. Wie nun der Sohn nach Hause kommt, fragt er zuerst nach seiner Frau und sucht sie vergebens im ganzen Hause. Da gesteht endlich die Mutter, sie habe ihr den Schlüßel der Kiste vertraut und seitdem nichts mehr von ihr gesehen. Da sah er gleich, er habe sie verloren und gerieth in solche Verzweiflung, daß er sich fast ein Leid gethan hätte. Traurig geht er zu Bette; am Morgen aber, nach einer schlaflosen Nacht, findet er am Spiegel geschrieben, wenn er sie wieder haben wolle, müße er sie auf dem gläsernen Berg

erlösen. Nun wuſte er nicht, wo der gläſerne Berg wäre und
Niemand konnte es ihm ſagen. Endlich denkt er, ich will nur
wieder auf das große, ſtille Waßer zugehen, wo ich ſie ge=
funden habe: vielleicht höre ich da von ihr Kunde. Wie er
ſich nun auf den Weg macht und eine Strecke gegangen iſt,
liegt da eine große prächtige Feder zu ſeinen Füßen. Er hebt
ſie auf und kommt damit an das Waßer; findet aber wieder
kein Schiff und ſieht auch weit und breit keinen Menſchen.
Nur ein großer Vogel fliegt am Ufer hin und her. Da denkt
er, was mag dem armen Vogel ſein? Er geht hinzu und
fragt ihn, ob er vielleicht ſeine Feder ſuchte? hier wäre ſie.
Da freut ſich der Vogel, läßt ſich die Feder wieder in ſeinen
Schwanz ſtecken und fliegt dann ſtolz am Himmel umher in
weitem Bogen. Als er zurück iſt, fragt er Wilhelm. Warum
biſt du an das ſtille todte Meer gekommen; willſt du vielleicht
hinüber? Ja, ſagt Wilhelm, das möchte er wohl. Da hebt
ihn der Vogel auf und fliegt mit ihm hinüber. Wie er nun
drüben iſt, ſteht er vor einem großen Berg, der war von
lauter Glas. Da ſagt der Vogel: Nun werde er wohl auch
gern auf den Berg wollen. Ja, ſagt Wilhelm, das wär ihm
wohl lieb. Da bringt ihn der Vogel auch noch auf den Berg
und ſagt ihm, nun ſollte er grade fortgehen bis er an eine
Hütte käme: da möchte er klopfen und wenn ihm aufgethan
würde, um Arbeit fragen. Der Vogel ſetzt ihn nieder und
fliegt fort; er aber geht weiter bis er an die Hütte kommt.
Wie er anklopft, thut ihm ein altes Weib auf und fragt was

sein Begehren sei. Ob er hier Arbeit fände? Ja, sagt das
alte Weib, Arbeit sollte er haben. Sogleich geht sie mit ihm
in einen großen Wald, giebt ihm ein gläsern Beil und zeigt
ihm wohl hundert Bäume, die sollte er alle umhauen: wenn
er das vor Abend nicht fertig brächte, drehe sie ihm den Hals
um. Da macht er sich gleich ans Werk; aber beim ersten
Schlag springt ihm das Glasbeil entzwei. Nun sitzt er da in
großer Noth und Betrübniß bis zu Mittag: da kommt ein
junges Mädchen, ihm Essen zu bringen. Als die sieht, daß
er so traurig da sitzt, fragt sie was ihm fehle. Da erzählt
er, das alte Weib habe ihm befohlen, alle diese Bäume um=
zuhauen; aber beim ersten Schlage sei ihm das gläserne Beil
entzweigesprungen. Das Mädchen sagt, darüber sollt er nicht
traurig sein, sondern sich das Essen wohl schmecken laßen und
sich hernach ein wenig schlafen legen. Er konnte aber vor
Angst nicht viel eßen und hernach auch nicht einschlafen; doch
schloß er die Augen und stellte sich als ob er schliefe. Als er
sie aber wieder aufthut, sieht er, daß der ganze Wald abge=
hauen ist. Da denkt er: das hat gut gegangen, nun wirst du
wohl durchkommen, und geht fröhlich nach der Hütte. Wie er
dahin kommt, steht die Alte vor der Thüre und fragt: ob er
die Arbeit verrichtet hätte. Ja, sagt er, die wär gethan. Da
sagt die Alte, sie wolle nachsehen ob Alles in Ordnung wär
und ihm dann morgen ein ander Stück Arbeit geben. Als
sie nun nachgesehen hat, sagt sie, es wär gut; für heute
könnte er schlafen gehen. Am andern Morgen schüttet sie Korn,

Weizen und Hafer durch einander, und kommt dann an fein
Bette und heißt ihn das Alles wieder aus einander lefen,
jedes auf Einen Haufen. Er giebt fich gleich an die Arbeit,
kommt aber nicht vorwärts; als es Mittag war, hatte er noch
keine Handvoll von jedem Theil beisammen. Da fetzt er fich
ermüdet nieder und blickt traurig vor fich hin. Als nun das
Mädchen kommt und bringt ihm zu eßen, fieht fie ihn da fitzen
und fragt, warum er fo traurig wär. Er fagt, die Alte hätte
ihm befohlen, das Alles vor Abend aus einander zu lefen;
das wär doch unmöglich. Darüber follt er nicht traurig fein,
fagt das Mädchen, fondern fich das Eßen wohl fchmecken laßen
und fich hernach ein wenig fchlafen legen. Da aß er erst und
es fchmeckte ihm dießmal ein wenig beßer; dann legte er fich
fchlafen und als er wieder aufwachte, fah er, daß jedes Häuf=
lein für fich lag und Alles gehörig gefondert war. Da denkt
er, das hat gut gegangen, nun wirst du wohl durchkommen,
und geht fröhlich nach Haufe. Als er heimkommt, fteht die
Alte vor der Thüre und fragt, ob die Arbeit fertig wäre.
Ja, fagt er, es fei Alles gefchehen. So wolle fie nachfehen,
fagt fie; wenn fie zufrieden wäre, follte er morgen ein ander
Stück Arbeit haben; für heute könnt er fchlafen gehen. Am
andern Morgen weckt fie ihn und geht mit ihm hinaus aufs
Feld: da zeigt fie ihm zwei Bäche, die neben einander trieben.
Den einen follte er in den andern ausfchöpfen bis nichts mehr
darin wäre. Er giebt fich auch gleich fleißig ans Schöpfen;
als er aber drei bis vier Stunden gearbeitet hat, ift des

Waßers in dem Bach noch nicht weniger geworden. Ermüdet
setzt er sich nieder und blickt traurig vor sich hin. Zu Mittag
bringt ihm das Mädchen das Eßen und als sie ihn da sitzen
sieht, fragt sie, warum er so traurig wäre. Er sagt, ihm
sei befohlen, den einen Bach in den andern auszuschöpfen; er
hätte auch schon fleißig gearbeitet, aber so gut als gar nichts
ausgerichtet. Da sagt das Mädchen, darüber sollt er nicht
traurig sein, sondern sich das Eßen wohl schmecken laßen und
sich hernach ein wenig schlafen legen: so wolle sie die Arbeit
für ihn thun. Morgen aber bekäme er eine Arbeit von der
Alten, die würde schwerer sein als diese. Er müße nur wißen,
daß sie seine Gemahlin sei, die er hier auf dem Glasberg er=
lösen sollte. Wenn er sie nun morgen aus dreihundert Frauen,
die sich alle gleich sähen, herausfände, so wär er frei und
hätte die Erlösung vollbracht; könnte er das aber nicht, so wär
es ihr beider Unglück. Er sollte aber die Reihe zwei= oder
dreimal auf und abgehen bis er fühlte, daß er mit einer Nadel
gestochen würde; daran möchte er sie erkennen. Da gieng er
fröhlich nach Hause und sagte der Alten, die an der Thüre
stand, die Arbeit sei geschehen. So wolle sie nachsehen, sagt
sie, ob das auch wahr sei. Da geht sie hin und sieht nach,
und als sie zurückkommt, sagt sie, für heute möcht er schlafen
gehen; morgen aber wollte sie ihm neue Arbeit geben. Am
andern Morgen kommt sie ihn zu wecken und führt ihn in
einen großen Saal. Da waren wohl dreihundert schöne Frauen;
eine sah aus wie die andere: da sollte er seine Gemahlin

herausfuchen. Da fängt er an und geht durch die Reihen auf und ab und das alte Weib immer hinter ihm drein. Als er nun schon zweimal auf- und abgegangen ist und sich das drittemal wieder umwenden will, fühlt er sich heftig in die Brust gestochen. Sogleich kehrt er sich um, faßt die nächste und zieht sie an seine Brust und küßt sie. In demselben Augenblick gab es ein fürchterliches Donnern und Krachen in dem Saal: das alte Weib war in tausend Stücke auseinander gesprungen und der Glasberg versunken; an seiner Stelle aber sah er eine ganze Stadt zum Vorschein kommen, die wimmelte von Menschen. Er ließ sich das aber Alles nicht angehen, sondern nahm seine Gemahlin bei der Hand und gieng mit ihr dem Meere zu. Wie er dahin kommt, ist es nicht mehr still und todt, sondern große Schiffe und kleine Kähne schaukelten darauf umher, Fischer warfen ihre Netze aus, Mühlen hämmerten, Waaren wurden aus- und eingeladen und allerlei Gewerbe getrieben. Da ließen sie sich überschiffen und kamen bald wieder in ihre Heimat, wo sie wohl empfangen wurden und das alte Leben fröhlicher fortsetzten.

Nach einiger Zeit hörte man sagen, der König, der auf dem Glasberg verzaubert gewesen, habe Briefe ausgehen laßen und seinem Erlöser Reich und Krone verheißen, wenn er ihm seine Tochter wieder zuführe. Das Schreiben kam auch zu Wilhelm, er zeigte es seiner Frau und sie erkannte gleich, daß es ihr Vater sei. Sogleich beschließen sie, zu ihm zurückzukehren, nehmen Urlaub von den Eltern und treten die Reise an. Als sie an das große Waßer kommen, ist schon ein Schiff

in Sicht; sie müßen aber warten bis es landet. Unterdes sieht
Wilhelm einen Todten am Ufer liegen und zwei Männer be=
schäftigt, ihn zu schlagen. Er geht hinzu und fragt, warum
das geschehe. Da sagt man ihm, der Todte hätte nichts als
Schulden hinterlaßen und würde nun so lange geschlagen bis
sich Jemand fände, der für ihn bezahlte. Er fragt, wie viel
denn die Schuld betrage: da nennt man ihm eine große
Summe. Die bezahlt er sogleich und legt noch so viel hinzu,
daß der Todte ehrlich begraben werden konnte. Inzwischen
kommt das Schiff heran: er miethet es und es findet sich, daß
ihm gerade noch so viel übrig geblieben ist als die Miethe be=
trägt. Wie sie schon eingestiegen sind, kommen zwei Officiere
und fragen den Schiffer, ob sie mitfahren könnten. Der Schiffer
bittet Wilhelm es zu gestatten, und dieser giebt seine Ein=
willigung. Die Officiere erkannten aber die Königstochter,
denn sie hatten in ihres Vaters Diensten gestanden. Nun ver=
droß es sie sehr, daß ein Fremder sie erlöst haben und mit
ihrer Hand das Königreich erwerben sollte. Als sie nun eine
Weile gefahren sind, gehen sie eines Abends mit Wilhelm auf
dem Verdeck spazieren und stoßen ihn unversehens über Bord.
Der Königstochter, die sie allein in der Kajüte finden, sagen
sie, ihr Begleiter sei durch Zufall ins Waßer gestürzt. Sie
würden sie aber sogleich ermorden, wenn sie nicht eidlich ge=
lobte, ihrem Vater zu sagen, Sie wären es, die sie vom
Glasberg erlöst hätten. Da muß sie es endlich geloben. Als
nun das Schiff landet, gehen sie mit ihr auf das Schloß,

bringen dem König seine Tochter zurück, geben sich für die Erlöser aus und fordern den verheißenen Lohn. Der König ist voller Freude, seine Tochter wiederzusehen und fragt sie, ob sie schon zwischen ihren Erlösern gewählt habe. Sie verneint das, auch war sie ihnen beiden herzlich gram; sie durfte aber ihrem Vater nichts sagen, nicht einmal, warum sie so traurig sei. Sie hielt ihren Wilhelm für todt; der war aber nicht ertrunken: ein Geist hatte ihn aufs Trockene gezogen und gesagt, Er wäre der Todte, dessen Schulden er bezahlt und ihm ein ehrliches Begräbniß erkauft hätte. Jetzt sollte er nun gleich vor das königliche Schloß gehen und sich in dem Wirthshaus gerade gegenüber einmiethen; wenn dann der König mit seiner Tochter an ihm vorübergienge und ihn am Fenster sähe, werde sich das Weitere schon finden. Das thut Wilhelm und erhält ein Zimmer mit der Aussicht nach dem königlichen Schloß. Da fragt eines Tags der König seine Tochter, ob sie nicht mit den beiden Officieren spazieren gehen wolle: die frische Luft müste ihr gut thun; sie wär ja immer so traurig. Da sagt sie, mit Ihm wolle sie wohl gehen, aber mit jenen beiden nicht, so weit wär sie noch nicht mit ihnen. Da nimmt der König seine Tochter an den Arm und geht mit ihr aus dem Schloße, als eben Wilhelm in dem Wirthshaus gegenüber im Fenster liegt. Als sie da vorbeikommen, sieht die Königstochter hinauf, erkennt ihren Gemahl und fällt vor Freuden in Ohnmacht. Der König sucht sie wieder zu sich zu bringen, was ihm auch bald gelingt. Da fragt er, was ihr die Ohnmacht zugezogen

habe. Sie sagt, der junge Mann da oben im Fenster wär
ihr so bekannt vorgekommen. Darauf gehen sie weiter; als
sie aber auf der Heimkehr vom Spaziergang wieder an dem
Wirthshaus vorbeikommen, wo Wilhelm noch im Fenster liegt,
fällt sie aufs Neue in Ohnmacht. Der Vater bringt sie wieder
zu sich und fragt auch dießmal, was ihr die Ohnmacht ver-
ursacht habe: er erhält aber nur wieder dieselbe Antwort wie
zuvor; mehr durfte sie ihm ihres Eides wegen nicht sagen.
Sogleich läßt der König den Fremden allein zu sich rufen und
fragt ihn, Wer er wäre. Da erzählt er seine Schicksale und
offenbart Alles. Der König fragt, ob er ein Wahrzeichen vorzulegen hätte? Ja, sagt er, und zieht einen Ring hervor und
ein Tuch, das sie selber gestickt hatte. Der König erkennt den
Ring und ruft gleich seine Tochter herein. Da fällt sie dem
Fremden um den Hals, herzt und küßt ihn und bestätigt alle
seine Aussagen, denn sie hielt sich ihres Eides entbunden, da
die Wahrheit ohne ihr Zuthun ans Licht gekommen war. Der
König ließ sogleich ein großes Gastmal rüsten, zu dem er
auch die beiden Officiere lud; heimlich aber befahl er, alle
Ausgänge mit Wachen zu besetzen. Die Officiere meinten, die
Königstochter sollte heute zwischen ihnen beiden wählen und
fanden sich unbesorgt ein. Ueber Tisch schlug nun der König
ein Spiel vor: ein Jeder sollte der Reihe nach eine Geschichte
erzählen. Er selber hub der Erste an und erzählte, wie sein Königs-
reich durch einen bösen Zauberer verwünscht gewesen, wie er
aber jetzt sein Reich und seine Tochter wieder erlangt habe.

Darauf erzählten die beiden Offiziere ein Langes und Breites,
wie sie es angestellt hätten, das Reich und die Königstochter
zu erlösen, und wie einer von ihnen sie zur Gemahlin haben
und König werden sollte. In diesem Augenblick trat Wilhelm
in den Saal. Die Officiere erschraken und gaben ihre Sache
verloren: als sie sich aber hinaus schleichen wollten, streckten
die Wachen die Hellebarden vor und wehrten den Ausgang.
Nun hub Wilhelm an und erzählte von den drei Vögeln,
die sich in Mädchen verwandelt hätten; von dem Rabenal, das
ihm die Eine zur Gemahlin erworben, wie er sie aber wieder
verloren und dann auf dem Glasberg hätte erlösen sollen; von
den Arbeiten, die ihm auferlegt worden, von dem alten Weibe,
die in Stücke zersprungen, von dem Todten, der mißhandelt
worden sei und zuletzt wie ihn die Officiere über Bord gestoßen,
der Geist des Todten aber wieder ans Land gezogen hätte.
Zugleich legte er die Wahrzeichen vor, welche von der Königstochter anerkannt wurden. Als er zu Ende war, setzte er sich
neben seine Gemahlin auf den Platz, der bis dahin zwischen
ihr und dem König für den Bräutigam leer geblieben war.
Noch einmal versuchten jetzt die Officiere zu entfliehen; aber
wieder versperrten die Hellebarden den Ausgang. Da fragte
der König seine Tischgenoßen, was den beiden Verräthern für
Strafe gebühre. Da ward das Urtheil gefunden, sie sollten
im Gefängniß zu Tode hungern. Da ließ der König sie greifen
und das Urtheil vollstrecken; Wilhelm aber erhielt zu der Königstochter auch das Reich.

66. Der würdige Sohn.

Ein König hinterließ vier Söhne, die sich um die Nach-
folge im Reiche stritten. Jeder wollte allein König werden,
um seinen Brüdern keinen Antheil an der Herschaft, noch
einen Theil des Reiches gönnen. Da versammelten sich die
Großen des Landes und beriethen sich, welchem von den vier
Söhnen die Krone gebühre. Zuletzt wurden sie einig, nicht
der älteste, sondern der würdigste solle seinem Vater im Reiche
folgen. Auf den Rath eines alten Mannes beschloßen sie dann
in einer geheimen Sitzung, den Leichnam des seligen Königs
aus seinem Grabe zu nehmen und die Söhne aufzufordern, nach
ihm zu schießen, indem beschloßen sei, derjenige solle das Reich
erben, welcher sich als der beste Schütze bewähre. Das geschah,
der Leichnam ward an einen Baum befestigt und die vier Söhne
mit Pfeil und Bogen davor gestellt. Als nun der erste schoß,
traf er die rechte Hand des Königs und frohlockte laut, denn
er meinte nicht, daß seiner Brüder Einem ein beßerer Schuß
gelingen werde. Da schoß der zweite und traf den Todten mitten
ins Angesicht: dieser schrieb sich den Sieg mit noch größerer
Zuversicht zu. Als aber der dritte zum Schuße kam, durchbohrte

sein Pfeil des Todten Herz. Da glaubte er das Spiel gewiß gewonnen zu haben, denn ein besserer Schuß wär unmöglich. Nun war aber noch der vierte übrig. Als der an das Ziel gestellt wurde und den Leichnam ansah, traten ihm die Thränen in die Augen: Weh mir, rief er, mein Vater, daß ich deinen Leichnam von deinen eigenen Söhnen verwundet sehen muß! Damit warf er Pfeil und Bogen fort und erklärte, nicht schießen zu wollen. Da liefen die Fürsten des Landes hinzu, hoben ihn auf ihre Schultern und riefen ihn zum König aus; das Volk jauchzte ihm zu und so ward er als der wahre Erbe des Reichs auf den Thron seines Vaters gesetzt; die drei andern aber sprach man ihrer Ehren und Rechte verlustig und jagte sie aus dem Lande.

67. Zwiebeln und Knoblauch.

Das ist Zwiebeln für Knoblauch, sagt man wohl in Köln von einer nicht sonderlich einträglichen Spekulation. Die Redensart erklärt sich aus folgender Geschichte. Ein Kaufmann kam auf den Einfall, ein ganzes Schiff mit Zwiebeln zu befrachten und nach den überseeischen Landen damit zu fahren, die man erst jüngst entdeckt hatte. Wirklich fuhr er damit in ein Land, wo man noch keine Zwiebeln kannte, die neue Frucht aber so wohlschmeckend befunden wurde, daß man ihm seine Zwiebeln mit Gold aufwog. Nach einiger Zeit wollte ein anderer Kaufmann das nachahmen, aber nicht mit Zwiebeln, sondern mit Knoblauch. Er belud also ein Schiff mit dieser Frucht und fuhr nach dem Lande, wo die Zwiebeln so gut bezahlt worden waren. Da fand denn auch der Knoblauch noch viel mehr Beifall als vorher die Zwiebeln und der Kaufmann hoffte ein noch besseres Geschäft zu machen als sein Vorgänger. Weil man aber das Gold für viel zu gering hielt, eine so köstliche Waare zu bezahlen, belud man sein Schiff mit dem, was man für kostbarer hielt als Gold. Wie er nun zusah, was er geladen hatte, da waren es Zwiebeln.

68. Drei Urtheile.

Es waren einmal zwei Brüder, ein armer und ein reicher. Da gieng der arme zu dem reichen, und bat, damit er sein Feld umackern könne, ihm doch ein Pferd zu leihen. Der reiche lieh ihm das Pferd, gab ihm aber kein Geschirre dazu. Da band der arme den Pflug an des Pferdes Schweif; als er aber einigemal auf- und abgepflügt hatte, gieng dem Pferde der Schweif aus. Er brachte es seinem Bruder wieder: dieser wollte es aber nicht annehmen, sondern verlangte ein anderes von gleichem Werthe dafür. Wenn er ihm das nicht schaffe, werde er ihn verklagen.

Der arme Mann gieng traurig hinweg und kam an ein Wirthshaus. Er hatte Hunger, aber kein Geld; indes zog ihn der Geruch der Speisen so stark an, daß er hinein gieng, sich daran zu laben. Als er aber in die Wirthsstube kam, stürzte er vor Erschöpfung nieder und fiel des Wirthes Kind, das am Boden spielte, zu Tode. Der Wirth drohte, ihn deshalb zu verklagen. Traurig und mit leerem Magen verließ der arme Mann das Haus.

Sein Weg führte ihn über eine Brücke, unter welcher zwei Fischer, Vater und Sohn, ihre Netze auswarfen. Indem er ihnen zusah, sank er aufs Neue in Ohnmacht, fiel von der Brücke herab und schlug den alten Mann zu Tode. Sogleich gieng der Sohn und verklagte ihn.

Als er nun vor Gericht kam, nahm er drei Tücher und band in jedes einen Stein. Als nun die erste Sache zur Verhand- lung kam, und der Richter ihn fragte, was er auf seines Bruders Klage zu erwiedern hätte, zeigte er dem Richter das Tuch und erzählte dann, wie es gekommen sei, daß er den Pflug dem Pferd an den Schwanz gebunden hätte. Der Richter meinte, der Verklagte hätte ihm einen Beutel Geld gezeigt: da entschied er den Handel dahin, der reiche Bruder solle dem armen das Pferd so lange laßen bis ihm der Schwanz wieder gewachsen wäre.

Als er nun wegen des Kindes verhört wurde, zeigte er dem Richter das andere Tuch und erzählte, wie er vor Hunger umgefallen sei und das Kind erschlagen habe. Da entschied der Richter, der Wirth möge ihn in die Kost nehmen, damit er nicht wieder vor Hunger umfiele.

Nun kam die Sache wegen des alten Fischers an die Reihe. Da zeigte er dem Richter das dritte Tuch und erzählte, wie er ohnmächtig von der Brücke gefallen sei und den alten Fischer erschlagen habe. Da fiel das Urtheil dahin aus, der Verklagte habe sich unter die Brücke in den Nachen zu legen und der Sohn des Fischers möge ihn dann von der Brücke herab gleich- falls zu Tode fallen.

Als die Sitzung aufgehoben war, rief der Richter den Armen bei Seite und verlangte das Geld, das er ihm gezeigt hätte. Da band er die drei Tücher auf und zeigte, daß kein Geld darin sei, sondern ein Stein. Da fragte der Richter, ob er ihm denn habe drohen wollen, ihn mit dem Steine zu werfen, wenn er nicht zu seinen Gunsten entschiede. Nein, sagte der Arme; aber er leide seit einiger Zeit am Stein, und da hätte er nur sein Mitleid in Anspruch nehmen wollen. Der Richter lachte und hieß ihn nach Hause gehen.

69. Der Katze die Schelle anhängen.

Thiermärchen.

Die Mäuse hielten einmal eine Volksversammlung, um
sich zu berathen, wie sie den Nachstellungen der Katzen ent=
gehen sollten. Da war aber guter Rath theuer und vergebens
rief der Vorsitzer die erfahrensten Männer der Gemeinde auf,
bis endlich ein junger Mäuserich zwei Finger emporstreckte und
um die Erlaubniß bat zu sprechen. Als diesem nun das Wort
gegeben ward, hub er an und sprach: Ich habe lange darüber
nachgedacht, warum uns die Katzen so gefährlich sind. Das
liegt nicht sowohl an ihrer Geschwindigkeit, von der so viel
Wesens gemacht wird: würden wir sie zur rechten Zeit gewahr,
so wären wir wohl behende genug, in unser Loch zu entspringen
ehe sie uns etwas anhaben könnten. Ihre Ueberlegenheit liegt
vielmehr in ihren sammtenen Pfoten, hinter welchen sie ihre
grausamen Krallen so lange zu verbergen wißen bis sie uns
in den Tatzen haben. Denn da wir den Schall des Katzentritts
nicht vernehmen, so tanzen und springen wir noch unbesorgt
über Tisch und Bänke, wenn der Todfeind schon hervorschleicht
und den Buckel zum Sprunge krümmt, uns zu haschen und zu

würgen. Darum ist meine Meinung, man müße der Katze eine
Schelle anhängen, damit ihr Schall uns ihre Nähe verkünde
bevor es zu spät ist. Dieser Vorschlag fand so großen Anklang,
daß er alsbald zum Beschluß erhoben ward. Es fragte sich jetzt
nur noch, Wer es übernehmen solle, der Katze die Schelle an=
zuhängen. Der Vorsitzer meinte, hierzu werde Niemand geeigneter
sein, als derjenige, der so schlauen Rath erdacht habe. Da
gerieth der junge Mäuserich in Verlegenheit und stotterte die
Entschuldigung heraus, hiezu sei er zu jung, er kenne die Katze
nicht genug: sein Großvater, der sie beßer kenne, werde dazu
geschickter sein. Dieser erklärte aber, eben weil er die Katzen
zu gut kenne, werde er sich wohl hüten, einen solchen Auftrag
zu übernehmen. Auch sonst wollte sich Niemand hierzu verstehen
und so blieb der Beschluß bis auf diesen Tag unausgeführt und
die Herschaft der Katzen über die Mäuse ungebrochen.

70. Die drei Wünsche.

In alter Zeit ward einmal in einem Dorfe eine neue Kirche gebaut, die heute noch stehen soll. Da war nun ein armer Mann, der hatte sich redlich geplagt manches Jahr, war aber immer so arm geblieben wie eine Kirchenmaus. Er hatte zehn Kinder und oft nicht ein Stückchen Brot im Hause. Gar gerne hätte er aber doch auch sein Scherflein zum Baue der Kirche beigetragen, wenn er nur gewußt hätte, wo hernehmen.

Als nun die Reichen mit Wagen und Karren die Steine zum Baue der Kirche herbeiführten, sprach der arme Mann bei sich selbst: „Was soll ich Armer thun? Ich habe nicht Karren, ich habe nicht Pflug!" Da kam es ihm in den Sinn: Ich will die Hotte nehmen und des Nachts, wenn Alles schläft und ruht, die Steine zum Kirchenbau herbeitragen. Und so that er.

Wie er nun so in der Nacht hantierte, trat ein altgrau Männchen zu ihm und fragte: Was macht ihr so spät hier, guter Freund? Ach, sagte der Arme, ich habe nicht Karren, ich habe nicht Pflug, und möchte doch auch gern zum Kirchenbau beisteuern; darum nehm ich die Hotte und trage Steine herbei, wenn Alles schläft und ruht. Da sprach das Männchen

zu ihm: Nun, das soll dir nicht unbelohnt bleiben. Ich gebe
dir dreier Wünsche Gewalt. Der arme Mann bedachte sich und
sprach: So wünsche ich mir, wenn ich sterbe, den Himmel und
die ewige Seligkeit; für dieses Leben aber die alte Kiste voll
Geld, die auf dem Speicher steht, daß sie nie leer wird. Sonst
brauch ich nichts: den Himmel und das Geld. Aber das Männchen
sprach: Dein Haus ist klein und fällt bald ein; wer weiß, ob
dus erlebst, daß du ein neues baust. Thu also noch Einen
Wunsch. Nun gut, sagte der arme Mann, so wünsch ich mir
das Haus noch einmal so groß. Das ist dir Alles gewährt,
sagte das Männchen und verschwand.

Als er nun heim kam, war das alte Haus verschwunden
und ein anderes, noch einmal so groß, stand an der Stelle.
Dabei war die alte Kiste voller Goldstücke und füllte sich immer
wieder von Neuem. Er lebte nun im Glücke vergnügt und froh,
und vergaß auch der Armen und der Gotteshäuser nicht.

Was sich begeben hatte, war im Dorfe kein Geheimniß
geblieben, Jung und Alt sprach davon. Da hörte es auch ein
reicher Mann, der ein rechter Werwolf war: er hatte mehr
als er brauchte und doch nicht genug. Wenn es mir auch so
glückte, dachte er, und nahm die Hotte und trug, weil Alles
schlief und ruhte, Steine zum Bau der Kirche herbei. Da kam
alsbald ein altgrau Männchen zu ihm und sprach: Freund,
was machst du hier so spät? Da sprach der reiche Mann: Ich
nehme die Hotte und trage Steine herbei, wenn Alles schläft
und ruht. Dann hast du, sprach das Männchen zu ihm, dreier

Wünsche Gewalt. Der reiche Mann hatte sich schon im Voraus
darauf bedacht und sprach: So wünsche ich zum Ersten meinem
alten Gaul zwei Augen hell und klar; die Ehre, die beiden
andern Wünsche zu thun, will ich meinem Eheweib vorbehalten.
Gut, sagte das Männchen, eure Wünsche sind euch gewährt.
Als der reiche Mann nun nach Hause kam, gieng er gleich
in seinen Stall; da stand sein alter scheler Gaul und hatte
zwei Augen hell und klar. Nun gieng er ins Haus zu seiner
Frau und sagte: Ich hatte dreier Wünsche Gewalt: der erste
Wunsch ist gethan: unser alter scheler Gaul hat wieder Augen
hell und klar. Die Ehre, die beiden andern Wünsche zu thun,
hab ich dir, mein Eheweib, vorbehalten. Da sprach das Eheweib ganz erzürnt: Wünschtest du dem alten schelen Gaul zwei
Augen hell und klar, so wollt ich, daß du Narr gleich gäbst
schel (schel würdest). Kaum hatte das Eheweib den Wunsch
ausgesprochen, so war ihr Mann so schel, wie der alte Gaul
gewesen war. Das verdroß den Ehemann so, daß er nun den
letzten Wunsch that und zu seinem Eheweib sprach: Weißt du
sonst nichts zu wünschen, du albern Ding, so wünsch ich, daß
du gleich „gäbst blind.“ Und so geschah es, und das war
ihr Lohn.

71. Das volle Gesicht.

Ein Marktschreier und Zahnbrecher kam mit seinen Theriaks=
büchsen in einen Marktflecken, gab sich für einen Doctor aus
und berühmte sich großer Arznei und Kunst. Eine reiche alte
Bäuerin daselbst, die an bösen Augen litt, forderte diesen Arzt
zu sich und ward mit ihm um den Lohn einig, jedoch mit
dem Beding, daß sie ihm nichts zu geben brauchte bevor sie
ihr volles Gesicht wieder erlangt hätte. Er durfte Solches, um
seine vorgegebene Kunst nicht in Zweifel zu stellen, nicht ab=
schlagen, traute sich jedoch selber nicht allzuviel und gedachte
sich darum bei Zeiten vorzusehen, daß er zu seinem Lohn käme.
Da ließ er das Weib in eine finstere Kammer legen, salbte
ihr täglich mit einem Schmer die Augen, deckte sie ihr mit
Pflastern völlig zu und so oft er von ihr gieng, ließ er jetzt
einen Keßel, dann eine Pfanne oder Tiegel, jetzt Kleider, dann
Leinwand oder sonst dergleichen mit sich heim gehen. Was
geschieht? Die Frau ward wider sein Erwarten gesund und
wohlsehend. Alsbald kommt der Arzt, sein verheißenes Geld
zu verlangen, da er sie gesund gemacht hätte, wie er Solches
vor Allen erweisen wollte, denen ihr Mangel vorhin bekannt

gewesen. Es ist nicht also, antwortete die alte Frau: ich habe
mein volles Gesicht keineswegs wieder erlangt wie bedungen
worden, vielmehr sehe ich jetzt viel schlimmer denn zuvor, denn
ehe ich mich eurer gefährlichen Kunst vertraute, sah ich noch
mit rothen und dunkeln Augen überall viel Kleider und Haus=
rath, Keßel und Tiegel; jetzt aber sehe ich mit den hellen nur
die leeren Räume. Obgleich nun nicht eure Kunst, sondern Gott
mich gesund gemacht hat, sollt ihr doch, wenn ihr Alles, was
ihr mir entwendet habt, wieder an seinen Ort bringt, nach der
Abrede bezahlt werden. Als der Schalk das hörte, trollte er sich
hinweg und soll noch wieder kommen.

72. Gottes Wille geschieht.

Ein König ritt mit seinem Gesind auf die Jagd und fand einen Hirsch, dem setzte er nach. Und der Wald war finster und ein dichter Nebel stieg auf. Der König verlor den Hirsch aus den Augen und dazu sein Gesinde. Da suchten sie den Herrn an ihrem Theil und er sie an dem andern und fanden sich nicht. Wie er nun allein in der Irre ritt, überfiel ihn die Nacht, daß er nicht wußte, wohin er sich wenden sollte. Endlich sah er ein Licht in der Ferne: da spornte er sein Roß und kam zu einem kleinen Waldhäuschen und klopfte an, sich Herberge zu erbitten. In dem Häuslein wohnte ein Förster, der den Herren nie gesehen hatte: er fragte also wer er wäre, und wohin er so spät noch gedächte. Da sprach er: Ich bin ein schlichter Edelmann, der sich im Walde verirrt hat; darum bitte ich euch, mich diese Nacht zu behalten. Der Förster ant= wortete: In Gottes Namen, geht herein; was ich habe theil ich gern mit euch. Da nahm er sein Roß und stellte es in den Stall, deckte den Tisch und trug das Beste auf was er hatte. Im Gespräche fragte der König, wer Herr des Waldes wäre. Jener antwortete: Der König, und ich bin sein Förster.

Ich gäb euch gern ein gutes Bette; aber mein Weib liegt in
Kindesnöthen, da bedarf sie selbst des einzigen das ich habe.
Nach dem Eßen, als es Schlafenszeit ward; bettete er dem
Herrn in einem Stall und nach dem ersten Schlaf hörte der
König eine Stimme, die sprach: Diese Nacht wird ein Kind
geboren, das nach dir König sein wird. Und diese Stimme
hörte er dreimal. Der König erschrak und gedachte bei sich:
es wird doch nicht des Försters Kind sein, das nach mir regieren
soll; das wollt ich zu verhindern wißen. Wie er so dachte,
vernahm er die Stimme eines neugeborenen Kindes und erschrak
noch mehr, und gedachte: wenn es ein Knabe ist, den sie geboren hat, so ist kein Zweifel, die Stimme meint des Försters
Kind. Das soll aber nicht geschehen, daß eines gemeinen
Mannes Sohn mir im Reiche folge. Als der Morgen kam,
stand er auf, zog sein Roß aus dem Stalle, berief den Förster
und sprach zu ihm: Ich bin dein Herr, der König. Der
Förster erschrak und bat um Gnade, daß er ihm nicht mehr Ehre
bewiesen und ihn die Nacht im Stalle hätte schlafen laßen. Der
König sprach: Fürchte dich nicht, ich danke dir, daß du mir
in der Noth Herberge gegeben hast. Sage mir, hat dein Weib
diese Nacht ein Kind gewonnen? Er antwortete: Ja, sie hat
einen Knaben geboren. Der König sprach, so zeige mir das
Kind. Er brachte es und der König sah es scharf an und
gewahrte ein Mal an seiner Stirne; das merkte er sich wohl
und sprach zu dem Förster: Das Kind will ich erziehen und
an Sohnesstatt annehmen. Nach sechs Wochen werde ich nach

ihm senden. Der Förster sprach: Herr, ich bin nicht würdig,
daß ihr mir mein Kind erzieht; aber Gott vergelt es euch,
daß ihr euch also demüthigt. Darüber kam des Königs Jagd-
gesinde und begleitete ihn heim in sein Schloß. Nach sechs
Wochen berief der König drei seiner geheimsten Diener und
sprach: Reitet zu dem Förster, bei dem ich die Nacht im Walde
zubrachte und holt das Kind, dessen seine Frau in jener Nacht
genas und wenn ihr in den Wald kommt, so tödtet es heimlich
und bringt mir sein Herz. Das gebiet ich euch bei euerm
Leben. Die Diener sprachen: Herr, euer Wille soll geschehen.
Da ritten sie zu dem Förster in den Wald und baten ihn um
das Kind: sie wollten es dem König bringen, daß es erzogen
würde: und der Förster gab es ihnen. Wie sie nun durch
den Wald ritten und eine fügliche Statt gefunden zu haben
meinten, das Kind zu tödten nach des Königs Gebot, setzten
sie es auf die Erde und wollten es umbringen. Aber das Kind
lächelte sie an und hob die Händchen zu ihnen auf. Da sprach
Einer: Ach wie große Sünde wär es, wenn wir das Kind
tödteten, das so schön und unschuldig ist. Da sprachen auch
die andern: Wir wollen es nicht tödten; laßt uns nur bedenken, wie wir es am Leben erhalten und es doch vor dem
König verantworten. Einer sprach: Hier im Walde laufen viel
junger Sauen: laßt uns eine tödten und das Herz dem König
bringen für des Kindes Herz. Dem Rathe folgten sie, legten
das Kind auf einen Baum am Wege, wo es leicht gefunden
werden mochte und brachten des Frischlings Herz dem König.

Da nahm es der, warf es ins Feuer und sprach: Nun will
ich sehen ob du nach mir regieren wirst. An demselben Tage
aber, wo das Kind auf den Baum gelegt ward, ritt ein Graf
in den Wald jagen mit seinen Hunden, und wie die Hunde
an den Baum kamen, wo das Kind lag und weinte, blieben
sie stehen und bellten nach dem Baum hinauf. Als der Graf
das vermerkte, ritt er mit den Seinen an den Baum, hörte
das Schreien des Kindes und sah es auf dem Baume liegen
in ein schlechtes Tuch gewickelt. Da nahm er es herab in seinen
Schooß und brachte es heim zu seiner Frau, und weil sie keine
Kinder hatten, sprach er zu ihr: Liebe Frau, sprechen wir zu
den Leuten, das Kind sei unser: ich hoffe wir gewinnen
Freude davon. Das gefiel der Gräfin wohl und nach wenigen
Tagen war es über all ihr Gebiet erschollen, die Gräfin hätt
einen Sohn geboren, worüber große Freude war. Das Kind
wuchs heran und ward allen lieb und nach sieben Jahren
ward es zur Schule geschickt und gerieth wohl bis zu seinem
zwanzigsten Jahre. Da geschah es, daß der König einen Hof
berief, und dazu Edel und Unedel, Reich und Arm entbot.
Da kam auch der Graf dahin und brachte den Knaben mit an
den Hof. Nun sah der König den Knaben an und gewahrte
das Mal an seiner Stirne, das er in dem Hause des Försters
bemerkt und wohl behalten hatte. Da sprach er nach Tisch zu
dem Grafen: Wessen Sohn ist der Knappe, der euch bedient?
Der Graf versetzte: Es ist mein Sohn. Aber der König sprach:
Sage mir die Wahrheit bei deinem Eid. Da gestand der Graf,

er wiße nicht eigentlich weßen Sohn er fei: er habe ihn vor zwanzig Jahren auf der Jagd in einem Baum gefunden in ein schlechtes Tuch gewickelt. Als das der König hörte, berief er heimlich feine Boten, die er zu dem Förster nach dem Kinde gefandt hatte und sprach ihnen ernstlich zu, fie follten ihm die Wahrheit gestehen, wie es mit dem Kind ergangen fei. Sie antworteten und sprachen: Herr, fichert uns vor dem Tode, fo wollen wir euch die Wahrheit bekennen. Der König gab ihnen Sicherheit. Da gestanden fie, daß fie aus Furcht vor der Sünde dem Kind Barmherzigkeit erzeigt hätten. An feiner Statt tödteten wir ein kleines Wildschwein, deren da viel umher= liefen, brachten euch fein Herz und legten das Kind in einen hohlen Baum. Da dachte der König: So ift es derfelbe, der nach mir König werden foll. Aber ich werd es zu verhindern wißen. Da sprach er zu dem Grafen: Laßt den Jüngling hier an unferm Hofe. Er dachte aber nur darauf, wie er ihn um= bringen möchte. Nun war die Königin in einem andern Lande mit ihrer Tochter, ferne von dem König. Eines Tags rief er den Jüngling zu fich und sprach: Du mußt zu der Königin reiten und ihr einen Brief bringen, denn ich habe lange nichts von ihr und meiner Tochter gehört. Der Jüngling sprach: Herr, ich bin bereit. Da berief er feinen Geheimschreiber und hieß ihn einen Brief schreiben des Inhalts: Frau, fobald ihr diefen Brief feht und left, fo unterlaßt es nicht, bei euerm Leben, den Boten der ihn bringt, binnen dreien Tagen zu tödten. Den Brief schloß er mit feinem königlichen Infiegel

und gab ihn dem Jüngling; der machte sich auf und ritt drei
Tage: da kam er am Abend zu einem Ritter ganz ermüdet
von dem langen Wege. Der Ritter empfieng ihn wohl als des
Königs Boten und gab ihm zu essen und zu trinken, und nach
dem Essen hieß er ihn ruhen, denn er sah wohl, daß er müde
war. Da streckte sich der Jüngling auf ein Ruhebette und
schlief alsbald ein; der Brief aber hieng in seiner Gürteltasche
vor ihm nieder. Nun wollte der Ritter sehen wie ihm gebettet
wäre und trat in die Kammer und sah in der Gürteltasche den
Brief mit des Königs Insiegel und der Aufschrift an die Königin.
Da bedachte er sich ob er den Brief aufbrechen sollte und lesen.
Es befand sich aber, daß er den Brief herausnehmen mochte
ohne das Siegel zu verletzen. Als er nun den Brief las und
sah, daß er dem Jüngling zum Tode gemeint war, that es
ihm leid für den Knaben, daß er selbst sein Verderben mit sich
führen sollte und gedachte bei sich: Wie große Sünde wär es,
wenn man einen so schönen, wohlgezogenen Jüngling also in
den Tod gäbe. Aber wahrlich es geschieht nicht, wenn Gott
will wie ich. Da ließ er alsbald einen andern Brief schreiben
dieses Inhalts: Liebe Frau und Königin, ich gebiete dir bei
deinem Leben, daß du den Boten, der dir diesen Brief bringt,
wohl empfangest und ihm binnen dreien Tagen unsere einzige
Tochter zur Gemahlin gebest. Und lade alle Edelleute, Ritter
und Knechte zu der Hochzeit und begehe sie herrlich und löblich.
Diesen Brief beschloß der Ritter mit des Königs Insiegel und
legte ihn dem Jüngling in die Gürteltasche. Darauf weckte er

ihn, erwies ihm noch große Ehre und behielt ihn über Nacht:
Als der Morgen kam, stand der Jüngling auf, nahm dankbar
Urlaub von dem Ritter und ritt seines Weges. Als er zu der
Königin kam, grüßte er sie von des Königs wegen und übergab
ihr den Brief. Als sie den gelesen hatte, küße sie den Boten
und sprach: Sei willkommen, liebes Kind. Ich will meines
Herrn Gebot gern erfüllen. Da ließ sie sogleich zur Hochzeit
rüsten und beschied dazu Ritter und Knechte, Edelleute und
Bürger auf den dritten Tag. Also ward die Hochzeit festlich
begangen und den Brautleuten große Gabe und manches schöne
Kleinod verehrt. Die Gäste fuhren wieder heim, der Jüngling
aber blieb bei seinem Gemahl und der Königin. Bald darauf
kam auch der König daher gefahren: da hörte er unterwegs
rühmen, wie schön die Königin die Hochzeit ausgerichtet hätte.
Darüber erschrak er und verwunderte sich sehr. Als die
Königin hörte, daß ihr Herr gefahren käme, sprach sie zu
ihrem Eidam: Wir wollen ihm entgegen reiten ihn zu em=
pfangen. Da ritten sie und holten den König ein, und als
sie sich trafen, empfieng sie ihren Herrn und der König um=
armte sie zärtlich. Als er aber den Jüngling an ihrer Seite
sah, erschrak er sehr und sprach: Ihr seid ein Kind des Todes.
Sie bat um Gnade und sprach: Herr, was hab ich wider euch
gethan, womit ich den Tod verdient haben sollte? Der König
versetzte: Ich habe dir bei deinem Leben geboten, den Jüngling,
der dir den Brief brächte, binnen dreien Tagen zu tödten.
Herr, antwortete die Königin, ich habe doch noch den Brief,

den ihr mir sandtet. Darin steht, ich sollte bei euern Hulden und bei meinem Leben dem Boten binnen drei Tagen unsere Tochter geben. Und ist das geschehen? fragte der König. Ja, sagte die Königin, sie sind Mann und Frau. Der König sprach: So zeigt mir den Brief, den ich gesandt habe. Als er aber den Brief gelesen hatte und sein Insiegel daran sah, rief er aus: O welche Thorheit begeht der Mensch, wenn er es anders ordnen will als es Gott geordnet hat. Und alsbald küßte er den Jüngling und nahm ihn zu seinem Sohn an. Und nach dem Tode seines Schwähers ward er König an seiner Statt.

73. Eulenspiegel in der Fremde.

Eulenspiegel wurde immer von seiner Mutter gescholten, daß er kein Handwerk lernte, damit er sich ehrlich ernähren möchte. Nun geschah es, daß andere Burschen aus dem Flecken, worin er mit seiner Mutter wohnte, auf die Wanderschaft giengen, weil ihre Lehrzeit aus war. Da ermahnte ihn seine Mutter aber und aber, daß er doch auch in die Fremde gienge, damit er die Welt erführe und etwas Nützliches lernte. Dazu war Eulenspiegel bereit, schnürte kürzlich seinen Bündel und trat mit einem guten Mundvorrath in der Tasche, seine Reise an. Als der aber verzehrt war und ihn zu hungern anfieng, kamen ihm seiner Mutter Fleischtöpfe in den Sinn, besann sich auch nicht lange, sondern kehrte bei einbrechender Nacht wieder heim. Da schlich er sich heimlich durch den Hof und verkroch sich in den Hühnerstall, daselbst hielt er sich ruhig bis an den Morgen. Da er nun erwachte, sah er einen Fuchs aus dem Hühnerstall schleichen, der einen jungen Hahnen im Maule trug. Da erzürnte sich Eulenspiegel heftig, streckte die Faust drohend aus dem Hühnerstall und rief: „Warte, du Erzdieb! ich sollte jetzt nicht in der Fremde sein, wie wollt ich dich!" Das vernahm Eulenspiegels Mutter und verwunderte sich sehr seiner ersten Herberge.

74. Wie thut das, Drickeschen, wie thut das?

In Wormersdorf, am Fuße des Tombergs, lebte ein armer Tagelöhner, Namens Drickes (Henricus), der aller Welt dadurch auffiel, daß er auf der rechten Seite seines Angesichts mit einem stattlichen Bart geziert war, auf der linken aber dieses Schmuckes gänzlich entbehrte. Fragte man ihn nach dem Grunde dieser Einseitigkeit, so pflegte er wohl folgende Geschichte zu erzählen:

Als ich noch ein junger Schnauber war, ein Lellbeck, dem die ersten Barthaare sproßten, verführte ich oft im Uebermuth allerlei Schelmstücke. Unter andern spielte ich einst drei Weibern einen Streich, die im Ruf der Hexerei standen. Bekanntlich wenn man Erde, die bei einer eben eingesegneten Leiche aus dem Grabe geholt ist, auf die Kirchenschwelle streut, können die Hexen nicht aus der Kirche kommen. Das hatt ich in Erfahrung gebracht, und eines Tages, als ich neben einem Grabe stand, in welches der Todte eben hinabgesenkt war, ließ ich meine Mütze wie von Ungefähr hinunter fallen und sprang dann selbst hinab um sie wieder zu holen; mit der Mütze zugleich aber hob ich ein paar tüchtige Erdschollen auf, was Niemand bemerkt haben kann. Des andern Morgens, als die

Exequien gehalten wurden, waren auch die drei alten Weiber
in der Kirche, denn sie versäumten nicht leicht eine Gelegenheit, die Andächtigen zu spielen. Da zerdrückte ich meine Erdschollen auf der Kirchenschwelle, und verstedte mich wie ein
Vogelfänger, um zu sehen, ob der ausgestreute Samen wirke
und meine Vögel gefangen wären. Und richtig, als der Dienst
zu Ende war, blieben die drei Starmatzen sitzen und rührten
sich nicht, nur daß sie zuweilen scheu umsahen und den Rosenkranz strichen. Der Küster, der die Thüre gern geschloßen
hätte, harrte eine Weile, ob sie nicht bald nach verrichteter
Andacht von selber giengen; als sie aber dazu gar keine An-
stalt machten, und ihm die Geduld ausgieng, trat er mit dem
Schlüßelbund vor sie hin und sagte, der Dienst sei zu Ende,
die Lichter ausgelöscht, er müße jetzt die Thüren schließen, und
wenn sie nicht eingesperrt sein wollten, möchten sie so gut sein
hinaus zu gehen. Die Weiber schwiegen still und sahen nicht
auf, wie in Andacht versunken: er muste sein Sprüchlein ein
andermal vorbringen. Da sagte die Jüngste, welche die Ver-
schlagenste war: Die Kirche ist noch nicht gelehrt, Küster; bis
ihr das verrichtet habt, stört uns nicht in der Andacht. Die
Kirche ist gelehrt, versetzte der Küster, und wenn ihr nicht geht,
so sperre ich euch ein. Das hat nichts zu sagen, entgegnete
sie: es ist das Haus des Herrn und seiner Diener. Die Thüre
gehört aber auch zum Haus, und da liegen noch große Brocken.
Damit sah sie wieder vor sich und zählte die Körner an ihrem
Rosenkranz. Mochte er nun wollen oder nicht, so muste er den

Befen nehmen und die Kirchenschwelle rein fegen. Als das
geschehen war, erhoben sich meine drei Hexen, die ich nun
kannte, und ehe der Küster die Thüre schloß, war ich aus
meinem Versteck geschlüpft und unbeschrieen, wie ich dachte auch
unvermerkt, hinaus geschlichen.

Meine drei Hexen hatten aber Lunte gerochen, und schon
die Nacht darauf ließen sie michs entgelten. Ich hatte in der
Kannenbäckerei die Wache, wo die Pflaumen, nachdem die
Kannen herausgenommen waren, auf Hürden gelegt, in der
Ofenhitze getrocknet werden sollten. Als ich nun im ersten
Schlafe lag, denn dem hatte ich in der behaglichen Wärme,
die der Ofen ausströmte, nicht widerstehen können, fühlte ich
plötzlich einen zuckenden Schmerz in der Backe: ich hätte laut
aufschreien mögen. Wie thut das, Drickeschen, wie thut das?
fragte die jüngste Hexe, die auf mir lag wie ein Alp, und
schon wieder ein anderes meiner zarten Flaumhaare zwischen
Daumen und Zeigefinger faßte, um es auszuraufen. Nicht
gut, sagte ich, und versuchte aufzustehen und den Alp abzu-
schütteln, vermochte es aber nicht. Und jetzt riß sie das Haar
aus und faßte wieder ein anderes und fragte: Wie thut das,
Drickeschen, wie thut das? So fuhr sie fort bis sie sich müde
gerauft hatte. Da stand sie auf und ließ die andere über mich,
und diese auch, als sie nicht mehr konnte, die dritte, und wär
es nicht bald Tag geworden, so hätten sie mich vielleicht her-
umgedreht und auf der andern Seite von vorn angefangen.
Aber mit dem ersten Hahnenschrei waren sie wie vom Winde

verweht verschwunden. Ich stand nun auch auf und begriff
nicht, warum ich es vorher nicht vermocht und die Wetter=
hexen blitzblau geschlagen hatte. Noch desselben Tags fieng
mir aber die Backe zu schwellen und zu schwären an, und das
dauerte lange, und als sie endlich wieder glatt war, blieb sie
glatt und kein Haar wuchs nach bis auf den heutigen Tag,
denn wo die Hexen getanzt haben wächst kein Gras. Mir
war es aber eine Lehre, meinen Vorwitz einzustellen und die
Hexenverfolgungen namentlich, und wandelte mich je wieder
die Lust an, so war es als zwickte es mich in die Backe und
fragte: Wie thut das, Drickeschen, wie thut das?

75. Dank und Undank.

Der Kaiser zu Rom wollte eines Tages von einer Stadt zu der andern reiten, als ihm ein Mann begegnete, welchen er fragte, wer er wäre? Er antwortete: „Herr, ich bin ein armer Mann, aus euerm Lande gebürtig und Undank ge= nannt." Da sprach der Kaiser: „Wüßte ich, daß du mir ge= treu wärest, so nähm ich dich auf in meine Dienste." Das verhieß ihm der Arme und freute sich, worauf ihn der Kaiser mit sich an seinen Hof nahm. Hier hielt er sich in allen Dingen gar weislich und gewann durch leutseliges Betragen des Kaisers Herz so sehr, daß er ihn zu seinem Schaffner und Hofmeister bestellte. Und da er sah, wie gut er aufge= nommen war, überhob er sich im Uebermuth und drückte die Armen und Geringen. Nun war an der Nähe des Pallastes ein Wald, worin sich viel wilde Thiere aufhielten. Der Hof= meister ließ darin überall Gruben anlegen, und sie mit Laub überdecken, daß wenn die Thiere darüber liefen, sie hineinfielen und gefangen würden. Eines Tages ritt der Hofmeister durch den Wald, und gedachte in seinem Hochmuth, wie doch kein Mächtigerer in dem ganzen Reich sei als er. Und wie er in solchen Gedanken einherritt, stürzte er unversehens in eine der Gruben.

Nicht lange darauf kam ein Löwe und fiel in dieselbe Grube, und darauf eine Meerkatze und eine große Schlange, die gar schrecklich anzusehen war, die fielen Alle neben ihn in die Grube. Da mußte der Hofmeister zwischen den drei Thieren in der Grube liegen in Furcht und Aengsten, und wie laut er auch um Hülfe schrie, es nutzte ihm nichts, denn es kam ihm Niemand zu Hülfe. Nun wohnte ein armer Mann Namens Wido in der Stadt, der alle Tage in den Wald holzen gieng, damit er sich und seinem Weibe das Leben friste. Der kam auch dieses Tages, und gieng an seine Arbeit nicht weit von der Grube, in welche der Hofmeister gestürzt war, und da dieser seine Art schallen hörte, da hub er wieder an, laut um Hülfe zu schreien. Als der Holzhacker das hörte, gieng er hinzu und fragte, wer er sei? Er sprach: Ich bin des Kaisers Hofmeister, und befreist du mich hier aus dieser Grube, so will ich dir zu Ehren und Gut verhelfen, denn ich bin hier in Gesellschaft eines Löwen, einer Meerkatze und einer großen Schlange, und jeden Augenblick des Todes gewärtig, ohne zu wißen, von welchem der Unthiere ich verzehrt werde. Da sprach Jener: Ich bin ein armer Mann, und habe nichts als das Holz, das ich fälle, wovon ich mich, mein Weib und meine Kinder ernähre. Wenn ich nun den heutigen Tag unnütz verbringe, und auch von euch noch betrogen werde, so komm ich zu Schaden. Da sprach der Hofmeister: Bei der Treue,

die ich Gott und meinem Herrn dem Kaiser schuldig bin,
schwör ich dir Alles das zu erfüllen, was ich dir versprochen
habe. Da lief der Holzhacker zurück in die Stadt, und brachte
ein langes Seil, das er in die Grube herabließ. Sogleich
sprang der Löwe empor, und hielt sich so fest daran, daß der
Holzhacker meinte, er habe den Hofmeister herausgezogen.

Und da der Löwe herauf kam, dankte er dem Retter mit
freundlicher Gebärde, und gieng in den Wald seinem Fraße
nach. Darauf ließ Wido den Strick wieder hinein und zog
ihn zurück, und wie er glaubte, er habe den Hofmeister hinauf=
geschrotet, da war es die Meerkatze. Und also zog er auch
die Schlange herauf, und der Hofmeister war noch drunten.
Da ließ er den Strick zum viertenmal hinab, womit sich der
Hofmeister umgürtete, und von dem Holzhacker hinaufgezogen
ward. Alsdann zogen sie beide das Pferd aus der Grube.
Sogleich schwang sich der Hofmeister darauf, und ritt nach
Hofe; der Andere aber gieng nach Hause und erzählte seinem
Weibe alles was ihm begegnet war, und wie der Hofmeister
versprochen habe, ihn reich zu machen, worüber sie große
Freude hatte. Am Morgen stand er auf, gieng gen Hof und
klopfte an. Der Thorwärtel fragte, was er wolle? Er sprach:
Ich bitte dich, geh zu dem Hofmeister und sprich, der Mann
mit welchem er gestern im Forste gesprochen, begehre Zutritt.
Da gieng der Thorwärtel und richtete den Auftrag aus; aber
der Hofmeister ergrimmte und sprach: Geh hin und sage, ich
habe Niemand in dem Walde gesehen: er solle seiner Wege

gehen, ich wiße nicht, wer er sei. Der Thorwärtel kam zurück und sagte ihm, was er von dem Hofmeister gehört. Da erschrak der arme Mann und gieng traurig heim und klagte seinem Weibe mit bitterm Leid, wie schnöde er betrogen sei. Die Frau sprach: Laß es gut sein; der Herr ist vielleicht heute beschäftigt gewesen und hat dich darum also abgefertigt. Das glaubte er und beruhigte sich wieder. Des andern Morgens stand er früh auf und gieng abermals nach Hof; aber der Hofmeister ließ ihn mit harten Worten bedeuten, nicht mehr an das Thor zu kommen, sonst werde er ihn so zurichten, daß ihn nicht dahin zurück verlangen solle. Als er das seinem Weibe mit Schmerzen hinterbrachte, tröstete sie ihn und sprach: Versuch es noch zum drittenmal, vielleicht giebt ihm Gott beßere Laune und versagt er dir wieder Gehör, so schlag es dir aus dem Sinn und laß ihn zufrieden. Darin folgte er ihr, stand des Morgens früh auf und bat den Thorwärtel, ihn noch einmal dem Hofmeister zu melden. Dieser ließ sich wieder überreden, und als der Hofmeister seine Rede vernahm, entbrannte er in Zorn, lief eilends hinaus, und ließ den armen Holzhacker so hart schlagen, daß er für todt liegen blieb. Als das sein Weib vernahm, kam sie mit einem Esel vor das Thor, lud ihn auf, und brachte ihn nach Hause. Er lag wohl ein halbes Jahr bettlägerig und verzehrte sein Bißchen Armut mit den Aerzten in seiner Krankheit. Als er sich wieder etwas erholt hatte, gieng er nach seiner alten Gewohnheit in den Wald, Holz zu fällen. Da begegnete ihm der Löwe, welchen er aus

der Grube gezogen, und trieb einen Esel vor sich her; der
war schwer beladen mit Ballen voll köstlicher Kleinode, und
da er zu Wido herankam, blieb er stehen mitsamt dem Esel,
und neigte sich vor ihm, als wollte er ihm danken für seine
Mühe. Darauf kehrte er sich um und gieng seiner Straße
und ließ ihm den Esel. Da trieb ihn Wido in großen Freuden
nach Hause, und band die Ballen auf, und fand darin so viel
des Gutes, daß er ein reicher Mann war. Doch gieng er
des andern Tages wieder in den Wald nach Holze, da kam
die Meerkatze und half ihm bei der Arbeit, woran er ersah,
daß sie ihm erkenntlich sein wollte. Und als er fertig war
und den Esel mit dem Holze heim trieb, da kam ihm die
Schlange entgegen, die er aus der Grube gezogen und trug
einen Stein im Munde von drei Farben, weiß, schwarz und
roth. Und als sie zu ihm kam, ließ sie den Stein vor ihn
fallen und wandte sich dann zurück in den Wald. Wido hob
den Stein auf, betrachtete ihn, und hätte gern seine Kraft
und Tugend erkannt: gieng deshalb zu einem weisen Mann,
der den Lauf des Gestirnes verstand und frug ihn nach den
Eigenschaften des Steins. Und als der weise Mann den Stein
sah, verlangte ihn sehr nach seinem Besitz, und bot ihm sogleich hundert Pfund dafür. Er sprach, er wolle ihn nicht
verkaufen, und wünsche nur seine Kraft und Tugend zu wißen.
Die sagte er ihm und sprach: Der Eigenschaften des Steins
sind dreierlei: Ueberfluß und Fülle ohne Mangel und Gebrechen,
Freude ohne Trübsal, Licht ohne Finsterniß. Wer diesen Stein

unter seinem Werthe kauft, bei dem bleibt er nicht, sondern kommt wieder zurück zu dir. Wido freute sich dieser Rede, dankte dem Manne und begab sich fröhlich zu seinem Weibe, und erzählte ihr von seinem Glücke, worüber sie große Freude hatten. Darauf nahmen sie zu an Ehre und Gut durch die Kraft des Steins und Wido kaufte sich Erb und Eigen und ward bald zum Ritterstande erhoben. Als aber der Kaiser erfuhr, daß Wido durch die Kraft des Steins so rasch emporgekommen, sandte er nach ihm, und da er vor ihn kam, setzte er ihn darüber zu Rede und Wido gestand, daß er Alles der Wirkung des Steines verdanke. Der Kaiser begehrte den Stein zu kaufen, aber Wido versagte es und sprach, er bedürfe des Steins selber. Da sprach der Kaiser: Entweder du giebst mir den Stein zu kaufen, oder ich vertreibe dich aus meinem Reiche. Da Wido das hörte, sprach er: Weil es euch so ernst damit ist, so will ich euch den Stein verkaufen, sage euch aber fürwahr, bezahlt ihr mir nicht seinen vollen Werth, so bleibt er euch nicht, und kommt wieder zu mir. Der Kaiser antwortete: „Ich will dir ihn bezahlen, daß du zufrieden bist,“ und gab ihm dreißig tausend Gulden für den Stein; Wido nahm das Geld und ließ den Stein bei dem Kaiser. Des andern Morgens fand Wido den Stein wieder in seiner Kiste, und als sein Weib das erfuhr, sprach sie: Geh geschwind und bring dem Kaiser den Stein zurück, daß er nicht sage, du habest ihn darum gebracht. Das that Wido, gieng mit dem Stein nach Hof zu dem Kaiser und fragte ihn, wo er den Stein habe?

Der Kaiser versetzte, er habe ihn in seiner Kiste verschloßen. Da zeigte ihm Wido den Stein, und da der Kaiser das sah, fragte er, wie er zuerst in Besitz des Steines gelangt sei? Da erzählte ihm Wido, wie er seinem Hofmeister aus der Grube geholfen nebst den wilden Thieren, und wie sich die Thiere ihm erkenntlich bewiesen und der Hofmeister seine Treue an ihm gebrochen habe. Wie der Kaiser das vernahm, schickte er zu dem Hofmeister und setzte ihn zur Rede, und da er es nicht läugnen konnte, ergrimmte er und sprach: O du Böse= wicht! mit Recht wirst du Undank genannt, denn du bist falscher und treuloser als die wilden Thiere und hast Gut mit Uebel vergolten; das soll dir nicht ungestraft hingehen: daher ertheile ich all dein Gut und Besitzthum mit samt deinem Amt dem Ritter Wido, und dich soll man noch heut an den Galgen hängen. Da lobte man insgemein den Kaiser um sein gerechtes Urtheil, und Wido verwaltete sein Amt so weislich, daß er nach des Kaisers Tod zu seinem Nachfolger erwählt ward und bis an sein Ende das Reich in Frieden regierte.

76. Das ist starker Taback.

Man hört wohl sagen und die Frauen stimmen dem gerne
bei, der Rauchtaback sei eine Erfindung des Satans, von wegen
seines höllischen Stanks. Dem muß aber wohl nicht so sein,
denn nach der folgenden Erzählung scheint der Teufel kein sonder=
licher Kenner des Tabacks.

Ein Liebhaber des besagten viel verschrieenen Krauts hatte
sich unvermuthet eines Besuchs seiner satanischen Herrlichkeit zu
erfreuen. Was sie mit einander zu verhandeln hatten, weiß
ich nicht; der Wirth wollte aber bei dem Geschäft seine Pfeife,
die eben im besten Zuge war, nicht wegstellen, und so forderte
es denn die Höflichkeit, daß er dem Gaste auch eine anbot.
Der Teufel, der gern' Alles mitmacht, und auch hier kein
Neuling scheinen wollte, schlug es nicht aus. Da reichte ihm
der Schmaucher, um den Versucher zu versuchen, ein Schieß=
gewehr statt einer Pfeife. Sie ist schon gestopft, sagte er, und
meinte, geladen. Der Teufel nahm es an, steckte den Lauf in
den Mund und fieng an zu ziehen. Unterdes zündete jener
einen Fidibus an und hielt ihn dem Teufel unten vor die

Pfanne, wo das Pulver aufgestreut war. Der Schuß gieng los und der Satan bekam eine gute Ladung Schrot ins Gesicht. Da verbiß er zwar den Schmerz, meinte aber doch: Das ist starker Tabak! Und das ist seitdem sprichwörtlich geblieben.

77. Frau Weke.

Ein Räthselmärchen.

Frau Weke war von ansehnlichem Wuchs: sie maß sechs
Fuß und darüber; darauf that sie sich nicht wenig zu Gute.
Als sie aber älter wurde, setzten ihr Gicht und Krämpfe und
im Winter der Frost so zu, daß ihr der Uebermuth gebrochen
ward. Dabei schrumpfte sie allmählich zusammen. Es war
auffallend wie sie abnahm: alle Tage schien sie weniger zu
werden; es war als sänke sie in die Erde. Bald war sie nicht
mehr größer als ein Wickelkind; aber viel frommer, denn sie
weinte nicht, sondern ertrug Alles mit Geduld und suchte ihren
Trost im Gebet. Als man nun sah, daß sie sich Alles gefallen
ließ, legte man sie in eine Wiege und deckte sie mit Wolle zu.
Sie schwand aber noch immer mehr; bald war sie nur noch
daumenlang: da gab man auch der Wiege eine andere Be-
stimmung und bettete ihr in einen Schuh, der mit Sperlings-
federn gefüllt war. Sperlinge wurden ihr auch gebraten; sie
hatte aber ewige Zeit an Einem genug. Dabei trank sie aus
einer Haselnußschale. Sie sang immer für sich hin fromme

Lieder; aber der Ton war fein und allmählich verhallte er gänzlich. Um dieselbe Stunde, zu Mitternacht, soll sie gestorben sein. Der Sarg, in dem sie begraben ward, war ein Pillenböschen; ihr Sohn trug es in der Tasche nach dem Kirchhofe. Er ließ ihr noch einige Messen lesen; hernach war keine Rede mehr von Frau Wele.

78. Die Hexenfahrt.

Bonner Beßpelchen.

Et wor ens en Mädge, doran thät 'ne junge Minsch freie.
Op 'ne Samstag Ovend, we dä Drikes Firovend gemaht hatt,
doh gink hä noh singer Gewenthet noh singem Mädge. Hä
traut also noh dem Drückge singem Hus; esser hä fung de
Dühr zo. Jetz fink hä an zo kloppe, esser et mahd em kener
op. Endlich fink hä an widder die Dühr zo deue, on wupp!
do sprung se op. Hä fink jetz an ganz hörsch heren zo gohn,
fung esser op kener Dühr 'ne Schlößel. Op enmol hürt hä en
der Köch en paar Woort redde. Hä lurt am Schlößelsloch herenn
on sog, dat sing Mädgen en Döppche en der Hand hatt, on
thät sing Motter domet schmere. De Motter dät en paar Woort
redde on flutsch! do wor se am Kamin herus. No hatt dä
Drikes esser de Woort net verstande. Wie de Motter no am
Kamin herus wor, do geht de Doochter on nimmt och en
Döppge, schmert sich, on sät: „Tütte ma Tüt, zom Schorsten
herüt, über alle Heken on Strüch." On flutsch! do war se och
am Kamin herus. Jetz fängt dä Drikes an de Köchendühr
opzosprenge, nimmt dat Döppge, schmert sich domet, on sät

be nämliche Woort, effer onräch, be er sich behalven hatt: „Tütte ma Tüt, am Schorsten herüt, vorch alle Hecken on Strüch."
On wutsch do wor er och am Kamin herus. Wel hä effer plaaz über alle Hecken on Strüch, „vorch alle Hecken on Strüch" gesaat hat, do flog hä vorch Böhm, Hecke, Strüch ꝛc. on sing Geseech, Hänb on Alles wor janz verkraz on verschonne. Endlich we hä janz verkraz wor, do kom hä op 'ne Berg an, wo be Here tanze thäte on Musik maten met ahl Geeßen on Kannen. Op eenmol süht er och sing Drükgen on be Motter babei, on wurb do gewahr, bat sing Mäbgen en Her wor, be alle Samstags op ben Hexentanz gink. Des anbern Tags wor et got, bo gof hä et an, on all Heren wurte verbrannt.

Jetz kom en Mus,
Do wor bat Verzellchen us.

Anhang.

Neugriechische Märchen von Kalliopi.

I. Das Töpfchen.

Es war einmal ein alter Mann, der hatte einen schönen Johannisbrotbaum, von dem er alle seine Kinder ernährte. Nun, der Baum wuchs und wuchs so hoch, daß er zuletzt beinah an den Himmel stieß, und der alte Mann pflegte hinaufzusteigen, Schoten zu pflücken und sie seinen Kindern zum Eßen hinunterzuwerfen. Eines Tages stieg er hinauf bis in den Gipfel: da hörte er in der Luft Winter und Sommer sich streiten, wer von ihnen der beste sei? Winter sagt: ich bin der beste; Sommer sagt: nein, ich bin der beste. Endlich sahen sie den alten Mann auf seinem Brotbaum und kamen überein, sie wollten ihren Streit vor ihn bringen. Das geschah. Der alte Mann antwortete ganz verwirrt: „Ja, ja, Winter und Sommer sind beide so gut, daß es sehr schwer ist, zwischen ihnen zu wählen. Winter bringt uns Regen und erweicht den Boden,

daß wir säen können, und Sommer kommt und bringt uns
Hitze und reift unser Korn." Die Streitenden waren sehr zu=
frieden mit dieser weisen Antwort, schenkten dem alten Manne
aus Dankbarkeit ein irdenes Töpfchen, und sprachen: „Es wird
dir Alles bringen was du bedarfst; nur verrathe Niemanden
dein Geheimniß." Der alte Mann war sehr froh, kletterte
herunter und befahl dem Töpfchen, daß es ihm einmal ein
Mittagbrot bringen solle. Da im Augenblick war der Tisch
mit herrlichen Speisen besetzt und die ganze Familie setzte sich
daran und wunderte sich woher das käme. Den folgenden
Tag wurde von dem Töpfchen ein ähnlicher Schmaus gebracht.
Nun aber quälte den alten Mann seine Frau: er möchte ihr
doch sagen wie ers nur anfange, so gut Mittag zu kochen.
Bald bat sie, bald drohte sie: er konnte zuletzt nicht mehr wider=
stehen und verrieth ihr sein Geheimniß. Einige Tage darauf
begab es sich, daß ihr Sohn eine schöne junge Prinzessin sah,
welche in ihrer Nähe wohnte, und er verliebte sich sterblich in
sie. Als er nach Hause kam, bat er seine Mutter: sie möchte
zur Königin gehen, die sollte dann den König bitten, ihm
seine Tochter zur Frau zu geben. Diesen Wunsch hielt die
Mutter für sehr vernünftig; der Vater aber lachte und wollte
sie davon abbringen, aber vergebens. So gieng die Mutter
fort, und der König erfuhr den Wunsch ihres Sohnes: „Was
bedeutet das?" sagte der König, „welcher Bettler hat die Frech=
heit, meine Tochter zu begehren?" Aber die Mutter blieb bei
ihrer Bitte. „Wohlan denn," sagte der König, „ich will sie

geben, wenn ihr morgen früh einen Pallast habt, aber der
muß viel schöner sein als der, in welchem das Mädchen jetzt
wohnt und meinem Königsschloße gegenüber stehen." Die Mutter
gieng fort, nahm das Töpfchen und befahl ihm, den Pallast
zu bauen. Den folgenden Morgen sah der König aus seinem
Fenster: sieh, da stand ein Pallast seinem Schloße gegenüber,
stralend von Silber und Gold. Da verweigerte er seine Tochter
nicht länger und sie wurde denselben Abend dem Sohn des
alten Mannes verlobt. Das war ein großes Fest, zu dem auch
der alte Mann und seine Frau geladen wurden. Der König
aber und seine Diener brachten es dahin, den alten Mann
trunken zu machen und ihm sein Geheimniß zu entlocken. Dann
nahmen sie sein Töpfchen aus seinem Busen und legten ein
anderes hinein. So gieng der alte Mann, ohne etwas von
seinem Verlust zu ahnen, nach Hause. Als er aber des andern
Tages sein Mittagsbrot forderte, rührte sich kein Töpfchen, und
er entdeckte den Streich, den man ihm gespielt hatte. In seiner
Verzweiflung gieng er zum Könige und flehte ihn an, das
Töpfchen wiederzugeben, aber er war unerbittlich. Es war
nur ein Mittel übrig; er kletterte auf seinen Brotbaum und
fieng wieder an, Schoten hinunter zu werfen. Aber es waren
nur zwei oder drei daran, und er stieg bis in den Gipfel,
indem er umsonst nach mehr suchte. Während er da oben saß,
hörte er wieder Winter und Sommer sich streiten. Er rief
ihnen zu und flehte sie an um des Himmels willen, ihm wieder
zu seinem Töpfchen zu verhelfen. Aber sie antworteten: „Haben

wir es dir denn nicht gesagt, daß du Keinem dein Geheimniß
ausplaudern solltest? Das ist die verdiente Strafe für deine
Thorheit." Da sagte der alte Mann: „So habt doch um meiner
Kinder willen Erbarmen." Gut," antworteten sie: „nimm
diesen Knittel und diesen Strick: wen du befiehlst, den werden
sie prügeln und binden." Der alte Mann kletterte schnell von
seinem Baume herunter, und gieng in den Pallast, wo er die
ganze Familie des Königs versammelt fand. Sogleich befahl
er seinem Strick, alle zu binden, und dann seinem Knittel,
sie zu prügeln. Knittel und Strick giengen und erfüllten ihre
Pflicht so gut, daß in kurzer Zeit alle um Gnade schrieen. Er
erhielt sein Töpfchen wieder, der junge Mann heiratete die
junge Prinzessin und der alte Mann lebte mit seiner Frau in
Frieden und Ueberfluß bis sie starben.

II. Der närrische Knecht.

Es war einmal ein Mann, der hatte einen närrischen
Knecht, den er aufs Feld schickte, die Schafe zu hüten. Aber
statt die Schafe zu hüten, stieg er auf einen wilden Birnbaum
und fieng an, die Holzbirnen herunter zu schütteln. Sogleich
versammelten sich die Schafe unter dem Baum, um die ge=
fallenen Birnen zu freßen. Der närrische Knecht rief ihnen zu:
„Schafe, Schafe, freßt mir nur die reifen nicht, laßt die besten
für mich." Aber die Schafe hörten auf seinen Befehl nicht, und
als er vom Baume gestiegen war, fand er nur noch einige
schlechte und ungenießbare Birnen. Da nahm er sein Meßer
heraus, und schlachtete wüthend alle Schafe, ausgenommen einen
alten Widder, auf deßen Horn gerade eine reife Birne hängen
geblieben war, die er aß. Darauf gieng der närrische Knecht
nach Haus zu seinem Herrn. „Wo sind die Schafe?" fragte
der Herr. „O, die habe ich alle todt gestochen, außer diesem
Widder, weil sie mir meine Holzbirnen gefreßen haben." „Bist
du toll oder ein Spitzbube?" rief der zornige Herr, ließ einen
Soldaten kommen und schickte ihn ins Gefängniß. Als der
närrische Knecht darin saß, hob er die Thüren aus ihren Angeln,
nahm sie auf den Rücken und gieng fort. Nun waren aber die
Thüren von Eisen, so daß er müde wurde; darum stieg er auf

einen Baum, die Thüren immer in den Händen und wär bald
fast eingeschlafen. Da begab es sich, daß gerade etliche Kauf=
leute kamen, sich unter denselben Baum setzten, und da ihr
Abendeßen hielten. In seinem Schlaf ließ er die Thüren los
und sie fielen donnernd hinunter mitten unter die unglücklichen
Kaufleute. Die sprangen auf, machten sich auf die Beine und
liefen davon, indem sie im Schrecken all ihre Waare im Stich
ließen. Der Narr war höchlich erfreut über diesen Zufall, kam
hinunter und nahm von seiner Beute Besitz. Es war eine große
Menge Weihrauch. Unser Narr nahm ihn auf den Rücken und
trug ihn auf die Spitze eines hohen Berges. Dann machte er
hier ein großes Feuer an und warf allen Weihrauch mitten in
die Flammen. Nun traf es sich gerade, daß die allerseligste
Jungfrau im Himmel krank war; als sie aber den Weihrauchduft
roch, wurde sie sogleich gesund und sandte einen Engel zu dem
Menschen herab, der das für sie gethan hatte. Also flog der Engel
herab an den Ort, wo unser Narr saß und dem Rauch nachsah,
wie er so schön in der Luft wirbelte und sprach zu ihm: „Die
Allerheiligste hat mich gesandt, dich mit in den Himmel zu nehmen,
damit du dort für dich nehmen kannst was dein Herz begehrt."
„Ich brauche nicht in den Himmel zu gehen," sagte der Narr;
„gieb mir nur eine Pfeife, die wie ich darauf pfeife alle Welt,
die sie hört, zum Tanzen bringt." Der Engel gab ihm die Pfeife,
und verschwand. Der Narr verließ den Berg und vermiethete sich
als Sauhirt bei einem alten Priester. Den andern Morgen trieb
er seine Schweine in den Wald, nahm seine Pfeife heraus, pfiff

und ergetzte sich bis an den Abend an den brotlosen Sprüngen
der borstigen Gesellen. Die armen Schweine! sie tanzten immer-
fort bis ihnen die Beine vor Ermattung anschwollen, daß sie am
Abend zweimal so dick waren als am Morgen. O, dachte der alte
Priester, als er sie heimtreiben sah, das ist einmal ein guter
Sauhirt, den ich mir da gedungen habe: meine Schweine sind
schon zweimal so fett als sonst. Den andern Morgen fieng der
Narr aufs Neue dieselbe Geschichte an, und brachte Schweine,
Bäume und Büsche zum Tanzen so weit um ihn her als er
gehen mochte. Einige Menschen, welche näher kamen, um zu
sehen, was es da gebe, wurden auch angesteckt und der boshafte
Narr, der sich herzlich über ihr Unglück freute, spielte fort und
fort bis er vor Müdigkeit aufhören muste. Einer von den Männern aber entfloh glücklich, lief nach Hause zu dem Priester und erzählte ihm, was sein vortrefflicher Knecht machte. Der alte Priester
lief eilig dahin, verbarg sich hinter die Büsche und sah dem Narren zu. Kaum aber war er da, als der Narr wieder anfieng zu
pfeifen, die Schweine zu tanzen und die Büsche, zwischen denen
der arme Priester stak, es ihnen nachmachten. Umsonst schrie er
ihm zu, daß er aufhören sollte, er trieb es nur um so ärger, daß
zuletzt die Dornen den Bart des alten Mannes faßten, sein Gesicht
zerkratzten und seine Kleider zerrißen. Als der Narr von seinem
Spaß genug hatte, nahm er seine Pfeife und gieng im großen
Jubel davon. Der arme Priester entkam dem Unheil so gut er
konnte; und so endet die Geschichte von dem närrischen Knecht.

III. Die drei goldenen Aepfel.

Es war einmal ein reicher und mächtiger König, der lebte
in einem herrlichen Pallast und hatte Alles was sein Herz
begehrte, nur daß seine Frau kinderlos war. Die Königin
trauerte auch darüber und that manches fruchtlose Gelübde,
um den gewünschten Segen zu erlangen; endlich gelobte sie,
wenn ihr ein Kind geschenkt würde, wolle sie drei Spring=
brunnen machen, davon solle der eine vierzig Tage lang Milch,
der andere Honig, der dritte Wein für die Armen ausströmen.
Nach einiger Zeit erfüllten sich die Wünsche der Königin und
sie gebar einen schönen Knaben. Ueberglücklich vergaß sie bei
Freuden und Festen zu Ehren des jungen Gastes ihr Gelübde
ganz. Da träumte ihr einmal des Nachts, eine alte Frau
stände an der Seite ihres Bettes und drohte ihr, wenn sie jetzt
ihr Gelübde nicht endlich erfülle, werde der junge Prinz sterben.
Des Morgens erzählte sie den Traum ihrem Gemahl und drang
in ihn, daß er doch jetzt die Brunnen machen laßen möchte;
er aber achtete nicht darauf und es geschah nichts. Die folgende
Nacht hatte die Königin denselben Traum und drang des
Morgens wieder in den König, auf diese Warnung zu achten,

aber vergebens. Die dritte Nacht stand die alte Frau wieder
an ihrem Bett, aber mit einem finstern, drohenden Gesicht.
Die Königin, nun ernstlich beunruhigt, überredete ihren Gemahl,
daß die Sicherheit ihres Sohnes von der Erfüllung dieses Ge=
lübdes abhänge, und der König, der sie nicht länger quälen
wollte, erfüllte ihre Bitte. Es wurde nach Arbeitern geschickt,
und in kurzer Zeit ließ der König durch sein ganzes Reich ver=
kündigen, daß alle Armen kommen und aus diesen Brunnen
schöpfen sollten, welche vierzig Tage für sie springen würden.
Den Tag, nachdem diese vierzig Tage verflossen waren, erschien
eine alte Frau an der Thüre des Pallastes, und bat um Er=
laubniß, aus den Brunnen zu schöpfen. Der junge Prinz,
welcher nun schon acht oder neun Jahre alt war, sah gerade
aus dem Fenster, als sie kam, fuhr sie hart an, und befahl
ihr sogleich wegzugehen, da die vierzig Tage vorüber seien und
die Brunnen aufgehört hätten zu spielen. Da warf die alte
Frau einen wüthenden Blick auf ihn und rief: „Daß alles
Ungemach über dich komme, weil du einer armen Frau eine
Bitte abgeschlagen hast, und darum verfluche ich dich mit dem
Fluche, die drei goldenen Aepfel zu suchen.“ Nun war dieß
Suchen oft schon unternommen, hatte aber immer denen, die
es wagten, das Leben gekostet: denn ein schrecklicher Drache
bewachte diese goldenen Aepfel Tag und Nacht. Die Königin
war tief betrübt, als sie das hörte und ließ sich sogar herab,
selbst zu der alten Frau zu gehen und ihr Alles anzubieten,
was sie begehrte, wenn sie nur diesen Fluch von ihrem Sohne

nehmen wollte. Die alte Frau aber antwortete: „Das ist un=
möglich: der Fluch ist einmal über meine Lippen gekommen
und kann nicht zurück: dein Sohn muß es über sich nehmen."
Nun wuchs der junge Prinz und kam zu den Jahren des
Mannesalters und wurde schön, fein und tapfer. Als er sein
einundzwanzigstes Jahr erreicht hatte, nahm er einen thränen=
reichen Abschied von seinen Freunden, gürtete sich das Schwert
um und zog aus zu dem ihm bestimmten Abenteuer. Er reiste
weit und lange Zeit immer auf derselben Straße; endlich kam
er an einen Strom und gewahrte am Ufer eine junge Drachin:
die war beschäftigt, Kleider zu waschen; aber mit Verwunde=
rung sah er, daß sie statt Waßer aus dem Strom zu nehmen,
alle Kleider mit ihrem Speichel wusch. Das war aber eine
langweilige Arbeit, und die junge Drachin spie und spie und
kam doch nicht recht voran. Der junge Mann näherte sich ihr
freundlich und sprach: „Ich will dich leichter und beßer waschen
lehren, so wie man es in unserm Lande thut." Dabei nahm
er etwas Waßer aus dem Strom, schüttelte es über die Kleider
und wusch in einer Minute mehr als sie in vielen Stunden.
Das sah die junge Drachin aufmerksam an und sprach: „Junger
Mann, du hast mir einen großen Dienst geleistet: wie kann
ich deine Freundlichkeit belohnen?" „Zeige mir," erwiederte
er, „wo ich die drei goldenen Aepfel finde." „Ach," sagte
die Drachin, „du willst in deinen Tod; doch will ich mein
Bestes für dich thun. Geh zu jenem Feigenbaum und pflücke
eine Feige von ihm ab; sie wird deiner Zunge bitter sein, aber

kehre dich nicht daran, iß sie ganz und gar und dann rufe laut: daß du nie in deinem Leben etwas so Süßes gekostet hast. Dann geh weiter zu jenem Fluß, trinke von seinem Waßer, es wird auch bitter sein, und rufe dasselbe. Nahe dabei ist die Höhle des Drachen. Schleiche dich leise hinauf und stiehl ihm, während er schläft, die drei goldenen Aepfel unter dem Kissen weg und dann eile fort, wenn dir dein Leben lieb ist." Der junge Mann dankte ihr von Herzen und gieng seines Weges. Wie sie ihm gewiesen hatte, fand er den Feigenbaum gar schnell, nahm eine Feige von ihm, aß sie und rief: „Das ist das Süßeste, was ich je geschmeckt habe." Dasselbe that er mit dem Fluß. Da sah er die Höhle des Drachen vor sich, schlich sich hinein, nahm die drei goldenen Aepfel unter dem Kissen des Drachen fort und gieng davon. Kurz darauf erwachte der Drache, und als er seine Aepfel nicht fand, flog er brüllend hinter dem jungen Manne her zum Fluß und schrie: „Fluß, Fluß, ersäufe ihn!" Aber der Fluß antwortete: „Nein, ich gewiß nicht, denn er trank von meinem Waßer und ist seit vielen hundert Jahren der erste Mensch, der es süß ge- funden hat." Da schrie der wüthende Drache: „Feigenbaum, Feigenbaum, schlag ihn todt!" Aber der Feigenbaum ant- wortete: „Nein, ich gewiß nicht, denn er aß von meinen Früchten und ist seit vielen hundert Jahren der erste Mensch, der sie süß gefunden hat." Da schrie der Drache zum dritten Male: „Drachin, Drachin, tödte ihn!" Aber die Drachin antwortete: „Nein, ich gewiß nicht, denn er lehrte mich waschen." So

entkam der Prinz glücklich der großen Gefahr, hatte die drei
goldenen Aepfel ficher in feinem Gürtel, und fchlug den Weg
nach Haufe ein. Er war noch nicht fehr weit gegangen, da
fand er eine Quelle, wollte fich an ihr erfrifchen, und fetzte
fich dabei nieder. Indem fiel es ihm ein, einen feiner goldenen Aepfel aufzufchlagen, um zu fehen, was darin fei. Er
nahm einen Stein und zerklopfte ihn leife: und wie der Apfel
auseinander fprang, da ftand eine Jungfrau da, fchön wie
der Tag und roth wie eine Rofenknospe. Erftaunt verbeugte
fich der junge Prinz tief, und verliebte fich auch gleich in feine
fchöne Beute. „Schöne Jungfrau," fprach er, „gieb dich zufrieden eine Weile hier zu warten, daß ich in meines Vaters
Haus gehen und den Zug beftellen kann, der dich als meine
Braut in deine zukünftige Wohnung führen foll." Des war
die Jungfrau zufrieden, fetzte fich bei der Quelle hin und erwartete feine Rückkehr. Wie fie fo da faß, kam aus der Ferne
eine häßliche alte Negerfklavin, von ihrer Herrin gefendet um
Waßer zu fchöpfen. Kaum erblickte die junge Prinzeffin fie,
da floh fie auch fchon ganz erfchrocken auf einen Baum, der
an der Quelle ftand. Die alte Negerin kam heran, fah in
dem Waßer den Widerfchein des Angefichtes der Jungfrau,
meinte, es fei der Widerfchein ihres eigenen, warf fogleich den
Eimer weg und kam zu ihrer Herrin zurück. „Wo haft du
das Waßer?" fragte diefe. „Ich bin viel zu fchön," antwortete
die Negerin, „um deine Waßerträgerin zu fein." „So?" fagte
die Herrin, „nun fo nimm dieß für deine Mühe," und dabei

schlug sie sie nicht wenig und schickte sie zum Brunnen zurück.
So kam die alte Negerin wieder zum Waßer; aber dießmal
sah sie schon von Weitem die Gestalt der Jungfrau, die auf
dem Baume saß. Als sie ihren Irrthum entdeckte, füllte sich
ihr Herz von Wuth an, sie ergriff die Jungfrau am Arm,
riß sie vom Baum, zog ihr die schönen Kleider aus, und warf
sie in den Brunnen. Dann zog sie selbst die Kleider der Prinzessin an, und erwartete die Ankunft des Liebhabers. Der kam
zur rechten Zeit, mit herrlichen Gewändern angethan, und ein
großes Gefolge hinter ihm, wie einem Königssohn zusteht. Als
er an der Stelle, wo er seine schöne Braut gelaßen hatte, die
häßliche alte Negerin sah, schrak er zurück, und ein Zischeln
gieng durch das ganze Gefolge. Nun schämte er sich aber sie
zu verleugnen, nahm sie mit sich, brachte sie seinen Eltern und
das Hochzeitsfest ward bereitet. Als Alle beim Festmal saßen,
erschien eine verschleierte Frau von gar schöner Gestalt am obern
Ende der Halle und begehrte den Prinzen zu sprechen. Sie
wurde vorgeführt, und der Prinz fragte sie gütig, was sie
begehre? Sie erzählte die Geschichte der jungen Prinzessin unter
falschem Namen und fragte dann: „Nun, o Prinz, was soll
dem Menschen geschehen, der dieses schändliche Verbrechen begangen hat? Da riefen Alle und die alte Negerin zuerst: „Er
soll von wilden Pferden in Stücke gerißen werden." Bei diesen
Worten hob die verschleierte Gestalt den Schleier auf, der ihr
Gesicht verhüllte und sprach: „Dann sieh, o Prinz, ich bin die
unglückliche Prinzessin, deine rechte Braut, vom Tode, den mir

die schwarze Sklavin zugedacht hat, gerettet durch die Nymphe jener Quelle." Ueberglücklich erkannte der junge Prinz die Züge seines geliebten Mädchens, das aus dem goldenen Apfel gesprungen war, und befahl sogleich, daß an der ehrgeizigen Negerin der Spruch vollzogen werden sollte, den sie sich selbst gesprochen hatte. Das geschah, und das junge Paar lebte lange und glücklich mit einander. Ich wollte wir wären noch glücklicher.

IV. Die heilige Paraskeve.

Es ist schon viele, viele Jahre her, da saßen an einem Donnerstag Abend eine junge Frau und ihre Schwiegermutter vor der Thür und spannen. Ehe es finster wurde, nahm die alte Frau Spindel und Kuntel, und sagte ihrer Schwieger= tochter: Thu du ebenso, denn ich versichere dich, thust du es nicht, so wird es dir schlimm ergehen. Eben gieng der Mond hell glänzend auf, und die junge Frau achtete nicht sehr auf diese Warnung, sondern bat die alte Frau, sie möge nur schlafen gehen, und fuhr fort im Mondschein zu spinnen. Also gieng die alte Frau und schlief bald ein. Nach einer Weile sah die junge Frau eine lange, schwarzverhüllte Frauengestalt auf sich zukommen, die hatte Zähne so lang, daß sie ihr bis aufs Knie aus dem Mund hiengen, und hatte eine große Spindel in der einen und eine Kuntel in der andern Hand. Vor Schrecken konnte die arme junge Frau sich nicht rühren; das Gespenst aber kam zu ihr, setzte sich neben sie und sprach: „Komm, Nachbarin, laß uns zusammen sitzen und spinnen." Gleich danach stand sie auf und sagte: „Warte hier einen Augenblick, ich will gehen, mein Kind holen," und dabei legte sie Spindel und Kunkel auf den Boden und wackelte dem Kirchhof zu. Die junge Frau sah ihr nach und sah, daß sie aus einem Grab einen frisch begrabenen Leichnam aufhob und forttrug. Da warf sie Spindel und Kunkel von sich ins Gebüsch, lief ins Haus, schloß die Thüre hinter sich zu und legte sich nieder mitten unter ihre Kinder. Indes war die heilige Paraskeve zur Hausthür gekommen und rief: „Nachbarin, Nachbarin, komm und spinn mit mir!" aber die junge Frau war zu erschreckt, um antworten zu können. Und als sie nun sah, daß ihr Rufen vergeblich war, hob sie Spindel und Kunkel auf und wackelte fort, indem sie sagte: Es ist dein Glück, daß du drinnen liegst, und deine Kinder rings um dich herum; lägest du an ihrer Seite, so hättest du mir eines todten Menschen Fleisch essen sollen zur Strafe für deine Sünde. Aber Kinder sind rein, und ich komme nicht zu den Menschen, die von Christen umgeben sind." Die junge Frau starb kurze Zeit nachher; aber von diesem Besuche kommts, daß keine Frau Donnerstag Nachts im Mondschein spinnt bis auf den heutigen Tag.

www.ingramcontent.com/pod-product-compliance
Lightning Source LLC
Chambersburg PA
CBHW030342120726
47901CB00007B/1885